KB120651

권력의 가문 메디치

I MEDICI
UNA DINASTIA AL POTERE

MEDICI

권력의 가문 메디치

피렌체의 새로운 통치자

마테오 스트루쿨 지음 | 이현경 옮김

1

메디치

일러두기

권두 사진들의 출처는 Wikimedia Commons와 Shutter Stock입니다.

화가 폰토르모가 그린 코시모 데 메디치

산타 마리아 델 피오레 대성당

'지도자들의 궁' 팔라초 델라 시뇨리아

FILIPPO BRVNELLESCHI

PHILIPPE BRUNELESCHI.

필리포 브루넬레스키

팔라초 메디치

로레다나 그리마니의 연회가 열린 그리마니 팔라초

라우라가 갇혔던 팔라초 두칼레

브루넬레스키가 설계한 산 로렌초 성당

등장인물

메디치가 사람들

코시모 주인공

콘테시나 코시모의 아내

피에로 코시모의 아들

조반니 코시모의 아들

로렌초 코시모의 동생

지네브라 로렌초의 아내

피렌체 사람들

필리포 브루넬레스키 건축가

니콜로 다 우차노 원로 귀족

베르나르도 과다니 피렌체 최고 행정관

정적

라우라 리치 향수장수

라인하르트 슈바르츠 스위스 출신 용병

리날도 델리 알비치 피렌체 귀족

팔라 스트로치 알비치와 동맹

필리포 마리아 비스콘티 밀라노 공작

니콜로 피치니노 용병대장

베네치아 사람들 외

니콜로 단돌로 베네치아 외교관

루도비코 모체니고 베네치아 중위

에우게니우스 4세 교황

요하네스 베사리온 니케아의 주교

프란체스코 스포르차 용병대장

차례

17 **1429년 2월** ·········· 1. 산타 마리아 델 피오레 대성당 / 2. 조반니 데 메디치가 죽다 / 3. 인 카우다 베네눔 / 4. 조반니 의 유언장 / 5. 리날도 델리 알비치 / 6. 향수 장수 / 7. 신뢰와 검

65 **1430년 8월** ·········· 8. 중요한 만남 / 9. 전쟁터 / 10. 명예로운 피 / 11. 개선 / 12. 병영 / 13. 코시모와 프란체스코 / 14. 합의

107 **1430년 9월** ·········· 15. 흑사병 / 16. 시신이 가득한 수레 / 17. 한밤의 모의

125 **1431년 4월** ·········· 18. 귀족과 하층민 / 19. 악몽 / 20. 니콜로 다 우차 노의 죽음

145 **1433년 4월** ·········· 21. 마지막 말들 / 22. 필리포 브루넬레스키

161 **1433년 9월** ·········· 23. 고발 / 24. 콘테시나 / 25. 잔인한 아름다움 / 26. 탁월한 계획 / 27. 불과 피의 밤

195 **1433년 10월** ·········· 28. 운명을 바꾸다 / 29. 공모 / 30. 라인하르트 슈 바르츠 / 31. 파르가나초 / 32. 판결

235 **1434년 1월** ·········· 33. 베네치아 / 34. 사고 / 35. 베네치아의 죽음 / 36. 빨간 머리 귀부인

265 **1434년 9월** ·········· 37. 산 폴리나리 광장 / 38. 전세가 역전되다

291 **1436년 9월** ·········· 39. 필리포 마리아 비스콘티 / 40. 완성된 돔 / 41. 새로운 전쟁을 향하여 / 42. 독약과 승리

331 **1439년 2월** ·········· 43. 어려운 선택 / 44. 니케아의 대주교 / 45. 전략 회의

361 **1439년 7월** ·········· 46. 두 교회의 통합 / 47. 고백

379 **1440년 6월** ·········· 48. 전쟁터를 향하여 / 49. 폰테 델레 포르케 다리 / 50. 결투 / 51. 수치심

409 **1440년 7월** ·········· 52. 교수형 / 53. 연민과 복수 / 54. 로렌초의 죽음

429 **1453년 9월** ·········· 55. 아름다운 희망

441 **작가의 말**
445 **감사의 말**

1429년 2월

MEDICI

1. 산타 마리아 델 피오레 대성당

코시모가 하늘을 올려다보았다. 하늘은 마치 라피스라줄리* 가루를 뿌려놓은 것 같았다. 곧 현기증이 나며 머리가 텅 비어버린 듯한 기분이 들었다.

잠시 눈을 쉴 겸 주위로 눈을 돌렸다. 석회와 아르노강의 깨끗한 모래를 섞어 모르타르를 준비하는 벽돌공들이 눈에 들어왔다. 몇몇 벽돌공은 칸막이벽 위에 웅크리고 앉아 급히 식사를 하고 있었다. 그들은 살인적인 교대근무를 했는데 목재 비계와 대리석과 벽돌, 그리고 석회 덩어리 틈에서 잠을 자며 몇 주씩 작업하는 일도 잦았다. 땅에서부터 60여 미터가 훌쩍 넘는 높이에서 말이다.

코시모는 목재 비계 사이로 빠져나왔다. 비계들은 기괴한 괴물의 시커멓고 날카로운 이빨 같았다. 그는 발을 헛디디지 않으려고 정신을 집중하며 조심스레 앞으로 걸어갔다. 그는 도시 광경에 매

---

* 청금석으로도 불리며, 준보석의 가치가 있는 짙은 청색을 띠는 암석.

료되기도 했지만 동시에 실망스러운 기분도 들었다.

코시모는 조심조심 걸어서 건축 중인 돔, 건축가와 작업감독들이 이른바 '북'이라고 부르는 그 건축물의 아래쪽에 도착했다. 자기도 모르게 건축물 너머로 바라보았다. 아래 광장에서 피렌체 시민들이 놀라 휘둥그레진 눈으로 산타 마리아 델 피오레 대성당을 바라보고 있었다. 소모공*, 상인, 푸주한, 창녀, 여관집 주인과 나그네가 모두 한마음으로 필리포 브루넬레스키**가 설계한 건축물이 마침내 완성되기를 소리 없이 기도하는 것처럼 보였다. 성격이 불 같은 미치광이 금속세공인으로 대머리에 이까지 다 빠져버린 브루넬레스키가 자신의 과업을 완수하고 있었고, 사람들이 그토록 고대하는 돔이 드디어 모양을 갖추고 있었다.

근심이 있는 사람처럼, 쌓아놓은 자재와 벽돌 기둥 사이를 오가는 브루넬레스키가 코시모의 눈에 들어왔다. 브루넬레스키는 뭔가를 골똘히 생각하는, 아니 거의 넋이 나간 사람 같았는데 뭘 계산하느라 그러는지 알 길이 없었다. 설화석고 같아 보일 정도로 옅은 색 두 눈이 브루넬레스키의 얼굴을 환히 빛나게 했다. 두 눈은 물감과 온갖 것이 얼룩덜룩 묻은 하얀 얼굴에서 불꽃처럼 타올랐다.

당황해 어쩔 줄 모르던 코시모는 망치 소리의 합창에 정신을 차렸다. 대장장이들이 일을 하고 있었다. 조언하고 명령하는 여러 사람의 목소리가 공중에 맴돌았다. 코시모는 길게 숨을 들이쉬고 팔

---

* 梳毛工, 양털을 빗질하는 일을 하는 하급 노동자.
** 1377~1446. 건축가, 르네상스 건축 양식 창시자 중 한 사람. 산타 마리아 델 피오레 대성당 돔을 건축했다.

각형의 아래쪽으로 눈을 돌렸다. 브루넬레스키가 고안한 거대한 권양기가 쉴 새 없이 돌아갔다. 쇠사슬에 묶인 황소 두 마리가 조용히 원을 그리며 걸었다. 소들은 허드렛일하는 청년이 이끄는 대로 둥글게 걸었는데, 소들의 움직임에 따라 권양기에 부착된 톱니바퀴와 장치가 작동했다. 그렇게 육중한 돌덩이를 들어서 높은 곳으로 올렸다. 그런 방식이 아니라면 절대 불가능한 일이었다.

브루넬레스키는 놀라운 기계들을 고안했다. 기계들을 설계하고 최고 장인들을 불렀다. 그리고 일꾼들에게 쉴 새 없이 일을 시켜서 작업장이 순식간에 경이로운 기계로 가득 찼다. 그 기계들 덕에 비계를 만들 나무틀과 대리석 판, 모래자루와 석회자루 수십 개를 들어 올릴 수 있었다.

감탄이 절로 나오는 작업 진행 방식을 보면서 코시모는 한없이 기쁘고 만족스러워서 목청껏 소리라도 지르고 싶은 심정이었다. 팔각형 애프스***에 돔을 세울 생각은 브루넬레스키 말고는 아무도 할 수 없으리라. 절대로! 브루넬레스키는 지지물을 눈에 보이지 않게 하면서 경간徑間****이 37미터가 넘는 긴 돔을 설계했다. 37미터는 무척 긴 길이이다. 외부 지지대도 없었고, 이전에 네리 디 피오라반티가 제안했듯이 돔 구조 안에 목재 아치를 집어넣어 보강하지도 않았다. 브루넬레스키는 자신에게 돔 건축을 의뢰한 성당 건축위원회가 놀라 입을 다물지 못하게 만들어버렸다.

*** 건물이나 방에 부속된 반원형 또는 다각형의 돌출부 공간. 기독교 건축에서 주제단이나 성소로 사용되었다.
**** 徑間, 기둥과 기둥 사이

브루넬레스키는 천재 아니면 미치광이였다. 아니 어쩌면 둘 다일지도 몰랐다. 메디치가 사람들은 그의 천재성과 광기를 결합했다! 제일 먼저 그렇게 한 사람은 바로 코시모였다. 코시모는 브루넬레스키의 대담함을 보고 미소를 지었으며 이 건축물이 피렌체뿐만 아니라 자신에게 어떤 의미일지 곰곰이 생각했다.

대성당에서 일이 되어가는 방식에는 사람들의 넋을 빼놓는 뭔가가 있었다. 특히 계속 커지는 작업장이 그랬다. 발판과 비계 여기저기에 마부나 벽돌공, 끈 만드는 사람, 목수, 대장장이 그리고 포도주를 파는 선술집 주인들과 휴식시간에 인부들에게 줄 빵을 화덕에 굽는 요리사들까지 떼 지어 모여 있어 공사장은 정신이 하나도 없는 일종의 바벨탑 같았다. 인부들 가운데는 비계에 오르는 이도 있었고 주위 지붕에 만들어놓은 고리버들 발판에서 작업하는 사람도 있었다. 고리버들 발판은 새 둥지 같아서 거기서 일하는 사람들이 마치 이 어마어마한 작업을 끝낼 수 있게 황새들에게 도움을 청하는 것 같았다.

"어떠십니까, 코시모 씨?"

가늘지만 단호한 목소리의 주인공은 브루넬레스키였다. 코시모가 번개처럼 휙 돌아보았다. 그 앞에 유령처럼 마른 브루넬레스키가 흥분한 눈빛으로 서 있었다. 그는 빨간색 튜닉 하나만 걸치고 있었고, 맑은 눈에는 자부심과 적의가 뒤섞여 있었다. 두 눈은 반항적이고 난폭하지만 영혼이 고귀한 사람을 만나면 갑자기 부드러워지는 성격을 고스란히 보여주었다.

코시모가 영혼이 고귀한 사람들 대열에 드는지는 모르지만 어쨌든 돔 건축 시행과 건축 비용에 크게 기여했고 브루넬레스키가 후보에 올랐을 때 가장 강력하게 지지해준 메디치 가문의 수장 조반니 데 메디치의 맏아들인 것만은 분명한 사실이었다.

"훌륭합니다, 필리포. 훌륭해요." 코시모는 믿기지 않은 얼굴이었는데 그런 마음이 그대로 입 밖으로 나왔다. "이 정도로 진척되었을 줄 몰랐습니다."

"끝나려면 아직 멀었습니다. 그 점을 분명히 말씀드리고 싶습니다. 코시모 씨, 지금으로서는 제가 이 일을 끝낼 수 있게 그냥 내버려두는 게 최선입니다."

"이 놀라운 최고의 예술을 후원하는 이들 가운데 메디치가가 있는 한 아무 걱정하실 필요 없습니다. 그건 제가 보장하겠습니다, 필리포. 우리가 함께 시작했으니 같이 끝내게 될 겁니다."

브루넬레스키가 고개를 끄덕였다. "설계도에서처럼 고대에 사용했던 건축 규범에 따라 완성해보려고 합니다."

"성공하리라는 데에 추호의 의심도 없습니다, 필리포."

코시모와 이야기를 나누면서도 브루넬레스키의 눈은 사방을 예리하게 살폈다. 모르타르를 준비하고 벽돌을 차곡차곡 쌓는 벽돌공을 보는가 하면, 어느새 쉬지 않고 망치질하는 대장장이에게 눈을 돌렸고, 아래쪽 광장에서 석회자루를 마차에 싣는 마부들까지 놓치지 않았다. 왼손에는 양피지를 꽉 쥐고 있었고, 오른손에는 끌을 들었다. 양피지에는 그가 준비한 수많은 설계도 가운데 하나가 그려져 있었다. 그 끌이 어디에 사용될지는 짐작도 할 수 없었다.

브루넬레스키는 나타날 때처럼 가볍게 목례하고 그 자리를 떠나 대들보와 뼈대를 세운 돔 안쪽으로 사라졌다. 그리고 어마어마하고 불안정한 건축 현장, 힘이 넘치고 사람들로 붐비는 그곳으로 빨려 들어갔다. 코시모 눈에는 거대한 목재 아치들만 보였지만 여러 사람의 목소리가 권양기에 실려 끝없이 올라오는 물건들 주위로 퍼져나갔다.

갑자기 그의 등 뒤에서 날카로운 목소리가 공기를 가르며 들려왔다.

"코시모!"

비계에 몸을 기댄 채 돌아보니 동생 로렌초가 이쪽으로 오고 있었다. 인사할 틈도 없었다.

"아버지가… 형, 아버지가 돌아가실 것 같아."

2. 조반니 데 메디치가 숨을 거두다

집에 들어서자마자 콘테시나가 코시모에게 달려왔다. 아름답고 검은 눈에 눈물이 그렁했다. 그녀는 소박한 검은 옷에 거의 눈에 보이지 않을 정도로 얇은 베일을 쓰고 있었다.

"코시모…." 그녀가 중얼거렸다. 눈물을 참는 데 온 힘을 다 써서인지 더 말을 잇지 못했다. 그녀는 사랑하는 남편을 위해 강한 모습을 보이고 싶어 가까스로 눈물을 참아냈다. 코시모가 그녀를 안아주었다.

잠시 뒤 그녀가 남편 코시모 품에서 벗어났다. "어서 아버님에게 가봐요. 기다리세요." 콘테시나가 말했다.

코시모가 로렌초를 돌아보았다. 그날 처음으로 동생 얼굴을 정면으로 보았다. 코시모가 비계에서 내려와 산타 마리아 델 피오레 대성당 아래쪽에 도착한 뒤 팔라초* 메디치의 지붕이 우뚝 솟아 있는 라르가가까지 숨이 찰 정도로 급히 걸어오는 동안 로렌초는 묵묵히 그의 뒤를 따라왔다.

로렌초는 하얀 이로 입술을 꽉 깨물었다. 코시모는 동생이 몹시 지쳐 있다는 걸 알아차렸다. 보통 아무리 힘들어도 이목구비가 반듯한 그 얼굴에는 전혀 표가 나지 않았는데 지금은 그 흔적이 뚜렷했고, 깊은 초록색 눈동자의 눈 밑이 시커멓게 그늘져 있었다. 제대로 쉬지 못한 게 분명했다. 아버지가 갑자기 병석에 눕고 난 뒤 며칠 동안 로렌초는 한시도 쉬지 않고 더욱 철두철미하게 은행일을 관리했다. 현실적 행동가인 로렌초는 예술과 문학에 대한 소양은 부족했지만 민첩하고 활발해서 필요하면 언제든 집안의 난처한 일이나 힘든 일을 처리할 준비가 되어 있었다.

반면 코시모는 건축위원회 대표 몇 명과 함께 산타 마리아 델 피오레 대성당 돔 작업을 감독하고 확인하는 일에 몰두했다. 집안과 관련된 전략과 정치는 코시모가 맡았는데 이 둘 역시 광범위하게는 예술과 그것을 후원하는 일로 실현되었다.

위원회에서는 만장일치로 돔 건축을 브루넬레스키에게 의뢰했는데, 공식적으로는 위원회가 관여한 일이었지만 코시모가 건축

* 중세 이탈리아 도시국가 시대의 관청 건물이나 귀족의 저택을 가리키는 말.

에 응모한 사람들 중 브루넬레스키를 후원하고 적극 밀어서 결국 브루넬레스키가 그 일을 맡게 되었다는 사실을 피렌체에서 모르는 사람이 없었다. 그래서 코시모는 완성되어가는 그 경이로운 작업을 현실화하는 데 드는 자금을 지원하려고 가문 금고에서 막대한 금액을 계속 인출했다.

코시모는 동생을 끌어안은 뒤 안으로 들어갔다. 짙은 색 고급 비단 벽지를 바른 방이었다. 창문마다 커튼을 쳐놓아 방 안은 어둑했고 촛불만이 희미하게 방을 밝혔다. 황금 촛대들이 방 여기저기 놓여 있었다. 초 냄새 때문에 숨을 쉬기가 힘들 지경이었다.

초점을 잃은 힘없는 아버지의 눈에서 죽음의 그림자를 본 코시모는 이제 어쩔 도리가 없다는 걸 알아차렸다. 피렌체에서 가장 높은 위치까지 가문을 끌어올린 남자 조반니 데 메디치가 세상을 떠나고 있었다. 힘 있고 단호하던 그의 얼굴은 갑자기 눈에 보이지 않는 허약함의 베일에 감싸인 듯했고, 체념의 그림자가 원래 조반니의 모습을 찾아볼 수 없게 만들었다. 마치 쇠약한 딴 사람이 누워 있는 것만 같았다. 그런 광경이 무엇보다 코시모에게 충격을 주었다. 불과 며칠 전까지만 해도 기운이 넘치고 어떤 일에도 흔들림이 없던 아버지가 치명적인 고열로 쓰러졌다는 게 믿기지 않았다.

어머니 피카르다는 침대 옆에서 아버지 손을 꼭 잡고 있었다. 단아한 매력은 사라져버렸지만 피카르다는 여전히 아름다웠다. 길고 검은 속눈썹에 눈물이 맺혀 있었고 꼭 다문 빨간 입술은 꼭 피 묻은 검 같았다. 코시모는 작은 소리로 어머니를 불렀을 뿐 다른 말은 하지 않았다. 그 어떤 말도 필요하지 않았기 때문이다.

코시모는 다시 아버지를 돌아보며 뚜렷한 이유도 없이 갑자기 아버지를 덮친 그 병을 생각했다. 코시모가 눈을 응시하자 조반니는 그제야 아들이 방에 들어온 걸 알아차린 듯 순간적으로 기운을 차렸다. 육체적으로 쇠약해지기는 했지만 조반니는 항복할 생각이 없어 보였다. 바로 그 순간 항상 그를 특별하게 만든 기질이 되살아나서 아들에게 반응을 보였다. 어쩌면 마지막일 수도 있었다. 그는 팔꿈치를 짚고 몸을 일으켜 푹신한 깃털 베개들을 이리저리 밀며 앉았다. 그 베개들은 피카르다가 남편이 최대한 편안히 누워 있을 수 있게 가져다놓은 것이었다. 조반니는 짜증스레 손을 움직여 베개를 밀어내고 코시모에게 머리맡으로 다가오라고 고갯짓을 했다.

일이 닥쳤을 때 강해져야 한다고 스스로 다짐하기는 했지만 코시모는 눈물을 참을 수 없었다. 그러다가 곧 나약한 자신이 부끄러워져 오른쪽 손등으로 눈물을 훔쳤다.

그는 아버지에게 다가갔다. 조반니는 눈을 감기 전 아들에게 마지막으로 해야 할 말이 있었다. 그는 거의 아들 쪽으로 몸을 내밀다시피 했고 코시모는 아버지 어깨를 받쳤다. 아버지는 아들의 검은 눈을 뚫어지게 보았다. 어둑한 방을 밝히는 흔들리는 촛불에 비친 아들의 눈은 오닉스 단추처럼 반짝였다. 쉰 목소리가 깊은 우물의 물처럼 조반니 입에서 흘러나왔다.

"애야." 그가 웅얼거리듯 말을 시작했다. "정치판에서 절제 있게 행동하겠다고 약속해다오. 절제 있게 살아야 한다. 평범한 피렌체 시민처럼 말이다. 그렇지만 필요할 때는 반드시 단호하게 행동해야 해.”

막힘없는 강물처럼 말이 이어졌지만 필요한 곳에 정확하게 강세가 주어졌다. 조반니는 그 숭고한 순간에 찾아낸, 남아 있는 마지막 생명력 하나하나를 다 끌어모아 발음했다. 아버지를 바라보던 코시모는 아버지의 빛나는 검은 눈동자 속에서 정신이 아득해졌다.

“약속하자꾸나.” 조반니가 마지막 힘을 모아 재촉했다. 그는 날카로운 눈길로 아들의 시선을 거의 굴복시켰다. 입술 선이 아래로 처져 그의 표정은 한층 힘 있고 진지해 보였다.

“약속드립니다.” 감정이 격해져 목소리가 갈라졌지만 코시모가 주저 없이 대답했다.

“이제 편안하게 세상을 뜰 수 있겠구나.”

조반니는 그렇게 말하더니 눈을 감았다. 사랑하는 아들에게 그 말을 전할 생각에 죽음과 싸우며 오랜 시간 기다려오다가 할 말을 다하자 얼굴의 긴장이 풀렸다.

조반니가 한 말에는 그의 평생이 들어 있었다. 자신의 도시와 시민들에 대한 헌신, 부와 재력을 자랑하지 않으며 냉혹하고 집요한 결단력을 과시하지 않은 중용과 절제가 말이다.

조반니의 손이 차가워졌고 피카르다가 눈물을 쏟았다.

조반니 데 메디치가 세상을 떠났다. 코시모는 어머니를 부둥켜안았다. 어머니는 한없이 연약하고 무방비 상태였다. 어머니 얼굴은 눈물에 젖었다. 그는 어머니에게 강해져야 한다고 작은 소리로 말하고 어머니 곁을 떠나 아버지에게 다가갔다. 아버지의 눈을 감기자 삶을 불태웠던 조반니라는 불꽃이 영원히 꺼져버렸다. 로렌초는 마지막 의식을 거행할 사제를 부르러 사람을 보냈다.

잠시 후 코시모가 방에서 나가자 로렌초가 그의 곁으로 다가갔다. 로렌초는 무슨 말인지 하려다가 혹시 형의 마음을 뒤흔드는 게 아닐까 걱정되어 잠시 머뭇거렸다. 코시모는 들을 준비가 되었다는 표정으로 동생에게 눈짓을 했다.

"말해봐. 기다릴 수 없는 급한 일이 있는 거야?" 로렌초에게 물었다.

"사실은 아버지와 관련된 문제야." 로렌초가 입을 열었다.

코시모가 놀라서 눈이 휘둥그레졌다.

"아버지가 독살당하신 것 같아." 로렌초가 이를 악물며 말했다.

느닷없는 말에 코시모는 망치로 세게 한 대 맞은 기분이었다.

"뭐라고? 어떻게 그렇게 단정할 수 있지?" 이 말과 함께 어느새 코시모는 로렌초의 멱살을 잡았다. 동생은 이런 반응을 예상했으므로 형의 손목을 잡았다.

"여기서 이러지 마." 로렌초가 제대로 나오지 않는 목소리로 외쳤다.

코시모는 즉시 그 말뜻을 알아차렸다. 자신이 바보 같은 짓을 하고 있다는 걸 깨달은 그는 두 팔을 축 늘어뜨렸다.

"나가자." 코시모는 이렇게만 말하고 입을 다물었다.

3. 인 카우다 베네움*

정원 공기는 아직 차가웠다. 2월 20일이었다. 봄이 멀지 않았는데도 하늘은 납빛을 버리고 싶지 않은 것 같았다. 얼음같이 찬 바람이 팔라초 메디치에 치명적인 입김을 내뿜었다.

호르투스 콩클루수스** 한가운데에 자리한 분수에서 뿜어져 나온 차가운 물이 은색으로 수조에서 다시 튀어올랐다. 수조의 물 위로 얼음조각들이 떠다녔다.

"지금 네가 한 말이 무슨 뜻인지 알지?"

코시모는 분노했다. 방금 아버지를 잃은 당혹감 때문만이 아니라 이제 저속한 음모와 계략과 대면해야 했기 때문이다. 분노하는 게 당연하지 않겠는가? 그의 아버지는 영향력이 막강한 사람이었지만 그만큼 적도 많았다. 피렌체가 한편으로는 화려함과 힘의 정수 자체이기는 했으나 다른 한편으로는 음모자와 배신자들의 소굴이라는 점은 말할 필요도 없었다.

피렌체의 유력 가문들은 20여 년에 걸쳐 피렌체만이 아니라 로마와 베네치아에서까지 은행을 세워 경제제국을 건설하며 급부상한 남자를 당연히 고운 눈으로 보지 않았다. 그의 아버지는 늘 자기 뿌리가 평민들 속에 있다고 생각하며 자기 가문이 귀족 가문과 어깨를 나란히 겨루기를 원치 않았는데 이것이 상황을 더욱 악화했

---

*   In cauda veneum, '꼬리에 독이 있다'는 뜻의 라틴어.
** Hortus conclusus, '닫힌 정원'이라는 뜻의 라틴어로 울타리나 벽으로 둘러싸인 정원을 가리킨다.

다. 아버지는 어떤 정치적 역할도 맡지 않으며 항상 평범한 사람들과 함께했다. 팔라초 델라 시뇨리아***에 들어간 횟수는 손에 꼽을 정도였다.

코시모가 고개를 저었다. 그는 로렌초에게 아버지의 죽음을 의심할 만한 분명한 근거가 있다는 걸 알아차렸다. 그런데 만일 동생 말대로라면 대체 누가 그런 짓을 저지를 수 있단 말인가? 무엇보다 독극물이 어떻게 아버지 식탁에까지 오를 수 있었단 말인가? 그는 깊고 검은 눈으로 동생의 밝고 활기찬 눈을 보았다. 그의 눈길에 수천 가지 의문이 담겨 있었는데 동생에게 답을 재촉하려고 잠시 그 의심을 노골적으로 드러냈다.

"진짜 의심스러운 사실을 알게 된 순간부터 이 이야기를 형에게 하는 게 맞는지 망설였어." 로렌초가 다시 말했다. "이렇게 단언하기는 하지만 증거는 사실 딱 하나밖에 없어. 그렇지만 아버지가 너무 갑작스레 돌아가셔서 의심이 생기지 않을 수 없더라고."

"그건 네 말이 맞다. 그렇지만 어떻게 그런 일이 벌어질 수 있다는 거야?" 코시모가 화가 나서 물었다. "네 말이 사실이라면 그 독은 집안사람 누군가가 사용한 게 틀림없잖아! 아버지는 최근 한 번도 외출하지 않으셨으니까. 혹시 외출하셨더라도 집 밖에서 음식이나 음료를 드시지 않은 게 분명해."

"나도 알아. 그리고 형한테 말했듯이 내가 의심하게 된 것도 바로 그 때문이야. 게다가 아버지에게는 적들이 있었으니까. 그러다

*** '지도자들의 궁'이라는 뜻으로 중세에 피렌체의 중요 회의나 정치모임이 열리던 건물.

가 다 내 망상이 만들어낸 의심일 뿐이라고 생각할 때 이걸 발견
했어.”

로렌초 손에는 검은 열매가 한 송이 들려 있었다. 검은 진주 같은
열매는 놀랄 만큼 아름다웠다. 코시모는 이해가 되지 않았다. 수많
은 의문이 담긴 눈으로 동생을 보았다.

“벨라돈나야.” 로렌초가 말했다. “음산한 꽃을 피우고 유독성 열
매를 만들어내는 식물이지. 들판에서 자라는데 종종 오래된 폐허
근처에서도 자라곤 해. 사실 이 작은 송이는 내가 여기, 우리 집에
서 발견했어.”

동생의 폭로를 들은 코시모는 깜짝 놀랐다. “지금 네가 무슨 말
을 하는지 알지? 정말 그렇다면 이 집의 누군가가 우리 가족을 향
해 음모를 꾸몄다는 뜻이야.”

“누구에게도 의심을 드러내지 않아야 할 이유이기도 하지.”

“그래.” 코시모가 동의했다. “그렇다고 해서 그게 우리가 이 사건
을 해결하는 데 장애가 될 수는 없어. 사건의 진실이 밝혀지면 아버
지 죽음이 더욱 비극이 되겠지. 이런 우리 의심이 생각으로 끝나길
바란다. 그렇지 않다면 로렌초, 맹세코 내 손으로 그 책임자를 죽여
버릴 거다.”

코시모가 한숨을 쉬었다. 어리석은 협박의 말들이 공허하게 울
리는 것 같았다. 자기 말이 오히려 무력감과 좌절감을 안겨주는 듯
했다.

“이런 독을 구하기가 어렵지는 않았을 거야, 안 그래? 피렌체 같
은 도시에서…” 코시모가 걱정스레 물었다. 쓸쓸하지만 이 도시에

서 누군가의 목숨을 빼앗기란 식은 죽 먹기인 게 사실이었기 때문이다. 그리고 아버지 뒤를 잇는다는 건 한없이 위험한 일이므로 그는 앞으로 몇 갑절 주의를 기울여 행동해야 했다.

"어떤 약재상이라도 이런 종류의 재료를 손에 넣어 약제나 탕약을 만들 수 있을 거야."

코시모의 눈길이 주변 정원에 머물렀다. 정원의 나무들은 가지만 앙상하고 회색빛이어서 정말 한겨울 아침 같았다. 담쟁이덩굴들은 시커먼 거미줄처럼 벽에 불안스레 뒤얽혀 있었다.

"좋아." 잠시 후 코시모가 입을 열었다. "이렇게 하자. 너는 독살 흔적을 추적해. 집안에서는 아무 말도 하지 말자. 의혹을 잘 파헤쳐 형체가 드러나게 만들어봐. 만일 아버지를 살해한 자가 정말 있다면 내 눈으로 확인하고 싶으니까."

"그럴게. 그런 뱀 같은 인간이 누구인지 밝혀내기 전에는 마음이 한시도 편치 않을 거야."

"그래. 하여튼 이제 들어가자."

로렌초가 고개를 끄덕였다. 그런 이야기를 하며 집으로 돌아가는 동안 불길한 예감이 그들 마음으로 파고들었다.

4. 조반니의 유언장

며칠 동안 고인의 죽음을 애도하며 장례를 치를 준비를 했다. 피렌체의 유력 가문 사람들이 하나도 빠짐없이 조문 와서 조반니에게 마지막 인사를 했다. 그들 중에는 물론 오래전부터 피렌체에서 권력을 휘둘러온 알비치 가문 사람들도 끼어 있었다. 리날도 델리 알비치가 평상시와 다름없이 거만과 무시가 배어 있는 눈초리를 번득이며 나타났다. 조문을 오지 않을 수는 없었던 것이다. 유명 인사들이 이틀 동안 팔라초 메디치를 분주히 드나들었다.

장례식이 성대하면서도 절제 있게 진행되고 모든 일이 다 마무리된 뒤, 코시모와 로렌초 부부가 조반니의 유언을 들으려고 팔라초의 넓은 응접실에 모였다.

메디치 집안이 신뢰하는 남자, 특히 조반니가 전적으로 신임하는 일라리오네 데 바르디가 유언장의 봉인을 떼고 조반니의 유언장을 읽을 준비를 했다. 로렌초는 화가 난 얼굴이었다. 중요한 생각에 깊이 빠진 듯 보였다. 코시모는 동생이 조사를 진행하고 있다고 생각했다. 곧 둘이 이야기를 나누며 진행 상황을 분석하게 되리라. 그러는 사이 일라리오네가 유언장을 읽었다.

"유일한 상속자들인 나의 아들들에게. 이미 오래전 너희에게 은행 경영을 맡겼고 내 곁에서 행정업무와 일반적 활동과 관련된 일들을 처리하게 했기 때문에 유언장을 쓸 필요가 없다고 생각했다. 내가 태어나던 날 자비로운 하느님이 주신 시간을 이제 남김없이 다 썼다는 걸 분명히 알고 있다. 그래서 행복하게 눈을 감는다고 해도 그리 틀린 말은 아닐 거라 생각한다. 내가 떠나도 너희가 풍요롭고 건강하게 그리고 두말할 필요도 없이 이 피렌체에서 명예와 품위를 지키며 살아가리라는 걸 알기 때문이다.

죽음은 내게 그리 두려운 일이 아니라고 말할 수 있을 것 같다.

아무에게도 피해를 주지 않았을 뿐만 아니라 내가 할 수 있는 한은 도움이 필요한 사람에게 선행을 베풀며 살았다고 확신하기 때문이다. 바로 이런 이유로 너희에게도 나처럼 살라고 조언하려 한다.

너희가 흔들림 없이 존경받으며 살고 싶다면 법을 준수하고 다른 사람의 것을 절대 빼앗지 말라고 부탁하고 싶다. 그렇게 해야만 시기와 위험을 멀리할 수 있기 때문이다. 너희의 자유가 끝나는 바로 그 지점에서 타인의 자유가 시작되기 때문이고, 우리가 누군가에게 뭔가를 주는 게 아니라 빼앗을 때 우리를 향한 증오가 생기기 때문이다. 그러니 너희가 하는 일에 신경 써라. 내가 말한 대로 행동하면 탐욕스레 타인의 재산을 빼앗으려고 갈망하다가 결국 자기 재산마저 다 잃어버리고 마지막에는 비참하고 고통스러운 상황에서 몰락한 삶을 살아가게 되는 많은 사람보다 너희가 훨씬 더 많은 것을 가지게 될 테니까.

나는 그리 많지 않은 상식적인 규칙을 따르면서 피렌체에서 내 명성을 고스란히 지킬 수 있었고, 대개는 그것을 키워나갈 수 있었다고 확신한다. 물론 이따금 우리 각자의 삶을 괴롭히는 적들과 패배와 실망이 없었던 것은 아니지만 말이다. 너희가 소박한 내 조언을 따른다면 너희도 명성을 유지하고 키워나갈 수 있으리라는 데에 추호의 의심도 없다. 그렇지만 너희가 달리 행동한다면 단언하건대 너희를 기다릴 종말은 단 하나뿐이다. 스스로를 망치고 가족에게 말로 표현할 수 없는 불행을 가져다주는 사람들과 같은 종말이지. 아들들아, 신의 가호가 있기를."

여기서 일라리오네가 읽기를 마쳤다. 피카르다가 벌써 눈물을 쏟았다. 숨죽여 울었지만 두 뺨 위로 굵은 눈물이 흘러내렸다. 그녀는 고급스러운 리넨 손수건을 눈으로 가져가 눈물을 닦았지만 아무 말도 하지 않았다. 그녀는 무엇보다 먼저 조반니의 유언이 공기 중에 그대로 머물며 미래의 전망을 그려내어 아들들의 행동에 길잡이가 되어주기를 바랐다.

잠시 후 일라리오네가 당연하면서도 이 상황에 제일 적합한 질문을 했다.

"이제 제가 맡은 대로 유언장을 읽었으니 두 분에게 여쭤봐야 할 것 같습니다. 은행과 관련된 일은 어떻게 처리해야 할까요?"

코시모가 먼저 입을 열었다.

"이탈리아에 있는 우리 은행의 관리자들을 모두 피렌체로 소집해야 하네. 은행 각각의 상황을 파악할 수 있게. 이 일은 당분간 일라리오네 자네가 맡아주게."

메디치 가문의 충복이 심각한 표정으로 고개를 끄덕였다. 그리고 응접실을 떠났다.

뭔가 중요한 말을 해야 할 때면 늘 그랬듯이 피카르다가 단호한 표정으로 코시모를 보았다. 그녀는 저택의 서재의 우아한 벨벳 소파에 앉아 아들을 기다렸다. 시뻘건 장작이 난로에서 탁탁 소리를 내며 탔고 이따금 불꽃 몇 개가 반항적인 반딧불처럼 격자무늬 천장까지 날아오르는 것 같았다.

피카르다는 가장자리를 진주로 장식하고 수를 놓은 보닛으로 진한 밤색인 긴 머리를 고정하고, 금실과 보석이 반짝이는 모자를 쓰고 있었다. 가장자리에 가죽을 댄, 드레스 위에 입은 겉옷은 강렬한 남빛을 연상시키는 파란색으로, 부드러운 느낌의 검은 눈동자와 대비되어 눈을 더욱 강조했다. 허리에 딱 맞는 벨트는 눈부시게 아름다웠다. 그녀 손에 잡힌 드레스의 풍성한 주름들이 그 옷에 고급 옷감을 얼마나 넉넉히 사용했는지를 은근하면서도 분명하게 보여주었다. 주머니 같은 넓은 소매는 역시 은색으로 수를 놓은 소맷부리로 모아졌는데, 무늬가 들어간 회색 벨벳 가무라*의 소매가 드러나게 절개되어 있었다.

힘든 시간을 보냈지만 피카르다는 여전히 아름다웠고 아들이 해야 할 일이 무엇인지를 분명히 알 수 있도록 흔들림 없이 아들과 이야기를 나누었다. 코시모는 물론 어리석지 않았다. 그는 예술과 회화를 사랑했는데, 피카르다가 판단하기에 그러한 사랑이 아들이 상속받은 유산과는 잘 어울리지 않았다. 피카르다는 실수나 오해를 인정할 수 없었다. 그녀는 코시모가 앞으로 해야 할 일이 무엇인지 정확히 알아야 한다고 확신한 것이 틀림없었다.

"코시모," 그녀가 말했다. "아버지께서는 이보다 더 분명하게, 애정에 넘치는 말들을 남길 수는 없으셨을 거다. 그렇기는 해도, 눈을 감으실 때 네게 성질이 다른 부탁도 잊지 않으셨다는 것을 물론 안다. 피렌체는 야생마 같아. 멋지기는 해도 길을 들여야 하지, 매일 매일. 네가 가는 길에서 너를 도와주고 네가 하는 일을 지지해줄 준비가 된 사람들을 만나겠지만 호시탐탐 네 목을 노리는 어리석은

---

* 15~16세기 피렌체에서 유행한 드레스로 상의는 몸에 딱 붙고 치마가 풍성한 스타일.

사람들과 게으른 사람들, 네 진심과 정직을 이용하려는 고단수의 적들도 만날 게 분명하다."

"어머니, 제가 그렇게 생각이 없는 사람은 아닙니다." 코시모는 어머니 말에 반박하며 지금 자신이 그런 진리를 얼마나 체득하고 있는지를 생각했다.

"내 말을 계속 들으렴. 네가 그런 사람이 아니고, 우리 가문이 이렇게 성장하는 데 네가 큰 역할을 했다는 건 누구보다 내가 잘 안단다, 코시모. 그렇지만 지금은 상황이 복잡해. 그래서 나는 네가 네 아버지 뜻을 존중하면서도 네 신념에 따라 뻗어나갈 길을 찾을 수 있으리라 확신한다. 네가 계획한 길로 나아가고 금욕주의자같이 행동하길 바란다. 그러니까 공동의 선과 모든 형태의 중용을 추구하고 개인적 명예와 허영을 공식적으로 거부하려고 애쓰라는 거지. 그리고 이 말도 꼭 하고 싶구나. 앞으로 난 항상 너와 함께할 생각이고 네가 어떤 결정을 내리든 온 가족이 너를 따르도록 만드는 데 내 모든 힘을 다할 거란다. 그러나 경제적으로 번영하고 신망을 얻은 때일수록 적들이 많아지고 그 적들이 더 교활해질 수 있다는 점을 명심해야 한다. 특히 리날도 델리 알비치를 말하는 거다. 그 자와 그가 꾸미는 음모를 조심해야 해. 냉혹한 인간이고 어떤 일이든 할 수 있는 자라는 걸 기억해라. 그의 야심은 끝이 없단다. 너를 해치려고 온갖 짓을 서슴지 않을 게 분명해."

"조심할게요, 어머니. 그리고 존중받을 수 있게 행동하겠습니다."

"물론 네 동생은 믿어도 될 거야. 너희 둘의 성격과 기질이 놀랄 만큼 서로 조화를 이룬다고 항상 생각해왔단다. 로렌초가 민첩하고 저돌적이라면 넌 사색적이고 분석적이야. 로렌초가 행동하는 지점에서 너는 생각하고 세상을 넓게 내다보며 움직이지. 이건 아주 멋지고 사는 데 유용할 거야. 동생과 항상 가까이하고 서로 행동 방식과 시간을 존중해라. 다시 네가 해야 할 일로 돌아가자꾸나. 네 일에 몰두하려고 애써라. 그리고 네 경쟁자의 움직임을 예측하는 게 무엇보다 중요하다는 걸 명심하고. 그렇지만 중간적 위치에 있는 것도 중요할 것 같구나. 늘 우리 동맹군인 시민들과 가까이 있으면서 정치적 임무와 공적 책임을 다하는 일에도 신경 쓰려무나. 시민들의 요구를 충족할 수 있고 귀족들의 걱정을 덜어줄 수 있게 말이다. 그렇게 하면 유력 가문에서도 지지를 얻을 수 있을 거야. 내가 하고 싶은 말은 이중의 지지를 확보하는 방향으로도 활동해야 한다는 거다."

코시모는 피카르다의 조언이 얼마나 타당하고 지혜로운지 완벽하게 알았다. 그가 고개를 끄덕였다. 하지만 어머니 말은 아직 끝나지 않았다.

"내가 말하지 않아도 알겠지만, 조반니 디 콘투지가 볼테라*에서 주스토 란디니를 선동한 것 같더구나. 그 근거는 네 아버지께서 서명한 카타스토법**에 있다더구나. 내가 이런 말을 하는 이유는 우리가 어느 한쪽 편을 들어야 할지도 모르고, 그 선택이 불가피할 수도 있기 때문이란다. 네가 지금 성당 돔 공사에 몰두하는 걸 나무

---

* 토스카나주의 도시.

** 과세대상을 정확히 파악하고 세금 공제대상을 분명히 하려고 1427년에 개정한 조세개혁법.

라고 싶지는 않지만 정치무대 밖에 서 있다보면 비싼 대가를 치를 수 있는 것 또한 사실이다. 그러니 이 사건에도 관심을 기울여라. 필요 이상으로 너를 노출하라는 말은 아니다. 네가 갑자기 공적인 일에 관심을 보이면 리날도 델리 알비치가 최악의 방식으로 반응할 수 있으니까. 그렇지만 주도권을 완전히 리날도와 그 가문에 넘겨줘서는 절대 안 된다. 피렌체군이 볼테라로 가고 있으니 우리 태도도 분명히 해야 할 거다."

"그렇지만 우리는 시민과 하층민을 배신할 수 없습니다." 코시모가 말했다. "아버지께서는 카타스토법을 분명히 원하셨고 그 법은 귀족들에게 더 많이 과세해서 피렌체 사람들을 도왔지요."

"그렇지만 리날도 델리 알비치는 절대 허용하지 않았다. 나는 지금 리날도에게 반기를 들 수 없다는 말을 하려는 거야."

"압니다. 이 때문에 리날도가 팔라 스트로치와 함께 주스토 란디니와 싸우려고 군대를 움직였지요."

"당연하지. 네 아버지라면 물론 귀족들 편에 서셨겠지만 너무 선명하게 그런 태도를 드러내지는 않으셨을 게다. 그리고 아주 훌륭히 해내셨겠지. 지금 중요한 건 어쨌든 우리가 어느 편인지를 이해시키는 거야. 내 말뜻은 바로 이거란다. 넌 이제 정치적 태도를 분명하게 취하지 않을 수 없으니 네 생각을 다른 사람들에게 알려야 한다는 거지. 네 아버지가 이루신 일을 부정하지 않으려면 피렌체의 기둥이 되어야 해. 비례의 원칙에 따라 자산과 희생을 분배하는 게 아버지 의도였다. 그건 나쁠 게 하나도 없지. 그리고 그 원칙을 고수하면서 피렌체를 공격하는 도시에 대항하는 데에 아무 모순이 없어.”

"압니다.” 코시모가 한숨을 쉬었다. "다른 가문들과 뜻을 같이하고 이런 시기에 강한 인상을 남기지 않도록, 지나치게 주목받지 않게 행동하려고 합니다. 그렇지만 동시에 시민과 모든 이를 보호하는 우리 위치를 지킬 생각입니다. 일반인의 마음을 잃으면 아버지께서 하신 모든 일이 물거품이 될 테니까요.”

피카르다가 만족스러운 표정으로 고개를 끄덕였다. 코시모는 제대로 현명하게 선택했다. 비탄이 섞이긴 했지만 그녀 얼굴이 미소로 환해졌다. 하지만 다음 말을 미처 꺼내기도 전에 콘테시나가 서재로 달려 들어왔다. 콘테시나는 몹시 놀란 얼굴이었고 뒤에 악마라도 쫓아오는 듯한 분위기였다.

"주스토 란디니가….” 그녀가 소리쳤다 "주스토 란디니가 죽었대요. 아르콜라노와 그 자객들에게 살해당했다고 해요!”

5. 리날도 델리 알비치

"늙은이가 드디어 죽었군. 그자와 함께 메디치가도 심각한 타격을 받을 거야.”

리날도 델리 알비치는 좋아 죽으려 했다. 그는 초록색 브로케이드 더블릿*에 같은 색 바지 차림으로 술집 의자에 웅크리고 앉아 있었다. 팔라 스트로치가 비스듬히 그를 보았다.

"무슨 말인가? 지금이 그 빌어먹을 고리대금업자들을 공격할 때라는 건가?"

리날도가 밤색 곱슬머리를 매만졌다. 두 눈이 반짝반짝 빛났다. 가죽 장갑을 벗어 나무 테이블에 던졌다. 그는 미모의 술집 여주인이 가까이 올 때를 기다렸다. 그러는 동안 팔라의 질문에 대꾸도 하지 않았다. 그는 팔라가 애타게 대답을 기다리는 걸 즐기곤 했다. 어쨌든 둘 사이가 평등한 관계가 아니라는 것을 강조하는 방법이었다. 스트로치 가문도 유력 가문이었지만 알비치만큼은 아니었다. 게다가 팔라는 일개 인문학자, 섬세하고 교양 있지만 아무 영향력도 없는 작가일 뿐이었다. 상황을 바꾸려면 가죽 채찍과 피에 대한 갈망이 필요했다. 리날도는 두 가지를 다 가지고 있었다.

"양다리로 가져와." 그가 미모의 술집 여주인에게 말했다. "빵하고 적포도주도. 힘든 전투를 하고 오는 길이라 몹시 시장하니 빨리 가져와."

검은 곱슬머리를 길게 기른 여자가 치맛자락이 스치는 소리를 크게 내며 주방으로 돌아가는 동안 리날도는 곁눈으로 그녀를 보았다. 금빛이 감도는 갈색 눈동자에 얼굴은 진실해 보였다. 여자의 몸매에는 그의 피를 끓게 하는 뭔가가 있었다.

"우리는 손가락 하나 까딱하지 않았는데 자네가 대단한 전사라도 되는 양 으스대는 걸 보니 흥미롭군그래. 내가 보기에는 저런 여자들에게 강한 인상을 남기고 싶어서 자네가 허세를 부리는 것 같은데." 팔라가 화난 기색을 내비치지 않으며 말했다. 그는 리날도

---

* 14~17세기에 남성들이 입던 짧고 꼭 끼는 상의.

가 자신에게 대답하지 않을 때면 그를 증오했다. 그런 일은 그가 원하는 것보다 더 자주 일어났다.

리날도는 대답하는 대신 빙그레 웃었다. 그러더니 자기 앞에 앉아 대답을 기다리는 팔라에게 눈을 돌렸다.

"나의 선량한 친구 팔라." 그가 입을 열었다. "내가 볼테라를 차지할 거야. 10인위원회**가 병사들을 이끌고 볼테라로 가서 봉기의 대가를 치르게 하라는 임무를 우리에게 맡긴 것 아니었나? 그리고 저절로 지금 이런 결과를 얻게 되었나? 자네도 봤잖아, 안 그래? 주스토 란디니의 머리에 창이 꽂혀 있었어! 주스토가 무엇 때문에 피렌체에 대항해 봉기하려고 했는지 기억하지, 안 그런가?"

"맞아!" 팔라가 크게 말했다. "카타스토법에 따라 부과된 세금 때문이었지."

"그 법을 원한 사람이…." 리날도가 팔라에게 대답을 재촉했다.

"조반니 데 메디치."

"바로 그거야."

"하지만 결국 오만한 주스토는 자신의 도시 시민들 손에 처형당하고 말았어. 아르콜라노가 병사들을 집합시켜 대장의 목을 자르게 했지."

"자네 말이 정확한데 내가 한마디 덧붙이면, 그들이 그렇게 해줘서 우리 손에 피를 묻히지 않아도 된 거야. 그래서 우리는 5월 하늘처럼 깨끗한 상태로 물러나올 수 있었고, 승리를 거둬서 볼테라를

** 피렌체의 국방과 외교정책을 결정하는 최고기관.

다시 피렌체의 보호 아래 둘 수 있게 되었지."

"손가락 하나 까딱하지 않고 말이야." 팔라가 결론을 내렸다.

"맞아. 이제." 리날도가 계속 말을 이었다. "니콜로 포르테브라초가 푸체키오*에서 고전하는 게 사실이라 해도 전혀 이상할 것이 없어. 마찬가지로 피렌체의 중요한 평화주의자였던 조반니 데 메디치가 결국 피렌체 사람들을 부추겨 포르테브라초를 해고하게 만든 당사자였다는 것도 사실일 수 있지. 자넨 그 점을 부정할 수 있나?"

"당치도 않지." 팔라가 화가 나서 말했다. "그런데 나 놀리지 말게, 알비치."

"놀리는 게 아니야, 절대. 금방 알게 될 거야. 현재 사실은 저항하는 듯이 보였던 볼테라가 아르콜라노 씨 덕에 옵토르토 콜로,** 우리에게 되돌아왔다는 거야. 아르콜라노가 공들여 책략을 짠 덕인 건 두말할 필요도 없고."

"무력 사용을 책략이라고 정의할 수 있다면 그렇겠지만."

리날도는 짜증난다는 듯이 손사래로 그 말을 가로막아버렸다. 그리고 실제로 정말 짜증이 났다. 비합리적인 세부사항들 하나하나를 조목조목 들추는 팔라의 깐깐한 태도를 견디기가 힘들었기 때문이다.

"어리석기는." 리날도가 말했다. "피 흘릴 준비를 하지 않고는 우

---

* 피렌체 근방의 작은 도시.

** obtorto collo, '어쩔 수 없이'라는 라틴어.

리의 피렌체를 만든다는 게 생각처럼 쉽지 않거든."

"그렇지만 난 큰 문제없이 그렇게 할 수 있을 거라 생각하네, 알비치. 다만 일이 순리대로 진행되면 좋겠어." 팔라는 그런 말을 하면 친구가 화를 내리라는 걸 알았지만 어떤 식으로든 친구가 맡은 일을 편안히 수행하길 원치 않았다. 그는 무엇보다도 자신이 그보다 모든 면에서 전혀 열등하지 않다고 생각했다.

"그만해, 친구. 사소한 문제들을 과장하지 말자고. 다른 기회를 위해 자네 전략들은 잘 간직해둬. 우리 문제로 돌아와 보자고. 니콜로 포르테브라초는 돌아가서 도시를 불태우고 여자들을 겁탈하고 싶어 안달이 나 있는데…"

"포르테브라초를 어떻게 비난하겠나?" 팔라가 그의 말을 가로막았다. 그 말을 하면서 두 눈은 아름다운 여주인에게 향했다. 여주인은 좋은 냄새가 나는 빵과 포도주가 든 검은 술병과 함께 나무로 만든 잔 두 개를 테이블에 내려놓았다. 그런 동작을 하는 동안 목이 깊게 파인 소박한 옷 사이로 풍만한 흰 가슴이 드러났다. 그것을 본 팔라는 더할 나위 없이 맛있는 음식을 금방 맛보기라도 한 듯 입맛을 다시고 말았다.

그녀는 그런 팔라에게 신경 쓰지 않는 듯했지만 팔라는 주방으로 돌아가는 그녀에게서 눈을 떼지 못했다.

"술집 여자들에게 치근대지 말고 내 말에 관심을 좀 기울여봐, 구제불능 친구야." 리날도가 그에게 핀잔을 주었다. "자네가 포르테브라초와 똑같이 성욕에 불타는 건 진작 잘 알고 있었어. 그렇지만 지금 중요한 건 그게 아냐!"

"그럼 뭐가 중요한지 말해주겠나?" 팔라는 이렇게 물으면서 잔에 포도주를 따라 입으로 가져가서 홀짝홀짝 마셨다. 포도주가 구석구석으로 퍼지며 온몸을 이완시켰다.

"자네에게 하고 싶은 말은 우리가 전투를 준비해야 한다는 거야. 다시 전쟁을 도발해야만 도시를 완전히 혼란에 빠뜨릴 수 있고, 그 기회를 이용해 단번에 도시를 우리 손에 넣게 돼."

"정말인가?" 팔라는 믿기지 않았다. 그래서 곧이어 리날도에게 물었다. "이게 최선의 전략이라고 정말 확신하는 건가? 내가 자네 말을 제대로 이해했는지 모르겠네. 자네는 포르테브라초가 피렌체인들에게 품고 있는 적개심을 이용하고 싶은 건가? 은밀히 그를 매수해서 피렌체와 전쟁을 일으키게 하고 자네는 피와 공포를 이용해 도시를 장악하겠다는 건가?"

"음, 생각은 그래. 전쟁 흉내만 내게 될 거야. 포르테브라초에게 별 볼일 없는 놈들 몇 명만 죽이게 하려고. 그 사람들 속에 코시모와 그쪽 사람들이 끼게 될지도 모르지. 그 순간이 되면 포르테브라초와 합의한 대로 학살을 중단하는 거야. 그리고 우리가 권력을 손에 쥐는 거지. 쉽고도 깔끔해, 그렇지 않나?"

팔라가 고개를 저었다.

"전혀 그렇지 않은데." 팔라가 말했다. "좀 더 적절한 때를 기다리는 게 낫지 않을까? 니콜로 다 우차노가 메디치 가문에 우호적이라는 걸 자네도 잘 알잖나. 우차노가 메디치 편에 있으면 코시모 같은 사람을 제거하거나 자네 말대로 도시를 차지하는 게 그리 쉽지 않을 거야."

"그러면 어떻게 하자는 건가?" 리날도가 짜증이 나서 분통을 터뜨렸다. "조반니 데 메디치는 죽었고 그의 가문과 유산은 자식들에게 넘어갔어. 로렌초는 멍텅구리지만 코시모는 위험할 수 있어. 코시모는 제대로 처신할 줄 안다는 걸 여러 차례 보여주었다고. 성당 돔 뒤에 그의 이름이 있지. 게다가 우리는 그자와 교황청의 관계를 다 알고 있어. 물론 그자는 대단한 후원가나 되는 양 뻐기고 전쟁에는 관여하지 않는 체하지만 사실 자기 아버지처럼 교활하고 잔혹해. 아니 어쩌면 한술 더 뜰지도 몰라. 사실 그자는 부패한 고리대금업자야. 그자를 그대로 내버려두면 우리 가문만이 아니라 공화국 전체가 파멸하고 말걸."

팔라가 숨을 거칠게 몰아쉬었다.

"산타 마리아 델 피오레 돔이 메디치 가문의 일만은 아니지. 성당 건축위원회에서 건축 방법과 시기를 결정했어. 게다가 내가 확인한 바로는 필리포가 빠르게 진행하고 있고⋯."

"심지어 너무 빠르지!" 이번에는 리날도가 팔라의 말을 가로막았다.

"맞아, 너무 빠르기까지 하지." 팔라가 동의했다. "더 나쁜 건 로렌초 기베르티*에게 완전히 피해를 주고 있다는 거야. 어쨌든 기베르티도 필리포와 함께 그 작업을 감독할 임무를 맡았는데 말이야!"

"그래 그래, 자네가 그래서 더 분노하는 거 잘 알아. 하지만 자네

---

* 1378~1455. 르네상스 시대 조각가. 피렌체 산 조반니 세례당의 청동문을 조각했다.

가 받아들여야 해! 우리 문제를 해결하는 데에 문화적인 건 상관이 없다고!” 지금까지 친구의 말을 겨우 참아주던 리날도가 벌컥 화를 냈다. 지금처럼 팔라의 생각은 리날도가 전혀 모르는 주제, 예를 들어 예술 같은 것과 관련되어 본론에서 빗나가는 경우가 많았다.

“어쨌든.” 팔라가 다시 말했다. “메디치가 사람들을 학살하기 위해 우리 도시를 파괴해서 우리가 얻을 객관적 이익이 뭔지 잘 모르겠네. 그런 목적이라면 차라리 살인 청부업자를 두어 명 고용하는 게 더 나을걸? 그리고 피렌체가 아니라 10인위원회 위원장이 허락한 다른 목표를 향해 포르테브라초를 움직이는 게 더 의미 있지 않을까?”

암시를 담은 팔라의 말이 매혹적으로 허공에서 맴돌 때 술집 주인이 나무 쟁반을 들고 나타났다. 반으로 잘라 접시에 담은 어린 양고기 다리가 제일 먼저 눈에 들어왔다. 작은 그릇 두 개에서는 렌즈콩 스튜 냄새가 진하게 풍겼다.

“먹음직스럽군.” 음식이 앞에 놓이자 리날도가 자기도 모르게 말했다. “뭐라고 했지?”

“포르테브라초를 설득해서 피에 굶주린 그의 관심을 루카* 쪽으로 돌리면 우리에게 더 행운이 찾아오지 않을까라고 했어.”

“뭘 위해서?”

“새로운 전쟁을 합법화하면서도 우리 도시를 공격하지 않게 만

---

* 피렌체 근교의 독립 도시. 피렌체의 10인위원회는 카타스토법 도입에 따른 불만을 무마하기 위해 루카 공격을 결정했다.

들면서 우리 영토를 확장하기 위해서지. 어쩌면 그냥 미친 짓에 불과할지도 몰라. 그렇지만 내 말을 좀 더 들어보게. 우선 포르테브라초의 주머니를 두둑하게 만들어주고 공격하도록 설득하겠다는 자네 생각은 아주 좋아. 다만 공격 대상을 루카로 바꾸라고 설득해야 해.

포르테브라초는 푸체키오에서 꼼짝 못하고 썩고 있는 데 지쳤어. 그자는 위험하고 통제가 안 되는 사내야. 자네도 그렇게 말했지. 그렇게 하면 우리가 그를 고용해서 파올로 구이니지의 도시인 루카를 공격하기로 한 결정을 정당화할 수 있다네. 지금 나는 10인 위원회에 속해 있어. 내게는 훌륭한 동맹군이 있고, 자네 역시 마찬가지지. 위원장을 설득해서 루카 공격에 찬성하게 만들고 우리가 그 공격의 주도권을 완전히 잡는 게 그리 어렵지는 않을 거야. 볼테라에서처럼 말이야.

포르테브라초가 루카를 공격해서 포위하게 될 걸세. 그가 도시를 점령하면 우리가 다시 한 번 피렌체의 사절이 돼서 루카 사람들을 진정시키는 거야. 그렇게 해서 승리한 뒤 평화를 얻게 되고 피렌체 사람들과 소시민들의 지지를 얻는 거야. 우리는 공화국의 구원자가 돼서 피렌체에서 메디치가와 반대 위치에 서는 거지. 확실하게."

리날도는 생각에 잠겼다. 나쁘지 않은 작전인데 팔라는 너무 예민하게 이런 문제를 깊이 생각했다. 그는 아무 말 없이 하얀 뼈에 붙은 살을 이로 떼어냈다.

그들은 방금 볼테라와 벌인 전투에서 승리했지만 전쟁은 계속

되어야 했다. 리날도는 이 부분에서는 팔라와 생각이 같았다. 우월한 군사력을 이용하고 피렌체 헤게모니를 확장해 다시 한 번 자신들의 위신과 정치적 힘을 강화한다는 아이디어는 코시모 데 메디치의 역할을 점점 더 축소시키는 데 적절했다. 그리고 전쟁 중 등 뒤에서 공격하거나 치명적인 공격을 가하는 일은 흔하디흔했다. 죽은 사람들이 사방에 널렸으니 그는 시간과 방법을 조절할 작정이었다. 가만히 보고만 있지는 않을 것이다.

"그러니까 전쟁을 해야 하는군." 리날도가 이렇게 말하며 잔을 들었다. 팔라도 건배를 하려고 똑같이 했다.

"그리고 메디치 집안의 그 빌어먹을 애송이가 입도 벙긋 못 하게 하자고." 리날도가 잔을 비웠다. 포도주가 입술에 묻었다. 촛불의 하얀 불빛에 비친 그 입술은 피가 엉겨 붙어 있는 것 같았다. 리날도가 잔인하게 키득거렸다. "코시모가 목숨을 부지할 날이 얼마 남지 않았어." 그가 잠긴 목소리로 말했다.

6. 향수 장수

로렌초는 독극물에 문외한이 아니었다. 그가 가진 수많은 장점 가운데는 어머니에게서 물려받은 약초와 가루약에 대한 열정도 있었다. 약제사도 아니었고 민간에 전해지는 연금술의 비밀 같은 것도 몰랐지만 어머니의 열정 일부분이 그에게 있었다. 적어도 피렌체에서 독이 있는 가루약이나 독초를 손쉽게 손에 넣을 수 있는 약제사들이 누구인지 알 정도는 되었다.

단서는 미미했지만 여전히 뭔가 미심쩍은 게 있었다. 솔직히 말해 한 가지 사실만은 거의 확실했다. 그의 아버지가 자연스레 죽음을 맞은 게 아니라는 것이다. 그는 아버지가 돌연 병에 걸렸고 병세가 급속도로 악화되었다는 데에 뭔가 수상한 점이 있다고 생각했다.

누가 어떤 목적으로 그런 짓을 했는지는 아직 알지 못했다. 여러 가지 의문이 머리를 가득 채웠지만 그에 대한 대답은 또 다른 의문으로 이어졌다. 그래서 고생을 덜고, 가장 단순하고 확실한 방법을 사용해 아주 합리적으로 문제를 해결하기로 작정했다. 이 범죄의 마지막 결과에서부터 처음으로 거슬러 올라가는 것이다.

이런 전제에서 시작해 그는 아버지 장례를 치른 뒤 며칠 동안 약제사 몇 명에게 단호하면서도 집요하게 질문을 던졌다. 물론 위험한 상황에 처하기도 했는데 두어 번은 도가 넘을 정도로 위태롭기도 했다. 하지만 다른 방향에서 보면 모두 그가 누구인지, 그리고 이 점이 더 중요한데, 그가 상징하는 바를 잘 알았다. 그래서 지나친 말이나 행동을 했던 사람들은 곧 메디치 가문과 적대적으로 되는 것이 두려워 말을 삼가곤 했다. 그런데 진짜 문제는 이런 조사가 아무 소득이 없었다는 점이다.

그렇게 약제사들을 만나는 한편 코시모와 함께 팔라초 메디치에서 일하는 하인들을 주시했다. 복잡한 일이었지만 마침내 얼마 전 고용한, 검은 머리의 아름다운 하녀에게 의혹이 집중되었다. 그녀는 일주일에 이틀씩 팔라초에 와서 허드렛일을 했다. 몇 가지 조사에서 로렌초는 그녀가 이 일을 하기 전에 얼마 동안 피렌체에서 향수가게를 했다는 사실을 확인했다. 여자의 이름은 라우라 리치였다. 약제의 혼합이라든지 기이한 일에 대해 뭔가 아는 사람이 있다면 바로 그녀라고 다들 입을 모아 말했다.

물론 로렌초와 코시모는 의심을 노골적으로 드러내지는 않았다. 로렌초는 그녀가 어디에 사는지 확인하고 몇 가지를 물어보려고 뒤를 밟았다. 조심스럽게 움직여야 했다. 무엇보다 그녀가 범인이라는 증거가 하나도 없었다. 그렇지만 누구보다 의심이 가는 건 틀림없는 사실이었다.

그 때문에 지금 로렌초는 뛰어난 미모의 향수장수를 은밀히 추적하는 중이었다. 그녀를 따라 한동안 핏자국과 도살된 가축의 내장들로 뒤덮인 질척하고 어둑어둑한 도시의 골목길을 헤맸다.

그곳은 푸주한들의 구역으로, 고기를 실은 짐마차와 수레가 하루 종일 쉴 새 없이 오갈 때마다 중심가 도로에 핏자국이 남고 살점들이 뚝뚝 떨어지기 때문에 피렌체에서도 *벡사타 콰이스티오** 지역이었다. 역겨운 냄새와 구역질나는 들치근한 악취가 고여 있었다. 오래전부터 200인 평의회가 문제를 제기했지만 권한이 있는 어떤 기관도 해결책을 내놓지 못하는 실정이었다. 누군가 피렌체 푸줏간을 폰테 베키오 다리로 모두 옮기자고 제안했지만 그 뒤로 전혀 진척되지 않았다. 어쨌든 로렌초는 여자를 따라 팔리아 시장을 지난 뒤 폰테 베키오 쪽으로 갔고 올트라르노에 도착했다. 여기서 향수장수는 여행자 무료숙소를 지나 산타 트리니타 다리 쪽으

* vexata quaestio, '논쟁이 되는 문제'라는 뜻의 라틴어.

로 계속 걸어가더니 왼쪽의 좁은 골목으로 들어갔다. 잠시 후 그녀의 가게가 틀림없어 보이는 어떤 상점 앞에서 걸음을 멈추었다.

향수장수는 열쇠를 꺼내 자물쇠 구멍에 넣었다. 걱정스러움이 고스란히 묻어나는 얼굴로 주위를 둘러본 그녀는 그대로 안으로 들어갔다. 미행을 당한 게 아닌지 걱정하는 눈치였다.

안으로 들어간 라우라의 눈앞에 어둑어둑한 가게가 모습을 드러냈다. 천장에 매달린 철제 촛대에 촛불이 네 개 정도 켜져 있었다. 음산한 분위기를 조금이라도 없애려고 서랍을 열어 수지 양초 몇 개를 꺼내 초 세 개를 꽂을 수 있는 은촛대에 끼우고, 한 줄로 들어선 유리용기들 사이에 놓인 계산대에 촛대를 내려놓았다. 용기에는 약초와 색색깔의 분말이 들어 있었다.

가게 안을 조금 환하게 만들고 덧창을 신경 써서 꽉 닫고 난 순간 갑자기 들려온 목소리에 라우라는 흠칫 몸을 떨었다.

구석에 놓인 벨벳 소파에 놀랄 만큼 잘생긴 남자가 앉아 있었다. 파란색의 강렬한 눈에 빨간 머리를 길게 기른 남자였다. 어깨에 두른 망토를 비롯해 전부 검은색 옷을 입고 있었다. 얇은 쇠로 보강한 더블릿이 이 남자가 무기 쓰는 일을 하는 부류라고 말해주었다. 그리고 그것을 확인하듯 언제라도 꺼낼 수 있게 허리춤에 단검을 차고 있었다. 조금 전 그 단검으로 사과를 네 조각으로 자른 게 분명했다. 겉으로 보기에는 매우 흡족하게 사과를 먹기 시작했다.

"이제 왔군그래, *마인 케츠헨?*"*

남자가 귀에 거슬리는 불쾌한 어조로 말했다. 같은 어조를 계속 유지할 수 없는 메마른 목소리와 잘 어울리는 말투였다. 어떤 의미에서는 억양이 제멋대로 오르락내리락했는데 그걸 제대로 제어하지 못했다. 적어도 완벽하게 제어하기는 힘들어 보였다.

"뭐예요, 슈바르츠." 라우라가 말했다. "깜짝 놀랐잖아요."

스위스 용병이 아무 말 없이 그녀를 한참 보았다. 라우라는 얼음처럼 차가운 그의 눈길에 떨고 있었다.

"내가 무서운가?" 그녀에게 물었다.

"무서워요."

"아주 좋아. 그자들이 의심하나?"

"네."

"그럴 줄 알았어. 그건 그렇고 넌 네가 할 일을 했으니까. 그자들이 뭔가를 알아낸다 해도 이미 너무 늦었지."

"무슨 말이에요?"

"이쪽으로 와."

그녀는 제자리에서 한 발짝도 움직이지 않았다.

라인하르트 슈바르츠는 인정하고 싶지 않았지만 그런 그녀가 더욱 마음에 들었다. 그는 개성 있는 여자들을 좋아했다. 그런데 라우라는 정말 그런 여자였다.

순간적으로 노려보긴 했지만 그녀는 진짜 아름다웠다. 흔들리는 촛불 아래에서도 윤기 있어 보이는 피부에 매료되었다. 그리고 한여름의 숲 같은 초록 눈동자 속에서 잠시였지만 정신이 아득해

---

* mein Kätzchen, '나의 귀여운 고양이'라는 뜻의 독일어.

졌다. 검은 곱슬머리가 완벽한 계란형 얼굴을 감싸며 흘러내렸지만 그의 마음을 완전히 빼앗은 것은 어쩌면 매혹적이면서도 황홀한 향기, 가게 안을 놀라운 향으로 흠뻑 채우는 민트와 쐐기풀 냄새 때문인지도 몰랐다.

"가게 문은 왜 닫았지?" 그가 화제를 돌렸다.

"장사가 잘 안 돼서요. 당신하고는 상관없는 일이잖아요."

"맞아, 맞아." 그는 이렇게 말하며 항복 표시로 두 손을 들었다. 단검의 칼날이 촛불에 번득였다.

"왜 찾아왔는지 말해요."

"당신을 구해주러 왔지."

"진심이에요?"

"메디치가 사람들이 이미 눈치챈 것 같아. 로렌초가 당신을 미행한 것만 봐도 내 말이 틀림없다니까. 그뿐만 아니야. 지금 밖에서 당신을 기다리고 있어. 내가 봤어."

"세상에!" 라우라가 몸을 떨었다. "미행하는 줄 몰랐어요! 당신 로렌초가 두려운가요?"

"눈곱만큼도."

"두려워해야 할걸요."

"무슨 이유로?"

"그 사람들이 누군지 정확히 모르죠? 모르는 게 분명해요."

"이쪽으로 와." 그가 다시 명령했다.

"그러고 싶지 않다면?"

"두 번 말하게 하지 말라고. 내가 필요한 여자에게 베푸는 작은 호의를 거절당하고 싶지 않으니까."

라우라는 잠시 슈바르츠가 한 말을 곰곰이 생각하는 듯했다.

그러더니 또박또박 말했다.

"예쁜 여자에게죠." 그녀가 보일락 말락 웃으며 강조했다. "당신 같은 남자에게는 너무 예쁜 여자죠."

"맞아." 그가 농담했다. "여기든 저기든 벨라돈나*와 관련되어 있군그래, 응? 그래도 거만하게 굴지 마. 명심해. 이 검으로 네 얼굴에 두어 번 선물을 줄 수도 있어. 그러면 순식간에 네 매력이 사라져버릴걸."

라우라는 말로 표현하기 힘든 감정을 느꼈다. 영원히 지워버리고 싶은 오래된 과거와 뒤얽혀 풀 수 없는 어떤 감정이었다. 그녀만 아는 깊은 분노가 눈에 이글이글 타올랐다. 하지만 순간일 뿐이어서 그에게 들키지 않았다. 슈바르츠가 눈치채지 않을 만큼 재빨리, 제대로 감정을 숨겼기를 바랐다. 그런데 이유를 알 수 없지만 이 남자에게 끌렸다.

슈바르츠가 라우라의 머리카락을 움켜쥐더니 강제로 무릎을 꿇리려고 했다.

"이번에는 나에게 감사하는 마음을 제대로 보여줘봐."

"그 사람이 뭐라고 할지…."

"우리 두 사람의 주인?" 그가 말을 가로막았다. "걱정할 것 없어.

---

* 이탈리아어에서 '벨라돈나belladonna'를 붙여 쓰면 독초를 가리키고 떼어 쓰면 '아름다운 여자'라는 뜻이 된다.

이것만 생각하라고." 그러면서 단검을 그녀 목에 댔다. 라우라는 그 뜻을 알아차렸다. 그래서 다른 말은 하지 않고 무릎을 꿇은 다음 그의 바지를 밑으로 내렸다. 슈바르츠를 애태우며 쾌락의 순간을 좀 더 오래 즐길 수 있게 하려고 천천히 손을 움직였다. 그녀도 그런 순간을 즐겼다. 무엇보다 그녀는 남자를 즐겁게 해주는 방법을 너무나 잘 알았다. 그녀가 두 손으로 페니스를 잡았다. 벌써 발기되어 크고 단단했다. 정액이 귀두를 적셨다.

"이제 빨아." 그가 말했다. "안 그러면 목을 베어버릴 테니."

라우라가 페니스를 입으로 가져갔고 슈바르츠는 지금까지 한 번도 경험해보지 못한 쾌감을 즐겼다.

7. 신뢰와 검

코시모에게는 혼자만의 시간이 필요했다. 며칠 동안 그를 괴롭히는 일이 계속 벌어져 그는 고통 속에서 이성을 잃은 채 지냈다. 아버지 조반니의 죽음으로 그는 무엇으로도 채울 수 없는 공허감을 느꼈다. 그리고 독살을 배제할 수 없다는 사실이 그에게 깊은 상처를 남겼고, 자신이 한없이 나약하다는 것을 알게 해주었다. 집 안의 누군가가 그들을 해치려는 음모를 꾸몄다. 어쩌면 로렌초의 상상일 수도 있지만 코시모는 충분히 그럴 수 있다고 생각했다. 조반니는 정말 급격히 병세가 악화되어 갑자기 숨을 거두었다. 며칠 전까지만 해도 무척 건강해 보였는데 말이다.

물론 그런 의심만으로는 충분하지 않았다. 벨라돈나와 수상한 하녀 말고는 별다른 증거가 없었다. 그렇지만… 그렇지만 어머니도 말하지 않았던가. 적이 너무 많다고. 그러니 어떻게 계속 순진한 생각에 빠져 있을 수 있겠는가?

로렌초는 계속 하인들 하나하나를 주시했고 시식시종 몇 명을 새로 선발했다. 그것만으로 충분하지 않은 듯 식사시종들을 다 교체했다. 피카르다가 이유를 물었을 때 코시모는 어머니가 너무 놀라지 않도록 그렇게 하는 게 옳다고, 하인들이 몇 가지 작은 실수를 해서 교체하고 싶다고 말했다. 피카르다는 그 말을 믿지 못하는 듯한 눈으로 보았지만 더 캐묻지 않았다. 약속대로 아들을 신뢰하는 게 분명했다.

코시모는 눈을 들어 아름다운 둥근 천장을 올려다보았다. 맑은 겨울 햇살이 채광창과 궁륭 아래의 둥근 유리창으로 스며들어 부드럽게 아래로 퍼져나갔다.

코시모는 그 광경을 보자 기운이 났다. 그는 필리포 브루넬레스키와 천부적인 재능과 단호함이 조화롭게 결합된 그의 예술작품을 다시 떠올렸다. 브루넬레스키는 건축과 장식, 숫자와 해법에 매료되어 있었다. 동시에 흘러가는 나날에서 놀라운 에너지를 끌어냈고, 그 에너지는 경이롭고 환상적인 형태를 만들어냈다. 완벽한 기하학을 실현한 산 로렌초 예배당을 그 예로 들 수 있는데, 예배당의 반원 아치들은 정사각형 바닥의 절제된 선들과 교차하며 선과 원의 완벽한 조화를 보여주었다.

코시모는 자신도 그렇게 해야 한다고 생각했다. 직선의 엄격한 절제와 원의 도전적 성격을 잘 조화해야 했다. 그리고 아버지가 그에게 당부한 것도 바로 그것이리라. 비록 표현은 달랐지만.

그는 사실 아버지를 실망시킬까 봐 두려웠다. 은행 경영은 겁이 나지 않았다. 그는 은행원들을 어떻게 다루어야 하는지 알았고, 무엇보다 그를 도와줄 로렌초가 곁에 있었다. 그를 당황스럽게 하는 건 정치적 선택과 타협이었다. 거기에는 기술이 필요했는데 이는 상당히 어려웠다. 그는 가문을 위해 최선을 다하고 도움이 필요한 사람들을 언제든 도울 계획이었지만 이기는 게 인생 최대의 목표인 사람들이 그를 시험대에 올리고 옷을 끌어당기는 기분이었다. 10인위원회에 속한 사람들이었다.

그리고 그의 아들 조반니와 피에로가 있었다.

특히 피에로를 떠올리면 코시모는 생각이 많아졌다. 피에로는 이제 열네 살이 되었는데, 어른처럼 행동했다. 최근에는 특이하게도 무술을 배우고 싶다는 말까지 했으며 무술 선생과 다른 희한한 것이 필요하다고 했다. 나쁠 건 전혀 없었다. 코시모 자신도 결투의 기본을 배웠고 그 덕에 공격을 받아도 충분히 방어할 수 있지만 전문적인 군인은 아니었다. 하지만 피에로가 군인이 되고 싶다는 터무니없는 얘기를 하기 시작한 것은 리날도가 볼테라 공격을 선동하고 결국 음모를 꾸며 처음 공격 계획을 제안한 사람을 제거해버린 다음부터였다.

코시모는 한숨을 쉬며 두 손을 모았다. 눈을 감고 침묵의 소리를 들었다. 완벽한 평화 속에 신비한 어떤 게 숨어 있었다. 억지로 말할 필요도, 누군가에게 공격적인 태도를 취할 필요도 없었다. 그렇게 아늑했다.

그는 자신이 이 안에 들어와 생각에 잠긴 지 꽤 되었다고 생각했다. 그런데도 로렌초는 아직 돌아오지 않았다. 그는 아름다운 향수 장수가 더는 문제를 일으키지 않기를 진심으로 바랐다. 로렌초는 그런 문제에서는 코시모보다 훨씬 뛰어났으며 궁지에서 벗어나는 법도 알았다. 그래도 동생의 귀가가 너무 늦어지자 걱정되었다.

로렌초는 한참 기다렸다. 시간 감각을 완전히 잃었지만 자신이 그곳을 떠날 수 없다는 것만은 분명히 알고 있었다. 그 여자가 나올 때까지 기다리기만 하면 미스터리를 풀 수 있으리라. 물론 하루 종일이 걸릴지도 모른다. 참고 기다려야 한다. 이 기회를 놓칠 생각은 추호도 없었다. 그리고 두말할 필요도 없이 빈손으로 형에게 돌아가고 싶지 않았다. 게다가 그는 쉽게 포기하는 유형이 아니었다. 한 가지 생각이 머리에 떠오르면 어떻게든 끝장을 보는 사람이었다. 그의 아버지가 늘 말했듯이.

해가 졌다. 로렌초가 이제 뜻밖의 행운은 찾아오지 않을 거라고 실망할 즈음 드디어 문이 열렸다. 문으로 나온 여자는 분명 라우라였다. 호기심이 가득한 사람들의 눈을 피하려고 쓴 모자 밑의 검고 긴 곱슬머리와 몸매로 그녀를 알아보았다.

로렌초는 두 번 생각할 것도 없이 그녀에게 다가갔다. 그녀를 또 다시 놓치고 싶지 않았으므로 충동적으로 행동했다. 하염없이 기다렸기 때문에 굴욕감을 느꼈고, 그녀 뒤에 감춰진 진실 때문에 분노했다. 그는 몹시 화가 나서 난폭하게 그녀의 손목을 움켜쥐었다.

지난 며칠 동안 생겨난 수많은 두려움과 의혹이 그 행동에 모두 담겨 있었다. 미스터리를 풀기 위해 여자의 팔을 비틀고 협박해야 한다면 주저 없이 그렇게 했을 터였지만 그 정도까지 가지는 않았다.

"라우라." 그가 여자의 이름을 불렀다. "나하고 해야 할 이야기가 있을 텐데, 안 그런가?"

라우라가 로렌초를 향해 돌아섰지만 로렌초는 고양이 같은 초록의 깊은 눈과 마주치자마자 누군가 자기 등을 잡는 것을 느꼈다. 꽉 움켜쥐는 것 같았고, 사나운 짐승에게 물린 기분이 들었다. 곧이어 그는 집의 벽 쪽으로 내동댕이쳐졌다. 등이 거칠게 벽에 닿았고 일순간 온몸으로 통증이 번졌다.

그의 앞에 남자가 서 있었다. 말 그대로 기골이 장대했다. 키가 아주 컸고 다부진 체격이었다. 허리에 찬 단검으로 보아 군인이 틀림없었다. 아래위로 검은색 옷을 입었고 어깨에 부드럽게 걸친 망토 역시 검은색이었다. 자신감이 넘치다 못해 거만해 보이는 인상으로, 금방이라도 공격할 태세였다. 로렌초가 조심스레 남자에게 다가갔다.

"당신 누구요?" 그가 분노로 갈라진 목소리로 물으며 옷 안쪽 주머니에 숨겨놓은 단도를 잡았다.

"두, 슈바인*!" 남자가 그에게 말했다. "내가 당신 얼굴을 후려치기 전에 그 단도를 꺼낼 수 있다고 생각한다면 당신은 정말 멍텅구리야. 내가 생각했던 대로군그래."

---

* Du, Schwein, 더러운 돼지 같으니!

남자가 피식 웃자 어두운 골목을 희미하게 밝히는 횃불에 하얀 이가 사악하게 반짝였다. 로렌초는 그 말에 아랑곳하지 않고 단도를 꺼내 배를 공격하려고 달려들었지만 군인이 그를 속이는 동작을 취했다. 그러더니 능숙하게 공격을 피하면서 로렌초의 발을 걸어 다시 한 번 땅에 쓰러뜨렸다. 로렌초 입이 흙에 닿았다.

"상황 파악을 못 하는군!"

"그렇다." 로렌초가 입술 가장자리에서 시작해 줄줄 흘러내리는 피를 닦으며 말했다. 남자가 웃음을 터뜨렸다. 짐승이 포효하는 듯한 그 소리는 누구나 피가 얼어붙을 정도로 소름이 끼쳤다.

"너희 메디치 사람들은 하나같이 다 바보들이야, 안 그래? 이 여자가 너희 아버지를 독살했을 거라고 생각하는가?"

로렌초는 대답 대신 그를 향해 침을 뱉었다. 그가 좌절감을 느낀 건 말할 필요도 없었다. 그리고 가문의 적들이 얼마나 많은 행동을 실행에 옮기는지를 뜻하지 않게 확인하게 되어 무엇보다 씁쓸했다.

"아, 나를 불안하게 만들고 싶다면 좀 더 최선을 다해야 할걸." 군인이 다시 말했다. "어쨌든 너희가 진실을 알려면 한참 멀었어…. 불쌍한 새끼들." 그는 최대한 경멸을 담아 그런 말을 내뱉었다. "어떻게 그리 쉽게 이 여자를 의심하게 되었는지 한번 생각해본 적 있나?"

"죽여버려요." 여자가 로렌초를 가리키며 말했다. 차가워 보이는 눈이 불타올랐다. 그녀에게는 로렌초를 죽이는 게 하등 문제가 될 것이 없다는 듯, 아니 불편한 목격자에게서 벗어날 가장 안전한 방법이라도 된다는 듯 말했다.

"천만에." 군인이 말했다. 그러더니 로렌초를 향해 말했다. "우리가 의심하게 만들었기 때문이야. 독살 같은 건 없었다. 너희가 그렇게 생각하라고 우리가 침실에 일부러 벨라돈나 송이를 갖다 놓은 거지! 너희 아버지는 병으로 죽었어. 이 연출에 목적이 있다면 단하나, 너희에게 경고하는 것뿐이다. 우리는 우리가 원할 때 언제든 메디치가에 들어갈 수 있다고. 내 말 알아들었나? 조심해야 해. 안그랬다가는 다음에는 진짜 죽여버릴 테니까."

그런 말을 들으면서 로렌초는 마지막 공격 기회를 노리며 다시 앞으로 돌진했다. 이번에는 가슴 부위를 찌르는 척하다가 즉시 아래를 공격했지만 남자가 쉽게 막아냈다. 단검과 단도가 부딪치며 쨍그랑 소리가 났다. 칼날과 칼날이 맞닿았다. 군인이 곧 로렌초의 단도보다 훨씬 긴 검을 꺼내 로렌초 목에 댔다.

"가만히 있어." 슈바르츠가 말했다. "이 결투에서 네가 이길 가능성은 전혀 없으니까. 이제 우리는 떠날 테고 너는 우리가 멀어지는 걸 지켜보는 도리밖에 없을걸? 아, 걱정하지 말게, 로렌초 데 메디치. 다시 만나게 될 테니. 너무 금방 만나게 되지 않기만 기도해야 할 거야. 다음에는 내가 너를 죽여야 할 테니까. 명심해, 틀림없이 그렇게 할 거야."

슈바르츠가 이렇게 말하면서 로렌초 쪽으로 계속 검을 겨눈 채 멀어져갔다. 라우라의 손을 꼭 잡고 있었는데 여자는 남자가 그렇게 친밀하게 구는 것이 별로 싫은 눈치가 아니었다. 그들이 골목에서 멀어지는 동안 로렌초는 여자가 웃는 걸 분명히 보았다.

1430년 8월

MEDICI

8. 중요한 만남

말 두 필이 비포장도로를 쏜살같이 달렸다. 오른쪽으로는 눈길 닿는 곳 어디나 누런 밀밭이 펼쳐져 있었다. 왼쪽에는 꼿꼿한 사이프러스 가지들이 남빛으로 물든 하늘을 향해 시커먼 불길처럼 뻗어 있었다.

코시모는 목이 땀에 흠뻑 젖는 것을 느꼈다. 쉴 새 없이 흘러내린 땀에 옷깃이 젖어 살에 달라붙었다. 말에 박차를 가하자 말이 속도를 높였다. 자신의 갈색 말을 탄 로렌초는 거의 허덕거리며 형 뒤를 따라 달렸다.

허비할 시간이 없었다. 코시모는 최대한 빨리 도착하고 싶었다. 그는 니콜로 다 우차노가 루카 공격에 반대의사를 표시했다는 것을 알았다. 프란체스코 스포르차가 니콜로 포르테브라초의 병사들을 격퇴하면서 발 디 니에볼레*로 내려오는 지금, 더는 결정을

* 피렌체와 루카가 국경을 접한 지역.

미룰 수 없다는 것도. 하지만 그는 가장 진실한 동맹자를 원수로 만들고 싶지는 않았다.

니콜로는 늙고 쇠약했으며 부질없는 전쟁으로 지쳐 있었다. 그의 의견에 반대하는 리날도파 때문에 무시당하고 실망한 니콜로는 그 무더운 여름날에 마치 킨킨나투스*처럼 살기라도 하려는 듯 몬테스페르톨리 근처 전원에 있는 별장으로 은거했다.

코시모가 다시 박차를 가했다. 암갈색 털에 윤기가 흐르는 말이었다. 그는 말의 옆구리에 다리를 딱 붙이고 눈앞에 펼쳐진 눈부신 피렌체 들판과 얼굴에 부드럽게 와닿는 바람에 미소 지었다. 검고 긴 머리카락이 잉크 자국처럼 파란 하늘을 배경으로 일렁였다.

넓은 들판에 농가 한두 채가 띄엄띄엄 나타났다. 계속 달려 좁은 오솔길을 지나 검은 철문 앞에 도착했다. 징을 박은 가죽 갑옷에 장화를 신은 보초 둘이 문을 지켰다. 보초들은 긴 창을 하나씩 들고 있었는데 작열하는 태양 때문에 금방이라도 녹아버릴 듯한 분위기였다. 코시모가 갑자기 멈추자 말이 앞발을 들고 미친 듯이 버둥거리다가 먼지구름을 일으키며 다시 앞발을 땅에 댔다.

"누구요?" 보초가 머뭇머뭇 창을 겨누며 물었다.

먼 길을 달려오느라 입에 거품을 문 말이 요란하게 울어대는 동안 코시모가 보초를 노려보았다.

"뭐라고 했나?" 코시모가 화를 내며 대답했다. "메디치 가문의

---

* 기원전 519~기원전 430. 로마의 정치가. 기원전 458년과 439년에 두 번 임시 독재 집정관을 지냈다. 정치가가 되기 전 농부의 삶을 살았다.

문장을 모른단 말인가?" 이렇게 말하며 가문 문장인 노란 바탕에 빨간 공 여섯 개가 새겨진 휘장을 가리켰다. 다른 보초가 사과라도 하는 듯한 표정으로 고개를 절레절레 저었다. 그는 한쪽 장갑을 벗어 숱이 많은 밤색 콧수염을 매만졌다.

"용서하십시오, 코시모 나리. 저희 주인님이신 니콜로 다 우차노 나리께서 두 분을 만나고 싶어 하셨습니다. 그래서 이번 방문을 더욱 반가워하실 겁니다. 이 문으로 들어가셔서 포장된 오솔길을 따라가십시오."

코시모는 다른 말을 더 기다릴 것도 없이 오솔길로 들어서 전속력으로 달렸다. 로렌초가 그 뒤를 따랐다. 말들이 회양목 울타리와 월계수 그리고 뜨거운 햇살로 달구어진 관목과 블랙베리 나무 사이로 질주하는 동안 말발굽소리가 포장된 오솔길에 울려 퍼졌다. 안뜰에 도착한 코시모가 말에서 뛰어내려 마구간 하인에게 말을 넘겼다.

"우리 말에게 여물과 물을 넉넉히 주게. 충분히 보상을 받을 만하니까."

하인 한 명이 나와서 코시모와 로렌초를 맞이한 뒤 니콜로 별장으로 안내했다.

"코시모, 이해해주게. 부탁이야. 루카와 전쟁은 우리 피렌체군에 아무 이득이 없을 거야. 리날도 델리 알비치는 지금 과도하게 그 일에 달려들고 있네. 그는 호전적 성격 때문에 전리품에 굶주린 니콜로 포르테브라초를 무장하는 방법 말고는 관심도 없으니까. 리날도는 오래전부터 루카를 손에 넣으려고 팔라 스트로치와 작전을 짰다네. 그렇지만 성공한다 해도 우리가 번영과 평화를 얻을 수는 없을걸세. 내 말을 믿게나. 우리가 밀라노와 전투했을 때 타인의 명령을 받는 게 얼마나 끔찍한 일인지 배우지 않았나. 그 전쟁으로 우린 막대한 금화를 지불해야 했고, 젊고 용감한 젊은이들의 목숨을 잃은 것 말고 아무런 소득이 없었어. 피해를 줄 목적 하나로 루카를 공격해봤자 우리가 객관적으로 무슨 이익을 얻겠나? 최근 포르테브라초와 전투하려고 프란체스코 스포르차가 움직이는 건 둘째치고라도 말이지."

니콜로 다 우차노는 두 팔을 축 늘어뜨렸다. 샤프롱* 밑으로 나온 은색 앞머리가 지혜로운 그의 피로를 모두 말해주는 듯했다. 그가 방 안을 성큼성큼 걸어 다니는 동안 보라색 망토가 그의 어깨에서 흔들렸다. 코시모는 니콜로의 말을 주의 깊게 들었다. 코시모는 니콜로가 피렌체의 평화가 지속되기를 얼마나 간절히 바라는지 잘 알았다. 리날도가 무슨 수를 써서라도 그 평화를 깨려고 한다는 것까지도. 리날도는 전쟁을 위해 사는 사람처럼 보일 정도였다. 처음에는 볼테라에서, 그리고 이제는 루카에서 전쟁을 벌이려 했다. 물론 다른 사람의 목숨을 이용해서 말이다.

코시모는 로렌초와 눈짓을 주고받았다. 그들은 니콜로를 은밀히 만나고 있었다. 어느 쪽에 선 인물이든 어느 한쪽 사람과 함께 있는 것이 사람들 눈에 띄어봤자 좋을 게 없기 때문이다. 피렌체에

---

* 중세에서 르네상스 시대(12세기부터 15세기 중반)까지 서유럽에서 널리 쓰인 두건형 모자.

서 리날도는 전쟁을 의미하고 니콜로는 평화를 상징한다고 다들 생각했다. 다른 한편으로는 10인위원회의 의지를 무시할 수 없었다. 그래서 코시모는 자기 사람들을 움직여 10인위원회 결정에 영향을 미칠 수 있게 해놓았다.

"우리가 할 수 있는 일은 다했습니다, 니콜로 어르신. 게다가 10인위원회가 결정했습니다. 물론 저희 쪽 충고를 따랐지요. 두고 보면 아시겠지만 우리가 이끌어낸 해결책이 무시할 만한 것은 아닐 겁니다. 제가 지금까지 책임지고 있기도 하고요. 지금은 불안한 시기입니다. 사실 파올로 구이니지가 도를 넘었지요. 루카를 공격한 게 실수라고 하셨는데, 맞습니다. 특히 스포르차가 방어를 시작한 지금 말입니다.

그렇지만 가만히 앉아 우리 헤게모니를 잃고 영토 확장을 포기해야만 할까요? 제가 리날도를 얼마나 증오하는지 아시잖습니까. 그렇지만 밀라노 사람들이 침입하면 우리는 곧 한구석에 모여 우리 도시에서 살아남으려고 구걸하게 될 게 분명합니다."

니콜로의 눈이 번득였다. 그는 코시모 말에 담긴 깊은 뜻을 놓치지 않았다. 코시모는 자기 아버지와 많이 닮았다. 게다가 어느 정도 이중성은 인정하는 분위기였다. 한편으로는 전쟁에서 한 발 물러나면서 또 다른 한편으로는 전쟁에 찬성한다고 넌지시 암시하는 분위기 말이다.

"잘 듣게, 코시모. 자네 생각이 어떤지 알겠네. 자네 주장에 근거가 없다는 말은 아니지만 나와 리날도를 동시에 얻을 수는 없다는 점을 잊지 말게나. 그러니 자네가 동맹군을 잘 선택해야 해."

코시모는 지혜로운 노인 니콜로의 말에서 일렁이는 분노를 분명하게 알아차렸다. 그는 니콜로를 달래야만 하고 앞으로 일을 어떻게 진행할 계획인지, 그리고 왜 그래야 하는지 그가 간파하게 만들어야만 했다.

"어르신, 무슨 말씀인지 잘 압니다. 저를 믿어주세요. 메디치가는 어르신의 동맹군이고 평화의 수호자입니다. 게다가 우리 모두 프란체스코 스포르차라는 존재가 얼마나 위험한지 잘 압니다. 밀라노는 과거에 이미 우리에게 큰 피해를 주었습니다. 그러니 지금 밀라노에 루카를 양보한다는 건 큰 실수일 겁니다. 스포르차가 포르테브라초에게 포위당한 루카를 해방시킬 게 분명합니다. 그자는 많은 병사를 이끌고 왔어요. 병사들은 무장도 잘되어 있습니다. 우리가 여기서 이런 대화를 나누는 이 순간 스포르차가 루카에서 개선행진을 하고 있을 가능성도 배제할 수 없습니다."

"그 점에 대해서는 나도 의심하지 않네. 대등하지 않은 상대야. 그리고 내가 알고 있는 정보대로라면 포르테브라초의 지휘권이 곧 박탈될 거라고 하더군."

코시모는 그 소식은 처음 들었지만 그가 하려는 말과는 별 상관없는 얘기였다.

"니콜로 어르신, 제 생각에는 검을 휘두르지 않고도 프란체스코 스포르차에게서 자유로워질 수 있습니다. 10인위원회도 그 점에 동의했고요. 제 말 뜻 아시겠습니까?"

"그게 훨씬 이득이지 않겠습니까, 거기에 동의하지 않으세요?" 로렌초가 다그쳤다. 그는 형이 하는 생각의 흐름을 끊고 싶지 않았지만 지금 자신들이 제시하는 해결책의 장점을 강조하지 않을 수 없었다. 믿기지 않는 듯 니콜로가 눈썹을 치켜세웠다. 코시모는 아랑곳하지 않고 계속 말했다.

"용병부대 선두에 있는 도둑개들이 어떤 전리품에 눈독을 들이는지 저희는 분명히 압니다. 진짜 문제는 우리 모두가, 단 한 사람도 예외 없이 군사를 훈련시키는 일에 신경 쓰지 않고 싸우는 일이 직업이 되게 내버려두었다는 겁니다. 그것도 대가를 많이 받는 직업으로요. 그래서 제가 이걸 이용하려는 겁니다."

"돈을 준다는 건가?" 니콜로가 물었다.

"스포르차를 어떻게 루카에서 떼어놓을지는 제가 알아서 할 일입니다. 어르신에게 알려드리고 싶은 건, 저 역시 평화를 갈망하며 불필요하게 피를 흘리고 싶지 않다는 겁니다. 그뿐만 아니라 군인이 전투를 하는 이유가 결국은 돈이라고 생각해보십시오. 그러니 스포르차는 분명 제 제안에 기꺼이 응할 겁니다."

니콜로가 한숨을 내쉬었다.

"그렇다면 행운을 빌겠네."

로렌초가 빙긋 웃었다.

"그렇지만 기억해두게." 니콜로가 바로 말을 이었다. "자네가 계획을 실행에 옮기는 순간부터 어느 누구도 검을 사용하지 않았으면 좋겠네."

"약속드립니다. 됐지요? 우리 가문과 어르신 사이에 맺어진 우정을 걸고."

니콜로가 고개를 끄덕였다.

"자네들이 다시 피렌체로 돌아가기 전에 저녁식사를 하고 우리 집에서 좀 쉬었다 가면 좋겠군그래." 코시모는 니콜로의 목소리가 한결 부드러워진 걸 느꼈다. "쉴 방을 벌써 준비해두었다네. 그리고 운이 좋으면 자네들이 여태 먹어보지 못한 최고의 꿩 고기 파이를 맛볼 수 있을 거야."

그 말이 끝나기 무섭게 로렌초가 말했다.

"물론입니다. 말을 달려왔더니 배가 고파요."

"그런데 다시 한 번 부탁하겠네, 친구들. 프란체스코 스포르차를 다루는 문제는 간단하지 않아. 그자는 엄청난 욕망과 믿기지 않을 정도의 야심으로 무장했어. 유리한 조건을 양보하려고 하지 않을 거야. 그걸 알아야 해."

"스포르차를 과소평가할까 봐 걱정하신다면 저는 절대 그럴 생각이 없습니다, 어르신." 코시모가 분명하게 말했다.

"명심하게. 그렇지 않았다가는 하느님께서 우리를 불쌍히 여기실 테니."

니콜로 말이 허공에서 맴돌다가 음울하면서도 위협적으로 주위로 퍼져나갔다.

9. 전쟁터

화승총에서 푸르스름한 연기가 하늘을 향해 올라갔다. 네리의 눈앞에서 프란체스코 스포르차의 기병대가 고개를 숙이고 전속력으로 돌진했다. 쉴 새 없이 포를 쏘았지만 빌어먹을 악마들 대부분이 빠르게 전진했다. 이쯤이면 끝장일지도 몰랐다. 그는 충돌을 준비했다. 그 앞에 거품을 문 말의 주둥이가 나타나더니 곧 예리한 검이 그의 머리 위로 내려왔다. 그는 양손으로 사용하는 긴 검 츠바이핸더를 두 손에 쥐고 위로 들어 올렸다. 검들이 부딪칠 때 시퍼런 불꽃이 튀었지만 네리는 그대로 서 있었다. 그의 주위에 있던 동료들이 쓰러지는 게 보였다.

네리를 공격한 기사는 달리던 방향으로 질주하다가 잠시 후 윤기 나는 황갈색 털을 휘날리던 말을 멈추었다. 흥분한 말이 앞다리를 허공에 들고 버둥거리더니 방향을 돌려 다시 네리를 향해 달려왔다.

네리는 어찌해야 할지 알 수 없었다. 그는 두려워서 금방이라도 죽을 것만 같았다. 오줌이 줄줄 흘러내려 바지를 적셨다. 바로 그 순간 말을 탄 병사가 갑자기 그와 몇 발짝 떨어지지 않은 지점에 멈춰 섰다. 그러더니 완벽히 균형 잡힌 민첩한 동작으로 한쪽 발을 들어 말안장에서 내려왔다. 그래도 말은 앞으로 조금 더 달려 나갔다.

병사가 두 발로 땅을 차자 갈색 먼지구름이 일었다. 곧이어 병사는 검을 휘둘렀다. 유연한 단 한 번의 동작에 네리는 당황하고 말았다. 소년 네리는 두 눈을 크게 뜨고 양손으로 검을 높이 들고는 이리저리 공격을 막아보았다. 하지만 상대가 워낙 맹렬하게 공격해오는 데다가 검이 너무 무거워 결국 바닥에 나뒹굴었다.

흙이 입으로 들어왔지만 지체할 시간이 없었다. 즉시 벌떡 일어서서 정신없이 내리치는 칼날을 아슬아슬하게 피할 수 있었다. 기사의 검은 정말 무시무시했다. 네리는 남자가 자신을 가지고 논다는 인상을 받았다. 자신이 실수하는 순간을 기다렸다가 개똥지빠귀처럼 검으로 찌르려는 사람 같았다. 남자는 그 순간을 기다리며 즐기고 있었다.

그 상황에서 벗어날 방법 따윈 없는 것 같았다. 갑옷의 금속판과 검과 가죽이 정신없이 뒤섞인 가운데에서 격투를 벌이다보니 누군가 그의 등에 와서 부딪쳤다. 그사이 적은 더 가까이 다가와 있었다. 네리는 다시 몸을 낮추며 방어했다. 하지만 네리가 반격을 가하려고 하자 병사가 옆으로 몸을 피했고 그의 찌르기는 헛수고로 돌아가 검은 허공만 갈랐다.

네리는 예리한 통증을 느꼈다. 왼쪽 다리가 갑자기 떨어져나가는 듯했다. 뭔가가 허벅지로 번져나가는 느낌이었다. 미적이지 않고 몸을 돌려보니 회색 바지가 어두운 강물이 넘쳐흐르는 것처럼 검은색으로 변해 있었다. 진주색 군복이 피에 물들어 포도주색으로 변했다.

네리는 무릎을 꿇으며 주저앉았다. 허벅지 상처가 너무나 깊어서 자기 다리를 두 눈으로 보면서도 그게 아직 몸에 붙어 있다는 게 믿기지 않았다. 상처에서 다시 피가 솟구쳤다. 그는 고통스러워 눈물을 흘렸다. 피와 땀에 젖은 땅바닥에 무기력하게 앉아 있던 네리의 눈에 마지막으로 보인 것은 심판의 날이 오기라도 한 듯 자신을 향해 빠른 속도로 내려오는 병사의 검이었다.

프란체스코 스포르차는 오른쪽으로 그리고 왼쪽으로 비스듬히 검을 휘둘렀다. 검이 살 속으로 깊숙이 들어갔다. 그러자 병사의 머리가 몸에서 떨어져 나와 몇 미터 앞쪽 땅으로 굴러 떨어졌다. 참수당한 몸에서 피가 분수처럼 솟구쳤다. 목을 잃은 피렌체 병사의 몸이 둔탁한 소리를 내며 루니자나*의 흙바닥에 쓰러졌다.

프란체스코가 투구의 얼굴 가리개를 들어올렸다. 그의 주변에서 패배한 니콜로 포르테브라초의 병사들이 달아났다. 포르테브라초의 보병과 말은 등을 돌리고 프란체스코 병사들과 치명적인 충돌을 피하려 애썼다.

프란체스코가 땅에 침을 뱉었다. 더러운 전쟁이었다. 그는 누구보다 그 사실을 잘 알았다. 취할 수 있는 명예는 하나도 없었고, 건질 건 돈밖에 없었다. 밀라노 공국과 루카의 구이니지가 그에게 준 푼돈은 그와 그의 병사들이 루카를 차지하려고 감당해야 하는 끝없는 고통에 비하면 턱없이 부족했다. 하지만 어쩔 수 없었다. 명령은 명령이었고, 계약했기 때문에 지킬 수밖에 없었다. 그러고 싶지 않으면 다른 일자리를 찾는 게 맞았다. 그는 투구를 땅에 던지고 땀이 뚝뚝 떨어지는 밤색 머리를 무거운 투구에서 해방시켰다.

소년들까지 전쟁터로 보내는 걸 보면 피렌체의 군사력이 바닥난 게 틀림없었다. 프란체스코는 쓸쓸하게 이런 생각을 했다. 자신이 방금 죽인 병사는 아무리 봐도 열여섯 살 이상은 되어 보이지 않았다. 군인이라는 직업에 대해 아무런 인식도 할 수 없는 나이이다. 그 병사의 운명은 프란체스코라는 사자에게 어리바리하게 저항해 보려고 자기보다 큰 검을 허공에 휘두른 순간 결정되었다.

---

* 피렌체와 루카가 속한 토스카나주와 리구리아주 사이 지역.

프란체스코는 찌는 듯한 더위 때문에 숨이 막혔다. 무더위가 기승을 부려서 온몸에 땀이 줄줄 흘러내렸고 고된 하루 동안 긴장한 얼굴도 땀범벅이었다.

그는 이제 존중해야 할 게 아무것도 없다고 생각했다. 그리고 이미 욕이 나올 만큼 지쳐 있었다. 며칠 전부터 씻지도 못했기 때문에 목욕을 해야 했다. 그날의 긍정적 측면을 보려고 애썼다. 어쨌든 적어도 이제 영웅이 되어 루카에 입성할 테고 구이니지가 환대해줄 것이다. 배가 터지게 식사를 한 뒤 시골 여자 두어 명과 몸을 섞을 수 있겠지.

슬그머니 웃음이 나왔다. 그가 주위를 둘러보는 동안 부관 바르톨로메오 달비아노가 발을 질질 끌면서 전쟁터를 피로 적신 시체들 사이로 길을 내며 다가왔다.

"대장님." 바르톨로메오가 웅얼거렸다. 맹렬하게 싸우고 난 뒤라 숨을 헐떡이며 겨우 말했다. "적들이 달아나고 있습니다."

"나도 보고 있네, 달비아노. 자네가 하고 싶은 말을 대신하면, 오늘 우린 훌륭하게 싸웠어." 프란체스코가 말했다. "니콜로 포르테브라초 개자식은 이쪽 지역에 쉽게 나타나지는 못할걸, 아마." 프란체스코는 만족스러움을 감추지 못했다.

"분명 그럴 겁니다, 대장님." 바르톨로메오는 포도주를 마신 뒤 관리를 제대로 하지 않아 시커멓게 썩은 이를 드러내며 웃어보려 애썼다.

"자넨 다친 데 없겠지?"

"두어 군데 찰과상을 입었지만 걱정할 정도는 아닙니다. 포르테브라초의 방어가 난공불락이었다고는 결코 말할 수 없겠지요."

"정말 그랬지, 친구. 그 사실을 알았다면 내가 이렇듯 뜨겁게 달아오르지 않아도 됐는데 말이야." 프란체스코가 농을 던졌다.

"맞습니다. 그렇게 덥게 말이죠." 바르톨로메오가 한숨을 쉬며 말했다.

"어쨌든 이 전투는 끝났어. 전사자가 얼마나 되는지 아나?"

"이런 말씀을 드리기에는 너무 이를지 모르지만, 대장님, 산개 전투가 대성공이었던 것 같습니다."

"나도 그렇게 생각하네. 그래서 말인데 우리 병사들을 묻어주고 저들 시신에서는 전리품을 취하게. 시신에 남아 있는 것이라도 빼앗아야지. 그사이 나는 전위부대를 이끌고 루카 성문 앞으로 갈 테니. 그렇지만 자네가 도착할 때까지 그 앞에서 야영하다가 자네가 오면 같이 들어갈 걸세."

바르톨로메오가 고개를 끄덕이고 인사했다. 그는 명령을 시행하려고 자기 병사들에게 돌아갔다.

프란체스코가 말을 불러 그 위에 올라탔다. 그는 자기 인생이 그리 나쁘지만은 않다고 생각했다. 행운이 조금만 따라주면 이틀 뒤 깨끗한 침대에서 잘 수 있을 테니.

10. 명예로운 피

"전투를 하고 싶다고요. 제 말 이해 못 하세요?"

"그럼 넌 내 생각은 안 하니? 스포르차가 포르테브라초를 향해 움직였어. 곧 루카를 해방시킬 거야. 스포르차가 가는 길에 있던 사람들은 다 가을바람에 떨어지는 낙엽처럼 죽었다고 하더라."

피에로가 어머니 콘테시나를 보았다. 어머니 얼굴이 상기되어 있었다. 구슬 같은 눈물방울이 어머니 얼굴을 적셨다. 붉고 아름다운 입술이 두려움과 분노로 떨렸다. 어머니는 왜 이해하지 못할까? 그는 싸워야만 했다! 그는 아버지와 피렌체 사람 모두에게 자신이 어떤 사람인지 보여주고 싶었다!

"저도 아버지와 할아버지와 똑같은 메디치 남자예요. 아시잖아요? 그렇지만 전 아버지나 할아버지처럼 정치가도 아니고 상인도 아니에요, 어머니! 계산을 잘하는 능력도 없고 예술이나 정치게임에 재능도 전혀 없어요. 제가 가진 건 이 두 팔뿐이라고요. 그리고 제 심장은 피렌체 사람들을 위해 뛰어요. 저를 믿어주세요."

콘테시나는 커튼이 달린 침대 가장자리에 앉아 있었다. 그녀는 두 손으로 얼굴을 감싸고 흐느꼈다.

피에로는 어머니에게서 등을 돌렸다. 그런 어머니 모습을 보니 마음이 좋지 않았지만 이미 결심했다. 그는 오렌지색 촛불을 뚫어져라 보았다. 불꽃들이 뜨겁게 타오르는 혀처럼 그의 눈동자를 비추었다. 피에로는 자신이 아버지처럼 될 수 없다는 걸 알았다. 삼촌 로렌초처럼 될 수도 없었다. 그 사실을 자각하고는 몹시 괴로웠다. 그는 모두에게 자신도 메디치가 사람이라는 것을 알리고 싶었다. 그래서 지금 이 전쟁은 믿기 어려울 정도로 좋은 기회였다. 기회를 놓치고 싶지 않았다. 어떤 이유로도.

한편으로 생각해보면 메디치 집안사람 누구도 군인의 길을 선택하지 않았다. 그러니 그가 그 길을 갈 수도 있는 것 아닐까? 물론 체격이 너무 왜소했고 직업군인도 아니었다. 그래도 검을 다룰 줄 알았다. 바로 그때 할머니 피카르다가 들어왔다. 콘테시나는 피카르다를 보더니 기운을 차리는 듯했다. 갑자기 용기가 난 듯 눈을 들어 올려다보았다.

방 안의 넓은 창문으로 습기와 열기를 담은 8월의 밤바람이 부드럽게 들어왔다. 피카르다는 손자와 아름다운 며느리를 바라보았다. 며느리의 충혈된 눈에는 아직도 눈물이 고여 있었다.

"무슨 일이냐?" 피카르다가 눈앞의 광경이 믿기지 않는다는 듯한 목소리로 물었다. 깜짝 놀란 기색이었다.

"오, 마돈나* 피카르다." 콘테시나가 말했다. 그녀는 시어머니의 갑작스러운 방문을 자신에게 유리하게 이용할 기회라고 생각해 놓치지 않으려 했다. "피에로가 제 말을 안 들어요. 가족을 떠나서 스포르차와 싸우러 가겠다고 하네요. 그렇지만 포르테브라초의 운명이 이미 결정되었는데 그게 무슨 의미가 있을지 의문이 들지 않을 수 없어요."

"밀라노가 루카를 차지하고 피렌체까지 올 수도 있는데 그걸 가만히 보고 있어야만 하는 거예요?"

피에로의 격앙된 목소리가 방 안에 울렸다. 피카르다가 눈길만으로도 상처를 줄 수 있다는 듯 손자를 노려보았다.

* 귀부인에 대한 존칭.

"진심이냐, 피에로?"

"뭐가요?"

"포르테브라초군에 입대하고 싶다는 것 말이다."

"저는 피렌체를 위해 싸우고 싶어요." 그가 고집스레, 이번에는 마음속 분노를 모두 담아서 크게 말했다. 피카르다는 눈썹 하나 까딱하지 않았다.

"지금 무슨 일이 벌어졌는지 아니?"

피에로는 할머니가 무슨 말을 하려는지 짐작도 하지 못했다.

"프란체스코 스포르차가 발 디 니에볼레에 내려와서 아무런 저항도 받지 않으며 전진하고 있다. 거의 그를 막을 수 없다고 해야겠지. 며칠 전부터 루니자나에서 야영하고 있는데, 두말할 것도 없이 포르테브라초는 이제 끝났어. 그래서 네 아버지와 숙부가 행동을 개시한 거다."

피에로의 눈이 휘둥그레졌다.

"놀랐니?"

"그런데… 그럼 아버지와 작은 아버지는 어디로 갔는데요?" 소년은 겨우 이 말밖에 하지 못했다.

피카르다는 눈동자가 보이지 않을 정도로 두 눈을 가느스름하게 떴다. 피에로는 아직도 한참 더 배워야 했다. 콘테시나는 아들을 훨씬 더 엄하게 다루었어야 했다. 콘테시나가 하지 못한 그 일이 피카르다에게는 아주 쉬웠다.

"네 아버지와 숙부는 우리의 가장 중요한 동맹군인 니콜로 다 우차노를 설득하러 몬테스페르톨리로 떠났다. 메디치가가 전쟁을 부추길 의향은 없지만 그렇다고 스포르차가 루카에 내려오는 걸 용인할 수도 없다고 우차노를 설득할 거다."

"그렇게 할 수 있을까요?" 이 세상에서 제일 지혜로운 여자의 말을 경청하듯 시어머니 말을 듣던 콘테시나가 순진하게 물었다.

피카르다가 며느리 눈을 똑바로 보았다. 그리고 한숨을 쉬었다.

"얘야. 스포르차가 정말 중요하게 생각하는 딱 한 가지를 이용할 거야. 돈이지. 그렇지만 그걸로 충분할지는 알 수 없단다. 그래서 루니자나 일이 뜻대로 잘 안 될 경우 로렌초가 로마로 갈 준비를 벌써 하고 있지. 우리 은행 실적과 운영을 확인하고 또 필요할 경우 교황을 알현하려고 말이다. 다행히 우리 집안은 교황의 지지를 받았었지. 조반니가 선견지명이 있어서 발다사레 코사를 돕기로 결정했을 때부터 말이다. 그 뒤 발다사레 코사가 요한 23세로 교황좌에 올랐고 지금 교황 마르티노 5세와도 좋은 관계를 유지하고 있어. 이 정도면 충분하지 않을까? 나 역시 계속 자문하곤 한단다. 그리고 진심으로 그렇게 되기를 바라고. 하지만 코시모 계획대로 되지 않는다면 교황이 분명 우리 땅을 피로 물들일 이 전투의 운명에 영향력을 행사하겠지."

"그러면…." 피에로가 머뭇머뭇 물었다. 그는 할머니 말에는 반박할 게 별로 없다는 걸 잘 알았다. 언제든 결론을 내리는 사람은 할머니였고, 그의 용기는 지금 이 강철 여인 앞에서 햇빛 아래 눈 녹듯 사라지는 기분이었다.

"그러니까 사랑하는 내 손자 피에로야, 네 열정을 무의미하게 낭비할 필요가 없겠지? 전투라는 건 싸우기 전에 이미 일찌감치 승

패가 정해진단다. 이 말 명심해라! 넌 전사 가문이 아니라 은행가,
정치가, 예술가 집안 자식이다. 아버지가 너를 위해 모셔온 스승들
을 잘 이용해라. 카를로 마르수피니와 안토니오 파치니를 가정교
사로 두는 게 흔한 일은 아니니까. 네게 제공된 교육 기회에 감사해
야 해. 그리고 매 순간을 아껴서 공부하고 세상을 이해하도록 하려
무나. 앞으로 언젠가 이 가문을 네가 책임지게 될 거야. 그러니 교
육을 잘 받고 뭔가를 바꿔야 하지 않겠니?"

피카르다는 이렇게 말하며 한 손가락으로 손자에게 경고했다.
그녀의 행동과 말이 워낙 단호하고 엄격해서 소년은 즉시 입을 다
물고 말았다. 콘테시나는 그런 시어머니에게 감탄하며 가만히 앉
아 있었다. 피카르다는 불과 몇 달 전 사랑하는 남편을 잃었다. 하
지만 그 끔찍한 사건으로 허약해진 게 아니라 오히려 매일 더 강해
지는 것 같았다.

"이제 잘 준비하고 잠자리에 들어라." 피카르다가 이렇게 말을
마쳤다. "나하고 네 엄마는 아버지가 좋은 협상 결과를 얻을 수 있
게 기도하러 갈 테니."

11. 개선

프란체스코 스포르차는 루카로 입성하는 동안 환한 표정을 지으
려 했다. 최근 치른 전투의 후유증으로 통증이 있었지만 황갈색 말
위에 꼿꼿하게 앉아 있었다. 땀에 젖은 긴 머리와 무늬가 조각되어

있고 고급스러운 장식이 달린 반짝이는 갑옷이 강하게 내리쬐는 햇빛에 더욱 빛났다. 그는 전부 벗어버리고 튜닉만 걸치고 싶었다.

프란체스코는 더위로 고생했지만 그 대가를 충분히 받을 게 분명했다. 군인이라는 직업은 인상적인 장면을 만들어내야 하고, 승리에는 그에 부합하는 화려한 공물이 따라와야 한다. 화려함은 작은 희생을 수반한다. 루카로 위풍당당하게 입성하는 일은 그래서 꼭 필요했다. 프란체스코는 이를 악물고 참기로 했다. 땀을 흘리면서.

루카의 군주이자 그에게 일을 의뢰한 파올로 구이니지의 말에 따르면, 루카 시민들은 지금 이런 장면을 열렬히 갈망했다. 시민들은 프란체스코를 기다렸다. 긴 행렬이 루카의 좁은 길을 가득 메웠다. 광장도 만원이었다. 골목마다 사람들이 넘쳤다. 루카의 색인 하얀색과 빨간색 천을 흔들었다. 군중은 대부분 취해 있었다. 대열 선두에 선 프란체스코 옆에서 말을 달리던 바르톨로메오는 눈을 어디에 둬야 할지 몰라 계속 이리저리 두리번거렸다.

귀부인들은 저택의 좁은 전망대에서 꽃을 던졌고 다정한 말을 소곤거렸다. 아낙네들은 그런 장관에 넋이 나간 듯, 하얀 가슴을 드러낸 채 황홀한 눈으로 프란체스코를 보았고, 흥분한 남자들은 자신들을 피렌체 압제에서 해방시켜준 프란체스코의 이름을 연호했다. 아버지 어깨에 목말을 탄 아이들은 눈이 휘둥그레져서 위풍당당한 용병대장을 뚫어지게 바라보았다.

내가 어떤 일을 하는지 저들이 안다면… 프란체스코는 생각했다. 사람을 잡아 등에 검을 꽂는 것이 그가 하는 일이었다. 전쟁터에는 존경할 만한 용장이 없었다. 집으로 무사히 돌아가기 위한 계략만 판쳤다. 그는 그 사실을 잘 알았다. 야전에서 정정당당하게 싸우기보다 매복과 매수로 승리를 거둔 전투가 훨씬 많았다. 하지만 지금 그는 그런 사실에 아랑곳하지 않았다. 그리고 그는 폭력에 의지해야 할 때 절대 물러서지 않았다. 솔직히 말해 한 번도 그래 본 적이 없었다.

피렌체와 루카 사람들, 시에나와 피사 사람들은 헤게모니라는 그럴싸한 이름으로 서로 물어뜯기 위해 살아가는 미친개 떼에 불과했다. 그렇지만 그들 누구도 다른 도시를 장악할 수 없었다.

함성이 하늘 높이 올라갔다. 살인적인 더위가 기승을 부리는 8월의 날, 하얀색과 빨간색의 루카 깃발은 꼼짝도 하지 않고 주름을 만들며 아래로 늘어져 있었다.

병사들은 자신만만하게 가슴을 딱 펴고 사자의 뒤를 따라 시로코*가 부는 시내를 행진했고 마침내 성채에 도착했다. 탑이 스물아홉 개나 있는 튼튼한 요새의 문을 시뇨리아**를 상징하는 색깔의 제복을 입은 병사들이 지키고 있었다. 성채가 그들 앞에 위풍당당한 모습을 선명하게 드러냈다.

"그런데," 바르톨로메오가 무심코 말했다. "이 도시 주인이 되려면 여기에 갇혀 살아야 하는 건가요?"

---

* 지중해 주변 지역에서 저기압이 통과하기에 앞서 아프리카의 사막지대에서 불어오는 더운 열풍.
** '지배, 통치, 군주제도, 군주의 권력' 등을 뜻하는 단어로 13세기 이후 이탈리아 북부와 중부 도시국가의 정치체제를 가리키기도 한다.

"이미 살날이 얼마 남지 않았어." 프란체스코가 중얼거렸다. "사람들이 구이니지를 뭐라고 부르는지 아나?"

"아뇨, 모릅니다." 바르톨로메오가 대답했다.

"마누라 잡아먹는 놈." 프란체스코가 대꾸했다.

"희한한 별명이네요. 왜 그런 별명이 붙었죠?"

"20여 년 동안 네 번이나 결혼했기 때문이지. 처음에는 열한 살이던 마리아 카테리나 델리 안텔미넬리와 결혼했는데 그 여자가 아기를 낳고 나서 곧 죽었다네. 그 뒤 일라리아 델 카레토는 둘째 아들을 낳은 뒤 죽었고 피아첸티나 다 바라노와 야코파 트린치도 마찬가지였지."

"세상에, 정말 여러 명이 희생됐군요."

"맞아. 이제 우리가 어떤 사람과 상대해야 하는지 알겠지? 내 말은 위험하기 짝이 없는 뱀이 우릴 기다린다는 거야. 그래서 계속 말하자면 친구, 내가 두려워하는 건 우리가 각각의 군주를 위해 싸우게 되는 상황이야. 바로 이 때문에 자네에게 알려주는데, 오늘 밤 세르키오강 너머 우리 병영에서 피렌체인들을 만날 거야. 내게 제안할 게 있다는군. 그래서 다시 한 번 부탁하는데 말조심하도록."

"피렌체인이라고요?" 바르톨로메오가 믿기지 않는다는 듯 물었다.

"코시모 데 메디치야."

"설마요!"

"사실이야."

프란체스코는 그렇게 말하며 성채 입구로 들어갔다. 바르톨로메오와 부하들이 그를 따랐고 곧 성채의 거대한 내리닫이 격자문 안으로 사라졌다. 환영 인파는 성문 밖에서 걸음을 멈추었는데 그들의 환호성이 루카 시내를 가득 메웠다.

"어서 오십시오, 친구들." 프란체스코와 바르톨로메오가 시뇨리아의 홀에 들어서자 파올로 구이니지가 그들을 맞았다. 더할 나위 없이 유쾌한 그의 목소리가 샐쭉한 얼굴과 대비되었다. 얼굴을 감싼 곱슬곱슬한 수염을 턱 부위에서 뾰족하게 길러 독수리 같은 얼굴이 한층 더 잔인해 보였다.

구이니지는 한참 전부터 두 사람을 기다렸다. 그는 장식술이 달리고 은색 소용돌이무늬가 있는 검푸른색의 화려한 상의를 입었으며 세련된 비단 띠로 허리를 느슨하게 묶었다.

"군주님, 잘 지내셨습니까?" 프란체스코가 물었다.

"우리 성에서 당신을 맞게 되어 반갑소. 이제 피렌체는 섣불리 전쟁할 생각을 못 할 거요."

"저도 그렇게 생각합니다." 프란체스코가 대답했다. "니콜로 포르테브라초가 루니자나에서 대패했으니 제가 루카를 지키는 한 겁이 나서 다시 나타나지는 않을 겁니다."

"그렇소." 구이니지가 마치 신적인 영감이 번개처럼 스쳐지나기라도 한 듯 위를 향해 한 손가락을 쳐들며 크게 말했다. "그게 바로 요점이오, 친구! 사실 그렇소. 당신이 루카를 지켜야 내가 편안히 잠을 잘 수 있을 거요. 당신이 오늘 직접 목격했듯이 백성들이 열광하지만 그 사람들은 날 별로 좋아하지 않아요."

"아, 정말입니까?" 프란체스코가 깜짝 놀라는 척하면서 물었다. 용병대장이 재미있다는 듯 슬쩍 빈정거리며 웃었지만 구이니지는 눈치채지 못한 것 같았다. 실제로 아무렇지도 않은 척 다시 말을 이었다.

"배은망덕한 놈들!" 구이니지가 불쾌한 기색을 노골적으로 드러내며 말했다. "내가 그놈들 때문에 등골이 휘었다오. 예술작품을 만들게 했고 그들을 지켜주려고 이 난공불락의 성채를 건설하게 했소. 그런데 지금 내게 하는 꼴이라니!"

"성채를 건축하신 게 백성들을 위해서입니까, 군주님을 위해서입니까, 군주님?"

프란체스코는 이 흥미진진한 상황을 즐기는 일을 포기할 생각이 전혀 없었다. 구이니지는 그 말에 빈정거림이 담겨 있다는 것을 알아차렸다. 하지만 그는 영리했다. 그래서 그런 조롱에 신경 쓰지 않고 대꾸했다.

"무슨 소리요, 대장. 군주와 백성은 한 몸이오, 안 그렇소?"

"물론입니다, 물론입니다." 프란체스코가 인정하고 본론으로 들어갔다.

"그러니까 우리가 합의하고 계약한 대로." 그가 계속 말했다. "군주님이 약속했던 금액의 잔액 1만 두카토*를 제게 지급하시고 거기에 더해 앞으로 루카를 보호해주는 대가로 그만큼 선금을 제게 주실 수 있습니까? 최근 며칠 사이에 저는 부하를 적어도 백여 명

---

* 베네치아에서 제조한 금화. 이후 이탈리아와 유럽 전역에서 사용되었다.

잃었습니다. 그리고 제대로 방어하려면 잘 아시다시피 비용을 지불하셔야 합니다."

"빚은 빚이니까요." 구이니지가 주저 없이 대답했다. 그렇게 말하며 손가락을 튕겨 탁 소리를 냈다. 그러자 잠시 후 두 남자가 금고를 가지고 접견실에 들어와 용병대장의 발치에 금고를 내려놓았다.

"여기 있소." 루카의 군주가 말했다. "잘 보시오, 두 분. 만 두카트요. 두 분이 번 돈이오."

바르톨로메오는 뚜껑이 열린 금고에 수북이 쌓인 채 반짝이는 금화를 보자 거의 넋이 나간 것 같았다. 하지만 프란체스코는 그와 전혀 다른 사람이어서 그 정도에 만족하지 않았다.

"좋습니다. 이전의 빚은 다 갚으셨습니다. 그러면 선금은 어떻게 하실 생각이십니까?"

"무슨 선금 말이오?"

"제가 방금 말했잖습니까?"

구이니지의 입가에 비웃음이 번졌는데 미소를 지으려 했던 게 틀림없었다. 일그러진 입술이 만들어낸 미소는 족제비 얼굴에 훨씬 더 잘 어울릴 듯했다.

"이 도시의 미래를 저당잡을 만 두가토 말이오? 무슨 소리요, 대장. 지난번에도 그렇게 많은 액수를 요구하지 않았지 않소? 게다가 아직 적에게 검을 들기도 전인데 말이오. 너무 과하다고 생각하지 않소?"

"그러니까 당신과 당신 백성들의 안전을 위태롭게 하면서 흥정할 생각이신 겁니까? 저보다 더 잘 아시겠지만 피렌체인들은 금방 전열을 재정비하고 루카를 포위 공격하러 올 겁니다. 어쩌면 이번에는 포르테브라초를 보내지 않을지도 몰라요. 대신 그들은 금화 몇 푼만 주어도 당신들을 괴롭힐 준비가 된 악당들을 지휘할 능력이 있는 남자를 찾을 겁니다. 정말 그런 위험을 무릅쓸 각오입니까?"

구이니지가 한숨을 쉬었다. 그의 눈빛이 수천 가지 말보다 더 많은 말을 하고 있었다. 그러다가 드디어 우물쭈물 액수를 말하더니 그것을 지불하겠다고 약속했다.

"5천 두가토." 그가 웅얼웅얼 내뱉었다. "일을 잘 마치면 다시 1만5천 두카토를 더 지불하겠소. 그 대신 피렌체 놈이 단 한 명이라도 내 도시 주변에서 얼쩡거리는 꼴은 보고 싶지 않소."

프란체스코가 고개를 갸우뚱했다. 그의 말은 설득력이 있었다.

"5천 두카토면 아예 없는 것보다는 낫겠죠. 그렇지만 분명히 말씀드리는데 너무 적습니다. 어쨌든 우선 그 정도로 버텨보지요."

"제발 그렇게 해주시오. 부탁이오. 나중에 2만 두카토까지 지불하겠소. 밀라노 공작님에 대한 내 충성심이 얼마나 깊은지 아시잖소."

"군주님 지갑의 깊이가 그걸 증명하겠지요, 군주님." 프란체스코는 이렇게 말하며 주위를 둘러보았다. 밝은색으로 칠한 벽에는 사계절을 표현한 프레스코 벽화가 그려져 있었다. 갑옷과 거치대에 놓인 검도 보였는데 물론 전시용에 불과했다. 프랑크-플랑드르에서 만든 포도넝쿨을 조각해 넣고 아름다운 연철 장식으로 꾸민 장식장과 가구들도 눈에 뜨였다. 나무 패널에 그린 세 폭짜리 제단화 두 점이 홀 한가운데에 놓인 넓은 식탁에 닿았다. 식탁에는 도자기와 커다란 금포크와 나이프, 멋진 컵들이 완벽하게 준비되어 있었고 화려하게 장식된 의자가 열두 개 놓여 있었다. 대들보가 그대로 노출된 천장에 매달린 열두 개 램프의 연철 샹들리에도 인상적이었다.

자기 백성들에게 원성을 듣는 폭군이지만 구이니지는 여전히 부유하게 잘살아가는 것 같았다. 모든 게 프란체스코와 같은 사람들, 더러운 일을 도맡아서 하고 끊임없이 목숨을 걸고 위험하게 싸우는 용병대장들 덕이었다.

"프리아모 델라 퀘르차*의 프레스코 벽화, 아름답지 않소? 보다시피 사계절을 표현했지요." 부드러우면서도 뻔뻔한 구이니지 목소리가 방 안에 울렸다. "자, 내 부하들이 5천 두가토를 세서 이리로 가져오는 동안 괜찮다면 점심식사 친구가 되어주지 않겠소? 나하고 같이 식사하면 좋겠군요."

구이니지는 대답을 기다리지도 않고 식탁 위에 놓여 있던 작은 종을 집어서 금방이라도 종을 박살내버릴 듯이 힘껏 흔들었다.

시종장과 음식 서빙 담당, 포크와 나이프 담당, 컵 담당, 음료 담당과 식료품 담당을 포함한 식사시종이 모두 바로 나타났다. 시종들이 잘 훈련된 개들처럼 교대로 각자 서빙할 음식들과 두말할 필요 없이 훌륭한 포도주의 특징을 설명했다. 햄과 소시지, 속을 채운

---

* 1400~1467. 르네상스 초기의 화가.

파스타와 화덕에 겉을 바싹 구운 파스타, 그리고 구운 고기와 스튜에서 치즈와 과일, 케이크에 이르기까지 끝없이 이어지는 설명이 끝나갈 무렵 바르톨로메오는 하마터면 검을 빼서 시종들의 6중창을 끝낼 뻔했다.

프란체스코가 다정하게 바르톨로메오를 보며 참으라고 눈짓했다. 여섯 명이 구이니지와 두 손님에게, 그들을 기다리는 진수성찬에 대한 소개를 마치자 드디어 루카의 군주가 두 용병에게 자리에 앉으라고 권했다.

프란체스코는 그 말이 떨어지기가 무섭게 왕좌라고 해도 좋을 만한 의자에 앉았다. 그러면서 속으로 이런 생각을 했다. 훌륭한 그림, 옷, 고급 천과 가구, 샹들리에, 프레스코 벽화, 최고급 포도주와 음식들은 분명 화려하고 경이롭고 매력적이지만 그와 동시에 한 남자를 나약하게 해서 무기력한 인간으로, 스스로 돌볼 수도 없고 자기 백성을 지킬 수도 없는 인간으로 만드는 독이기도 하다는 생각 말이다. 단적으로 프란체스코가 되고 싶은 인간은 당연히 이런 인간이 아니었다.

식탁에 자리를 잡고 나서 식사시종들이 서둘러 맛있는 음식을 식탁으로 나르는 동안 기쁨이 두 배로 커졌다. 프란체스코는 그 식사가 중요한 담판을 짓는 것으로 끝나게 될 그날 즐길 수 있는 황금 같은 휴식이라는 사실을 잘 알았다. 모든 일이 최선의 방향으로 진행되길 진심으로 바랐다. 구이니지가 자신의 이중플레이를 의심하기만 해도 큰 문제가 될 수 있었다. 자기를 식사에 초대해준 주인의 목을 베고 싶은 생각은 추호도 없지만 구이니지가 조금이라도 수상한 농담을 한다면 한순간도 주저하지 않을 작정이었다.

12. 병영

프란체스코는 학살과 약탈을 끝내고 영웅으로 루카에 입성해 방탕한 구이니지를 만나고 나자 빨리 그 도시에서 벗어나고 싶었다. 그는 세르키오를 지나 페시아 근처 콜레 델 루포에서 야영했다.

긴 하루였다. 행진과 끝도 없이 길었던 점심식사는 차라리 전쟁터로 돌아가고 싶은 생각이 들 정도로 프란체스코를 피곤하게 했다. 늘 그랬다. 전투할 때는 평온한 생활을 바랐고 휴식할 때는 다시 검을 휘두르고 싶어졌다. 사실 그에게 임무를 맡기고 계약서에 서명하는 제후나 공작들과 계속 만나는 일이 그를 가장 지치게 했다. 보수를 받으면 행복했지만 전투가 아닌 전혀 다른 일을 하며 자신만의 시간을 보내고 싶었다. 전혀 다른 여자와 함께하면 더 좋았다. 구이니지는 바보였지만 프란체스코의 주군인 필리포 마리아 비스콘티도 그에 못지않았다. 적어도 그가 보기에는 둘 다 똑같았다.

결국 전투로 번 돈을 쌓아놓아도, 성으로 돌아가 사냥하거나 예쁜 여자들과 만나는 일에 쓸 시간이 없다면 그 돈이 무슨 소용이 있겠는가? 그리고 언젠가 여자들 중 한 사람을 골라 애첩을 만들거나 사랑하는 배우자로 만들지 않는다면? 왜 그런 가능성이 그에게는 허용되지 않을까? 뭐가 잘못되었을까? 게다가 대체 왜 그가 구이니지나 필리포 마리아의 위치에 오를 수 없을까? 뭐가 부족해서? 부족한 건 전혀 없었다. 오히려 그는 혼자 힘으로 자신을 방어할 수 있었다. 아마도 정치적 감각이 부족하고 계산과 속임수를 사랑하지 않은 게 그 이유일 수는 있겠다.

동맹군! 그는 생각했다. 지금 그에게 필요한 것은 바로 동맹군이었다! 그에게 대가를 주어 그가 임무를 수행하게 돕고, 그로부터 자신의 이익을 얻는 야심과 열망이 있는 남자들이 필요했다.

프란체스코는 이런 생각에 잠겨 넓은 천막에 마련된 침상에 누워 있었다. 그리고 자신에게 주어진 상을 기다렸다. 천막 한쪽 구석, 친절한 누군가가 준비한 작은 테이블에 키안티 포도주 두 병이 놓여 있었다.

마침내 상이 도착했다. 그가 요구한 그대로였다. 한 아가씨는 농부로, 검은 머리에 입술이 육감적이며 키가 크고 풍만하면서도 몸매가 좋았다. 다른 아가씨는 북부 출신 미인으로 관능적이고 색기가 흘렀다.

프란체스코는 당장 행동에 들어갔다. 기다림과 여러 가지 생각으로 지쳐 있었기 때문에 더 지체할 수 없었다. 잠시도 기다릴 수 없을 정도로 그의 피를 끓어오르게 한 검은 머리 여자에게 달려들었다. 그녀의 까무잡잡하고 풍만한 가슴을 움켜쥐고 통통한 손가락으로 유두를 꼬집었다.

용병대장이 농부 아가씨 가슴에 매달려 있는 동안 다른 아가씨가 그의 바지를 아래로 내렸다. 성기를 잡으며 손가락 끝으로 음낭을 간질이자 흥분한 그가 신음했다. 곧이어 여자가 도톰하고 촉촉

한 입술로 성기를 감쌌다.

프란체스코는 천국으로 곧장 올라간 기분이었다. 여자와 전투, 그는 이 두 가지를 특히 좋아했다. 성급하게 여자들을 희롱하면서 자신의 열정을 더욱 키워야 한다는 결론에 이르렀다. 나이를 먹어 가니 어쨌든 명예로운 노년을 설계할 생각을 해야만 했다.

코시모가 탄 말이 신경질적으로 빙빙 돌았다. 코시모는 로렌초 와 함께 페시아로 가는 길이었다. 피렌체의 용병인 기사 열두 명이 그들의 뒤를 따랐다. 기사들은 번쩍이는 검은색 흉갑을 입고 투구 를 썼다. 프란체스코의 병영이 멀지 않았다. 프란체스코는 페시아 외곽, 세르키오 너머의 콜레 델 루포에서 야영했다.

코시모와 부하들은 모두 흰 띠를 팔에 둘렀는데 프란체스코를 면담하고 협상하는 게 그들의 목적이라는 점을 확실히 알리기 위 해서였다. 검은 말 두 필에는 자루가 여러 개 실려 있었다. 자루의 반은 위장하려고 씨앗으로 채웠고 그 밑에 피오리노* 금화를 담았 다. 이 여행의 이유는 분명했다. 프란체스코를 만나 매수하고, 루카 를 피렌체에 넘기라고 설득하기 위해서였다. 코시모가 압력을 가 해 10인위원회가 그렇게 준비했다. 니콜로 다 우차노도 모든 사실 을 아는 지금, 메디치가의 새로운 주인은 토스카나 땅에 지나치게 큰 영향력을 행사하려는 밀라노의 미수에서 벗어나기 위해서라면 할 수 있는 일은 다할 생각이었다.

---

* 피렌체에서 주조한 금화.

물론 코시모는 필리포 마리아 비스콘티 공작과 적대관계로 있을 생각은 추호도 없었다. 프란체스코를 보낸 사람이 바로 그이기 때문이다. 코시모는 가능한 한 밀라노와 피렌체에 이익이 될 방향으로 일을 진행하고 싶었다. 그렇게 해야 균형이 깨지지 않을 테고 그러한 균형이 분명 미래에 도움이 될 테니까. 평화는 사업에 필수적이다. 그의 아버지가 세상을 뜬 이후 모두 평화를 깨려고만 했다. 은행에서 수익을 얻는 메디치가와 달리 리날도 델리 알비치와 팔라 스트로치는 자금을 확보할 수 없자 공포를 조장하고 전쟁을 입에 올리며 정치적 영향력을 행사해 최대 이익을 얻으려 했다.

코시모는 이런 생각을 하며 기사들에게 자신을 따르라고 신호를 보냈다. 시커먼 언덕 너머로 주황색 해가 지면서 하늘을 붉게 물들였다. 서둘러야만 했다.

코시모가 준마에 박차를 가해 달렸고 로렌초와 열두 기사도 그 뒤를 따랐다. 나지막한 소나무 숲 사이로 난 오솔길을 지나서 나무들이 듬성듬성해지는 곳에 도착하니 평지가 나타났다. 바로 그 순간 프란체스코 병영이 그들 눈앞에 모습을 드러냈다. 천막들이 여기저기 서 있었다. 병사 몇 명이 지친 몸을 이끌고 누군가 새끼염소 고기를 꼬치에 꿰어 굽고 있는 화덕 쪽으로 갔다. 냄새만으로도 군침이 돌았다. 바닥에 꽂아둔 횃불과 화로에서 빨간 불꽃이 이미 어둠이 짙어진 하늘로 퍼져나갔다. 코시모 일행의 말이 총총걸음으로 병영에 도착하기가 무섭게 보초 두 명이 멈추라고 명령했다.

코시모 일행의 숫자를 보더니 다른 병사 몇 명이 더 합류해서 보초들에게 힘을 실었다. 하지만 코시모가 곧 횃불 쪽으로 자신들의 팔에 묶은 하얀 띠를 보여주었고 다른 기사들에게도 똑같이 하라고 신호를 보냈다.

"누구요?" 보초가 피로와 포도주에 찌든 쉰 목소리로 물었다. 코시모는 희미한 횃불 속에서 술에 절어 번득이는 보초의 눈과 거미줄처럼 투구 밑으로 흘러내려 광대에 딱 달라붙은 지저분한 머리카락을 보았다.

"우리는 피렌체에서 왔소. 프란체스코 스포르차 대장이 우리를 기다리고 있소. 우리를 대장 천막으로 안내해주면 감사하겠소."

보초가 기침을 했다. 거의 허리가 끊어지기라도 할 듯 몸을 구부렸다. 땅에 가래를 뱉더니 다시 기침을 시작했다. 그가 잠시 동료와 이야기를 나누었는데 코시모 일행은 그 순간이 한없이 길게만 느껴졌다. 다른 보초 하나가 다가왔다가 곧 그 자리에서 벗어나 천막 쪽으로 갔다. 그 보초가 돌아와서 첫 번째 보초에게 고개를 끄덕이며 짧게 몇 마디 할 때까지 아무 일도 일어나지 않았다. 첫 번째 보초가 상황을 확실하게 파악하더니 코시모를 다시 올려다보았다.

'왜 매번 이런 무능한 놈들이 길을 막지?' 코시모가 생각했다.

"피렌체인입니까?"

"맞소."

"프란체스코 스포르차 대장님을 만나러 온 겁니까?"

"그렇소." 코시모가 화가 난 기색을 드러내며 대답했다. "빨리 통과시키시오. 그렇지 않으면 지금 이대로 돌아가버릴 테니. 그랬다가는 당신들 주군이 상당한 액수의 금액을 잃게 될 테고 그 결과 당신들 모두 맞아 죽을지도 모르는데 이게 당신들이 원하는 거요?"

"물론 그건 아니오. 내 동료가 프란체스코 스포르차 대장님 천막까지 안내할 겁니다. 당신하고 짐만!" 코시모와 자루를 실은 말을 가리키며 명령했다.

"뭐라고?" 로렌초가 금방이라도 검을 뺄 기색으로 다그쳤다. 하지만 코시모가 손으로 동생을 제지했다.

"좋소." 코시모가 말했다. "프란체스코 스포르차가 어떤 사람인지 봅시다."

그제야 보초가 옆으로 물러났다.

13. 코시모와 프란체스코

코시모는 프란체스코가 위풍당당한 인물이라는 점을 인정하지 않을 수 없었다. 진중해보이고 투지로 불타오르는 얼굴은 전투를 지휘하며 보낸 삶을 말해주었다. 솔직한 시선은 존경심을 불러일으켰지만 경우에 따라서는 공포감을 줄 게 틀림없다고 코시모는 확신했다. 그 순간 상황에 맞게 입가에 일종의 미소 같은 것을 지었지만 눈빛이 단호했기 때문이다. 놀랄 만큼 큰 키는 말할 것도 없고 황소처럼 튼튼하고 넓은 어깨 역시 그런 인상을 만들어내는 데 한몫했다.

그렇기는 해도 얼굴에 피로의 그림자가 감돌았고 소박하고 심지어 실밥도 다 터진 연두색 겉옷은 땀에 젖어 있었다. 그 어떤 전투든 결국 그를 지치게 만들 뿐이라는 걸 보여주는 듯했다.

천막 안은 간소하게 꾸며져 있었다. 간이침대보다 약간 더 큰 침대와 불빛을 반사하는 화로들, 포도주잔 두 개와 포도주 한 병이 놓인 작은 탁자가 전부였다. 한쪽 구석에 여기저기 긁히고 전투지의 흙먼지에 뒤덮인 갑옷이 놓여 있었다.

"코시모 씨." 용병대장이 먼저 입을 열었다. "지옥처럼 무더운 여름밤에 방문해주셔서 반갑습니다."

"만나주셔서 감사합니다, 대장님." 코시모가 말했다. "아시다시피 대장님이 지휘관으로서 완벽하게 행동하신 덕에 제가 사랑하는 피렌체가 상당히 당혹스러운 상황에 놓이게 되었습니다."

"안타깝습니다, 코시모 씨. 진심으로 드리는 말씀입니다. 그렇지만 제 일에 대한 대가를 지불하는 이가 파올로 구이니지인 것은 부인할 수 없는 사실입니다. 그뿐만 아니라 이 싸움에 개입해서 포르테브라초를 쫓아내라는 명령을 직접 내린 사람은 바로 필리포 마리아 비스콘티 공작님입니다."

"물론 저도 압니다. 대장님, 솔직히 말씀해주십시오. 니콜로 포르테브라초와 그 부하들을 몰아내고 피렌체군에 저항하는 대가로 구이니지가 얼마를 지불했습니까?"

프란체스코는 잠시 망설이는 듯했다. 그러더니 그의 입에서 코시모가 상상했던 액수가 흘러나왔다.

"2만5천 두카토입니다. 5천은 선불이고 나머지는 일이 끝난 뒤 받기로 했지요."

코시모가 고개를 끄덕였다.

"적당한 금액이지만 놀랄 만큼은 당연히 아니군요. 내가 루카 군주였다면 좀 더 통 크게 지불했을 텐데요." 코시모는 이렇게 말하며 노골적으로 빙그레 웃었다.

"솔직히 말씀드리면 구이니지 상태가 아주 안 좋았습니다, 코시모 씨."

코시모가 깜짝 놀랐다. "정말입니까?"

"그는 자신의 성채에서 한 발짝도 움직이지 않았습니다. 그의 등 뒤에 원한을 뿜어대는 죽은 아내 네 명의 혼령이 있는 것 같았습니다. 오늘 저와 제 부관 달비아노가 루카에서 영웅으로 환영받기는 했지만 제가 보기에 루카는 구이니지에게 반기를 들 준비가 되어 있었습니다."

"왜 그렇게 생각하게 되었습니까?"

"사실 진정한 군주는 자기 백성을 두려워해서는 안 됩니다. 코시모 씨, 스스로를 보십시오. 여기까지 찾아온 당신 자신을 말입니다. 타협과 정략으로 당신이 원하는 것을 얻으려 한다는 걸 저도 분명히 압니다. 피렌체 10인위원회의 합법적 지지를 받으면서 말이지요. 어쨌든 당신이 바로 피렌체라고 말할 수 있을 테니까요."

코시모는 아무런 감정도 드러내지 않았다. 프란체스코 말에 기분이 좋은지 나쁜지도 말하기 힘들었다. 어쨌든 코시모가 고개를 끄덕였다.

"대장님이 우리 상황을 그리 정확히 알고 계시다니 놀랍습니다."

"저는 군인입니다, 코시모 씨. 어쨌거나 용병이지요. 솔직히 말씀드리면 정보를 얻는 것도 제 일의 일부입니다." 프란체스코는 이렇게 말하며 가슴을 쳤다. "포도주 한 잔하시겠습니까?"

"감사하지만 이렇게 찾아온 이유를 빨리 말하고 싶습니다."

대장이 작은 탁자로 다가가서 잔에 붉은 포도주를 따랐다. 먼저 맛을 본 뒤 곧이어 벌컥벌컥 길게 두 번 포도주를 들이켰다. 그리고 혀를 차더니 손등으로 입술을 닦았다.

"들어봅시다."

"루카를 피렌체에 넘기겠다는 약속을 하고 그 책임을 맡아준다면 당신에게 5만 피오리노를 주겠다는 제안을 하러 왔습니다. 분명히 알아두셔야 할 것은 이 가격은 협상의 여지가 없습니다. 어떻게 생각하십니까?"

코시모가 검은 눈으로 프란체스코를 똑바로 보았다. 잠시였지만 두 사람 중 누구도 시선을 돌리려 하지 않았다. 대장은 자기 앞에 앉은 남자의 강철 같은 의지뿐만 아니라 쉽게 상처 낼 수 없는 결단력을 알아차렸다. 무엇보다 코시모 데 메디치는 자기 아버지와 같은 고귀한 기질을 물려받은 게 분명했다.

게다가 피렌체가 제시하는 금액은 앞서 구이니지가 그에게 약속했던 금액과는 비교도 되지 않았으므로 거절할 이유가 전혀 없었다. 부하들도 만족할 것이며 그도 드디어 새 말과 오래전부터 구입하고 싶었던 성을 살 수 있으리라. 어쩌면 아름다운 여자와 함께 노년을 보낼 수도 있을 성을. 여자가 꼭 한 명이 아니어도 좋고…. 간단히 말해 크게 생각해볼 수 있지 않을까? 프란체스코는 분명 제안을 받아들일 것이다. 다만 한 가지 우려되는 게 있었는데 그 문제는 반드시 분명하게 짚고 넘어가야 했다.

그 계약 조항이 없으면 아무 일도 할 수 없었다.

14. 합의

"그 제안을 받아들일 수는 있는데 한 가지 문제가 있습니다." 대장이 말했다.

코시모가 프란체스코의 눈을 똑바로 보며 말을 기다렸다.

"제 평판입니다."

"좀 더 명확하게 말씀해주십시오."

"보십시오, 코시모 씨. 이상해 보일 수도 있지만 우리 용병들도 의뢰인들에 대한 의무와 책임이 있습니다. 어떤 식으로도 무시할 수 없는 의무지요."

"제가 말한 금액을 받아들일 수 없을 정도의 의무인가요?"

"그렇지는 않습니다."

"그럴 줄 알았습니다." 코시모가 재치 있게 말했다.

"당신이 무슨 말을 할지 짐작이 가는데…."

"정말 그렇게 생각하십니까?" 코시모가 프란체스코 말을 가로막았다. "그렇게 단순하지 않습니다. 제 말을 들어보십시오…." 그러더니 길게 한숨을 쉬었다. 그러더니 하기로 작정한 말을 한마디도 빼놓지 않았다. "대장님이 분명한 책임을 맡았기 때문에 제 제안을 가벼운 마음으로 수락할 수 없으리라는 건 충분히 짐작할 수 있습니다. 우리 원칙과는 다르겠지만 용병대장에게도 행동의 바탕이 되는 원칙이 있고 그 원칙에 따라 행동한다는 사실을 저도 분명히 압니다. 마찬가지로 이 5만 피오리노를 받을 의사가 당신에게 충분히 있다는 것도 잘 압니다.

자, 제 생각은 이렇습니다. 루카를 내게 고스란히 넘겨주는 게 아니라 파올로 구이니지와 그의 도시를 피렌체 병사들에게 맡긴다면 당신들 임무를 크게 저버리는 게 아니면서 우리 둘 다에게 쉽고도 유용한 해결책이 되지 않겠습니까? 그러면 우리 둘 다 오늘 밤만남에서 합당한 이익을 취할 수 있을 것 같은데요."

코시모는 이 말을 마치자마자 프란체스코의 대답은 기다리지도 않고 천막 입구로 갔다. 말뚝에 묶어놓은 말안장에 실린 여러 자루 중 하나를 풀어내기는 식은 죽 먹기였다. 그래서 자루 하나를 가지고 천막으로 돌아왔다.

프란체스코가 코시모의 의도를 파악하려고 가만히 기다리는 사이 코시모가 자루의 내용물을 탁자에 쏟았다. 처음에는 씨앗이 쏟아지더니 곧이어 쨍그랑 소리와 함께 금화가 비 오듯 쏟아졌다. 금화를 본 용병대장의 얼굴에 흐뭇한 미소가 저절로 번졌다. 그의 날카로운 눈에 탐욕이 번득였다.

"자, 이제 어떻게 하시겠습니까? 이런 자루가 저 밖에 묶여 있는 말 두 필에 마흔아홉 개 실려 있습니다."

프란체스코가 침을 삼켰다. 코시모의 제안에 유혹을 느끼는 게 분명했다. 코시모는 강렬하게 번득이는 그의 눈을 보자마자 그가 자기 손에 들어왔다는 것을 알아차렸다. 이 용병대장은 만만한 사람이 아니기 때문에 절대로 마음을 놓으면 안 되고, 협상을 끝까지 주의 깊게 이끌어야 한다는 사실만 기억하면 됐다. 한편 그 게임이 서서히 코시모가 예상한 방향으로 진행되어가는 사이 새로운 묘책이 떠올랐다. 간단히 말해 프란체스코와 친구가 되는 건 어떨까?

장래에 이 용병대장과 쌓은 우정이 도움이 될 게 분명하니 말이다.

그는 프란체스코를 재촉하기로 했다.

"어떻습니까? 할 말을 잃었나요, 대장님?"

프란체스코가 숨을 깊이 들이쉬는 듯하더니 입을 열었다.

"아, 코시모 씨. 방금 하신 말씀은 사실이고, 또 현명하기도 합니다. 솔직히 말하면 당신이 제시한 해결책은 기발할 뿐만 아니라 제가 당신에 대해 들었던 소문과 딱 맞아떨어지는군요."

"그러니까 동의한다는 겁니까?"

"동의합니다만…"

"그럼 제 조건을 들어보시겠습니까?" 코시모는 프란체스코가 거의 넘어왔으며 절대 이 기회를 놓치지 않으리라고 생각했다. 그가 제시한 금액이 적지 않으므로 가능한 한 확답을 받아놓으려 했고, 확답 이상의 무언가도 받을 생각이었다.

"어떤 조건입니까?"

"기본적인 것들입니다. 내일 아침 지체하지 않고 콜레 델 루포를 떠나는 겁니다. 물론 구이니지에게 알려서는 안 됩니다. 여기서 멀리 떨어져 적당한 곳으로 가면 됩니다. 피렌체와 관련해 말씀드리면, 우리가 응당 해야 할 일을 할 때, 당신들이 방해하거나 어떤 식으로든 걸림돌이 되어서는 안 됩니다. 모든 요구사항에 최종 합의하면 제가 피렌체 공화국 이름으로 5만 피오리노를 드리겠습니다. 지금 이 천막 밖에 있는 말에 그 금화가 실려 있습니다. 이 정도면 충분하지 않습니까? 이 조건을 수용하실 수 있겠습니까?"

프란체스코는 코시모의 질문에 곧바로 대답하지는 않았지만 이미 결정한 게 분명했다.

"코시모 씨." 그가 말했다. "요구사항을 모두 수락하겠습니다. 그뿐만 아니라 한마디 더 덧붙이자면 오늘 우리는 서로에게 유익하며 길게 이어질 동맹관계를 시작한 것이 분명합니다."

"저도 그렇게 믿습니다." 코시모가 강조했다. "그런데 제가 드린 말씀이 당신과 당신 부하들 모두에게 가치가 있을 거라고 확신하십니까?"

"분명 그럴 거라고 제 이름 프란체스코 스포르차를 걸고 말씀드릴 수 있습니다."

"그럼 아주 좋습니다."

"이렇게 합의했으니 악수하는 게 마땅하지 않겠습니까?" 그러더니 용병대장이 코시모 데 메디치에게 오른손을 내밀었다. 코시모도 머뭇거리지 않았다. 그는 이 만남으로 피렌체가 밀라노 손에 들어가는 일을 막았을 뿐만 아니라 귀중한 동맹관계를 맺게 되었다고 확신했다.

프란체스코는 밀라노의 공작이 아니었다. 비스콘티 가문은 막강했고 밀라노에 튼튼하게 뿌리내리고 있었다. 필리포 마리아는 두말할 필요도 없이 만만한 남자는 아니었다. 그렇기는 해도 이 군인은 용기 있고 용감할 뿐만 아니라 정치적 감각과 사업 감각이 뛰어났다. 그런 성질을 적절히 이용하면 매우 큰일까지 할 수 있는 인물이었다. 코시모는 장래에 프란체스코가 아주 중요한 동맹군이자 친구가 되길 기대했다.

1430년 9월

MEDICI

15. 흑사병

소문에 따르면, 온몸이 떨려서 잠에서 깨면 죽음이 옆에 다가와 있는 거라고 했다. 그날 아침 라인하르트 슈바르츠는 소스라치게 놀라서 잠에서 깼다. 수의처럼 하얀 피부가 식은땀에 흠뻑 젖어 있었다. 덧창 틈으로 아직 햇빛이 스며들지 않는 것으로 보아 이른 새벽이 틀림없었다. 잠에서 깨자마자 그와 같은 방에서 잠든 병사들의 시큼한 땀 냄새가 코를 찔렀다. 방 안 공기는 무더웠고 코가 비뚤어지게 맥주를 마시고 잠든 병사들 때문에 텁텁했다. 슈바르츠의 식은땀과 오한은 아직 그리 심각해 보이지 않았다.

그가 동료들과 함께 잠을 자지 않은 지는 꽤 되었다. 하지만 리날도 델리 알비치가 그에게 귀단토니오 다 몬테펠트로를 도와 싸워달라고 요청해왔다. 몬테펠트로는 니콜로 피치니노 부대가 방어하는 루카를 포위 공격하고 있었다. 슈바르츠는 리날도 말에 따랐다. 그래서 전날 밤 늦은 시간까지 곤드레가 되도록 술을 마신 병사 몇 명과 건초장에서 잠을 자게 되었다.

스위스 용병은 물론 리날도가 맡긴 임무가 별로 달갑지 않았다. 그뿐만 아니라 얼마 전 사기를 치고 보수를 두둑하게 받은 일이 적지 않게 그리웠다. 그러나 리날도는 비용에 신경 쓰지 않았고, 그가 맡긴 임무가 금방 끝날 것이기 때문에 슈바르츠는 기꺼이 피렌체군에 들어왔다. 코시모 데 메디치에게 5만 피오리노를 받은 프란체스코가 발 디 니에볼레를 떠나고 난 뒤 루카 포위 공격이 어떻게 진행되는지 리날도에게 보고할 목적이었다.

그렇지만 어리석기 짝이 없는 이 첩자 짓이 그에게 우연히 맡겨진 게 아니라 그와 라우라 리치가 은밀한 사이가 된 사실을 리날도가 알게 되었기 때문이라는 의심이 들었다. 실제로 리날도는 슈바르츠를 벌주기 위해 이곳으로 보냈고, 리날도의 복수심이 가라앉을 때까지 그를 이곳에서 썩게 할 것이 분명했다. 라우라는 다른 누구도 아닌 리날도의 여자였다. 아니 적어도 오만한 리날도는 그렇게 믿었다. 하지만 슈바르츠에게는 리날도를 위해 일한다는 게 그를 두려워해야 한다거나 어찌 되었든 그가 정한 규칙을 항상 따라야 한다는 의미는 아니었다.

물론 여기서 떠날 수도 있었지만 리날도가 맡긴 사악한 임무들은 유쾌하지는 않아도 꼭 필요했다. 이런 시절엔 주군을 바꾸기가 쉽지 않았기 때문이다. 슈바르츠가 검을 잘 쓴다고 소문이 나 있기는 해도 검을 쓸 수 있는 사람은 차고 넘쳤다. 주군을 위해 그만큼 할 줄 아는 사내들은 사방에서 구할 수 있었다.

그래서 슈바르츠는 사소한 모욕을 견뎌내고 임무를 끝까지 수행할 만한 가치가 있다고 믿었다. 2주 후면 전투지 소식을 가지고,

혹시 내려질지도 모를 새로운 명령을 기다리며 팔라초 알비치로 돌아가게 될 테니.

어쨌든 그는 강렬한 매력을 내뿜는 라우라를 잃고 싶은 생각이 추호도 없었다. 그 여자는 그를 자기 옆에 단단히 묶어놓았다. 그녀가 목줄을 너무 세게 잡아당기지 않게 주의해야 했다. 그렇지 않았다가는 목이 졸려 죽을지도 몰랐다.

그는 엇비슷한 더러운 육신들이 빼곡하게 누워 있는 이 돼지우리에서 나가 우물에서 시원한 물을 좀 마셔야겠다고 생각했다.

끼이익 소리가 나며 문이 열렸다. 그는 등 뒤로 문을 닫았다.

9월의 바람은 아직 뜨거웠고 바깥은 건초장 안보다 더 습했다. 금빛 균열이 온 하늘로 퍼져나갔고 그 가장자리는 불그레해서 동이 터오고 있음을 알렸다. 슈바르츠는 검은 망토의 끈을 푼 뒤 다시 한 번 몸을 떨며 우물 쪽으로 걸어갔다. 우물에서 나무 두레박을 집어 우물 속으로 떨어뜨렸다.

양손으로 두레박을 끌어당기기 시작하자 굵은 밧줄이 도르래를 스쳐 지나갔다. 두레박이 한없이 느릿느릿 위로 올라왔다. 두 손으로 두레박을 잡고 둥근 두레박 안의 물을 보았다. 이미 희뿌옇게 동이 튼 하늘이 두레박에 흐릿하게 비쳤다. 그는 두레박에 얼굴을 담갔고, 물이 뚝뚝 떨어지는 뜨거운 얼굴을 밖으로 꺼냈다.

미지근한 물에 전염병과 열기가 뒤섞여 있는 듯한 역겨운 느낌이 어찌나 강렬하던지 그 자리에서 쓰러져버릴까 봐 겁이 날 지경이었다. 얼굴을 물에 담그기만 했는데도 지난밤의 불결한 것이 온몸에서 되살아나는 듯한 기분이었다. 그는 이런 기분을 느끼게 되리라고는 상상조차 하지 못했다.

들고 온 수건으로 대충 얼굴을 닦았다. 그리고 바가지를 입으로 가져갔다. 께름칙했지만 물을 마셨다. 어쨌든 정신이 드는 듯했다. 그럭저럭 이 정도에 만족하려고 했다. 사소하고 간단한 일도 감지 덕지할 정도로 전쟁터 상황은 말할 수 없이 열악했다.

음식을 어디서 구해야 할지, 아침에 먹을 계란이라도 몇 개 구해 볼 생각을 하는데 누군가 다가오는 게 보였다. 병사였다. 다 찢어진 옷을 걸친 그의 안색은 창백하고 불안해 보였다. 그가 차츰 가까워 지자 반짝이는 연하늘색 눈이 보였다. 그런데 물기가 많은 그 눈은 형언할 수 없는 고통으로 지워져버린 듯했다. 허리춤에는 검이 아무렇게나 매달려 있었는데 꼭 지옥의 수프를 휘저을 국자 같았다. 살이 하나도 없는 듯했다. 황달에 걸린 얼굴은 뼈만 앙상했고 몹시 지쳐 보였는데 연한 눈동자 때문에 해골 같았다. 모자가 달린 망토 를 뒤집어써서 더욱 그렇게 보였다. 머리에 쓴 모자 밑으로 비현실 적으로 반짝이는 홍채가 빛을 발했다.

슈바르츠가 그에게 어디서 오는 길이냐고 물어보려 했으나 그 사람 얼굴을 보자마자 목이 잠겨 아무 소리도 나오지 않았다. 남자 는 사실 슈바르츠를 향해 돌아섰는데 그때 핏기 없는 목이 드러났 다. 바로 그 순간 슈바르츠는 자기 인생에서 다시는 보고 싶지 않았 던 모습이 자기 눈앞에 서 있는 것을 알아차렸다. 흰 피부 한가운 데에 계란만 한 일종의 보랏빛 가래톳 같은 게 불거져 나와 있었다. 부풀대로 부푼 그것이 일렁였는데 마치 그 안에 죽음이 똬리를 틀 고 있는 듯했다.

슈바르츠는 주춤주춤 뒤로 물러났다. 하지만 남자는 걸음을 멈추지 않고 곧장 슈바르츠 쪽으로 왔다. 악령의 아들 같은 눈으로 슈바르츠를 보더니 무릎을 꿇었다. 그러더니 한마디 말도 없이 가슴 쪽 망토를 벌렸다. 바로 그때 슈바르츠는 또 다른 시커먼 물집들을 보았다. 시신 위에서 자라는 무시무시한 식물들처럼 가슴에 물집들이 피어나 있었다.

"서, 선생니임." 남자가 떨리는 목소리로 웅얼거렸는데 악마의 배에서 나오는 소리 같았다. "부, 부탁이오. 날 죽여주시오." 남자가 슈바르츠의 검을 가리키며 말을 이었다.

스위스 용병은 어찌해야 할지 난감했다. 하지만 남자의 부탁은 빌어먹게도 분명했다. 남자가 눈물을 흘리기 시작했다. 망토 자락 사이로 손가락이 없는 주글주글한 손을 꺼냈다. 갈색 피고름이 뚝뚝 떨어졌다. 그는 자기 혼자서는 자신이 원하는 일을 할 방법이 없다고 알리기라도 하듯 슈바르츠 눈앞에서 손을 흔들었다.

동정심이 생긴 슈바르츠는 번득이는 검을 빼내 필요한 거리만큼 남자에게 접근했다. 그리고 남자의 오른쪽 어깨에서 왼쪽 옆구리 쪽으로 검을 휘둘렀다. 남자가 앞으로 고꾸라지더니 숨을 거두었다. 슈바르츠는 몇 발짝 멀어졌다. 곧이어 시야가 뿌옇게 흐려졌다. 침이 입술 사이로 흐르는 게 느껴졌다. 그는 무릎을 꿇고 방금 마신 물과 지난밤 먹은 음식을 토했다. 토하느라 가슴이 찢어지는 것 같았다.

다시 정신을 차리자마자 벌떡 일어서서 마구간으로 달려갔다. 말의 등에 올라타려 했지만 남자의 모습이 떠오르자 공포에 질려

다리에 힘이 하나도 없었다. 마침내 있는 힘을 다해 어렵게 말안장에 올라탔다. 그리고 마구간에서 나와 피렌체를 향해 말을 달렸다.

그 광경과 온몸의 전율로 과거 기억이 되살아났다. 그가 전혀 다른 남자로 살던 저주받은 시절의 기억이었다. 영원히 기억에서 지우고 싶었지만 그 시절 기억은 아직도 이따금 되살아나 그를 사로잡아버리곤 했다.

그는 과거의 몇몇 광경들을 기억에서 지웠다고 믿었다. 아니 거의 그랬기를 바랐다. 하지만 사지를 뒤흔드는 전율이 그를 과거로 데려갔다. 전염병이 그의 몸속에서 그를 집어삼키던 때로. 그는 이마로 손을 가져가 식은땀을 씻어냈다. 죽은 남자가 다시 생각났다. 그 남자 모습이 말을 달리는 내내 그를 쫓아왔다. 흑사병이야, 슈바르츠는 생각했다. 흑사병이 그들에게 왔다.

16. 시신이 가득한 수레

흑사병이 소리 없는 지옥의 개들처럼 피렌체를 공격했다. 남자와 여자, 어린이들을 위험에 빠뜨렸고 그들 몸을 괴롭혔다. 사지를 절단 내고 도시를 공포에 빠뜨렸으며 타락을 부추겼다. 귀족 집안은 전염병을 피할 수 있으리라는 희망을 품고 거의가 다 시골에 있는 별장으로 피신했다. 전염병은 믿기 어려운 속도로 번져나갔는데 9월의 열풍과 치명적인 무더위 때문에 가속도가 붙었다.

피렌체는 혼수상태에 빠져 있었다. 주민들 수가 급격히 줄었다.

성당 작업은 인부들이 죽어나가는 가운데 느리게 진행되었다. 거리는 뚜껑 없는 하수도로 변해버렸고 시민들이 끝없이 노력해도 전염병의 해결책을 찾기가 어려웠다. 산 폴리나리 광장은 한밤의 눅눅한 공기 속에 가라앉은 듯이 보였다.

세상이 지옥으로 바뀌었는데도 광장에 어찌나 사람들이 많은지 코시모는 광장 가장자리로 가는 게 좋겠다고 생각했다. 전염병으로 수많은 사람이 목숨을 잃었지만 사람들은 유령처럼 돌아다녔다. 매춘부들은 평상시보다 더 자신 있게 거리를 오가는 것 같았다. 시체를 매장하는 남자들 몇 명이 수레에 시신을 싣고 있었다. 화로에서 타오르는 불길이 널름거리며 주위를 붉은빛으로 환히 밝혔다. 시신들을 차곡차곡 쌓아놓은 더미들이 여기저기 눈에 띄었고 눅눅한 공기 때문에 일반 시신에서 나는 역겨운 냄새보다 한층 강한 악취가 풍겼다.

검은 군복을 입은 도시의 수비대원들이 순찰을 돌았다. 검은 군복은 유령들의 땅으로 변해버린 피렌체에 공포를 가중했다. 내부의 암투와 흑사병에 굴복한 도시는 이제 그림자만 남은 듯했다. 사방에 돌과 건축자재들이 쌓여 있었다. 아직 끝을 내지 못한 돔 건설 현장으로 옮겨져야 했지만 한밤의 무더위 속에 버려진 채 작업이 재개되길 기다렸다.

코시모는 가족들에게 피렌체를 떠나 트레비오의 별장으로 피신하라고 명령했다. 가족들은 벌써 며칠 전 출발했다. 코시모와 로렌초만 시내에 남아 화급한 일을 서둘러 처리하려 했다. 하지만 그 며칠 동안 코시모는 동생과 자신의 생각이 얼마나 어리석었는지 알게 되었다. 그래서 자신도 도시를 떠나기로 결심했다. 그러나 먼저 필리포 브루넬레스키와 이야기를 나누고 싶었다. 그를 설득해서 같이 떠나고 싶은 마음에서였다. 하지만 방법이 없었다. 그 미치광이는 자기 자리를 고수할 생각이었다. 돔에서 작업을 마무리하려 했다. 인부들이 파리처럼 죽어가는 데도 말이다.

코시모는 온갖 방법으로 그를 설득했다. 그가 죽으면 이 빌어먹을 돔을 누가 완성하겠냐고 말해보았다. 부탁하고 애원하다가 협박하기도 했다. 하지만 브루넬레스키는 열의와 무분별한 결단력이 넘치는 눈으로 코시모를 보았고 무슨 일이 있어도 도망가지 않겠다는 뜻을 코시모보다 더 강력하게 표명했다. 그래서 코시모는 아직 그곳에 있었다. 시민과 하층민들과 함께, 그리고 결정적으로는 자신들의 집이나 이미 형벌을 받은 자들의 지옥으로 변해버린 도시 거리 말고는 갈 데가 없는 일반 사람들 속에.

불 꺼진 창문과 떨어져나간 빗장을 지른 문 뒤에서 빈민 가족이 두 손을 모으고 자비를 기원하는 소리가 코시모 귀에까지 들려왔다. 어떤 집 문 앞에서는 수비대원들이 흑사병에 감염된 사람들의 집임을 알리기 위해 대문에 흰색 십자가를 대충 그렸다. 맨발의 시신들이 길에 널브러져 있었다. 그들은 잠옷을 입은 채 검붉은 피와 체액에 뒤범벅이 되어 있었다. 굶주림에 지친 떠돌이 개들이 피를 핥았다.

코시모는 산 풀리나리 광장 너머를 바라보았다. 그가 들고 있는 횃불에 광장에 우뚝 서 있는 거대한 산타 마리아 델 피오레 대성당이 갑자기 모습을 드러냈다. 그는 서둘러 성당으로 갔다. 그곳에도 시신과 수레가 있었다. 시커먼 형체들이 뭘 해야 할지 몰라 망설이는 듯 불안하게 움직였다.

비겁한 몇몇 남자가 흑사병에 걸린 게 분명한 한 노인을 발로 찼다. 노인은 뼈가 부러질 정도로 거세게 발에 걷어차이면서 숨을 헐떡였다. 세상이 미쳐 돌아갔다. 전염병은 분노와 무정부상태를 가져왔다. 루카와 전쟁을 치르느라 부과된 새로운 세금이 시민의 등을 휘게 했다면 이제 흑사병은 노동인력을 완전히 빼앗아가고 있었다. 희망이 없었다. 이건 틀림없는 사실이었다.

도시가 근원적인 혼란에 빠져 있어서 집 밖으로 나가는 것만으로도 위험했다. 도시가 혼란에 빠지자 질이 좋지 않은 하인과 용병의 힘이 더 강해졌다. 그들은 수비대가 평상시와 같이 도시를 통제하기 불가능하다고 보고 골목과 거리를 배회하며 주민들을 공격하고 될 수 있는 한 약탈을 하려 했다.

마치 누군가 코시모의 생각을 읽기라도 한 듯했다. 실제로 성당을 지나서 라르가가 쪽으로 발을 옮겼을 때 자객 둘이 그 앞으로 나와 길을 가로막았다. 누구인지 짐작도 가지 않았으나 옷차림으로 보아 질이 좋은 사람들 같지는 않았다.

"나리…." 둘 중 한 남자가 가늘고도 느끼한 목소리로 나지막이 말했다. "이렇게 멋진 밤에 당신을 만나다니 이게 웬 행운인지." 그가 허리춤에서 예리한 단검을 꺼내면서 말했다. 눈에 안대를 했고 남루한 옷을 걸치고 있었다. 상의 사이로 아주 오래전에는 하얀색이었을 게 분명한 낡은 셔츠가 언뜻 보였다. 다른 남자는 아무 말도 하지 않았으나 그의 손에서 번득이는 단도를 코시모는 놓치지 않았다. 대머리인 남자는 눈이 노리끼리했으며 낡은 튜닉을 입었다.

코시모는 어찌해야 할지 알 수 없었다. 뒤로 물러섰다. 집이 그리 멀지 않았다. 불시에 그들을 공격할 수 있다면 골목으로 그들을 쫓아 보낼 수 있을지도 몰랐다. 목소리가 가느다란 남자가 코시모와 거리를 좁히며 다가왔고 다른 남자는 계속 침묵을 지키며 뒤를 따라왔다.

코시모에게는 무기가 없었다. 이 상황에서 어떻게 벗어날지 궁리하는 동안 뜻하지 않은 일이 벌어졌다. 누군가 코시모의 이름을 불렀다. 그러면서 두 번째 남자에게 접근해 그를 땅에 쓰러뜨렸다. 남자 얼굴이 포장도로에 닿았다. 깊게 파인 상처에서 피가 솟구쳐 나왔다.

첫 번째 자객은 불시에 공격을 당하자 동요했다. 그렇게 머뭇거리는 그 순간이 그에게 치명적이었다. 코시모는 그 기회를 이용해 앞으로 돌진해서 자객의 가슴 쪽으로 횃불을 들이밀었다. 남자가 단검을 든 손을 들어 올려 방어해보려 했으나 코시모가 횃불로 치자 비명을 질렀다.

"빨리." 코시모를 구해준 사람이 소리쳤다. "이쪽으로."

코시모는 그 순간 그게 동생 목소리라는 것을 알고는 뒤도 돌아보지 않고 달리기 시작했다.

어떤 골목으로 들어갔다가 거기서 다른 골목으로 들어갔다. 포장도로를 달리는 자신의 발소리가 들렸다. 달리느라 숨이 턱에 찼다. 동생은 그의 옆에서 달렸다. 곧 팔라초 메디치가 눈앞에 나타났고, 두 사람은 코시모를 공격했던 두 남자가 추격을 포기했다는 것을 알았다.

집에 도착하자 로렌초가 코시모의 눈을 똑바로 보았다.

"내가 형을 찾으러 갔으니 망정이지." 로렌초가 말했다. "이제 정말 형이 나하고 같이 떠나서 전염병이 진정될 때까지만이라도 시골에 머물렀으면 좋겠어. 이런 무더위에 피렌체에 남는다는 것은 진짜 미친 짓이야."

"그 이야기는 이미 했잖아." 코시모가 대답했다.

"그랬지. 하지만 충분하지 않았던 것 같아서."

"중요한 건 우리가 벌써 이야기를 했다는 거야."

"그렇다고 해도." 로렌초가 화가 나서 대꾸했다. "형 생각에는 아까 그놈들이 우연히 거기 있었을 것 같아?"

코시모가 놀란 눈으로 동생을 보았다. "무슨 말이야?" 믿을 수 없다는 듯이 물었다.

"오늘 밤 일이 절대 우연히 벌어지지 않았다는 거지. 형이 믿을지 모르겠지만 누군가 형을 미행했고 오늘 밤 형을 죽이려고 했던 거라고."

17. 한밤의 모의

리날도 델리 알비치는 자기 귀를 의심했다.

"뭐라고? 이번에도 그 고리대금업자를 해치우지 못했다고?"

자객 두 사람이 그의 앞에 있었다. 눈에 안대를 한 남자는 이제 한눈에 봐도 알 수 있게 손에 붕대를 감고 있었다. 다른 남자는 돌로 포장된 도로에 엎어져서 생긴 상처 때문에 얼굴이 퉁퉁 부어 있었다. 두 자객 중 첫 번째 남자가 자신들의 실수를 변명해보려 했다.

"나리, 저희 잘못이 아닙니다. 믿어주십시오. 그자가 우리 손에 들어왔는데 누군가 그자를 도와주러 달려와서는 불시에 우리를 공격했습니다."

동료가 고개를 끄덕였다. 리날도가 웃었지만 유쾌해서 웃는 건 아니었기에 입술이 일그러졌다.

"그래, 벙어리가 네 말이 맞다고 하는군. 당연하지. 어쨌든 좋아! 아주 잘했다고! 결국 이 일을 해낼 사람은 여자밖에 없는 게 아닌지 의심이 드는군." 그러더니 자기 오른쪽에 서서 홀의 큰 창문으로 밖을 내다보는 아름다운 여자 쪽으로 눈을 돌렸다. 여자는 진주와 은으로 장식된 진녹색 드레스를 입고 있었다. 목 부위가 깊게 파여 풍만한 가슴 선이 강조되었다.

여자가 낭랑한 목소리로 웃었다.

"솔직히." 리날도가 다시 말했다. "그게 더 나을지도 모르겠어. 네놈들은 실망만 주었으니까."

"그렇지만… 나리." 자객이 훌쩍이며 말을 이었다. "두 사람일 거라고는 예상하지 못했습니다."

"네놈들은 한 쌍의 멍텅구리야. 어떻게 그걸 예상하지 못했다는 거지? 그자에게 동생이 있다는 걸 알았을 텐데. 한 놈이 가는 곳에 다른 놈도 꼭 따라가지. 너희가 친구라도 몇 명 더 데려갔어야 했어. 그랬으면 손쉽게 일을 끝냈을 텐데. 이런 흑사병이 언제 다시 유행할지 알게 뭐야!"

리날도는 이제 고함을 쳤다. 모든 욕구불만을 다 토해냈다. 게다가 그가 한 말이 사실이기도 했다. 이렇게 딱 맞아떨어지는 상황이 어디 있단 말인가? 이런 기회가 또 올까? 그런데 이 멍청한 녀석들은 실패했다. 리날도는 무능력한 자들에게 지쳐버렸다.

저런 놈들로 어떻게 메디치를 이길 생각을 할 수 있단 말인가? 그는 루카와 전투를 시작했다. 그런데 그 빌어먹을 코시모는 10인 위원회를 속여서 프란체스코를 매수해 평화를 되찾으려고 했다. 리날도에게는 천만다행이게도 그 작전으로 파올로 구이니지가 죽고 난 뒤 피렌체인들은 다시 루카를 공격하는 데 쉽게 동의했다. 하지만 피렌체의 새로운 대장 귀단토니오 다 몬테펠트로는 아무 짝에도 쓸모없는 인간이라는 걸 보여주는 중이고, 그사이 니콜로 피치니노는 어느 전장에서나 몬테펠트로를 격퇴했다. 흑사병이 확산되는 바람에 서둘러 전쟁터에서 귀환한 슈바르츠의 보고에 따르면 적어도 그랬다.

지금 좋은 기회가 찾아왔는데 저 멍청한 부하들이 그 기회를 놓쳐버렸다. 리날도는 분노에 휩싸였다. 최근 제대로 진행되지 않았던 일들을 하나씩 떠올릴 때 문 두드리는 소리가 들렸다.

"들어와!" 그가 짜증스럽게 말했다.

피렌체가 흑사병에 무릎을 꿇었는데도 시내를 활보한 슈바르츠는 믿기지 않을 정도로 건강해 보였다. 그의 조상 중 독일인이 있는 게 틀림없다고 리날도는 생각했다. 검은 옷에 창백한 얼굴과 빨간

색 긴 머리, 흐린 눈동자가 더해져 그의 외모를 더욱 섬뜩하게 만들었다. 용병이라기보다는 해적에 가까웠다. 사실 용병과 해적 사이에 큰 차이도 없었다. 그 순간 급히 처리해야 할 다른 문제들이 있었기 때문에 리날도는 그를 보고 고개를 까딱했다. 그리고 슈바르츠가 때맞춰 나타났다고 생각했다.

그는 테이블에 다가와 의자에 앉는 슈바르츠를 보았다. 슈바르츠는 은쟁반에서 사과를 하나 집어서 허리에 찬 단검으로 껍질을 벗기기 시작했다. 리날도는 길게 숨을 들이마셨다.

실수를 하면 무사할 수 없다는 걸 부하들에게 알려야만 했다. 어영부영 넘어갈 수 있다는 생각이 퍼지면 그의 돈을 받고 일하는 부하들이 실수를 정당화할 수 있었다. 검은 안대를 한 남자가 리날도의 의도를 알아차린 듯했다.

"다시는 나리를 실망시키지 않겠습니다. 맹세합니다."

"솔직히 네놈들이 실수를 저지른 것이 이번이 마지막이라고 맹세할 사람은 바로 나다."

"무, 무슨 말씀이십니까, 나리…?"

하지만 목소리가 갈라지더니 꾸르륵 소리와 함께 잠겨버렸다. 목이 잘린 것이다.

슈바르츠의 날카로운 단검의 날이 그의 목을 지나 시뻘건 피에 뒤범벅된 채 다시 모습을 드러내자 바닥에 피가 튀었다. 벙어리가 일어나서 도망치려고 하자 슈바르츠가 먼저 검으로 그의 다리를 걸어 넘어뜨린 뒤 칼날로 옆구리를 찔러 완전히 쓰러뜨렸다. 그리고 바로 그를 덮쳐서 이마를 잡아 고개를 뒤로 젖혀 목이 드러나게 만들었다. 슈바르츠는 단검을 재빠르게 움직여 경동맥을 잘라 버렸다. 슈바르츠가 손을 놓자 머리가 진홍색 피바다에 빠지고 말았다.

리날도가 자리에서 일어났다.

"잘했네." 그가 슈바르츠를 보며 말했다. "더러운 일이지만 누군가는 해줘야 하니까. 이제," 그가 덧붙여 말했다. "하인들을 불러서 이 오물들을 좀 치우라고 해. 조금 있다가 저 빌어먹을 메디치들을 어떻게 제거해야 할지 이야기해보자고. 그들의 실수로 떨어지는 부스러기에 만족하는 데 지쳤어. 믿고 일을 맡길 만한 사람을 찾을 수 없으니 원. 어쨌든 두 사람은 나를 실망시킨 적이 없지." 리날도는 슈바르츠와 라우라를 가리키며 이렇게 말을 맺었다.

"아시다시피 저희는 나리를 위해서라면 무슨 일이든 할 준비가 되어 있어요." 라우라가 말했다. "당신이 원하시는 게 우리에게는 바로 명령이죠."

"그러면 오늘 밤 침실에서 기다리겠다. 친구도 한 명 데려오도록." 리날도가 라우라에게 알렸다.

1431년 4월

MEDICI

18. 귀족과 하층민

니콜로 다 우차노가 고개를 저었다. 그리고 주변에서 들리는 소리에 귀가 아팠기 때문에 천장을 올려다보았다. 10인위원회가 모두 팔라초 델라 시뇨리아에 모였다. 넓은 창에서 따뜻한 햇살이 쏟아져 방 안을 감쌌다. 햇살이 사방으로 부서졌고 긴 띠 모양 햇빛에 아주 작은 동전과 비슷한 금빛 먼지 입자들이 춤을 추었다. 홀에는 아무 장식 없이 꼭 있어야 할 것만 있었는데 큰 원탁 테이블 하나에 전쟁위원회 위원들이 앉아 있었다. 벽돌 천장에 조각된 천사의 얼굴은 호기심과 희망에 차서 공화국의 운명을 손에 쥔 이 남자들의 결정을 기다리는 듯이 보였다.

니콜로 바르바도리가 상황이 얼마나 심각한지 분명히 알리고자 발언에 나섰다.

"여러분, 우리 공화국의 현 상황이 얼마나 절망적이고 절박한지를 이 위원회에서 밝히는 게 무엇보다 중요하다고 생각합니다. 루카 사람들이 울분에 싸인 채 뿔뿔이 흩어져 있기는커녕 그 어느 때보다 활력이 넘친다는 걸 눈이 있는 사람은 다 볼 수 있습니다. 니콜로 피치니노가 전쟁에 참가하고 나서 지난달에만 니콜라, 카라라, 모네타, 오르토노보, 피비차노를 차지했을 정도입니다. 총 백십팔 개 성을 함락시켰는데 그중 쉰네 개가 피렌체인들과 피에스키* 가문, 그리고 그 지역 궬프** 소유였고, 나머지는 말라스피나 가문 것이었습니다. 단언컨대 이번 전쟁은 극악무도하고 어리석기 짝이 없습니다. 그중 최악은 코시모 데 메디치가 용병대장 프란체스코 스포르차를 매수한 일입니다. 피 같은 5만 피오리노가 사용되었지만 지금 우리 병사들이 아무 결과도 얻지 못한 채 전투하는 걸 보면 그 일로 얻은 소득은 전혀 없었습니다. 여기에 흑사병까지 가세했습니다. 그러니 이보다 더 암울한 상황은 없을 거라 생각합니다.”

그런 말을 듣자 니콜로는 가만히 있을 수 없었다. 고령이기는 하지만 성급하거나 경솔한 행동을 막기 위해서라도 자기 의견을 말하고 싶었다. 그 옆에 앉은 로렌초 데 메디치는 조용히 니콜로의 말을 기다렸다.

“친애하는 니콜로 바르바도리의 말씀 잘 들었습니다.” 니콜로가 말했다. “그렇지만 방금 하신 말씀에 동의할 수 없습니다. 현재 상태에 대한 책임을 코시모 데 메디치나 지금 내 옆에 앉아 있는 그의 동생 로렌초에게 돌릴 수 없기 때문입니다. 형제는 몇 달 전 최고위

---

* 제노바 출신의 귀족 상인 가문.
** 친교황파.

원회가 맡긴 임무 이외에 다른 일은 하지 않았습니다. 지금 형제를 비난하기는 아주 쉽습니다. 그 당시 해결책이 우리 모두의, 고백하건대 누구보다 제 마음에 들지 않았던 것처럼 말입니다. 당시 코시모가 여기 있는 동생과 함께 나를 찾아와 이야기했습니다. 하층민을 위해 그런 결정을 내렸다고 말할 수 있습니다. 당신들이 그렇게 업신여기지만 그럼에도 이 도시에서 중요한 부분을 차지하며, 자신들을 방어하고 보호할 방법이 없기 때문에 잔인한 전쟁으로 가장 고통받는 사람들이지요. 흑사병도 마찬가지여서 가장 빈곤한 층에서 희생자가 제일 많이 나왔습니다. 그들은 시골로 피신할 수 없어서 끔찍한 전염병이 만연한 지옥 같은 시내에 남아 죽어갈 수밖에 없었습니다."

니콜로가 잠시 말을 멈추었다. 이제 나이가 많아 이런 식의 발언을 하는 것이 예전보다 훨씬 더 고통스러웠다. 그렇지만 그의 나이를 존중하고 그를 존경하는 마음으로 모두가 그의 의견을 진지하게 들었다. 그의 의견은 항상 선명하고 균형이 잡혀 있으며, 선택한 사항들이 미래에 미칠 영향과 공화국의 분위기를 주의 깊게 포착할 줄 알았다. 그래서 나머지 아홉 명은 그가 다시 말을 시작할 때까지 엄숙하게 침묵을 지켰다.

"솔직히 말해서 내가 보기에는 메디치 가문에 이렇게 분노하는 이유는 메디치 가문이 시민들이 어떤 생각을 하는지 감지하고, 그들의 요구를 무시하지 않으려 신경 쓰기 때문인 것 같습니다. 그 결과 그들은 누구보다 시민들의 사랑을 받게 되었지요. 우리는 조반니 데 메디치가 지지했던 카타스토 개혁이 얼마나 많은 원성을 샀는지 알고 있습니다. 그러나 시민이 없으면 공화국은 존재하지 않는다는 사실을 잘 알아야만 합니다. 여러분, 그 사실을 명심해요. 그리고 그러한 인식을 잘 이용해야 합니다. 이제 흑사병의 위세가 한풀 꺾인 것 같습니다. 그래서 나는 지금이 가난한 사람들에게 조금이라도 다가갈 적절한 기회라고 생각합니다. 쓸데없고 어리석은 이유로, 또 코시모가 정말 했는지 알 수도 없는 일로 가난한 사람들의 영웅을 비난하지 않는 게 그 방향으로 가기 위한 첫걸음이라는 게 내 생각입니다."

니콜로는 이렇게 말하고 입을 다물었는데 이제 그가 누구 편에 서 있는지 분명해졌기 때문에 모두 각자 생각에 잠겼다. 니콜로 바르바도리나 베르나르도 과다니 모두 그들이 예상했던 결과를 얻지 못한 게 분명했다. 메디치 가문에는 니콜로만이 아니라 강력한 동맹군이 있었다. 그래서 로렌초는 발언을 자제하며 희미한 미소를 입가에 머금은 채 위원들을 쳐다보기만 했다.

팔라 스트로치가 발언할 차례가 되었다. 그는 조심스레 자기주장을 펼쳐야 한다는 것을 알았지만 공격 지점도 생각했다.

"니콜로 다 우차노가 하신 말씀은 물론 사실입니다. 코시모와 로렌초 데 메디치가 이 위원회에서 결정한 대로 했을 뿐인데 그런 결과가 초래되었다는 이유로 우리가 두 사람을 비난하는 건 부당할 겁니다. 저는 오히려 최근 코시모의 행동이 진짜 문제라고 생각합니다. 최근에 그는 자신들 가족이 거주할 새로운 팔라초 건축을 필리포 브루넬레스키에게 의뢰했습니다. 피렌체에서 지금까지 보지 못한 팔라초일 거라고들 예측합니다. 물론 저는 한 개인이 자기 집을 짓는 사실을 비난할 생각은 없습니다. 건축물의 장식과 크기 제한을 준수한다면 말입니다. 그런데 제가 알기로는 그 건물이 완성되었을 때 예상되는 크기와 모양새로 미루어 보아 코시모 데 메디치는 왕이나 제후에게 어울릴 만한 건물을 지을 생각인 것 같습니다. 화려하고 웅장하며 무엇보다 피렌체에 있는 다른 가문들의 팔라초보다 월등히 높은 건물을 말입니다."

그 말을 들은 로렌초가 무슨 말인가 하려고 했지만 니콜로가 그의 손목을 잡으며 제지했다. 팔라의 말이 아직 끝나지 않았기 때문이다.

"산타 마리아 델 피오레 대성당 돔 건축에서 보여준 코시모의 태도는 두말할 나위 없이 흥미롭습니다. 이미 전반적으로 필리포의 작품이 되어버린 그 공사를 거의 유일하게 재정적으로 후원하는 사람이 바로 코시모입니다. 원래 돔 건축위원회가 돔 건축을 필리포만이 아니라 로렌초 기베르티에게도 위임했다는 사실을 다 잊어버리고 기베르티를 그 작업에서 배제한 채 말입니다. 로렌초 기베르티를 본 작업에서 밀어내고 하찮은 일만 맡기고 있습니다. 이런 결과 뒤에 코시모가 있는 건 명약관화합니다. 제가 드리고 싶은 말은, 그리고 이 발언을 마치며 하고 싶은 말은 그의 부친인 조반니 데 메디치와 달리 코시모는 시민과 하층민들을 적절하게 배려하는 차원을 넘어서 매우 예의바르고 겸손하지만 미묘하게 거만하며 우리 모두 위에 설 수 있다고 확신한다는 겁니다. 그리고 제가 보기에 그와 같은 태도는 공화국에 이로울 게 하나도 없습니다. 사실상 공화국이 참주국이 된다면 바로 메디치 참주국이 될 테니까요, 여러분."

팔라 스트로치가 발언을 마치자마자 위원들 사이에서 웅성거리는 소리가 들려왔는데 놀라움과 당황스러움이 뒤섞여 있었다. 위원들은 온화한 성격에 문학과 예술에 무엇보다 조예가 깊은 팔라 스트로치가 그런 비난을 하리라고는 예상하지 못했다. 처음에는 차분하던 스트로치 말에 차츰 힘이 들어가서 모든 이의 마음과 영혼에 닿았다. 간단히 말해 화합이 아니라 분열을 위한 말들이었다. 그에게 동의하는 사람도 있었고 드러내놓고 반대하는 위원도 있었지만 그렇게 예의 바른 비난은 효과가 있었다. 그와 같은 불만을 한 번도 표시하지 않던 사람의 의견이어서 더욱 놀랐다. 10인위원회 위원들은 팔라 스트로치가 더는 불만을 참을 수가 없는 상태가 되어 그런 발언을 할 수밖에 없었다고 믿게 되었다.

로렌초는 분노로 폭발할 것 같았다. 얼굴이 시뻘게져서 자제력을 완전히 잃어갔다. 석류색 더블릿을 입은 로렌초가 자리에서 벌떡 일어났다. 그리고 스트로치 말에 대응했는데 분통을 터뜨리느라 정확한 목표물을 잃어버린 듯했다.

"우리가 친구라고 생각했던 사람에게서 이런 터무니없는 중상모략을 듣고 있자니 당혹스럽소." 로렌초가 힘을 주어 말했다. "바로 당신들이 리날도 델리 알비치와 함께 포르테브라초를 부추겨 루카를 공격하게 하고 피렌체를 이런 곤란한 상황에 빠뜨렸다는 건 차치하고라도 말이오. 그런데 당신들은 지금 메디치 가문이 오만하고 권력에 정신을 잃었다고 비난하려는 중이오. 당신들 언행이 모순이라는 걸 모르겠소?" 하지만 별 소용이 없었다. 그의 말은 회의장 안의 분노와 몰이해에 부채질만 했을 뿐이다. 앞으로 메디치파와 알비치파가 다시 모이기가 불가능할 정도로 대립하게 되었다는 걸 누구나 알 수 있었다. 물론 새로울 건 없었지만 지금 대립은 그때까지 벌어졌던 것보다 훨씬 노골적인 싸움으로 그 모습을 바꾸게 될 것이다.

니콜로는 그런 중대한 사실을 알아차렸다. 그는 분노를 숨기려 애쓰지 않는 로렌초를 바라보며 그의 어깨에 한 손을 올려놓았다.

"오늘은 공화국에 슬픈 날일세, 로렌초. 솔직히 고백하는데 공화국의 운명이 진심으로 걱정되는군."

19. 악몽

콘테시나는 그녀 위로 우뚝 솟아 있는 거대한 산타 마리아 델 피오레를 보았다. 한순간 성당이 살아 있는 것처럼 보였고, 꼭 원시생물이 숨을 쉬듯 흔들리고 있는 듯한 환상에 휩싸였다. 마치 성당이 어떤 음산한 마법에 사로잡혀 도시의 심장으로 박동하게 된 듯했다.

그 광경이 소름 끼쳤지만 그래도 콘테시나는 눈을 들었다. 빨간색 눈발이 공중에서 소용돌이쳤는데 불붙은 바람개비처럼 빙글빙글 돌면서 선홍색 아치들을 그려나갔다. 심장이 터져나올까 봐 걱정될 정도로 쿵쿵 뛰는 게 느껴졌다. 이마가 땀으로 뒤범벅되어 땀을 닦으려 이마에 손을 댔다. 그러고 나서 보니 손이 피로 뒤덮여 있었다.

공포로 목이 꽉 막혔다. 숨쉬기도 힘들었다. 두려움이 점점 커져서 마치 배 속에서 잔인한 어린아이가 날카롭고 조그만 이로 배를 물어뜯는 기분이었다. 그녀는 파란 눈물을 펑펑 쏟았으나 아무 소용이 없었다. 눈앞의 광경 때문에 계속 고통스러웠는데 그러던 어느 순간 갑자기 건축 중인 돔 위에 사랑하는 남편 코시모가 나타났다. 돔은 이로 만든 음산한 왕관같이 시커면 톱니 모양이었다.

콘테시나는 자기 눈을 믿고 싶지 않았다. 남편이 자기 목소리를 듣길 바라며 소리를 질렀지만 코시모는 그녀를 완전히 잊고 지금 어떤 일이 벌어지는지도 전혀 알아차리지 못하는 듯했다. 그녀는 필사적으로 남편을 향해, 그녀가 평생 사랑해온 남자를 향해 달렸다. 긴 머리카락이 성이 나서 일렁이는 갈색바다의 어지러운 파도처럼 공중으로 흩어졌다.

점점 커져만 가는 공포가 콘테시나를 집어삼키고 쓰러뜨려버릴 것 같았지만 그녀는 공포에 압도당해 꼼짝 못하고 있을 수만은 없다고 생각했다. 그녀는 코시모를 목숨처럼 사랑했다. 그래서 눈앞의 광경이 끔찍했지만 남편을 향해 달리지 않을 수 없었다.

하지만 숨이 턱에 닿게 달려도, 팔각형 세례당 밑까지 어떻게든 달려가 보려 해도 그곳에 도달할 수 없었다. 코시모는 여전히 멀리, 그녀에게서 너무 멀리 떨어져 있었다.

잘생긴 얼굴, 부드럽고 선량한 그 얼굴을 만져보려 있는 힘을 다해 손가락을 뻗었다. 검지만 눈부신 빛이 퍼진 두 눈, 그 앞에 있는 사람은 누구라도 매력과 놀라움에 빠지게 만드는 검고 지혜로운 두 눈이 빛나는 그 얼굴을 향해.

하지만 아무리 애를 써도 콘테시나는 한없이 멀게만 느껴지는 남편과 거리를 좁힐 수 없었다. 미친 듯 달렸기 때문에 숨이 끊어질 것만 같았다. 다리와 팔 근육이 아팠다. 얼마나 달렸을까? 얼마나 달렸는지 알 수 없었지만 그 정도로는 부족했다. 자신이 노력과 의지가 부족하고 나약하다는 생각이 들어 괴로웠고, 자책감이 고개를 들었다. 자신은 남편을 지킬 만한 능력이 없는 사람이라는 생각이 들었다.

코시모와 같은 사람에게 어울리지 않는 걸까? 그와 같은 사람의 아내가 될 자격이 없는 걸까? 피렌체와 무시무시한 성당 때문에 겁이 난 걸까? 그 성당이 피렌체 남자들의 생명력을 고갈하고 육신보다 먼저 영혼을 집어삼켜 버릴까 봐?

콘테시나는 여러 가지 생각으로 머리가 복잡해서 혼자 가만히 서 있었다. 은밀한 계획으로 그녀를 폭발시킬 작정이라도 한 듯 수많은 생각이 머리를 꽉 채웠다. 대체 어떤 마법에 걸린 것인지 모르지만 한 가지 사실만은 분명했다. 그녀가 무기력하다는 것이었다.

코시모가 멀리서 콘테시나를 향해 서 있었지만 여전히 그녀를 보고 있지 않은 듯했다. 그는 운명과 세상이 뒤바뀐다 해도 조금도 관심을, 아니 어쩌면 운명과 세상에 너무 몰두한 나머지 그게 아무것도 아닌 것으로, 단순한 환영에 불과한 것으로 비춰졌거나 숙명과도 같은, 그 놀라운 성당 안에 웅크린 보잘것없는 것으로 보였을지도 모른다. 그래서 의지와 희망이라는 무기를 버리고 그 운명에 그냥 빨려들어 가기로 마음 먹었는지도.

그가 아래로 떨어지는 게 보였다.

콘테시나는 비명을 질렀다.

하지만 코시모는 계속 추락했다.

아래로, 아래로, 돌로 포장된 도로까지.

콘테시나는 눈을 감았다.

눈을 다시 떴을 때 그녀 주위가 땀으로 흥건했다. 잠옷은 몸에 딱 달라붙어 있었다. 긴 머리도 젖어 있었고 베개들도 강물 속에서 떠오른 듯했다. 그녀는 자신이 비명을 질렀다는 걸 알았다. 소리를 너무 질러서 목소리가 잘 나오지 않았고 잠겨버린 목이 몹시 아팠다.

코시모, 그녀의 코시모가 그녀를 진정시키려 했다. 그녀의 머리를 쓰다듬으며 조그맣게 다정한 말을 속삭였다. 콘테시나는 부드럽게 자신을 달래주는 남편 품에 안겨 따뜻한 그의 손길에 몸을 맡겼다. 코시모는 하인과 하녀들에게 밖으로 나가라고 명령하고 언제나 그랬듯이 직접 그녀를 돌봤다. 콘테시나는 그 악몽이 현실이 되지 않게 해준 하느님에게 감사했다.

"당신이 추락하는 걸 봤어요." 그녀가 말했다. "당신은 내게서 멀리 떨어져 있어서 어떻게 해야 당신을 다시 내 품에 안을지 알 수 없었어요."

"무슨 소리를 하는 거요, 여보. 난 보다시피 여기, 당신 방에 있잖소? 당신 곁에 있는 거 보이지? 왜 그렇게 놀랐지? 당신을 위해서라면 무슨 일이라도 한다는 걸 알지 않소? 당신이 내 인생의 유일한 새벽빛이라는 거. 가장 진실하고 눈부시게 빛나는 빛 말이오."

콘테시나가 남편 가슴을 꼭 껴안았다.

"내 사랑, 내 사랑…. 당신이 없으면 내가 어떻게 살 수 있겠어요? 그렇지만 끔찍한 악몽이었어요. 뭔가가 우리 사이를 갈라놓았고, 당신은 산타 마리아 델 피오레 돔에서 추락했어요. 난 당신을 어떻게 구해야 할지 몰라 발만 동동 구르고."

"저런." 코시모가 재미있다는 듯이 말했다. "육십 미터가 넘는 높이에서 추락하면 당연히 손쓸 방도가 별로 없지. 앞으로 작업 진행 상황을 보러 브루넬레스키 씨를 만나러 갈 때 주의할게."

"농담하는군요. 그렇지만 그 광경 속에 소름끼치게 끔찍한 뭔가가 있었어요. 코시모, 무서워요. 누군가 당신과 나를 갈라놓을까 봐. 우리가 헤어지게 될까 봐 두려워요."

"그 무엇도 우리를 갈라놓지 않을 거야, 콘테시나. 이제 안심해요. 두려움과 불안은 곧 사라질 테니 두고 봐요."

코시모는 그렇게 말하면서 튼튼한 두 팔로 마치 어린 새처럼 아내를 조심스레 안았다. 그녀에게 키스하고 다정하게 어르며 사랑받고 보호받고 있다는 기분을 느끼게 해주었다. 콘테시나는 남편의 크고 튼튼한 가슴에서 터져 나올 것같이 힘차게 뛰는 심장 박동 소리를 들었다. 그 소리를 들으며 그의 유두에 입술을 살며시 댔다. 그리고 거의 유두를 깨물 정도로 힘껏 입을 맞추었다. 그가 기분 좋게 미소를 지었다.

"계속해." 그가 말했다. "멈추지 마."

그의 말을 듣자 그녀는 황홀했다. 넓은 바다에 잔물결이 일듯 살이 미세하게 떨렸다. 그녀는 자그마한 손으로 넓은 가슴을 어루만졌다. 코시모는 잘생기고 건장한 남자였으며 늘 좋은 냄새가 났다.

쌉쌀한 체취는 그녀의 후각을 정복해버렸다.

그의 살 위에 작은 손가락으로 보이지 않는 원들을 그리는 게 재미있었다. 그녀는 그의 품에서 벗어나 그의 입술에 뜨겁게 키스했다. 한 번, 두 번, 세 번, 열 번, 그러다가 그녀의 혀가 그의 입속으로 재빨리 들어갔고 두 사람의 혀는 순수한 욕정으로 뒤얽혔다.

그러다가 그의 가슴에 배에 키스를 했고 점점 밑으로, 더 밑으로….

하지만 그는 벌써 자기 보물의 가장 은밀한 부분을 탐색하고 있었다. 크고 힘 있는 손가락이 안으로 들어오자 그녀는 정신이 아득해졌다. 기분 좋은 상처를 입은 사람처럼. 콘테시나는 자신을 압도할 정도의 환희가 파도처럼 밀려드는 것을 느꼈다. 그녀는 그에게, 자신을 사랑의 노예로, 공범자로 만드는 놀라운 애무에 자신을 맡겼다. 몸을 앞으로 구부리며 신음했는데 목소리가 쾌감으로 거칠어졌다.

그가 들어왔을 때 그녀는 벌써 두 번째 절정에 이르렀다.

20. 니콜로 다 우차노의 죽음

니콜로 다 우차노의 부고를 들은 코시모는 가슴이 무너지는 기분이었다. 부친이 세상을 뜬 뒤 니콜로는 피렌체에서 코시모가 존경하는 몇 안 되는 사람 중 하나였기 때문이다. 니콜로는 올바르고 순수한 사람이었다. 선의와 훌륭한 본보기를 보인 사람을 잃은 것은 공화국 전체에 큰 타격이었다.

코시모는 이런 생각에 잠겨 산타 루치아 데 마뇰리 성당 앞 광장을 가로질렀다. 니콜로는 피틸리오소라는 지역에서 오래 살았기 때문에 그 지역 사람들에게 사랑을 많이 받았다. 어머니 피카르다와 아내 콘테시나, 로렌초와 그의 아내 지네브라 그리고 아들 피에로도 코시모와 함께했다. 성당 안으로 들어간 뒤 일행은 마지막 작별인사를 하려고 니콜로 시신이 안치된 제일 큰 예배당 쪽으로 걸어갔다. 성당 안에는 사람들이 삼삼오오 모여 있었는데 위대한 고인에게 경의를 표하기 위해 한걸음에 달려와 다음 날 거행될 장례식을 기다리는 유력자와 귀족들이 많았다.

니콜로의 시신은 제일 큰 예배당 중앙 향기 좋은 소나무 관에 안치되어 있었다. 로렌초 디 비치가 의뢰받아서 그린 프레스코 벽화가 예배당을 장식했다. 니콜로는 두 팔을 꼰 채 누워 있었고 가슴에는 십자고상이 놓였다. 수의로 진주와 보석으로 반짝이는 은색 튜닉을 입었는데, 그의 얼굴은 현자들에게서 볼 수 있듯이 위엄이 있으면서도 차분하고 평온했다.

로렌초는 그 모습을 보자 아버지가 떠올랐다. 예배당은 수많은 붉은 촛불로 환히 빛났다. 로렌초 디 비치의 프레스코 벽화는 미세하게 흔들리는 촛불들 때문에 피로 물들은 듯했다.

피카르다와 콘테시나, 지네브라가 기도대에 무릎을 꿇고 기도하고 로렌초와 피에로가 그 모습을 지켜보는 동안 코시모는 니콜로에게서 눈을 떼지 않았다. 니콜로는 어쩌면 귀족들 가운데 그들의 마지막 동맹자였을지도 몰랐다.

불과 며칠 전만 해도 니콜로는 팔라 스트로치와 니콜로 바르바도리가 메디치가를 향해 퍼부은 비난으로부터 코시모와 로렌초를 방어해주었다. 팔라와 바르바도리는 10인위원회의 거의 모든 위원이 메디치가에 반감을 갖게 부추겼다.

코시모는 고개를 저었다. 그의 동맹자들이 하나둘 쓰러졌고 적들의 전열은 점점 공고해져서 그와 그의 가족을 더욱 짓밟으려 했다. 심지어 필리포 브루넬레스키의 최근 실패와 미숙하게 루카를 공략하려다가 피렌체에 피해를 주고 만 일까지도, 예고된 그의 종말에 확실하게 대못을 박는 듯했다. 코시모는 이미 증오와 적개심에 불타는 조반니 귀치아르디니와 베르나르도 과다니의 눈을 보았다. 당장이라도 그에게 검을 겨누고 싶어 하는 눈빛이었다.

코시모는 마지막으로 니콜로의 이마에 입을 맞추었다. 그리고 고갯짓으로 어머니와 아내, 다른 사람들에게도 그렇게 하고 나가자는 신호를 보냈다. 피카르다가 성호를 긋고 일어났다. 언제나처럼 우아한 차림이었다. 모피로 장식한 외투에 진주와 금실로 수를 놓은 검은 치오파*를 걸치고 문상에 맞게 애도를 표하는 진회색 드레스 차림이었다.

범접하기 어렵고 위엄 있는 뭔가가 어머니에게 있었다. 어머니는 키가 크고 태도가 당당해서 그 곁에 있으면 콘테시나나 지네브라도 특별히 더 빛이 났다. 메디치 가문의 막대한 부와 상관없이 출신과 혈통을 뛰어넘는 우아하고 세련된 스타일이 피카르타를 돋

---

* 중세에 남자와 여자가 착용하던 치마 모양의 긴 옷.

보이게 했다.

그래서 메디치가 사람들이 그곳에 있다는 게 모두의 눈에 뜨였던 게 틀림없었다. 코시모는 사람들이 하나같이 차가운 눈으로 자신을 바라보는 느낌이 들었다. 아무도 그에게 다가와 인사하지 않았다. 그들이 성당에서 나가 광장으로 이어지는 계단에 도착했을 때 누군가 그의 등에 거칠게 부딪쳤는데 일부러 그런 것 같았다. 코시모가 그런 충돌에 크게 놀라지 않은 것으로 보아 그런 종류의 뭔가를 예견하고 있었는지도 몰랐다.

그가 로렌초에게 자기는 신경 쓰지 말고 가족들을 안전하게 호위하라고 소리치려 할 때 리날도의 독특한 목소리가 들렸다. 그가 적개심과 질투가 섞인 신랄한 말투로 코시모를 불렀다.

"여기 뭐 하러 온 건가?" 그는 충혈된 데다가 금방이라도 불타오를 듯이 뜨겁게 번득이는 검은 눈으로 코시모에게 물었다. 진홍색 상의에 진홍색 망토를 걸쳤다. 검은 수염은 악마의 얼굴에 붓으로 한번 슬쩍 칠한 듯 짧았다.

로렌초는 형의 말을 듣지 않고 되돌아와 코시모의 오른쪽에서 단검 손잡이를 만지작거리기 시작했다. 스위스 용병에게 당하고 난 뒤부터는 허리춤에 단검을 차고 다니는 게 습관이 되었다.

코시모가 동생을 보았다. "내가 뭐라고 했니?" 코시모 목소리에 분노가 실렸다. "어머니와 지네브라, 콘테시나 곁을 지켜!"

그러더니 리날도를 돌아보았다. "훌륭하게 살다 가신 분께 조의를 표하러 왔네. 그게 아니면, 자네 생각엔 왜 온 것 같나?"

리날도가 바닥에 침을 뱉었다.

"너!" 그러더니 나병환자를 가리키듯 코시모를 가리키며 말했다. "넌 이 도시에 파멸을 가져왔어! 흑사병까지도! 넌 네가 대단히 뛰어난 사람인 줄 아는데 천만에, 넌 아무것도 아니야. 거만한 미치광이일 뿐이지. 무젤로 구석에서 양모나 팔던 장사꾼 아들이라고! 넌 고향으로 돌아가야 해!"

코시모는 그 말을 묵과할 생각이 전혀 없었다. 이번만이 아니었다. 그는 적들의 계속되는 도발과 오만이 넘치는 무례한 태도에 지칠 대로 지쳐 있었다. 적들은 자신들만의 진실을 믿고 간직한 사람들 같았다.

"잘 들어, 알비치. 난 네가 조금도 두렵지 않아! 한 번도 두려워해 본 적도 없고. 네가 미쳐서 이런다는 건 잘 알지만 그건 내 알 바 아니야. 난 지금까지 그랬듯이 내 인생을 살 테니까. 내 행동에 관해서라면 난 항상 이타적으로 품위를 잃지 않으며 살아왔다고 할 수 있으니까."

바로 그 순간 성당에서 지저분한 빨간 머리에 덥수룩하게 수염을 기른 기골이 장대한 스위스 용병 슈바르츠가 나왔다. 그날도 검은 더블릿에 얇은 철판을 붙인 상의 차림이었다. 그가 리날도에게 다가갔다.

"이자가 나리를 귀찮게 하는 겁니까?"

리날도가 고개를 끄덕였다.

슈바르츠가 어느새 허리에 찬 검을 꺼낼 때 피카르다가 잠시 후 구체화될 위협적 상황을 무시한 채 대담하게 그사이로 끼어들었다. 그녀의 두 눈은 격노로 활활 타오르는 듯했다. 아름답고 근엄

한 얼굴에 경멸이 담기며 거만하게 일그러졌다. 다른 사람의 목숨 뿐만 아니라 자기 목숨까지도 완전히 하찮게 여기는 듯한 표정이 었다.

"협박하고 중상모략만 일삼는 백해무익한 떠버리들! 이제 넌덜 머리가 나는군." 피카르다 목소리가 성당 앞뜰에 쩌렁쩌렁 울렸다. "검을 빼고 싶으면 지금 결정을 해서 이 자리에서 날 쳐라. 천하에 비겁한 놈들!"

"어머니…." 코시모가 고함을 쳤지만 피카르다는 못 들은 척했다.

리날도는 깜짝 놀랐지만 비웃음을 숨길 수도 없었다.

"이건 정말 상상하지 못했던 일인걸." 이제 노골적으로 웃으면 서 크게 말했다. "여러분, 여기 이 용감한 여인 좀 보시죠. 너희 두 사람…." 그가 코시모와 로렌초를 돌아보며 말했다. "너희 장례식 이 연기됐다. 너희 어머니에게 고마워해라. 너희 어머니가 너희 둘 을 합친 것보다 더 용기가 있으니까."

"말조심해라, 알비치." 로렌초가 분해서 몸을 떨었다.

"꺼져, 썩 꺼져버리라고!" 리날도가 명령했다. "너희 최후는 연 기된 것뿐이다."

리날도는 더 말을 하지 않고 성당 안으로 다시 들어갔다.

코시모와 가족들은 광장 한가운데서 그들을 기다리는 마차 쪽 으로 걸어갔고 슈바르츠는 사냥개 같은 눈으로 차갑게 그들의 뒷 모습을 노려보았다. 칼집에서 반쯤 꺼낸 검을 든 채 그 자리에 서 있을 때 라우라가 옆으로 다가왔다. 그녀는 그날도 눈부신 외모를 자랑했는데 음란해보일 정도로 화려한 차림새 때문에 미모가 더 살았다.

라우라는 흰여우 모피 숄로 어깨를 감쌌다. 검붉은색 긴 드레스는 목이 깊이 파여서 하얀 가슴이 그대로 드러났다. 초록 눈동자는 봄기운을 품은 차가운 햇빛 속에서 보석처럼 반짝였다.

"당신이 결국에는 저 형제를 죽이게 될 거예요." 라우라가 허스키하고 관능적인 목소리로 말했다. "믿을지 모르겠지만 지금 난 이미 죽은 두 놈의 등을 노려보는 중이거든."

1433년 4월

MEDICI

21. 마지막 말들

따뜻한 느낌을 주던 밤색 긴 머리에 어느새 흰 머리카락이 섞여 있었다. 당당한 아름다움이 여전히 얼굴에 생기를 불어넣어주었지만 최근 1년간 그 아름다움도 다소 빛을 잃었다. 그렇지만 죽음을 앞둔 이 순간이 피카르다 부에리의 평생 중 가장 아름다운 시기인지도 몰랐다.

그녀는 가장 좋아하는 서재 의자에 앉아 있었다. 벽난로 옆 의자였다. 오랜 세월 그녀는 아늑한 의자의 온기를 즐겼는데 아마 좋은 책과 하녀들이 준비해준 차가 항상 함께했을 것이다. 피카르다는 절제력이 있는 여인이었고, 소박한 것을 즐길 줄 알았다.

풍요롭고 가치 있는 삶을 살았기 때문에 지상의 임무를 마치고 떠나는 지금 슬픔도 후회도 없었다. 평생 그녀를 변함없이 사랑했던 남편을 비롯해, 그녀가 상상했던 것보다 훨씬 더 많은 것을 가졌기 때문이다. 남편은 그녀에 대한 사랑과 존중을 평생 잃지 않았고, 나이가 들어서는 뜨거운 열정 대신에 다정함과 눈부신 지혜로 젊을 때와 똑같은 즐거움을 선사했다. 그래서 그 순간 그녀는 감사하고 행복한 마음으로 마지막 걸음을 떼어놓을 준비를 했다. 그녀는 때가 되었다는 것을 알고 사랑하는 아들과 며느리, 손자들을 불렀다. 차분하고 평화롭게 포옹하며 눈을 감을 계획이었다.

너무나 사랑했던 서재를 둘러보았다. 그리고 아들과 며느리, 손자의 눈을 하나씩 뚫어지게 바라보았다. 작별인사를 하려는 듯이. 그녀가 마지막 말을 하는 동안 코시모와 로렌초, 콘테시나와 지네브라 그리고 피에로와 프란체스코, 피에르프란체스코는 할 수 있는 한 두 눈에 감사와 사랑을 담아 피카르다를 지켜보았다.

"얘들아." 그녀가 입을 열었다. "나는 너희 중 누구를 더 사랑하고 덜 사랑하지 않고 똑같이 생각한단다. 너희 몸속에 내 피가 흐르니까. 아니 용기 있게, 단호하게 그 피를 선택하기로 결정한 건 바로 너희였어. 그 피는 물려받을 그 어떤 유산보다 훌륭하고 감탄할 만한 것이란다. 그런데 이제 하느님께서 내게 주신 시간이 끝나간다는 생각이 드는구나. 너희에게 할 말은 별로 없지만 그래도 몇 마디는 해야 할 것 같구나. 어쨌든 그 말들이 너희 마음속에 금가루처럼 소리 없이 내려앉을 수 있으리라 생각하기 때문이야. 그래서 네 아버지가 계신 곳으로 가서 행복하게 지내기 전에 너희에게 꼭 부탁하고 싶은 말은 언제든 합심해서 살라는 것이란다. 너희가 살아가면서 가족보다 더 소중한 건 발견하지 못할 거다. 가족은 가장 따뜻한 사랑을 받을 수 있는 요람이고 말로 표현할 수 없는 기쁨과 만족감의 원천이니까. 바로 너희 덕분에 평생 많은 것을 누린 내가 하는 말이니 내 말을 믿으려무나."

그때 조반니가 더 참지 못하고 흐느꼈다. 짭짤한 눈물이 그의 작은 얼굴을 타고 흐르며 반짝였다. 주머니에서 손수건을 꺼내 되는 대로 눈물을 닦아보려 했다.

피카르다가 사랑이 담긴 눈으로 손자를 보았다.

"눈물이 흐르게 그냥 두렴, 조반니. 부끄러워하지 마라. 어떤 감정이든 부끄러운 건 없으니까. 그런 감정이 얼마나 고마운지 모른다. 어쩌면 침묵보다 훨씬 나을 수 있어. 사람들은 눈물을 흘리지 않는 게 진정 남자답다는 표시라고 생각하지만 난 자기 감정을 표현하기를 겁내는 남자는 두려움이 많은 남자라고 생각해. 자신이 사랑하는 누군가에게 말을 할 줄 모른다면 그건 인생의 아름다운 부분을 모르는 거니까. 그런 남자는 겁쟁이에 불과하단다, 사랑하는 조반니."

조반니는 할머니 말에 다시 기운을 차리는 듯했다. 할머니 말을 듣자 진정이 되었다. 피카르다가 자애로운 얼굴로 고개를 끄덕였다.

"가족은 우리가 가진 그 무엇보다 값진 것이지. 하루하루 가족이 가진 힘을 시험해볼 수 있었으니 하는 말이야. 우리는 한 지붕 밑에서 같이 생활하면서 매일 각자의, 그리고 서로의 두려움과 불안과 의심을 공유했고, 무엇보다 승리와 성공과 기쁨을 함께 나누고 용서했잖니. 너희가 생명을 준 사람과 함께 사는 것, 어떤 영향력이나 압력을 느끼지 않고 선택하려고 너희를 찾아오는 사람, 너희와 함께 인생길을 가기로 결정한 사람과 함께 사는 건 이 세상에서 제일 아름다운 일이란다. 인생이라는 게 아름답고 눈부시게 빛날 수 있지만 때로는 위험이 도사리고 있을 수도 있고, 여기저기 계략이 숨어 있을 수도 있으니까. 그러니 너희는 서로 사랑해라.

코시모, 너는 네가 가진 예리한 지혜와 기지와 선견지명으로 가족을 보호해야 한다는 걸 잊지 마라. 항상 앞을 내다보고 아버지께서 너와 네 동생에게 남겨주셨듯이, 메디치 가문의 명성을 피렌체에서 계속 유지하렴. 더불어 네가 사람들의 신망을 얻고 권력을 지니게 된다면 더 좋은 평판을 얻을 수 있게 신경 써야 한다. 권력이라는 건 제대로 사용하면, 그러니까 적절하게, 세심하게 마음을 써서 사용하면 모두에게 이익을 가져다줄 수 있으니까.

로렌초, 너는 영리하고 민첩하니 지금과 같은 열정과 근면함으로 은행 일을 감독하고 가능한 한 우리 활동 영역을 넓히면서 가문이 품위를 지키며 청렴하게 살 수 있을 정도의 재산을 확실하게 지켜나가도록 애쓰거라. 코시모, 로렌초, 아름다운 아내를 사랑해야 한다. 너희 마음속에 담긴 열정과 사랑을 다해서 그렇게 해야 해.

콘테시나, 그리고 지네브라, 너희는 남편의 결점을 용서하고 이해할 줄 알아야 해. 남편이 너희에게서 쉴 수 있게 해주어야 해. 그러면서도 너희를 존중하고 신의를 지켜야 한다는 사실을 잊지 말고 상기시키려무나. 믿음직한 친구 역할을 하면서 너희 의견을 주저 없이 말해야 한다. 예기치 않은 해결책을 제시할 수 있는 값진 의견일 수 있으니까."

피카르다는 그 말을 하고 입을 다물었다. 앞에 있는 작은 탁자 쪽으로 몸을 구부리고 장미차가 담긴 찻잔을 들기 위해 한 팔을 뻗었다. 그런 동작을 하는 데 한참이 걸렸지만 모두 그녀를 도와줄 수 없다는 사실을 잘 알았다. 정말 도움이 필요했다면 피카르다가 먼저 요청했을 테니까.

찻잔을 입술로 가져가 차를 몇 모금 마셨다. 그녀의 깊은 눈이 일순 반짝였다. 코시모는 그렇게 단순한 동작에서 여전히 말로 표현할 수 없는 기쁨을 느끼는 어머니를 보자 슬며시 미소를 지었다. 어떤 면에서는 어린 소녀를 바라보는 기분이 들었다. 세월이 흐를수록 피카르다는 조그마한 즐거움, 그리고 흐르는 삶이 너그럽게 베풀어줄 수 있는 단순한 포옹 같은 것들에 특히 관심을 기울였다.

차를 충분히 마시고 난 피카르다는 찻잔에서 입을 떼고 찻잔을 두 손으로 가만히 쥐고 있었다. 차에서 푸르스름한 김이 올라왔다. 피카르다는 그 기분 좋은 향기를 좀 더 음미하려는 듯 눈을 가느스름하게 떴다. 이제 서재 안에도 차 향기가 골고루 퍼져나갔다.

"마지막으로 너희." 피카르다가 다시 입을 열었다. "사랑하는 내 손자들아. 너희는 부모님에게 복종하고 부모님을 존경해야 한다. 감사의 마음과 사랑을 주저 없이 표현해야 해. 아버지, 어머니는 너희가 그런 마음을 조금만 보여줘도 마음속으로 흐뭇한 사랑을 느낄 테니까. 너희 생각만으로도 부모님에게 끝없는 위안을 줄 수 있는데 그걸 거부한다는 것은 참기 어려울 정도로 잔인한 일이 분명할 거야.

너희 자신을 알아가는 법을 배우고 매일 가족이 너희에게 베풀어주는 것을 잘 이용하도록 하렴. 너희 부모들이 쉬지 않고 부지런히 일한 덕에 너희는 특권과 부를 누리며 살아갈 수 있지만 그에 걸맞은 가치 있는 행동을 해야 한다. 그러니 열심히 공부하고 훈련해서 너희가 받은 것을 보답하도록 하렴. 그렇게 해야 가능한 한 빠른 시기에 가문에 꼭 필요한 자원이 될 수 있을 거야. 이제 내가 할 말은 다한 것 같구나. 잠을 자야겠어. 내 말을 이렇게 주의 깊게 들어 줘서 고맙구나."

그렇게 말하며 피카르다는 눈을 감았다.

코시모와 로렌초, 콘테시나와 지네브라는 아이들을 나가게 한 뒤 피카르다를 지켰다. 피카르다는 깊이 평화롭게 잠을 잤다. 그 어떤 말보다도 더 그녀를 행복하게 해줄 소중한 침묵이 흐르는 가운데 그녀의 얼굴은 조용하고 편안해 보였다.

잠시 후 콘테시나와 지네브라가 잠을 자러 갔다. 시간이 흘렀다. 코시모와 로렌초는 계속 어머니 곁에 머물렀다. 각각 어머니 손을 하나씩 잡았다. 어머니 손에 자신들의 두 손을 올려놓았다. 그러자 서서히 피카르다의 손이 대리석처럼 차가워졌다. 얼굴에서 핏기 가 사라지고 숨이 멎었다.

피카르다가 숨을 거두었다. 코시모가 마지막 의식을 치르기 위 해 사제를 불러오도록 사람을 보냈다. 형제는 어머니 곁을 떠나지 않은 채 서로 얼굴을 보았다. 그리고 순간이지만 서로의 눈에서 어 머니 눈빛을 발견했다.

22. 필리포 브루넬레스키

여러 날이 지났다. 피카르다의 장례식은 도를 넘지 않을 정도로 성 대하고 엄숙하게 거행되었다. 코시모의 어머니는 이제 산 로렌초 성구실 아버지 곁에서 영원한 휴식에 들어갔다. 두 사람이 다시 나란히 눕게 된 것이다. 코시모는 죽어서 나란히 묻히는 게 한평생 사랑한 두 사람에게는 그 무엇보다 아름다운 일일 거라고 생각했다. 자신도 그런 행운을 누리길 바랐다. 그는 어머니가 이루 말할 수 없이 그리워서 어머니를 생각할 때마다 심장이 검에 찔리는 듯한 고통을 느꼈다. 하지만 시간이 지나면 그 상처도 아물 거라고 생각했다. 어쨌든 쉼 없이 흐르는 시간을 거스를 수는 없을지라도 그의 손에서 하늘까지 이어져 있을 황금 끈을 꼭 잡고서 추억을 간직하겠다고 스스로에게 맹세했다.

코시모는 한숨을 쉬었다.

코시모는 브루넬레스키 작업장에 와 있었다. 지금까지 살아오면서 감탄을 자아내는 곳을 수없이 보았지만 지금 눈앞의 광경과 비교할 만한 곳은 본 적이 없었다. 숨을 멎게 할 정도로 웅장한 건축물도 아니고 오히려 모형물과 장치와 기계들이 끝도 없이 뒤섞인 곳이었다. 그런 것들이 경이롭게 죽 늘어선 모습이 말을 잃게 할 정도였다.

코시모의 시선이 근사한 청동 판과 밝은 대리석 주두柱頭, 흉상, 고대 신들을 조각한 석상과 펼쳐놓은 책들에 머물렀다. 책에는 석탄 스케치가 빼곡했는데 대리석 바닥을 양피지로 뒤덮을 정도로 책이 많았다. 그리고 색색깔의 유리조각들, 나무로 조각한 아름다운 목상, 나무틀의 일부분, 프레스코 벽화인지 뭔지 모를 것을 만드는 데 사용할 밑그림들, 끌, 한 뭉치 붓, 분말 염료가 가득 담긴 항아리들, 산타 마리아 델 피오레 대성당 돔 모형이 보였다.

브루넬레스키는 돔 건축이 자신이 살아가는 유일한 이유라도 되는 듯이 모든 것을 쏟아붓고 있었다. 그리고 어쩌면 그게 진짜 그가 살아가는 이유일지도 몰랐다. 한 인간이 어떻게 자기 존재 자체를 예술에 바칠 수 있는지 코시모는 상상조차 하기 힘들었다. 예술이 거의 종교나 신념, 사랑에 가깝다고나 할까. 브루넬레스키에게는 경건함이 있었다. 자기 인생에는 그런 게 존재하지 않는다는 것을 알기 때문에 코시모는 놀라지 않을 수 없었다.

코시모가 보기에 브루넬레스키는 우니쿰*이었다. 아마 그러한 유일함이 브루넬레스키와 같은 예술가를 만드는지도 몰랐다. 그런 예술가들은 무한의 향기를 풍기는, 거의 열기 같기도 하고 한번 걸리면 나을 수 없는 전염병 같기도 한 규율에 마음을 빼앗겼기 때문에 지상의 율법에 복종하지 않았다. 브루넬레스키는 흑사병의 위험성을 알지 못했고 몇 달 동안 그 돔에서 꼼짝도 하지 않았다.

그는 최근에야 겨우 돔에서 내려왔는데 자신의 설계 중 몇 가지를 확인하기 위해서였다. 한편으로는 돔 건축이 흔들림 없이 진행되어 거의 끝나가는 지금 혹은 앞으로 상당히 중요한 문제를 해결해야만 했다. 바로 지붕을 얹는 일이었다. 건축물 전체를 무너뜨리지 않고 어떻게 지붕을 얹을 수 있을까?

코시모는 이 거장이 그 문제를 어떻게 풀어나갈지 짐작도 할 수 없었지만 그보다 지금 브루넬레스키에게 라르가가에 지으려던 팔

* unicum, '유일한'이라는 뜻의 라틴어.

라초 메디치 공사 계획을 없었던 일로 해야 한다고 알려야 하는데, 어떻게 이야기를 꺼낼지 난처하기만 했다. 코시모는 그 계획을 둘러싸고 갖가지 뜬소문이 난무하는 것을 알고 있었다. 그리고 실제 건축을 실행하려 하자 그의 가문에 피해를 줄 악의적이고 해로운 분위기가 팽배하다는 것도. 리날도와 팔라는 오래전부터 브루넬레스키가 건축하게 될 새 메디치 팔라초에 대한 좋지 않은 소문을 냈는데 이 소문이 상당히 먹혀들었다. 피렌체 귀족 가문들이 지금까지 개인 팔라초 건축을 의뢰하고 시행할 때 지켜왔던 고상한 취향과 크기를 오만하게 무시하고 왕궁에 버금갈 정도로 웅장한 팔라초를 지을 것이라는 소문이었다.

코시모가 이런 이유를 대며 건축을 포기하겠다고 말하면 브루넬레스키는 미친 소리 취급을 할 것이다. 그래서 입을 떼기가 더욱 쉽지 않았다.

코시모가 어떻게 이야기를 시작해야 할지 궁리하면서 자기 생각에 빠져 있을 때 바닥에 웅크리고 앉은 브루넬레스키가 눈에 들어왔다. 그는 거의 다 타버린 촛불 몇 개가 희미하게 비치는 가운데 이해할 수 없는 사선을 미친 듯이 그리고 있었다. 코시모가 브루넬레스키 어깨에 한 손을 올려놓았는데도 알아차리지 못한 것 같았다. 지금 그리는 것에 완전히 빠져 있는 게 분명했다. 잠시 후 그가 코시모를 돌아보았다. 흐릿하고 마치 술에 취한 듯하지만 예리하고 지혜로운 두 눈에 코시모 몸속의 피가 얼어붙었다.

브루넬레스키 모습은 가련할 지경이었다. 눈은 푹 꺼졌고 얼굴은 뼈만 남아 광대뼈가 툭 튀어나와 있었다. 지난번 보았을 때보다

살이 더 빠진 게 분명했다. 코시모는 브루넬레스키가 끼니를 제대로 챙기는지 궁금했다.

"오늘 아침에 뭐 좀 먹었어요?" 코시모가 느닷없이 물었다.

"먹을 시간이 없었습니다." 건축가가 대답했다. 쉰 목소리였는데 너무 오래 말을 하지 않아서인지 숨을 몰아쉬는 듯 말소리가 또렷하지 않았다.

"어디 가서 식사를 좀 하시겠습니까?"

"할 일이 있습니다."

"좋아요."

"무슨 일로 오셨소?"

"모든 일이 최선의 방향으로 진행되는지 생각해보았습니다."

"그 때문에 나를 찾아온 겁니까? 가세요. 날 놀리지 말고, 코시모씨. 당신을 참을 수 없소. 난 당신 하인이 아니오."

코시모는 또다시 할 말을 잃고 말았는데 이런 일이 한두 번이 아니었다. 브루넬레스키를 만나면 비슷한 일이 벌어지곤 했다. 반박하는 재주가 없다는 사실을 숨기려고 어리바리하게 시도하다보면 오히려 불분명하고 거짓에 가까운 말을 하게 된다. 그런 말은 사실대로 이야기하는 것보다 상황을 더 악화시켰다. 그런 시도라면 그만두는 게 나았다.

"팔라초 말입니다." 코시모가 말했다.

"무슨?"

"당신이 나를 위해 건축하려던 그 팔라초 말입니다."

"아."

"진행할 수 없게 됐습니다."

"아."

"물론 설계비는 계산하겠습니다."

브루넬레스키가 고개를 끄덕였다.

잠시 생각을 하는 듯했다.

"무슨 이유로?" 그가 물었다.

"피렌체 귀족들이 그 팔라초가 너무 화려하다고 생각합니다."

"그렇지 않소."

"당신 말이 맞아요. 그렇지만 안타깝게도 그들의 판단이 많은 이의 의사를 좌지우지할 수 있습니다."

"당신도 거기 포함되는 거요?"

"나는 내 가족을 보호해야 합니다."

"그러니까 항복하는 겁니까?"

"항, 항복은 아닙니다…."

"아, 항복이 맞소." 브루넬레스키가 코시모 말을 가로막았다. "진짜 항복이오."

"내게는 책임이 있습니다."

"그건 타협을 변명하려는 거짓말에 불과해요."

"정말 그렇게 생각합니까?"

"물론입니다."

"그럼 내가 어떻게 해야 합니까?" 코시모가 화가 나서 물었다.

"생각대로 해야지요."

"그렇지만 그랬다가는…."

"그럼 모두 없었던 일로 하지요. 문제될 건 하나도 없으니까. 한 가지만 묻겠소. 벌써 결정을 내려놓고 나한테는 무슨 일로 온 겁니까?"

"아직 결정한 건 아닙니다."

"또다시 나를 속이지 마십시오."

코시모는 숨을 몰아쉬었다. 또 브루넬레스키에게 걸려들었다.

"맞소." 코시모가 시인했다.

"문제될 건 하나도 없습니다."

"무슨 문제 말이지요?"

"팔라초 말입니다. 그건 그렇고 설계비는 받고 싶지 않소이다."

"그건 옳지 않아요."

"그렇게 하고 싶소."

"그래도 지불하겠습니다."

"그럴 생각은 꿈에도 하지 마시오." 브루넬레스키가 명령했다. 일순 그의 눈이 사납게 번득였다.

코시모가 두 손을 들었다. "알았어요, 알았습니다…. 정 그러시다면."

"메디치 씨, 내게 빚이 있다고 생각할 필요 없어요. 선택은 당신이 하는 거니까. 의뢰자는 당신이오. 하지만 내게는 비용을 거절할 권리가 있소. 난 기생충이 아니니까."

"단 한순간도 그런 생각을 해본 적이 없습니다."

"아주 좋습니다. 그러면 내 의사를 존중해주십시오."

"알겠습니다!"

"더 하실 말은?"

"없습니다."

"그러면 난 하던 일을 계속하겠소."

코시모는 다른 말이 필요 없다는 것을 알았다. 브루넬레스키가 아주 정중하게 이제 가달라고 권한 것이다.

"좋습니다." 코시모가 말했다. "잘 지내십시오."

"당신도."

브루넬레스키가 등을 돌렸다. 그는 다시 자기 그림에 몰두했다. 마치 두 사람이 한마디도 나누지 않은 것 같았다. 그 대화는 무한한 그의 예술작업에 끼어든 잠깐의 사고일 뿐이어서 쉼표나 생략부호, 소곤거림 정도의 공간밖에 차지하지 못했다.

코시모는 기분이 좋지 않았다. 하지만 그 이상 뭘 요구할 수 있단 말인가? 결국 브루넬레스키에게 일을 못 하게 한 사람은 자신인데. 그를 배신했다는 생각이 들어 괴로웠다. 그들의 우정보다 인습과 규율에 우선권을 두었다는 자책감도 들었다.

'책임'이라고 코시모는 말했다. 그런데 그게 맞는 걸까? 의무감에 관한 말이나 관습을 존중해야 한다는 그 헛소리들은 모두 나약함의 증거에 불과하지 않을까? 전쟁광과 도둑 일당의 뜻에 굴복한 것 아닐까? 싸워야만 했나? 다시?

코시모는 고개를 저었다. 그는 최선의 선택을 했다고 생각했지만 마음속의 뭔가가 꼭 그런 것은 아니었다고 말하고 있었다.

브루넬레스키의 작업장에서 나오는 코시모는 들어갈 때보다 더 울적했다.

1433년 9월

MEDICI

23. 고발

코시모는 그들이 오고 있다는 것을 알았다.

새 최고행정관*으로 베르나르도 과다니의 이름이 위원들 주머니에서 나온 뒤로 코시모는 자기 운명이 결정되었다는 사실을 알았다. 베르나르도는 리날도 델리 알비치의 사람이었고 리날도는 그를 자기 곁에 더욱 가까이 두기 위해 온갖 짓을 했다. 도시에 떠도는 말로는 리날도가 베르나르도에게 세금으로 1천 피오리노를 주었을 거라고 했다.

단지 시간문제였다. 진짜 곧 닥칠 일이었다. 코시모는 아내에게 그 사실을 알렸다. 콘테시나는 처음에는 두려워하고 화를 내더니 곧 걷잡을 수 없이 분노를 터뜨렸다. 그녀는 자신의 목숨이 붙어 있는 한 남편이 감옥에 끌려가지 않게 하겠다고 말했지만 코시모는

---

*   재판관과 군대장의 기능을 수행하는 사람으로, 피렌체에서는 '곤팔로니에레 디 주스티치아 Gonfaloniere di Giustizia', 즉 '정의의 기수'로 칭했다.

고개를 저었다. 무슨 일이 일어날지 알았기 때문에 최악의 상황을 준비해야 했고, 그 상황에서 벗어날 방법을 궁리해야만 했다… 살아남으려면.

그것은 코시모가 체념해서가 아니라 그보다 훨씬 큰 섭리를 단순하게 받아들였기 때문이다. 그는 그 섭리를 이해했고 폭력과 분노와는 다른 무기와 수단으로 싸웠다. 분노 같은 감정은 이성을 마비시킬 수 있었으므로 분노로 싸우는 것은 가장 어리석은 전략일 수 있었다. 리날도가 기다리는 것은 바로 코시모를 죽일 수 있는 완벽한 구실뿐이었다.

코시모는 떠오르는 해를 바라보았다. 칼날같이 밝은 빛이 서서히 짙푸른 장막 위에 모습을 드러냈다. 그날 아침 코시모는 우아한 자수로 장식된 보라색 더블릿을 입기로 했다. 특별한 날을 위해 특별히 염색한 옷이었다. 은색 무늬도 있었다. 단추를 목까지 잠그고 바지도 같은 색으로 맞춰 입었다. 모자는 쓰지 않았다. 그가 가야 하는 곳에서는 거추장스러울 것이 분명했다. 말을 잘 안 듣는 검은 곱슬머리가 다시 앞으로 흘러내렸다. 면도는 깨끗하게 했다.

그는 넓은 응접실에서 기다렸다. 잠시 눈을 들어보니 나무로 조각된 웅장한 천장이 눈에 들어왔다. 여섯 개 격자가 세 줄로 배치되고 아칸서스잎 모양으로 장식된 천장이었다. 천장에 매달린 웅장한 연철 촛대에서 촛불이 환하게 퍼져나왔다.

코시모는 기다리는 동안 자꾸 초조해져서 숨을 몰아쉬었다. 리날도가 도착하려면 얼마나 더 기다려야 할까? 그는 로렌초에게 콘테시나와 조반니, 피에로 곁에 있어달라고 부탁했다.

잠시 후 열어놓은 큰 창문에서 병사들의 발소리가 들렸다. 거의 음산한 종소리 같았는데, 망설임이라고는 모르는 듯 확신에 차 있었다. 그런 식으로 코시모를 위협할 생각이었다면 그들은 전혀 만족스러운 결과를 얻지 못한 게 틀림없었다.

코시모는 응접실에서 나가 넓은 대리석 계단을 내려갔다. 출입구 쪽으로 걸어갔을 때 콘테시나가 나타났다. 고통으로 일그러진 얼굴에 눈물이 흘러내렸다. 드레스의 어깨 부분이 밑으로 흘러내려 가슴이 거의 드러났다. 그녀는 계속 흐느꼈다.

"코, 코시모." 그녀가 말을 더듬었다. "저 사람들이 당신을 어떻게 하려는 걸까요, 여보?"

코시모가 그녀에게 달려갔다.

"제발 부탁이오. 콘테시나, 힘을 내요." 그녀에게 말했다. "힘든 날들이 우릴 기다리지만 잘 넘기고 함께 앞날을 기약할 수 있을 거요. 피에로와 조반니 곁에 있어요."

그녀가 두 팔로 남편의 목을 감싸고 가슴에 기대 눈물을 흘렸다. 남편이 없으면 어떻게 해야 할지 알 수 없었기에 하염없이 눈물을 흘렸다. 그리고 무엇보다 어쩌면 다시 그를 볼 수 없을까 봐 두렵기도 했다.

"코시모, 당신을 잃는다는 건 상상도 할 수 없어요. 당신에게 무슨 일이 일어나면 나도 죽을 거예요. 당신 없이 산다는 건 생각조차 할 수 없어요."

코시모가 웃으면서 아내 얼굴을 쓰다듬었다. 그리고 9월 그날 아침, 자신이 할 수 있는 한 부드럽게 아내에게 말했다.

"여보. 겁을 내선 안 되오. 일주일이 지나기 전에 다시 집에 돌아올 테니. 우리는 계속 함께 지내며 우리가 계획한 대로 살아갈 거요. 그 무엇도 우리를 갈라놓지 못해."

"약속해요?"

"약속하오."

이런 말을 나누는 동안 하인이 코시모가 기다려왔던 이들의 방문을 알렸다. 수비대가 들어왔다. 리날도도 함께 들어왔다. 리날도는 코시모를 발견하자마자 눈을 노려보았다. 야만스러운 기쁨을 노골적으로 드러내는 잔인한 미소가 얼굴에 번졌다.

"코시모 데 메디치 씨." 수비대장이 크게 말했다. "최고행정관의 명령으로 당신을 공화국을 위협하는 음모와 독재를 꾀한 혐의로 체포하오. 당신이 저지른 범죄는 최고행정관 베르나르도 과다니 주재하에 팔라초 델라 시뇨리아에서 조목조목 혐의를 입증받게 될 거요."

"그러나." 리날도가 사납게 덧붙였다. "우리는 온 도시 사람들이 더는 너의 오만함과 거짓 관용을 참으려 하지 않는다는 점을 비공식적으로 미리 알려줄 수 있지. 우리는 네가 어떤 팔라초를 지으려 했는지 알고 있다. 그 팔라초를 필리포 브루넬레스키가 지을지 어떨지 따위는 중요하지 않아. 미켈로초*나 도나텔로**에게 맡길 수도 있겠지. 너를 위해 일할 예술가들은 줄을 서 있으니까. 하지만

---

* 미켈로초 디 바르톨로메오, 1396~1472. 건축가, 조각가로 도나텔로에게서 조각을 배웠다.
** 도나토 디 니콜로 디 베토바르디, 1386~1466. 르네상스 양식 조각의 창시자.

우리는 네가 피렌체를 전복할 음모를 꾸몄다는 사실을 알고 있다. 그러니 이제 극악무도한 네 행동의 대가를 치를 순간이 된 거야."

리날도는 이 순간을 오래 기다려왔다. 그는 미친개처럼 입에 거품을 물고 침이 사방으로 튈 정도로 열을 올리며 말했다.

코시모는 아무 말도 하지 않고 재빨리 콘테시나를 보았다. 그녀가 어느 때보다 강인해야 할 순간이었기 때문이다. 그는 리날도 같은 하잘것없는 인간에게 기쁨을 주고 싶지 않았다. 그의 아내는 남편의 뜻을 금방 알아차렸다. 그녀는 조금 전 남편의 말을 듣고 마음을 가라앉혔고, 기운을 차렸다. 남편에게 다가가서 입을 맞추었다.

그리고 말했다. "당신이 옳다고 생각한 대로 하세요."

그 말을 들은 리날도는 자기 귀를 의심했고 분노가 부글부글 끓어올라 수비대장에게 신호를 보냈다. 수비대장이 코시모의 손목을 묶었다. 그러고 나서 코시모를 밖으로 데리고 나갔다.

호송되면서 시내를 지나자니 이상했다. 코시모는 마음을 단단히 먹어 흔들림이 없었지만 피렌체의 분위기는 음울했다. 일부 사람들은 이런 부당한 일을 보고 거의 믿기지 않는 표정이었지만 또 다른 사람들은 있는 힘을 다해 코시모에게 욕설을 퍼붓기도 했다. 위협을 느끼는 사람들에게서나 들을 법한 욕설이었다.

시뇨리아 광장에 들어서자 광장을 빼곡하게 메운 사람들이 코시모 눈에 들어왔다. 행상들이 준비한 음식과 포도주가 불티나게 팔리고 있었다. 오전이었지만 몹시 무더웠다. 하늘의 태양은 금속판처럼 반짝였다. 공기는 깨끗한 것 같았다. 코시모는 숨이 막힐 듯이 더웠고 눈이 부셔 제대로 눈을 뜰 수 없었다. 그의 주변은 인산인해였다. 마치 살아 있는 어떤 것이, 사람을 능가하는 존재나 괴물, 혹은 제 새끼를 잡아먹으려는 레비아탄*이 광장을 흔드는 듯했다. 코시모 앞에 팔라초 델라 시뇨리아가 우뚝 서 있었다. 그 건물의 아르놀포 디 캄비오** 탑이 거울 같은 파란 하늘을 배경으로 모습을 뚜렷이 드러냈다.

광장 한가운데에 나무로 만든 단이 세워져 있었다. 그 위에서 베르나르도 과다니가 코시모를 기다렸다. 다른 사람들의 얼굴도 보였다. 적지 않은 사람들이 입을 크게 벌리고 고함을 치며 자신들의 분노를 모두 토해냈다. 증오와 시기와 힘과 부패를 뚜렷이 드러내는 고함이었다. 코시모는 자기 역시 저런 미친 짓을 하는 데 일역을 담당한 적이 있었다는 생각을 했다. 그들을 보았지만 그들에게서 적의 배를 차가운 검으로 찌르는 데 꼭 필요한 냉혹한 결단력은 보이지 않았다.

어쨌든 적어도 그 자리에서 목숨을 잃을까 두렵지는 않았다. 귀족들이 정말 그걸 원했다면 도시 수비대를 보내 그를 급히 체포하지 않았을 것이다. 그것도 대낮에 말이다. 그를 모욕하고 욕설을 퍼붓는 사람들과 그를 지지하는 사람들이 대치 중이었다. 양편 모두 똑같이 분노했고, 언제든 싸울 준비가 되어 있었다. 적어도 말로라도 말이다. 하지만 수비대와 최고행정관이 그런 충돌을 막았다. 최

---

* Leviathan, 구약성서에 나오는 바다 괴물. 리바이어던이라고도 불린다.
** 1245~1302. 건축가, 조각가. 팔라초 델라 시뇨리아를 설계 건축했고 산타 마리아 델 피오레 대성당을 설계 건축했으나 완성을 보지 못하고 죽었다.

고행정관은 높은 연단에서 거의 불가사의한 동작으로 두 팔을 뻗어 단숨에 사람들의 마음을 제어하는 듯이 보였다. 코시모는 그런 혼란 속에서 금방이라도 부서질 듯하고 혼수상태에 빠진 것 같은 공화국을, 벼랑 끝에 서 있는 공화국의 운명을 직감했다.

코시모는 대립하는 수천 가지 감정을 다 털어버리려 애쓰면서 앞으로 걸어 나갔다. 그러한 감정이 한 자루에 들어 있는 맹수들처럼 언제라도 그의 마음을 갈기갈기 찢어놓으려 했다.

누군가 그에게 침을 뱉었다. 그의 옷이 누런 침에 뒤덮였다.

코시모는 눈물을 흘리는 여자들과 그 여자들에게 자신을 죽여주겠다고 약속하는 남자들을 보았다. 영리한 눈을 반짝이는 표정이 밝은 아이들과 화장이 망가진 매춘부들을 보았다. 그는 뜨거운 태양에 달구어진 육체의 바다 속을 걸었다. 광장은 폭발하려는 화약고처럼 낮게 포효했다.

마침내 코시모는 연단 아래에 도착했다. 거기서 수비병 둘이 코시모를 베르나르도 과다니 옆으로 데려갔다. 최고행정관은 마음이 흔들릴까 두려운 듯 코시모에게 눈길도 주지 않았다. 코시모는 권력과 돈에 매수되어 오만하게 자신을 대하는 부패한 남자들을 보자 분노가 점점 커갔지만 마음을 다스렸다. 그 순간 평정을 잃으면 치명적인 실수를 할 수 있었기 때문에 다시 침착해지려 애썼다.

"이자는." 베르나르도가 코시모를 가리키며 말을 시작했다. "음모와 책략으로 시민들을 선동해서 공화국 귀족들에게 반기를 들게 했습니다. 이자는 의식적으로, 거짓으로 그런 짓을 했고 수치스러울 정도로 오만한 행동을 했습니다. 무엇보다 먼저 이자는 자신과 자기 가족들을 위해 필리포 브루넬레스키에게 팔라초 건축을, 그것도 피렌체의 그 어떤 팔라초보다 높이 솟을 대저택을 의뢰했습니다. 자기 잘못을 막연하게 감지하자 브루넬레스키를 해고하고 미켈로초에게 그 일을 맡아달라고 요청했습니다. 하지만 우리가 관심을 갖는 건 그 건축을 맡은 예술가가 누구냐는 게 아니라 우리 중 자신을 최고라고 생각하는 이자의 고집스러운 의지입니다."

코시모의 죄를 고발하는 최고행정관의 말이 광장에 모인 하층민과 시민과 귀족 앞에서 크게 울려 퍼졌다.

"이런 이유로." 최고행정관이 다시 말을 이었다. "나 베르나르도 과다니는 피렌체 공화국의 최고행정관으로서 코시모 데 메디치에게 형벌을 내릴지 아니면 사면할지를 결정하기 위해 시민들이 참여하는 200인 평의회를 소집할 계획입니다. 우리가 판결을 내릴 때까지 나는 여기 이 피고를 팔라초 델라 시뇨리아의 아르놀포탑에, 더 정확히 말하면 알베르게토 감방에 투옥하려 합니다. 피고는 그곳에서 법에 따라 결정될 운명을 기다리게 될 겁니다."

말이 끝나자 군중이 함성을 질렀다. 욕과 저주가 터져 나왔지만 박수갈채와 환호하는 소리도 들렸다. 코시모의 미래를 비관적으로 보는 사람들이 적지 않았다. 대부분 그를 배신자와 유다라고 부르며 비웃었다.

고함이 하늘에까지 치솟는 동안 베르나르도는 재미있다는 듯이 코시모를 바라보았다. 베르나르도와 리날도, 소데르니와 팔라는 오래전부터 이 기쁜 순간을 상상했다.

"알베르게토로 이송해 우리가 판결을 내릴 때까지 그곳에 가둬

두시오." 베르나르도가 덧붙여 이렇게만 말했다. 수비대들이 고개를 끄덕이더니 묶여 있는 코시모의 팔을 잡고 양쪽으로 늘어선 군중 속을 걸어서 팔라초 쪽으로 향했다.

24. 콘테시나

"로렌초, 불쌍한 형님에 대한 애정이 조금이라도 남아 있기는 한 건가요?"

콘테시나의 목소리에 분노가 가득 담겨 있었다. 그 순간 그녀 얼굴은 아름다운 전사 같았다. 헝클어지고 이리저리 삐쳐 나온 긴 곱슬머리는 구부러진 수천 개 미늘창날 같았다. 가슴이 떨려서 옷이 들썩였고 심장이 금방이라도 터져나올 듯 가슴이 오르락내리락했다. 불꽃이 튀는 강렬한 검은 눈으로 로렌초를 뚫어지게 바라보았는데 지금까지 그런 일은 한 번도 없었다.

콘테시나는 격노했다. 로렌초는 그런 형수의 모습은 한 번도 본 적이 없었다. 그러나 어머니의 죽음에 이어 코시모가 투옥되는 바람에 그렇게 변했다는 것을 금방 알아차렸다.

"대답해봐요!" 콘테시나가 재촉했다.

"전쟁을 할 겁니다." 로렌초가 말했다. "친구들과 지금까지 우리를 지지했던 사람들을 소집할 겁니다. 필요하다면 피렌체를 지옥에 떨어뜨리고 피바다로 만들어…."

하지만 콘테시나가 그의 말을 잘랐다.

"사람들을 모으겠지요. 물론이죠. 우리에게 충성을 바치는 사람들을 모아서 리날도와 전쟁을 하겠지요. 그다음에는요? 그다음에는 어떤 일이 벌어질 것 같아요? 그걸 모르나요?"

"전쟁이 일어날 겁니다, 형수님."

"다른 방법은 있을 수 없다고 생각하나요? 전쟁을 일으켜서 탑에 갇힌 형님을 구할 수 있을 거라고 생각해요? 잘 생각해봐요, 로렌초! 리날도와 그 일당은 더 기다리지 않을 거예요."

"상관없습니다! 더 기다리지 않으면 그자들도 최악의 상황을 맞을걸요! 그자들은 잘 싸울 겁니다. 충실하게 전투하겠지요. 그러다가 적어도 한 번쯤은 적의 등 뒤에서 검을 꽂는 게 아니라 정면을 바라보게 될 겁니다."

콘테시나는 고개를 저었다. 그게 길이 아니라는 걸 어떻게 모를 수 있단 말인가? 다른 방법이 있을 게 분명했고 그녀는 어떤 대가를 치르더라도 그것을 찾아야만 했다. 코시모와 자식들을 위해 그렇게 해야 했다.

"알았어요. 그러면 이렇게 해요." 콘테시나가 말했다. "당신은 폭력의 길로 가봐요. 더 치밀한 전략과 무기를 사용할 방법은 내가 찾을 테니."

로렌초는 자기 귀를 의심했다. 형수가 대체 무슨 헛소리를 해대는 건가?

"무슨 말입니까?" 로렌초가 의심이 생겨서 물었다. "그 사람들과 말이 통하리라고 생각해요? 리날도 못 봤어요? 니콜로 장례식에서 반드시 복수하겠다고 우리에게 맹세했잖아요. 형수님이 완전히 이성을 잃지 않았다면 시골로 피신해서 일이 어떻게 진행되는지 지켜보는 게 지금 할 수 있는 가장 현명한 일이란 말⋯."

갑자기 콘테시나가 거칠게 로렌초의 뺨을 때렸다. 로렌초의 고개가 뒤로 젖혀질 정도였다. 곧이어 입술이 타는 듯한 느낌이 로렌초에게 전해졌다. 형수에게 언성을 높였다는 생각이 들자 부끄러운 마음에 두 뺨이 벌게졌다. 절대 그런 말을 하려는 게 아니었다. 하지만 이미 너무 늦었다.

"나에게 시골로 피신하라는 말을 해서는 안 돼요. 알베르게토에서 죽어가는 남편을 두고 내가 어떻게 떠날 수 있다고 생각하죠? 남편을 지키기 위해 내가 할 수 있는 최선을 다해보지도 않고 말이에요. 난 이 세상 무엇보다 코시모를 사랑해요. 그 오랜 세월 옆에서 우리를 지켜봤으니 그 정도는 알아야 하지 않나요! 별장에 틀어박혀 코시모가 화형되는 날을 기다리고 있지만은 않을 거예요! 우리 아들 피에로와 조반니도 마찬가지고요. 이 점만은 분명히 알아둬야 해요!"

잠시 후 콘테시나의 목소리가 한층 부드러워졌다. "이렇게 해요." 그녀가 말했다. "확실히 해요. 당신은 군대를 모아 리날도와 그 동맹군들과 싸워보세요. 난 베르나르도 과다니를 매수해볼 테니."

로렌초는 아무 말도 하지 않았다. 그런데 베르나르도에게 어떻게 선을 댄단 말인가?

코시모는 철창을 바라보았다. 알베르게토는 가로세로가 육 미터가량 되는 크기였다. 철창문 하나에 잠을 자는 데 이용할 작은 평상 하나가 놓여 있었다. 구석에는 배변에 쓰는 양동이가 하나 있었다. 아르놀포탑의 벽은 두껍고 튼튼해서 감방은 철옹성이었다. 거대한 자물쇠가 채워진 육중한 철문이 거기서 도주할 가능성을 완전히 차단했다.

코시모는 평상에 쓰러지듯 누웠다. 곧 딱딱한 나무바닥 때문에 등이 아팠다. 탑 아래 광장에서 고함치는 사람들 소리가 창문으로 들려왔다. 시간은 자꾸만 흘렀고 되도록 빨리 해결책을 찾아야만 했기 때문에 코시모는 자기 운명을 곰곰이 생각해보았다. 그런데 투옥 기간이 길어지고 있는 것을 보면 어쩌면 사형으로 그를 위협하려는 게 아닐지도 몰랐다. 물론 모든 상황은 사형을 암시하고 있지만. 어쨌든 그를 향한 리날도의 뿌리 깊은 증오심 이외에는 확실한 것이 하나도 없으므로, 지금 그의 목숨을 손에 쥐고 있는 베르나르도 과다니의 판단에 영향을 미칠 수 있는 모든 방법을 강구해보아야만 했다.

그는 가족들이 어떻게 대처하고 있는지 알지 못했다. 로렌초가 무력에 의지할 생각을 할 수 있다는 것도 배제하지 않았다. 반면 그의 아내는 좀 더 치밀하고 은밀한 작전을 생각할지도 몰랐다. 콘테시나는 순수하고 순진했지만 그런 성격이라고 해서 아무 생각 없이 단순한 사람은 아니었다. 전혀 그렇지 않았다. 아니, 오히려 콘테시나와 대화해야만 했다. 빨리 그녀를 만나고 싶었다.

여기서 나갈 방법을 아내가 찾아내길 바랐다. 공화국을 전복할 음모를 꾀하고 포악한 행위를 했다는 고발로 받을 수 있는 형은 두 가지밖에 없었다. 사형 아니면 추방. 물론 무죄판결을 받을 가능성도 있었지만 지금까지 벌어진 일들을 종합해보면 코시모는 그런 것은 실현 불가능하다고 생각했다.

올해 일어난 일들을 되짚어보았다. 무엇보다 어머니의 죽음이 제일 먼저 떠올랐다. 섭리에 의한 일이었지만 그의 영혼을 갈기갈기 찢어놓았다. 그리고 흑사병과 동생 덕에 겨우 피할 수 있었던 골목의 위험천만했던 습격과 산타 루치아 데 마뇰리 성당에서 있었던 리날도의 협박도 생각났다. 그리고 마지막으로 악마 같던 자객 한 쌍, 용병과 매력적이지만 위험천만한 그 여자 모습이 떠올랐다.

그의 인생은 음모와 위험으로 점철되어 있었다. 그는 무엇보다 자신이 리날도를 과소평가했다고 생각했다. 리날도가 자신을 죽이겠다는 생각에 그렇게 집요하게 사로잡혀 있는 줄은 상상하지 못했다. 그는 항상 리날도와 대립하는 것으로 충분하다고 생각했는데 잘못 판단한 것이었다. 리날도는 최고행정관을 매수해서라도 코시모를 죽이고 싶어 했다.

자신이 어떻게 해야 하는지 깨달은 건 바로 그 순간이었다. 그에게는 돈이 있었다. 사람들과 재력을 가지고 있었다. 베르나르도를 매수해야만 했다. 한 번 돈에 굴복한 사람은 다시 돈에 무릎을 꿇을 수 있었다. 리날도가 그에게 얼마를 주었든 코시모는 그보다 더 많은 액수를 지불할 수 있었다. 소문에 따르면 리날도는 1천 피오리노를 세금으로 주었다고 했다. 그러니까 주사위는 던져졌다. 이제 아내나 동생에게 알려 사태를 해결하게 만들기만 하면 되었다. 어쩌면 아직 희망이 있을지도 몰랐다.

25. 잔인한 아름다움

머뭇거리는 리날도와 그 측근들에게 라우라는 지쳤다. 그들은 라우라를 이용해 메디치가 사람들에게 의혹을 남기고 경고했다. 이제 3년이 지났고 마침내 그녀를 놓아주어야 할 때가 되었는데 왜 머뭇거릴까? 리날도가 그렇게 결단력이 부족한 인간이란 말인가? 그 생각을 하면 라우라는 미칠 것 같았다. 라우라는 마음을 진정할 수 없었다.

그녀는 목숨을 걸었다. 이건 분명한 사실이었다. 셀 수도 없이 여러 번. 만일 그날 로렌초에게 잡혔다면 그녀 운명이 어떻게 되었을지 누가 알겠는가. 코시모는 위협적이지는 않아 보였다. 아니 적어도 그의 동생처럼 결단력이 있지는 않은 듯했다. 반면 동생은 단호했는데 그녀에게 분노를 키우고 있는 게 분명했다. 로렌초는 제거되어야 했다.

사건 초기에 라우라는 생각했던 것보다 훨씬 복잡한 게임의 졸이었다. 특히 그녀가 리날도를 위해 일하는 대신 그에게 생활을 보장받는 식이어서 더욱 그랬다. 그녀는 게임의 일부분이었다. 하지만 지금 이 순간에 이르자 그녀는 표적이 되어 있었다.

그러니까 지금 그녀는 코시모의 투옥을 기분 좋게 받아들일 수 없었다. 또 다른 메디치가 멀쩡히 자유롭게 돌아다닌다는 사실을 생각하지 않을 수 없었다. 그자가 어떤 짓을 할지는 하느님만이 알 일이다. 그 두 사람은 이중의 줄로 연결되어 있었다. 물론 형제이기도 하지만 둘의 혈연관계는 그녀가 지금까지 보아온 것 중 가장 끈

끈한 듯했다.

단순한 우애가 아니었다. 두 형제는 모두 형이나 동생을 보호하기 위해 자기 목숨도 내놓을 수 있었다. 그러니까 다시 한 번 리날도는 그 둘을 과소평가한 것이다. 권력과 이해관계, 돈과 매수 능력의 문제만이 아니었다. 그것보다 그 둘 사이에는 훨씬 뿌리 깊은 단단한 뭔가가 존재했다. 메디치가 사람들은 뱀이므로 발로 밟아 죽여야만 했다. 독초처럼 뽑아버려야 했다.

그녀는 숨을 몰아쉬었다. 붉고 아름다운 입술이 일그러지며 살짝 뾰로통한 표정이 되었지만 그것도 매혹적이었다. 라우라는 화장대 앞에 앉아 거울을 보았다. 아름다웠다. 숱이 많은 검은 곱슬머리가 까무잡잡해 거의 계피색에 가까운 얼굴을 감쌌다. 강렬하게 반짝이는 초록 눈은 고양이 눈 같았는데 갸름한 모양 때문에 상당히 나른해 보였다. 갸름하기는 했지만 눈은 놀랄 만큼 컸다. 하지만 그와 동시에 두 눈은 잔인하게 불타오를 줄도 알았는데 그런 눈빛이 그녀의 아름다움을 다이아몬드처럼 단단하게 만들어주기도 했다. 코는 작지 않았지만 다른 부분과 부조화를 이루어 얼굴을 관능적으로 보이게 했고, 윤곽이 부드러운 고혹적인 입술은 얼굴을 한층 매력적으로 만들었다.

어깨의 살이 진초록의 눈부신 드레스 사이로 살짝 드러났다. 둥글고 풍만한 가슴은 보디스*에서 터질 듯했다. 가슴은 당연히 그녀

---

* 중세 시대 여성 복식 중 하나로, 가슴에서부터 허리에 이르는 부위를 끈으로 동여맨 형태의 상의. 주로 농가 여인들이 착용했다.

가 좋아하는 무기 중 하나였다. 라우라는 미소를 지었다. 그녀의 성적 매력에 저항할 수 있는 남자는 얼마 되지 않았다.

그녀는 그것을 이용해야만 했다. 그 어느 때보다 지금. 그렇지 않으면 힘들게 손에 넣은 모든 것을 잃을 위험이 있었다. 하층민이었던 그녀가 지금 이 자리까지 오는 게 쉬운 일은 아니었다. 그녀는 배신과 거짓을 능숙하고도 주도면밀하게 연마해 완벽하게 소유했다. 그리고 3년 동안 그녀가 사용한 배신과 거짓은 하느님만이 알았다. 그것들은 이 빌어먹을 악마의 도시에서 그녀의 생존을 보장해주었다. 이 도시에서 함정과 책략은 매수와 속임수라는 끈으로 엮어가는 음모의 핵심이었다.

하지만 독약과 거짓말만으로는 자신을 지키기에 충분하지 않았다. 이 때문에 그녀는 슈바르츠와 암묵적으로 동맹을 맺었다. 그녀는 자신이 리날도의 소유물이라는 걸 알았다. 적어도 그의 소유물로 있는 한 리날도는 그녀에게 필요한 것을 보장해줄 것이다. 그렇지 않고는 도시 한가운데의, 하인과 수비대가 딸린 이런 귀족 저택에서 살 방법이 없었다. 게다가 리날도 같은 남자와 맺은 팍툼 스켈레리스*는 그 남자 기분에 좌우되었다. 이게 그녀를 취약하게 만드는 부분이었다.

한편 리날도는 그녀를 자신의 성욕을 만족시키는, 언제든 이용 가능한 단순한 도구로만 생각했는데 이게 그녀에게는 오히려 이로웠다. 반면 슈바르츠는 잔인하고 야만적인 욕망으로 그녀를 원

---

* pactum sceleris, '사악한 협정'이라는 뜻의 라틴어.

하긴 했어도 동시에 깊이 사랑했다. 물론 그는 폭력적이어서 그녀에게 물리적인 힘을 행사할 수도 있지만 그런 남자를 완전히 정복해버리면 여자를 위해 어떤 일이라도 하게 만들 수 있었다. 여자에게 빠져버렸기 때문이다.

라우라는 그 사실을 알았다. 그리고 타로카드 중 승리의 카드에서 그것을 읽기도 했다. 타로가 아니더라도 그녀의 육감이 분명하게 그것을 감지했을 것이다. 그녀는 리날도가 메디치 형제의 죽음을 열렬히 원하게 만들고 싶었다. 그래서 그들을 죽이거나 그녀가 어떤 짓을 해도 상관없을 안전통행증을 마련해주길 바랐다. 아마 때가 되면 그녀는 슈바르츠를 이용해 리날도에게서조차 자유로울 수 있으리라. 하지만 아직은 때가 아니었다.

그녀는 리날도를 증오했지만 그보다 더 메디치들을 증오했다. 그들이 상징하는 것을 증오했다. 그들은 리날도와 달리 본색을 드러내지 않았으며 위선적이고 구역질나게도 독지가인 체하거나 예술 후원자인 체했다. 표면적으로는 시민과 하층민을 돕겠다며 막대한 금액을 기부하고 훌륭한 예술작품을 만들 수 있게 예술가를 넉넉히 후원하긴 했다. 그러나 사실은 오로지 자신들의 사회적 명성을 드높이고 정치권력을 더 많이 갖기 위해, 그리고 무엇보다 자신들이 다른 사람보다 더 악질이라는 사실을 숨기기 위해 그렇게 행동할 뿐이었다.

그런 행동 방침에서 정직함은 찾아볼 수 없었다. 그녀를 아는 사람들은 그녀를 가리켜 부적절하고 방탕하다고 평가하지만 어떤 면에서는 메디치들이 그녀의 행동방식보다 더 구역질이 나고 불쾌하기까지 했다.

그녀가 사는 방식을 싫어하는 귀족들은 분명 가난과 배고픔을, 배가 달라붙고 창자가 끊어지는 것 같은 진짜 배고픔을 모를 게 분명했다. 항상 술에 취해 있고 입에 담기도 힘든 추행을 일삼았던 비겁한 아버지에게 당하는 주먹질을 상상조차 하지 못하리라. 열 살이 되자 거의 고깃덩어리를 팔 듯 그녀를 떠돌이 행상에게 팔아버린 아버지의 주먹질을!

그게 악몽의 시작이었다. 행상인은 그녀를 마차에 실은 뒤 짐승처럼 쇠사슬로 묶었다. 그녀는 마구간에서 말들과 같이 잤다. 마구간의 썩은 짚과 말똥들 속에서 만났던 괴물 같은 남자들이 떠올랐다. 부자, 가난뱅이, 위선자, 겁쟁이, 폭력적인 남자들, 모두가 각자 자기식으로 괴물 같았다. 그리고 그녀가 숨도 쉴 수 없게 기괴한 행동을 했다.

그들은 그녀 몸에 올라오기 위해 돈을 냈다. 한 명도 예외가 없었다. 그들 중 가장 인상 깊었고 그녀 인생에 낙인을 찍은 사람은 노란 눈동자의 남자였다. 그 눈은 원래 초록색이었지만 선명하지 않은 노란빛으로 번득였다. 마차 안의 희미한 불빛에 드러난 그 노란색 때문에 소름이 끼쳤는데, 어떤 열기가 그 눈동자를 집어삼킨 듯했다. 그 남자를 보는 순간 그녀는 온몸이 떨렸다. 키가 크고 근육질에 피부가 하얀 젊은 남자였다.

그 남자는 그녀를 건드리지는 않았지만 두려움과 공포의 의미를 가르쳐주었다. 저녁 무렵에 찾아왔는데 어디서 오는 길인지는 알 수 없었다. 사냥개 떼에 쫓기는 사람처럼 입에 거품을 물고 있었다. 뭔가를 찾으러 마차에 올라왔다. 도둑이 틀림없었다. 라우라는 그를 보는 순간 그 눈동자 때문에 공포에 사로잡혔지만 그 공포를 누르고 자기 쇠사슬을 풀어달라고 부탁했다. 눈물을 흘리며 애원했지만 그는 그녀를 도와주기는커녕 피가 날 정도로 무지막지하게 주먹을 휘둘렀다. 라우라는 맞아 죽을 것만 같았다. 그녀가 주먹을 피하려 하자 단검으로 그녀의 한쪽 다리를 죽 그었다. 남자는 다시 한 번 더 단검을 휘둘렀다. 그 순간 라우라는 고꾸라졌고 얼굴이 바닥에 닿았다.

그는 얼마 동안 마차 안을 뒤졌다. 노란 바탕에 빨간색 공 여섯 개가 그려진 이상한 겉옷을 벗고 행상인의 낡은 옷으로 갈아입었다. 그는 그 겉옷을 마차에 놔둔 채 가버렸다. 불쑥 나타났을 때와 마찬가지로 흔적도 없이 허공 속으로 사라져버렸다.

물건을 사러 마을에 갔다가 돌아온 행상인은 난장판이 된 마차를 보고 불같이 화를 냈다.

라우라는 그날 이후 두 달이 지나서야 완쾌되었는데 두 달 내내 절름발이가 되거나 흉측한 꼴로 살아야 할까 봐 불안에 떨었다. 그렇지만 하루하루가 지나고 한 해 한 해가 지나며 그녀는 성장했고 점점 더 놀랄 만큼 아름다워졌다. 그런 악조건 속에서도. 본인조차 이해하기 힘든 일이었다. 그녀의 매력이 그녀가 느끼는 고통을 빨아들여 가능한 최고 상태로 얼굴로 드러나는 것 같았다. 하지만 분노는 가라앉지 않았다. 라우라는 분노를 키우고 보살폈으며 증오에 자양분을 주었다. 그리고 밀물처럼 밀려들어 자신을 뒤덮게 만들었다.

그 무시무시한 형체는 항상 흐릿하게, 악마처럼 머릿속에 남아 있었다. 바로 노란 바탕에 빨간 공 여섯 개가 그려진 문장이었다. 그것은 강박관념이자 경고, 그리고 공포 자체의 상징이 되었다.

시간이 흘렀다. 라우라는 점점 더 아름다워졌을 뿐만 아니라 키도 더 컸고 강해졌다. 그녀는 의지를 더욱 불태웠다. 주인인 행상인은 늙어가서 그녀를 통제하는 게 느슨해졌다. 그녀는 자기 심장을 차갑게 꽁꽁 얼려 주먹만 한 수정으로 만들어버렸다.

그녀는 처음 알게 된 약초와 가루약, 그리고 독버섯을 아직도 기억한다. 빨간색이나 오렌지색에 하얀 무늬가 점점이 박혀 있기도 한 버섯 갓과 통통하고 이루 말할 수 없이 새하얀 자루들을. 독버섯은 눈을 끌 정도로 예쁘지만 그만큼 위험하기도 했다. 원치 않는 생명이 그녀 몸속에서 자라 그 생명들을 죽여야 할 때면 독버섯을 먹어야 했다. 남자들이 계속 그녀를 샀기 때문이다. 메디치나 리날도 같은 남자들이었다. 그 남자들 때문에 그녀는 원치 않은 임신을 하곤 했다. 그런 지옥에서 자식을 키우느니 태어나지 않게 하는 것이 차라리 나았다.

지금도 생생하게 기억나는데 버섯을 먹고 나서 혼수상태에 빠지기도 하고 악몽을 꾸거나 미쳐버리기도 했다. 악몽에 악몽이 더해지고 분노에 공포가 더해지는 악의 세계가 펼쳐졌다. 그녀를 형성한 것은 분노와 공포였고, 이 두 요소는 그녀가 존재하는 데 충실한 동료가 되었다.

하지만 시간이 가면서 자신이 남자들에게 특별한 영향을 미칠 수 있다는 사실을 알게 되었다. 그 영향력은 그녀의 무기였다. 그러다가 충분히 성장하고 힘도 갖게 된 어느 날, 행상인에게 독버섯 요리를 먹였다. 잘게 잔뜩 썰어 넣고 끓인 수프를 먹은 행상인은 내장이 다 뒤집어진 듯했다. 그날 밤 행상인이 입에 하얗게 거품을 물고 눈이 돌아가자 라우라는 어렵지 않게 검으로 그의 목을 몸에서 떨어져 나올 정도로 완전히 잘라버릴 수 있었다.

그 순간 그녀는 마침내 자유의 몸이 되었다. 그리고 앞으로 어떻게 살아야 할지를 터득했다. 그래서 길고 긴 여행 끝에 피렌체에 도착했고, 자신이 잘 아는 식물과 꽃에 대한 지식을 이용해 향수를 만들었다. 그러던 어느 날 노란 바탕에 빨간 공 여섯 개가 그려진 문장이 메디치 가문 것이라는 사실을 알게 되었다. 눈동자가 노란색인 그 남자가 입은 외투의 무늬였다.

그 사실을 알게 되자 순간적으로 죽고 싶다는 생각이 들었다. 하지만 공포의 순간이 지나자 분노가 되살아났다. 그녀는 더럽고 비열한 가문을 멸족시키기 위해 자신이 할 수 있는 일은 뭐든 하겠다고 스스로 맹세했다.

26. 탁월한 계획

간수는 정직해 보이는 눈빛에 키가 큰 남자였다. 악한 데가 전혀 없어 보였는데 무엇보다 이 점이 콘테시나에게 상당히 위안이 되었다. 물론 외모와 실제 성격이 전혀 다른 경우도 많았지만 반짝이는 그의 눈빛 때문에 진실해 보이는 얼굴이 환히 빛나는 듯했다.

콘테시나는 간수가 외모와 똑같은 사람이기를 진심으로 바랐다. 간수는 그녀에게 수상한 물건이 있는지 확인해볼 수 있겠냐고 예의 바르게 물었다. 콘테시나는 고개를 끄덕였다.

간수 이름은 페데리코 말라볼티였다. 그가 콘테시나를 안으로 들어오게 한 뒤, 끝없이 이어지는 가파르고 미끄러운 계단으로 안내했다.

콘테시나는 습기를 머금은 아르놀포탑의 냉기에 몸을 떨었다. 두꺼운 돌벽은 얼음처럼 차가웠다. 감옥 문들은 벽을 따라 난 좁은 통로를 향해 있어서 그 문의 환기구로 찬 기운이 전해질 게 분명했다.

벽에 매달아놓은 횃불이 둥그스름하게 일렁이며 길을 밝혀주는 계단을 계속 올라가다보니 다리가 부러질 것만 같았다. 드디어 그들은 알베르게토의 철문 앞에 도착했다. 말라볼티가 허리춤에서 열쇠 뭉치를 풀어 긴 열쇠들 중 하나를 빗장에 끼워넣었다. 잠시 후 녹슨 금속에서 나는 소리가 들리더니 자물쇠가 열렸다. 말라볼티가 문을 열고 콘테시나에게 들어오라고 고개를 까딱했다. 그가 짧게 말했다.

"계시고 싶은 만큼 계셔도 됩니다, 부인. 떠날 때가 되었다고 생각하시면 철문을 두드려만 주십시오. 제가 여기에서 기다릴 테니까요."

콘테시나가 고개를 끄덕였다. 그리고 지체하지 않고 감옥 안으로 들어갔다.

습기에 찬 좁은 감옥 안으로 들어서자마자 그녀 등 뒤에서 자물쇠가 철커덕 잠기는 소리가 들렸다. 감옥 안에는 초를 몇 개 켜놓아서 은은한 빛이 퍼져 있었다. 촛불이 그 공간을 꽉 메운 두껍고 짙은 어둠을 밝혀주었다. 콘테시나는 평상에 누워 있는 코시모를 보았다. 코시모는 그녀를 보자 벌떡 일어나 단숨에 그녀에게로 왔다.

콘테시나는 그의 품에 안겼다. 그런 절망적인 상황이 빚어내는 고통과 마음속에서 타오르는 열정에 휩싸여 남편에게 안긴 채 그녀가 조그맣게 말했다. 탑에 도착한 이후 처음으로 입을 열었다.

"코시모. 여보, 괜찮아요? 당신 생각밖에 하지 않았어요. 그래서 찾아온 거예요. 당신 없이는 살 수 없어요."

코시모가 아내의 눈을 보았다. 그녀는 핏기가 없고 지쳐 있는 남편을 보았다. 겨우 이틀밖에 지나지 않았는데 어느새 진짜 죄수 같아 보였다.

"콘테시나, 서둘러야 하오." 그가 말했다. "시간이 없소. 머뭇거리다가는 큰일을 당할 수 있어."

하지만 그녀는 잠깐이라도 틈을 내서 겨우 이틀 낮 이틀 밤사이에 왜 이렇게 수척해졌는지 그 이유를 알고 싶었다.

"식사를 주지 않는 거예요, 코시모? 만약 그렇다면 내가 담당 간수에게 알아서 말할게요."

코시모는 그녀를 바라보았다. 어둑한 감방 안에서 그녀의 용감한 눈길을 발견한 그는 감탄을 금할 수 없었다. 사랑스럽고 우아한 얼굴에서 그런 두 눈을 보다니 놀라웠다.

"전혀 그렇지 않소, 여보. 사실은 그들이 들여보내는 음식을 내가 거부하고 있소."

콘테시나의 눈이 휘둥그레졌다.

"이유는 간단해. 날 독살할까 봐 두려워서요."

"정말이요? 당신 보기에 간수가…."

"아니, 그렇게 생각하지 않소. 하지만 그 남자는 당신이 방금 칭한 대로 나를 지키는 간수 역할만 할 뿐이오. 누가 내 식사 준비를 하는지 모르지만 추측하다보니 음식을 만드는 사람 가운데 리날도와 가까운 인물이 있을 수도 있다는 결론에 어렵지 않게 도달했소. 가깝지 않다 해도 매수된 사람일지도 모르고."

"그래도 이렇게 계속 아무것도 입에 안 대고 있을 수는 없어요." 그녀가 울컥해서 말했다. 걱정 때문에 목소리가 갈라졌다.

"그렇다고 위험을 무릅쓸 수는 없소."

"그러면 어떻게 할 생각이에요? 탑에 음식을 반입할 수 없다는 거 알잖아요? 음식을 넣는다 해도 곧 발각될 거예요. 분명해요."

"그래서 서둘러야 한다는 거요. 어떤 방법을 선택하든."

"로렌초가 지금 군대를 모으고 있어요. 최대한 많은 인원을 동원해 피렌체를 공격할 계획이래요."

"당신 지금 농담하는 거요?" 코시모가 놀라서 물었다. 그는 로렌초 성격으로 보아 무력에 의존할 생각을 할 수도 있으리라 짐작했다. 하지만 군대를 소집할 거라고는 상상하지 못했다. 그런 일은 예상하지 못했다. 하지만 그의 동생은 허튼소리를 하는 남자가 아니었으므로 형을 풀어주겠다고 약속했다면 그 약속을 지키기 위해 최선을 다할 것이다. 코시모는 로렌초가 하려는 행동이 최선의 해결책이라고 확신할 수 없었다. 솔직히 말하면 해결책이라는 생각조차 들지 않았다.

"농담 아니에요." 콘테시나가 대답했다. "로렌초에게 미친 짓이라고 말했어요. 당신을 여기서 나오게 해야 한다는 데에는 동의하지만 난 다른 방법을 찾아야 한다고 생각해요."

코시모가 고개를 끄덕였다. 그도 아내와 같은 생각이었다.

"당신 말에 동의하오. 그뿐만 아니라 내가 자유의 몸이 되는 건 이미 절망적이니 적어도 추방형만이라도 확실히 받을 수 있는 계획을 짜서 당장 실행에 옮겨야 해."

"사형보다는 피렌체를 떠나는 편이 훨씬 나아요."

"바로 그거요. 피에로는 어떻소? 조반니는?" 코시모는 잠시나마 복잡한 생각에서 벗어나고 싶은 듯했다.

"조반니는 잘 지내요. 자기 힘닿는 데까지 노력해요. 피에로는 작은아버지를 따르고 싶어 해요. 당신도 알다시피 피에로는 전투하고 싶어 안달이잖아요. 피에로 때문에 마음이 아파요."

코시모가 고개를 저었다. "최대한 피를 덜 흘릴 방법을 찾아야 할 이유가 하나 더 있구려. 우리가 피렌체와 싸우면 얻는 것 하나 없이 오히려 가진 걸 다 잃을 거요."

"나도 그렇게 생각해요. 그러면 당신은 어떻게 할 생각이에요?" 마침내 콘테시나가 물었다. 감정이 격해져 목소리가 제대로 나오지도 않았다.

코시모는 불빛이 비치지 않는 어두운 구석으로 눈을 돌려 물끄러미 바라보았다. 상상의 양피지에 메모하며 치밀한 계획을 궁리하는 것처럼 보였다. 잘 생각해보면 아내를 기다리는 동안에도 그는 쉬지 않고 궁리를 했다.

"여기 갇혀 있는 동안 저 아래 광장에서 시민들의 함성을 들으면서 오랫동안 생각했소. 베르나르도가 200인 평의회를 소집했고 8인위원회*가 결정하겠지만 최종 판결은 최고행정관 권한이라고 알고 있소. 그러니까 가장 영향력 있는 사람, 좀 더 정확히 말하면 판결 방향을 결정하는 사람이 바로 최고행정관인 베르나르도요. 그래서 나 혼자 생각해봤소. 이미 돈에 따라 자기 의지와 생각을 바꿀 수 있는 사람이라면 다시 또 그러지 말라는 법이 있을까?"

"그러니까 당신은 베르나르도를 매수하고 싶은 거예요?" 콘테시나가 물었다.

"우리가 지금 할 수 있는 일은 그것밖에 없소. 그래서 당신 도움이 필요하오."

"무슨 일이든 할게요, 여보. 그리고 솔직히 말하면 나도 처음부터 그럴 생각이었어요."

"게다가 별로 복잡한 일도 아니라오. 들어봐, 콘테시나. 내가 보니 간수인 페데리코 말라볼티가 믿을 만한 사람 같더구려."

"나도 만나면서 그런 인상을 받았어요."

"내 말 믿어요. 정말 좋은 사람이야. 평판이 좋고 존경받을 만한 사람으로 진심으로 내가 죽는 걸 원하지 않아. 분명히 말할 수 있다오."

"그렇다니 마음이 좀 놓여요. 그런데 그 사람이 당신을 어떻게 도와줄 수 있죠?" 콘테시나의 목소리가 금방이라도 꺼져버릴 듯

---

* 최고사법기관.

이 힘이 없고 가늘어졌다. 지금 남편 목숨을 어떻게 구해야 할지를 당사자와 같이 궁리한다는 사실만으로도 콘테시나는 공포에 사로잡혔고 거의 미칠 것만 같았다. 지금 그녀가 가장 하고 싶은 일은 남편 손을 잡고 집으로 돌아가는 것이었다.

"들어봐요. 말라볼티가 베르나르도 과다니와 친한 파르가나초라는 사람과 아주 잘 아는 사이 같더군."

"알 것 같아요." 콘테시나는 자기도 모르게 말을 했다. 그녀 입술에 슬며시 미소가 떠올랐다. "파르가나초를 통해 베르나르도를 매수할 생각이죠?"

"바로 그거요." 코시모가 확인했다. "그렇게 해서 추방형을 돈으로 사는 거지."

27. 불과 피의 밤

로렌초는 이틀 내내 말을 달렸다. 도시의 책략가들이 그의 뒤를 따랐다. 로렌초는 피렌체를 벗어난 뒤 무장한 귀족 수백 명과 병사들을 모아가는 중이었다. 평야에 천막들이 여기저기 서 있었다. 로렌초는 붉게 물든 하늘로 서서히 사라지는 태양을 바라보았다. 곧 횃불과 화롯불이 어둠 속에서 하나둘 반짝이기 시작했다.

로렌초는 이틀 후면 자신의 도시를 공격해야 한다는 사실을 잘 알았다. 그래서 지금은 자신의 천막에 머물렀다. 상황이 급박하게 돌아갔다. 로렌초는 빨리 행동을 개시해야만 했다. 그의 정보원들에 따르면 코시모는 아직 살아 있었지만 분명 그리 오래 살려두지는 않을 것이다.

200인 평의회에서는 코시모의 사형을 원하는 사람과 추방을 원하는 사람이 정확히 반반이었다. 모든 것을 고려하면 추방은 사실 거의 사면에 가까웠다. 두말할 필요도 없이 추방도 상당한 문제가 될 수는 있었지만 다른 도시로, 어쩌면 베네치아로 가게 되어도 메디치 가문은 계속 은행 일과 다른 여러 가지 사업에 조용히 전념할 수 있을 터였다. 하지만 일이 그런 방향으로 진행되리라고 장담하기는 어려웠다.

로렌초는 전투만이 엑스트레마 라티오*라고 굳게 믿었다. 그는 은행가였다! 회계를 잘 알았고, 환어음을 발행하고 재무를 담당했으며, 지점을 개설해나가는 능력이 있었다. 그는 직업적인 군인이 아니었고 암살자는 더욱 아니었다. 필요할 경우 자신을 방어할 줄은 알았지만 그 정도가 전부였다. 군대가 피렌체의 성문 앞에 집결할 것이고, 만일 사형선고가 내려질 경우 자신이 그 군대를 이끌어야 한다는 생각을 하자 로렌초는 차라리 최고행정관이 추방을 선택해주길 바랐다. 베르나르도 과다니는 벌써 로렌초의 동태에 대한 보고를 받았을 테고 그 자신의 선택이 가져올 결과들을 이미 알게 분명했다.

어쨌든 로렌초는 실제로 전쟁을 하기보다는 위협적인 힘을 과시해서 최고행정관의 극단적인 결정을 제지하길 더 바랐다. 사실

---

* extrema ratio, '최후의 수단'이라는 라틴어.

최근 몇 시간 동안 적지 않은 피렌체 귀족들이 로렌초와 코시모를 지지하려고 병영에 속속 도착했다. 그들 중 피에로 귀치아르디니, 토마소 소데리니와 니콜로 소데리니, 그리고 푸치오 푸치와 조반니 푸치가 포함되어 있었다. 그들 중에는 자기 친척들에 대한 질투와 증오 때문에 메디치 가문 편에 선 사람들도 있었다. 그래서 친척들의 발목을 잡는 게 유일한 목적이었지만 로렌초는 그 점을 별로 대수롭지 않게 생각했다. 이유야 어찌 되었든 리날도와 그 일당을 증오하는 사람은 동맹자였으니까.

그런 생각을 할 때 위협적인 함성이 고요한 병영을 뒤흔들었다. 로렌초는 즉시 천막에서 나갔다. 오로지 본능에 이끌려 횃불 하나를 천막 앞의 화로에 집어넣었다. 나무가 후두둑 타는 소리가 들리더니 검은 하늘을 향해 빨간 불꽃이 솟아오르며 불똥이 튀었다. 가죽 상의와 금속조각에 뒤덮인 남자들이 일제히 한 방향으로, 그러니까 로렌초가 있는 지점에서 보면 병영 반대쪽으로 숨 가쁘게 질주했다. 로렌초의 등에서 식은땀이 흘렀다. 그는 소름끼치는 예감이 적중하고 있음을 알아차렸다.

그는 달리기 시작했다. 가능한 한 빨리 함성이 들리는 곳으로 가려고 정신없이 달리는 동안 절망적인 비명 속에서 걷잡을 수 없이 허공으로 퍼져나가는 짐승 울음소리가 선명하게 들려왔다. 말 울음소리.

누군가 말들을 훔쳐가려 하고 있었다. 그런 급박한 상황에서 로렌초 눈앞에 불안한 광경이 펼쳐졌다. 검은 옷을 입은 남자들이 로렌초 병사들에게서 말을 빼앗아 울타리 밖으로 유인하는 중이었다. 로렌초군의 진군 속도를 늦추고 도시로 들어가서 전투할 병력을 대량으로 제거할 목적이었다.

로렌초가 허리에 찬 검을 뺐다. 적들의 계획이 완전히 성공한 것 같지는 않았다. 보초들이 제때에 그들의 움직임을 감지한 덕이었다. 첫 번째 울타리가 무너지는 것을 막지 못했고 울타리 밖으로 미친 듯 달려 나가서 20여 개에 가까운 천막을 무너뜨리는 준마들을 막지도 못했지만 어쨌든 침입한 적들의 작전은 저지했다. 로렌초 병사들이 다른 울타리를 열려는 적들을 죽였고 말을 타고 병영 밖으로 멀리 질주하려던 몇몇 기사들에게 달려들었다.

누군가가 화로를 쓰러뜨렸다. 얼굴을 땅에 댄 채 쓰러져 있는 시체들도 있었다. 시체에 시뻘건 칼자국들이 깊게 나 있었다. 피가 땅을 적셨다. 로렌초 주위는 온통 쓰러진 장대와 축 늘어진 천막, 검게 탄 나무와 부러진 검뿐이었다. 로렌초는 어느 쪽으로 눈을 돌려야 할지 알 수 없었지만 어느 쪽이나 그의 눈길이 닿는 곳의 광경은 똑같았다.

그의 눈앞으로 기사 몇 명이 쏜살같이 달려갔다. 그들 중 한 명이 검을 빙빙 돌렸다. 검은 옷을 입고 있었고 얼굴가리개가 없는 첼레타*를 썼다. 얼굴은 피범벅이었다. 암갈색 말을 타고 달리며 어떤 병사의 등을 검으로 찔렀다. 검은 더블릿에 같은 색 긴 망토, 찡그린 입술 사이로 드러난 이, 슈바르츠였다. 그는 신중하게 공격 대상을 선택했다. 그리고 어떤 보병을 추격하기 위해 전력을 다했다. 로

---

*   15세기 이탈리아에서 만들어진 반구형 투구.

렌초는 그런 그를 지켜보았다. 잠시 후 칼날을 번득이며 단번에 보병의 머리를 몸통에서 절단해버렸다. 보병이 무릎을 꿇으며 쓰러졌고 머리는 멀리 굴러 떨어졌다.

슈바르츠는 뛰어나게 자신을 통제했다. 그의 검처럼 차가웠다. 그러다가 로렌초를 발견했다. 그가 웃었다. 심지어 로렌초를 놀리려는 듯 인사까지 했다. 로렌초에게 굴욕감을 안기는 중이었다. 누군가 그에게 달려들었지만 슈바르츠는 훌륭하게 방어했다. 순간적으로 말을 돌려 그 병사 가슴을 검으로 찔렀다. 병사의 몸속으로 검이 두 뼘이나 들어갔다. 적의 몸속에 검을 그대로 꽂아둔 채 다른 검을 빼서 비스듬히 목을 향해 검을 내리쳤다.

병사가 두 손을 목으로 가져가는 순간 피가 강물처럼 솟구쳤다. 병사가 무릎을 꿇고 쓰러졌다가 앞으로 고꾸라졌다. 얼굴이 흙속에 처박혔다.

기사들이 말을 달려 병영을 떠나는 동안 슈바르츠가 마지막으로 로렌초를 노려보았다. 로렌초는 설명할 수 없는 한기가 온몸 구석구석을 공격하는 기분이었다. 로렌초는 그 자리에 서서 꼼짝도 하지 않았다. 슈바르츠의 눈길 때문에 온몸이 얼어붙기라도 한 듯이. 햇불이 비치자 슈바르츠의 눈빛이 미묘하게 변했다. 로렌초는 그 눈이 분명 노란색으로 변한 것 같은 기분이 들었다. 몸이 덜덜 떨려 진정되지 않았다.

그 남자에게는 초자연적인 잔인함을 드러내는 뭔가가 있었다. 로렌초가 바라보는 사이 슈바르츠는 남아 있던 말들을 한 줄로 세우고 자신의 암갈색 말에 올라탄 다음 아무 장애도 없이 자유롭게 병영을 떠났다. 로렌초는 손가락 하나 까딱하지 못한 자신이 겁쟁이 같다는 생각이 들었다. 그 남자가 두렵기는 했지만 조만간 그와 정면 대결을 해야 할 게 분명했다.

1433년 10월

MEDICI

28. 운명을 바꾸다

라우라는 일이 흘러가는 대로 그냥 놔두고 볼 생각은 절대 아니었다. 당장 행동을 해야만 했다. 그렇지 않았다가는 너무 늦을지도 몰랐다. 그리고 운명이 너그럽게 그녀에게 베풀어준 기회를 이용하지 않는다면 자신을 결코 용서할 수 없으리라.

라우라는 식탁에 앉아 잔에 든 적포도주를 음미하는 리날도를 보았다. 그는 혼자만의 저녁식사를 즐겼다. 모두가 리날도를 두려워해서 친구가 한 명도 없었다. 그 주변에는 동맹자들과 겁에 질려 그를 만나는 사람들뿐이었는데 그런 사람들은 리날도에게 신의를 보이지 않았고 언제든 그를 배신할 준비를 하고 있었다. 솔직히 말하면 앞날이 아주 어두웠다.

라우라는 최대한 정성스레 치장했다. 그녀는 정말 영향력을 미치고 싶었다. 풍성한 진주빛 회색 가무라 드레스를 선택했다. 목이 깊게 파여 까무잡잡하고 풍만한 가슴을 부각하는 옷으로 어느 때보다 도발적이었다. 깔끔하게 다듬은 긴 손톱에는 빨간색을 칠했다. 짙은 화장으로 초록 눈을 검게 강조해서 한층 신비하면서도 매력적인 분위기를 자아냈다. 마지막으로 검은색과 진홍색 실로 짜고 은박 장식을 아로새긴 소매를 붙였다.* 움직임에 따라 자유자재로 매끈한 팔이 드러나기도 하고 가려지기도 하는 소매였다.

　라우라가 옆으로 가자 리날도는 그녀를 바라보지 않을 수 없었다. 그는 그녀의 아름다움에 깜짝 놀라서 눈이 휘둥그레졌고 욕망을 감추지 못했다. 한마디 말도 하지 않았다. 식탁에서 일어나 그녀를 부르더니 두 손을 탐욕스레 가슴에 집어넣고 마치 오래 찾아오던 보물이라도 되듯 완벽한 모양의 풍만한 가슴을 움켜쥐었다. 욕정을 제어하지 못해 가슴을 두 손에 쥐고 젖꼭지를 깨물었다. 라우라가 재빠르게 오른손을 그의 바지 속으로 집어넣어 벌써 팽팽하게 발기되어 사정하려는 페니스를 잡았다. 귀두를 찾아서 손가락 끝으로 살짝 꼬집었다. 리날도는 그 손길에 압도당한 듯이 숨을 헐떡였다. 그녀가 자기 옷을 들어올렸다. 검은색 긴 양말 이외에는 어떤 속옷도 입지 않았다.

　그녀가 무릎을 꿇고 고양이처럼 웅크리더니 엉덩이를 들며 자신과 한 몸이 되라고 그를 유혹했다. 리날도가 그녀의 긴 머리카락을 손에 둘둘 감아 머리를 베개 쪽으로 밀더니 숨이 막힐 정도로 그녀를 힘껏 눌렀다. 그는 그녀를 정복하고 싶었다. 라우라는 관능적인 신음으로 그의 욕망을 부채질했다. 라우라는 페니스 끝이 자기 몸에 닿으며 정액이 흘러나와 자신의 허벅지와 엉덩이를 적시는

* 가무라는 붙였다 뗄 수 있게 소매가 몸통에서 떨어져 있다.

걸 느꼈다. 그가 그녀의 성기를 손가락으로 벌리며 주위를 더듬다가 처음에는 손가락 두 개를, 그다음에는 세 개를 안으로 집어넣어 그녀 몸에서 액이 나올 때까지 움직였다. 그는 완전히 자제력을 잃어서 난폭하게 그녀 몸속으로 들어갔고 그녀는 야생적인 쾌감을 느끼며 비명을 질렀다.

리날도가 몸속에 있는 동안 라우라가 그에게 말했다.

"내게 벌을 줘요." 그녀가 말했다. "더 잔인하게 해줘요."

리날도는 자신이 극도의 쾌감으로 미쳐버리는 게 아닐지 걱정됐다. 그녀에게 욕을 퍼부으며 그녀 엉덩이를 둘로 갈라놓을 듯이 우악스럽게 잡았다. 그는 정신을 잃을 정도로 강렬하게 그녀에게 정복당했다.

"날 행복하게 해줘요, 리날도." 신음을 섞어 라우라가 소곤거렸다. "날 위해 로렌초와 코시모 데 메디치를 죽여요."

"그러지." 리날도가 욕정이 진하게 묻어나는 쉰 목소리로 웅얼거렸다. "맹세할게."

콘테시나는 페데리코 말라볼티의 눈을 한참 뚫어지게 보았다. 그는 당혹감을 드러내지 않았다. 그녀의 눈을 가만히 바라볼 뿐이었다. 알베르게토에서 나오자마자 콘테시나는 페데리코와 파르가나초 문제를 이야기해야 한다고 생각했다. 지체할 시간이 없었다. 독이 들어 있는지 아닌지 모를 음식 문제 역시 마찬가지였다.

본론으로 직접 들어가기로 작정했다.

"왜 내 남편에게 독이 든 음식을 주는 거죠?" 그녀가 물었다.

페데리코는 아무 말도 하지 않았다. 잠깐이었지만 눈이 휘둥그레졌다. "왜 그런 말씀을 하시는 겁니까, 부인?"

"남편이 음식에 독이 들어 있다고 생각해요. 물론 당신 책임일 거라고는 절대 생각하지 않지만 당신이 가져다주는 음식을 조리할 때 리날도가 독을 섞게 했을지도 모른다고 걱정하는 거죠."

페데리코가 믿을 수 없다는 듯이 고개를 저었다.

"그럴 리가 없습니다, 부인."

"정말인가요?" 그녀가 물었다.

"맹세할 수 있습니다."

"어떻게 그렇게 자신하죠?"

"제가 신뢰하는 사람이 음식 준비를 감독하니까요."

"그 사람이 당신을 속이지 않을 거라고 확신할 정도로 그 사람을 신뢰하나요?"

페데리코가 한숨을 쉬었다.

"제 말씀을 좀 들어보십시오, 부인. 저는 코시모 씨가 알베르게토에 투옥되는 걸 바라지 않았기 때문에 그걸 맹세할 수 있는 겁니다. 제가 메디치 가문 편이라고 말할 수는 없지만 그와 동시에 반대파의 심복도 아닙니다. 저는 정직한 사람입니다. 아니 적어도 그렇게 되려고 합니다. 코시모 씨에게 무슨 일이라도 벌어지면 저 자신을 용서할 수 없을 겁니다. 말을 하진 않지만 저는 사실 최고행정관이 코시모 씨에게 추방형을 내려주길 바랍니다. 제 의도와 목적은 단 하나, 격리되어 있는 코시모 데 메디치 씨를 잘 보살피는 것뿐입니다. 이미 고통을 충분히 겪었으니 더는 힘들지 않게 말입니다. 그래서 코시모 씨가 음식을 거부하셔서 부인 못지않게 저도 걱정하고 있었답니다."

콘테시나는 페데리코의 말이 진심이며 어떤 이득을 취하기 위해 꾸며낸 것이 아니라는 걸 직감했다. 그래서 자신이 한손을 그의 팔에 올려놓은 것을 발견하고도 크게 놀라지 않았다. 게다가 상황이 상황이니만큼 어쨌든 신뢰할 만한 사람이 꼭 필요했다. 이 지경에 이르렀는데 메디치 가문이 더 잃을 게 뭐가 있겠는가? 콘테시나는 이 남자를 신뢰했지만 여기서 단순한 설명만으로 완전히 마음을 열 수는 없었다.

"그렇다면 당신 말이 진심이고 어떤 식으로도 매수된 게 아니라는 걸 증명하기 위해 어떻게 하실 수 있나요?"

"앞으로 매일 코시모 씨에게 배급되는 음식을 제가 먼저 먹어보겠습니다. 코시모 씨가 보는 앞에서요. 혹시 독이 들어 있다면 제가 먼저 죽겠지요. 이 정도로 충분했으면 좋겠군요."

"정말 그렇게 하실 거예요?"

"제 눈에는 부인이 남편을 진심으로 사랑하시는 것 같은데, 저도 그렇게 진심입니다."

콘테시나가 잠시 입을 다물었다. "정말 그렇게 보이세요?"

"그렇다고 부끄러워하실 필요는 없습니다."

"전혀 부끄럽지 않아요. 다만 남편을 사랑하기 때문에 제가 나약하고 쉽게 상처받을 뿐이죠. 적들이 이런 감정을 이용해서 코시모를 더욱 치명적으로 공격할 수 있으니까요."

"그렇지 않습니다." 페데리코가 다시 말했다. "자신의 남자를 사랑하는 여자보다 더 강한 사람은 없으니까요."

콘테시나가 한숨을 쉬었다. "그래요. 페데리코, 당신은 정말 지혜롭고 진실한 분 같아요. 코시모를 배려해줘서 감사해요. 그건 그렇고 당신에게 부탁하고 싶은 일이 하나 있어요."

"말씀해보시지요."

콘테시나는 적당한 말을 찾았다. 지금 그녀는 섣불리 말을 꺼낼 수 없는 중요한 문제를 이야기하려는 중이었다. 페데리코가 좋은 사람이기는 해도 그에게는 제안받은 일을 거부할 권리가 당연히 있었다.

"당신이 최고 연설가로 명성이 있고 식사에 초대를 많이 받는 분의 친구라고 알고 있어요. 파르가나초 씨를 말씀드리는 거예요. 그분이 남편을 잘 알아요. 그분과 저녁식사를 할 수 있게 자리를 좀 마련해주실 수 있으리라 생각해요. 당신이 남편에게 관용을 베풀어주면 남편이 하루 저녁을 기분 좋게 보낼 수 있지 않을까요. 그리고 그 기회에….."

여기서 말을 멈추며 콘테시나는 자신이 하는 말 이면에 담긴 의미를 그가 알아차리게 만들었다. "그런 기회를 만들면 코시모가 아마 식사를 할 거예요."

"파르가나초 씨는 잘 압니다. 정말 재치 있는 사람이지요. 부인이 왜 그런 부탁을 하시는지 이유를 알 듯합니다. 무엇보다 파르가나초가 베르나르도 과다니의 친구라는 점을 고려하면 말이지요. 반대하지 않겠습니다. 아까 말씀드렸던 대로 저는 메디치 가문 편은 아니지만 그렇다고 리날도 편도 아닙니다. 코시모 씨가 사형선고를 피하는 데 어떤 식으로든 제가 도울 수 있다면 저는 주저하지 않을 겁니다."

그 말을 듣자 콘테시나는 긴장이 풀려 금방 정신을 잃을 것만 같았다.

"그러면 해주실 거죠?"

"당연하지 않겠습니까? 간단히 말하면 그저 파르가나초와 코시모 데 메디치가 저녁식사 한 끼 같이 하는 것일 뿐인데요."

"고마워요, 고마워요, 고마워요. 당신이 저를 위해 얼마나 큰일을 해준 건지 짐작도 하지 못하실 거예요." 콘테시나는 떨 듯이 기뻐하며 말했다.

심장이 터질 듯이 기뻐서 페데리코를 포옹하지 않을 수 없을 정도였다. 페데리코는 콘테시나가 격정적으로 자신을 포옹하자 화들짝 놀랐다. 그래도 같이 포옹을 나누었다. 그리고 그녀 팔에서 풀려나자 되도록 거리를 유지하려 했다.

"감사드릴 사람은 접니다, 부인. 코시모 씨를 존경하는 마음과 신의를 증명할 기회를 갖게 되었으니까요. 이제 서로 의견 일치를 보았고 더 하실 말씀이 없으면 집으로 돌아가실 수 있게 제가 탑 입구까지 모셔다드리겠습니다. 면회가 너무 길었습니다. 물론 유익하기는 했지만 최고행정관 측에 크게 트집잡히고 싶지 않습니다. 우리에게는 해야 할 일이 있으니 흠 잡히지 않게 행동해야겠죠."

"물론이지요." 콘테시나가 동의했다. "무슨 뜻인지 잘 알겠습니다. 어쨌든 저희를 위해 애써주셔서 어떻게 감사 인사를 해야 할지 모르겠어요."

"저는 아직 아무 일도 하지 않았는걸요, 부인. 그리고 우리 생각이 어떤 방향으로 실현될지 아직 모르고요. 어쨌든 남편 목숨을 구하는 데 기여하길 바랍니다. 반대의 일이 벌어지면 저 자신을 용납할 수 없을 겁니다."

페데리코는 그렇게 말한 뒤 그 희망의 말이 탑 안의 차가운 공기 중에 메아리치는 사이 다시 앞장을 서서 계단을 내려갔고 콘테시나를 입구까지 안내한 뒤 그녀와 헤어졌다.

상황은 전혀 호전되지 않았지만 어둡기만 한 코시모 데 메디치의 운명에 희미한 빛이 비치는 듯했다. 로렌초가 피렌체를 공격할 준비를 한다는 점을 고려하지 않더라도 말이다. 콘테시나는 로렌초 때문에라도 방금 끝낸 협상이 좋은 결과를 가져올 수 있기를 간절히 바랐다. 지금 콘테시나 행동을 피카르다가 봤으면 뭐라고 했을까? 물론 피카르다가 살아 있었다면 그녀 역시 콘테시나처럼 했을 게 분명했다. 콘테시나는 이런 자신을 피카르다가 보았더라면 자랑스러워했을 거라 믿고 싶었다.

마지막까지 싸워야 할 이유가 또 있었다. 남편을 위해서만이 아니라 둘의 마음을 하나로 이어주는 사랑과 집에서 그녀를 기다리는 자식들 그리고 위대한 메디치 가문을 만든 사람들에 대한 기억을 배신하지 않기 위해서였다. 과거에 그들 덕에 그녀가 간직하게 된 여러 추억까지 말이다.

그녀는 자신이 해야만 하는 일을 했다. 이제 그녀에게 남은 일은 하느님에게 의지하며 그분의 자비를 바라는 것밖에 없었다. 그것만으로 충분할까?

29. 공모

"사형. 그자에게 내릴 수 있는 형벌은 이것밖에 없소."

리날도는 어느 때보다 단호했다. 메디치 가문을 향한 그의 증오는 뿌리 깊었다. 그는 메디치 가문이 상징하는 모든 것을 증오했다. 게다가 그도 알고 있었지만 만일 그들이 죽지 않으면 조만간 다시 위험한 상대로 부상하는 최악의 상황이 펼쳐질 것이다. 라우라가 말했듯이 형제를 모두 없애버려야만 했다. 그는 라우라에게 깜짝 놀랐다. 그녀 마음속에는 그를 당황스럽게 할 정도의 분노가 숨어 있었고, 형제의 죽음을 갈망했다. 어쨌든 놀랍기는 했지만 그로써 메디치 형제를 죽여야 할 이유가 하나 더 추가되었다.

"사형판결을 내려야 한다는 이유를 충분히 이해하네." 팔라가 끼어들었다. "그렇지만 조심해야 해. 메디치 형제는 아직 강력한 힘을 가지고 있으니까. 독재 행위라는 죄목으로 코시모에게 사형 선고를 한다면 우리는 하층민과 시민, 귀족 일부의 반대에 부딪힐 거야. 우리가 이런 이야기를 하는 사이 로렌초 데 메디치는 우리를 공격하려고 피렌체 성문 앞에서 군대를 모으고 있어. 이런 사실을 과소평가해서는 안 되네."

"그러니까 더욱 그 형제를 다 사형시켜야 한다니까." 리날도가 고함을 쳤다.

팔라는 화가 치밀었다. 자신과 한편인 리날도에게 해결책은 왜 항상 그리고 오로지 사형밖에 없을까?

"지금 사형을 하지 말아야 한다는 말이 아니야. 다만 몇몇 귀족이 메디치 가문 편에 섰다는 사실을 잊지 말아야 한다고. 피에로 귀치아르디니, 토마소와 니콜로 소데리니 형제, 푸치오와 조반니 푸치 형제가 벌써 로렌초에 합류했네. 가장 적당한 해결책은 추방이라고 난 생각하네."

"아, 물론 그렇지!" 리날도가 분통을 터뜨렸다. "아주 좋은 수를 생각해냈군그래! 자네는 메디치가 피렌체에서 멀어지기만 하면 이 도시에 악영향을 미치지 않을 거라고 생각하는 건가? 그자들은 도처에 친구가 있어! 베네치아에도 친구가 있다고. 메디치 은행의 중요한 지점이 있는 곳이니까. 그래서 베네치아 도제*와 직접 동맹을 맺게 되었지. 그리고 코시모가 프란체스코 스포르차를 자기 친구로 생각하는 게 사실이라면 밀라노에도 친구가 있는 거야. 게다가 프란체스코는 곧 밀라노 공국의 질서를 뒤집을 게 틀림없어 보이더군. 비스콘티 가문의 운명이 얼마 남지 않았다는 말이 사방에서 들려오니까 말이야. 아마 지금 메디치들에게 적대적인 곳은 로마밖에 없을지도 모르지. 그렇지만 교황청 궁무처가 메디치 은행에 예탁한 뒤로 사정이 예전과 전혀 달라. 교황청 재산을 예탁했다는 말이야. 이제 드디어 우리에게 메디치 가문이 얼마나 위험한지 깨달았나? 그런데도 진심으로, 그자들을 살려두는 게 가장 적당한 해결책이라고 주장할 건가?"

리날도는 분노로 눈이 멀어 있었지만 그래도 깜짝 놀랄 만큼 명

---

* Doje, 베네치아 공화국의 최고지도자. 공화국과 군주제의 요소가 혼합된 베네치아의 독특한 정치체제를 대표한다.

료하게 위험을 식별해냈다. 베르나르도 과다니는 그 점을 인정해야만 했다. 그렇지만 코시모 데 메디치에게 사형선고를 내려야 한다는 확신은 없었다. 200인 평의회는 둘로 갈라졌다. 아니 솔직하게 말하면 폭력적이지 않은 판결을 내리자는 쪽으로 약간 기울어 있었다.

베르나르도는 이러한 사실의 중요성을 간과할 수 없었다. 그래서 팔라초 델라 시뇨리아의 안뜰을 바라보는 무기고에서 리날도, 팔라와 은밀히 만나는 중이었는데, 그 두 사람은 이를 악물고 자기 의견을 말했다. 누군가 그들을 보았다면 음모를 꾸미는 사람들로 착각했을 것이다. 그리고 솔직히 말해 그렇기도 했다. 200인 평의회는 휴회 중이어서 그때 팔라초 델라 시뇨리아는 텅 비어 있거나 적어도 떠들썩했던 최근 며칠에 비해 상대적으로 조용했다. 며칠 동안 코시모 데 메디치의 운명을 결정할 방향에 도달하기 위해 셀 수도 없게 많이 열렸던 회의가 끝났기 때문이다.

"사형선고를 내리는 게 좋은 생각은 아닌 것 같습니다." 베르나르도가 말했다. 그는 핏발이 선 리날도의 눈을 보고 서둘러 말을 이었다. "그자가 죽어서는 안 된다는 뜻은 아닙니다. 그렇지만 중요한 것은 그런 일은 사형선고가 아니라 우연히, 우발적으로 운 좋게 일어나야 한다는 거지요."

"베르나르도." 리날도가 냉랭하게 말했다. "당신이 어떻게 피렌체 공화국의 최고행정관이 되었는지 상기시키지 않아도 되기를 바라오."

"그걸 잊은 게 아닙니다. 그렇지만 그것이 경솔한 행동을 정당화할 수는 없어요. 당신은 코시모 같은 사람에게 사형선고를 내리기 전에 아주 신중해야 합니다. 처음 의도는 피렌체를 독재자에게서 해방하는 것이었습니다. 그러니 사형선고가 가장 적합한 해결책이라고 생각하지 않습니다. 당신 편에 대한 제 충성은 논할 필요가 없습니다, 리날도 씨. 그렇지만 당신이 정확히 말했듯이 메디치 가문에는 유력한 친구들이 있습니다. 그러니 우리가 친구들을 분노하게 만들어서는 안 됩니다."

"피렌체가 지금 루카와 전쟁 중이라는 점을 고려하지 않으면…." 팔라가 베르나르도의 말을 이어서 알쏭달쏭하게 말했다.

"전쟁 문제는 우리에게는 운 좋게도." 리날도가 팔라 말을 가로막았다. "유능한 연설가들 덕분에 다 코시모 책임으로 돌리는 데 성공했지."

"잘 알고 있네." 팔라가 화가 나서 다시 말했다. "그 연설가 중 한 사람이 바로 나였으니까. 하지만 이제 만일 로렌초가 피렌체를 향해 움직인다면 루카와도 시민과도 나란히 전쟁을 치러야 해."

"메디치 놈들을 제거해야 할 이유가 하나 더 있군!" 리날도가 언성을 높였다.

"그래, 하지만 누군가는 이 두 번째 전투가 바로 우리 때문에 벌어졌다고 생각할 수도 있어. 그리고 사실 그렇게 틀린 말도 아닐 테고."

"아, 그래! 그러면 자네는 어떻게 하면 좋겠나?" 리날도가 물었다. "나는 이런 기회를 절대 놓칠 생각이 없다고 자네에게 통보하려던 참인데 말이야. 지금까지 이런 기회를 너무 여러 차례 놓쳐왔으니까.”

“며칠만 더 기다려보기로 합시다.” 베르나르도가 말했다. “우리 쪽 사람들을 이용해서 회의 방향을 움직여보지요. 그렇지만 우리가 무력을 쓰려 한다는 인상을 주어서는 안 됩니다. 그와 동시에 로렌초의 공격을 막아낼 준비를 합시다. 오늘 밤 당장 10인위원회를 소집해서 수비대의 순찰과 감시를 두 배로 강화하겠습니다. 동원 가능한 남자들을 모두 성문에 배치하겠소. 그 이상은 할 수 없어요. 준비하고 있어야 합니다. 아직 이틀이 더 있으니 어느 쪽으로든 결정을 내려야지요. 혹시 불행하게도 운명이 뒤바뀌어 코시모가 추방을 당하게 된다면 최악의 유랑생활을 하게 만들 방법을 찾아야 합니다.”

리날도가 화를 냈지만 결국 고개를 끄덕였다.

“좋소.” 그가 말했다. “하지만 우리는 너무 오래 기다릴 수 없소. 맹세하는데 그렇지 않으면 그 두 놈을 내 손으로 직접 죽일 거요.”

코시모는 뜬눈으로 밤을 지새웠다. 잠을 청해보려 평상에서 이리 뒤척이고 저리 뒤척여봤지만 딱딱한 나무 때문에 등만 아팠다. 프로크루스테스의 침대*같았다. 뜨거운 빛이 창문으로 스며들어와 알베르게토의 미지근한 공기를 감쌌다. 열쇠가 돌아가는 소리가 들렸다. 평상에서 일어날 겨를도 없이 페데리코가 벌써 안에 들

* 프로크루스테스는 그리스 신화에 나오는 악인으로, 자기 집에 들어온 손님을 침대에 눕혀 침대보다 키가 크면 다리를 자르고, 키가 작으면 침대에 맞춰 사지를 늘여서 죽였다.

어와 있었다.

그날 아침도 솔직하고 편안해 보이는 그의 얼굴을 보니 코시모는 조금이나마 마음이 놓였다. 그런 기분을 더욱 확고하게 해주려는 듯 페데리코가 코시모에게 기운을 북돋는 말을 했다.

"코시모 씨, 어젯밤에 부인과 이야기를 나누었습니다. 저는 지금까지 당신이 음식에 독이 들어 있을까 봐 식사를 거부한다는 사실을 몰랐습니다. 그래서 오늘 아침에는 제가 같은 접시에 있는 음식을 당신과 같이 먹으려고 합니다. 당신이 저를 믿을 수 있게 말입니다. 저는 당신들 쪽에 증오하는 마음이 없으며 우리 공화국의 불행한 사태의 원인이 당신이라는 주장이 정말 부당하다고 생각합니다. 그래서 당신이 독재 행위를 한 의혹이 있다는 말이 사실인지 어쩐지는 모르지만 적어도 당신 목숨을 살려야 한다고 생각합니다."

페데리코는 다른 말 없이 평상에 접시를 내려놓고는 빵을 한 조각 잘라 한 입 먹었다. 그리고 다시 한 입을 더 먹었다. 물주전자를 들어서 나무잔에 물을 따라 마셨다.

그는 코시모의 눈을 바라보며 기다렸다.

잠시 시간이 흘렀지만 둘 다 아무 말도 하지 않았다. 페데리코는 코시모가 지금까지의 일로 몹시 지쳐 있다는 것을 알았다. 며칠 전 체포되어 탑에 갇혀 있어서만이 아니라 뒤집힌 운명으로 심신이 피폐해진 상태였다. 시민들은 매일 10인위원회 회의가 열리는 곳에 모였다. 그날 아침도 예외는 아니어서 실제로 탑 아래쪽 광장을 가득 메웠다. 알베르게토의 창문이 바로 광장 쪽으로 나 있어서 감옥 안에서도 떠들썩한 목소리와 소음이 들렸다. 200인 평회의는 결론에 도달하지 못했고 최고행정관은 판결을 회피했다. 악순환이었다. 이런 고통을 견뎌내는 것으로 보아 이 남자는 정신력이 강한 게 분명했다.

페데리코가 다른 말은 덧붙이지 않고 손을 내밀었다. "저를 믿으십니까, 코시모 씨?"

"믿소이다." 그에게 대답했다. "그리고 당신이 정직하다는 것을 보여줘서 고맙습니다." 말을 끝내고 페데리코를 포옹했다. "불행하게도 지금 내 곁에는 친구가 별로 없구려." 코시모가 계속 말을 이었다. "그래서 이렇게 가까이에 있는 당신이 내게 더욱 소중하다오."

"그렇지 않습니다, 코시모 씨. 당신 곁에는 친구가 많습니다. 팔라초의 안과 밖에서 당신을 지지하는 사람이 얼마나 많은데요. 믿으십시오. 일이 평화롭게 타협될 테니 두고 보세요. 저는 조금도 의심하지 않습니다. 일을 그렇게 만들 목적으로 오늘 밤 알베르게토에 파르가나초 씨를 데려올까 합니다. 예의바르고 재치 있는 사람이지요. 제 친한 친구인데 제가 알기로는 당신을 존경합니다. 당신이 괜찮으시다면 오늘 밤 함께 저녁식사를 할 수 있습니다."

"두 분과 식사할 수 있다면 뜻밖의 선물이 될 거요." 코시모가 말했다.

"그렇다면 아주 좋습니다. 오래 단식하셨으니 요리사에게 특별 요리를 준비시키겠습니다. 마음은 회복이 안 되겠지만 몸이라도 기운을 차릴 수 있게 말이죠. 그리고 누가 압니까? 힘을 되찾고 나면 혹시 운명도 당신 편이 될지." 페데리코가 예언하듯 말을 마쳤다.

"정말 어떻게 감사 인사를 해야 할지 모르겠습니다." 코시모가 다시 말했다.

"감사 인사는 나중에 하십시오. 아직은 확실한 것이 아무것도 없으니."

"그러면 기다리겠습니다. 어차피 할 일도 없으니까요."

"그러면 오늘 밤에 오겠습니다. 어떻게 될지 두고 봅시다."

30. 라인하르트 슈바르츠

라인하르트 슈바르츠는 방금 잠에서 깼다. 기지개를 켜며 매 순간 게으름을 즐겼다. 지난밤 어찌나 달게 잤던지!

전날 그는 오랜 시간 말을 달렸다. 그러다가 로렌초 데 메디치 병영을 습격해서 또다시 사람들의 목을 벴다. 물론 특별한 일은 전혀 아니었다. 다만 이제 그는 리날도를 위해 악역을 맡는 일은 더 이상 할 수 없었다. 휴식이 필요했다. 로렌초 데 메디치는 훌륭한 군인이 아니었다. 당연하지 않겠는가. 그는 은행가였다. 하지만 그는 용감했다. 슈바르츠도 그 점은 인정해야 했다. 그리고 그는 계속 슈바르츠와 부딪쳤다.

리날도는 슈바르츠에게 돈을 주었다. 슈바르츠가 그렇게 열심히 일하는 것을 정당화하는 이유였다. 그렇지만 돈을 받을 때마다 돈 때문에 그런 일을 하지만 사실은 하고 싶지 않다고 스스로에게 되뇌곤 했다. 그러니까 뭔가가 변하고 있었다. 슈바르츠 마음속에 여러 가지 의심이 스멀스멀 살아났다 사라지곤 한 게 벌써 2년이 되었다. 게다가 리날도를 위해 계속 일하다가는 조만간 누군가가 그의 목을 베어버릴지도 몰랐다. 그런 일은 시간문제였다.

간단히 말해 자신을 소모하는 일을 중단해야 했다. 그렇다! 곤경에서 벗어나야 했다. 그렇지만 그러려면 좀 더 확실한 보장이 필요했다. 계속 이런 식으로 살 수 없었다. 그는 먼저 주군에게 그 사실을 알려야 한다고 생각했다.

주위를 둘러봤다. 방은 소박했지만 마음에 들었다. 지난밤 로렌초 데 메디치 병영으로 출격한 뒤 피렌체 교외의 한 여관으로 몸을 피했다. 그래서 마침내 깃털 이불은 아니라도 최소한 이불이 있는 침대에서 편안히 잠을 자고 난 그날 아침, 미적대며 자리에서 일어나지 않았다. 해가 이미 하늘 높이 떠 있었다. 그는 쇠로 만든 대야의 차가운 물로 얼굴을 씻었다. 옷을 입고 계단을 내려가 여관 식당으로 갔다.

햇빛과 함께 라우라가 슈바르츠를 맞이했다. 그의 하루가 더할 나위 없이 기분 좋게 시작되었다. 라우라를 보자마자 그는 몸을 숙이고 그녀의 예쁜 손에 입을 맞추었다.

"내 눈을 믿을 수 없을 지경이네요. 당신답지 않게 웬일로 예의를 차리니, 난 어떻게 해야 하죠, 라인하르트?"

슈바르츠가 화난 척했다.

"정말 놀랐단 말이야, 마인 샤츠.* 어둠 속에서 당신을 껴안은 팔이 혹시 이 팔이 아니었던가?"

라우라가 웃었다. 그날 아침은 햇살이 눈부셨다.

"맞아요, 맞아요." 라우라가 평상시와 달리 너그럽게 말했다.

"시간이 얼마나 있지?"

"편안하게 식사해도 돼요. 그 파스타 맛있어 보여요." 그녀가 식탁에서 멋진 모습을 자랑하는, 메추리 고기를 넣어 만든 차가운 파스타를 가리켰다. 그 옆 바구니에 담긴 갓 구운 빵, 쟁반에 가득 담긴 계절과일, 돼지고기햄, 치즈도 슈바르츠 눈에 들어왔다. 포도주만 없었다.

"포도주로는 산 지미냐노 베르나치아 어때?" 그가 제안했다.

"아침 이 시간에 베르나치아를 마신다고요? 정말 촌스러운걸, 성급하신 라인하르트." 라우라가 그를 놀렸다.

"뭐 다른 포도주를 권하려고 한 건가?"

"당신과 같이 이렇게 풍성한 아침을 먹을 생각은 없어요. 그래도 포도주를 당신에게 권해야 한다면 난 키안티를 고를 거예요. 당신 앞에 메추리를 넣은 파스타가 있으니 적포도주를 선택하는 게 좋아요."

"훌륭해." 그가 숱 많은 노란 콧수염을 매만지며 말했다.

그러더니 고개를 까딱해서 여종업원을 불러 최고급 키안티 포도주를 즉시 가져오라고 말했다. 라우라는 캐모마일차와 꿀을 따로 달라고 주문했다.

음료를 기다리는 동안 슈바르츠가 파스타를 맛보기 시작했다.

---

* mein Schatz, '나의 보물'의 독일어.

정말 맛이 좋았다.

"리날도는 끝까지 가기로 작정했어요. 그렇지만 어젯밤 나한테 고백하던데 그의 동맹자들은 그렇지 않은 것 같더라고요." 라우라가 슈바르츠에게 새로운 소식을 전했다.

슈바르츠의 눈꼬리가 올라갔다. "비르클리히?"**

"정말이에요. 베르나르도 과다니가 리날도 덕에 최고행정관이 되어놓고는 고분고분하지 않은 것 같아요. 팔라는 당신도 알다시피 타고난 기회주의자예요. 피렌체 사정은 그래요. 다른 얘기해요. 당신 임무는 잘 수행했어요?"

"지나칠 정도로. 지난밤 공격을 받았기 때문에 로렌초 데 메디치가 움직이려면 적어도 이틀은 걸릴 거야."

"아주 좋아요. 그 정도 시간이면 우리 둘이 베네토 지방***에 있는 내 농지까지 충분히 갈 수 있을 테니."

"왜 가는데?"

"리날도는 우리가 주위에서 얼쩡거리는 걸 원치 않아요."

"우리가 추적을 당할까 봐 그걸 피하고 싶은 건가?"

"바로 그거예요. 같이 가려고 일부러 문장이 없는 마차를 타고 왔어요. 당신이 식사를 마치면 더 지체하지 말고 파도바 쪽으로 가야 해요."

슈바르츠가 자기도 모르게 얼굴을 찡그렸다. 그는 마차 여행을

** Wirklich, '정말이야?'라는 뜻의 독일어.
*** 이탈리아 북동부 지역. 베네치아, 파도바, 베로나 등의 주요 도시가 속해 있다.

좋아하지 않았다. 지나치게 여성스러운 이동수단 같았고 무엇보다 속도가 느려 마음에 들지 않았다. 말을 달리는 게 훨씬 나았다. 하지만 한편으로는 문장이 없는 마차는 최대한 신분을 노출하지 않을 수 있었다.

"좋아." 그가 고개를 끄덕이며 두툼한 돼지고기햄을 두껍게 몇 조각으로 잘랐다. 햄의 단단한 질감과 강한 향을 즐겼다.

음료가 도착했다. 키안티를 한 모금 맛보았다. 맛있었다.

"이 포도주 진짜 훌륭한데. 추천해줘서 고마워, 아름다운 친구. 파도바에는 왜 가지?"

"나를 사모하는 분이 거기 살거든요."

"그렇겠지. 물어본 내가 바보지."

"어쨌든 리날도는 우리가 이곳을 떠나 멀리 가길 원해요. 그리고 동시에 최악의 가정인데 코시모 목숨을 살려주어 피렌체에서 추방당할 경우, 그자가 어디 있든 우리가 그에게 쉽게 갈 수 있는 곳으로요."

"아." 슈바르츠가 짧게 소리쳤다. "리날도가 어떤 계획을 세웠는지 알겠군."

"리날도는 항상 유리한 위치에 있고 싶어 해요. 그 사람 생각이 틀렸다고 할 수 없어요. 솔직히 말하면 당신에게 나를 위해 그 빌어먹을 로렌초 데 메디치를 죽여달라고 부탁하지 않은 게 후회돼요."

슈바르츠는 웃음을 참을 수 없었다.

"그 신사 양반." 슈바르츠가 말했다. "지난밤 내 눈앞에 있었지. 당신이 그런 마음인 줄 알았더라면 염소새끼처럼 두 동강을 내줬을 텐데. 당신을 위해서 말이야, 마인 케츠헨!"

"나를 계속 염탐하고 뒤를 밟았던 걸 생각하면… 그리고 거의 그자에게 잡힐 뻔했잖아요…. 소름 끼쳐요. 가증스러운 놈이에요. 그놈과 그 형은 이 도시의 흑사병이라니까요."

"흑사병 이야기는 내 앞에서 하지 마, 부탁이야."

"왜요?"

"아, 이야기하자면 길어. 어쨌든 나중에 가면서 얘기해줄게."

"좋아요."

"그건 그렇고 당신은 왜 그렇게 메디치 가문을 증오하지?"

"내 이야기도 하자면 길어요. 그렇지만 난 당신에게 절대 말하지 않을 거예요."

"*아흐 샤데!*"* 슈바르츠가 실망하는 기색을 살짝 드러내며 크게 말했다.

그들이 이야기를 나누는 동안 그들 뒤쪽 테이블에 남자 몇 명이 앉아 있었다. 아직 이른 시간인데도 벌써 술에 취한 듯했다. 큰 소리로 떠들었는데 주장하는 내용으로 보아 메디치 가문 편을 드는 게 분명했다.

"내가 할 수만 있다면 다 죽여버릴 텐데." 슈바르츠가 목소리를 낮추며 말했다.

순간 라우라의 눈이 휘둥그레졌다. "지금 누굴 말하는 거예요?"

"메디치들하고 리날도의 동맹자들 모두. 리날도 씨는 용기가 별

---

* Ach Schade, '유감이군'이라는 뜻의 독일어.

로 없어.”

“정말 그렇게 생각해요?”

“물론이지! 파벌로 갈라져 벌어지는 사건들 때문에 눈부신 피렌체가 사라지는 중이야. 리날도가 자신의 적들을 제대로 제거해야 할걸. 내가 리날도라면 코시모 목을 베게 하고 로렌초와 그 빌빌거리는 군대를 몰살해버릴 텐데. 적을 제거하고 나서는 동맹자들 중 뛰어난 인물 몇 명을 죽일 테고.”

“피로 목욕하게 될 텐데요.”

“알아. 그러나 적어도 공화국이 시뇨리아로 바뀌겠지. 공개적으로 그렇게 하는 거야. 머뭇거리는 기생충들을 다시는 상대하지 않고 권력을 결정적으로 내 손에 쥐는 거지. 조금씩 확실한 지도력을 보여주면 시민들도 나를 따르게 될걸? 하층민에게는 지도자가 필요해. 소시민도 마찬가지고. 나머지 문제는 그냥 쓸데없는 잡담일 뿐이야.”

“맞아요, 그래도 치밀한 전략은 아니네요.”

“치밀하다고 다 효과적인 경우는 드무니까.”

“물론 그래요. 하지만…. 개자식!” 라우라가 화가 나서 얼굴이 시뻘게졌다.

“무슨 일이야, 마인 샤츠?”

라우라의 눈에 증오심이 이글거렸다. “내 뒤에 있는 남자가 나한테 추잡한 짓을 했어요.”

그 말을 들은 슈바르츠가 벌떡 일어났다. 그쪽을 보니 테이블에 앉은 세 남자가 눈에 들어왔다. 남자들은 슈바르츠를 보더니 목이 터져라 웃었다. 스위스 용병이 그들을 노려보았다. 그들은 무리지어 있으면 한층 겁이 없어지는 개 떼에 불과했다. 슈바르츠는 자신이 용장도 아니고 비열한 행동도 서슴지 않는 사람이지만 라우라 같은 여자를 지키기 위해서라면 언제든 누구라도 죽일 수 있다는 걸 잘 알았다. 그 역시 라우라에게 잔인하게 행동한 적이 많았지만 시간이 흐르면서 그녀를 사랑하는 법을 배우게 되었다. 그러므로 무엇보다 그가 아닌 다른 누구도 라우라에게 손을 대거나 함부로 할 수는 없었다. 그게 리날도라도.

"뭐가 그리 재미있는지 이야기 좀 해주쇼. 같이 웃어봅시다."

세 남자 중 제일 덩치가 좋은 남자가 일어났다.

"어떻게 당신같이 더러운 용병이 저리 예쁜 여자와 함께 있는지 그 이유를 몰라서 웃었소이다. 그리고 우리가 내린 결론은 저 여자가 창녀가 틀림없다는 거요."

친구들이 다시 웃었다.

슈바르츠는 불필요한 말은 하지 않았다.

"안뜰에서 기다리겠소. 당신 검을 들고 나오시오. 당신에겐 안 된 일이지만 이 여자에게 가한 모욕은 당신 피로 씻어줘야 할 거요."

남자가 어깨를 으쓱했다. 크게 놀라는 것 같지 않았다. "일도 아니지." 그가 오만하게 대답했다.

슈바르츠가 라우라 쪽으로 돌아섰다. 그녀는 그의 눈을 보았다. 두 눈이 욕망으로 타올랐다.

"나를 위해 싸워준 사람은 아무도 없었어요."

"정말?"

그녀가 고개를 끄덕였다.

"이번 일로 내가 최초가 된다니 행복한데. 마지막도 되고 싶고."

라우라가 미소 지었다. "당신이 저 촌뜨기를 상대하는 동안 나는 리날도 돈으로 숙박비를 계산하고 있을게요. 빨리 떠나야 해요."

"안뜰로 오면 돼." 슈바르츠가 덧붙였다. "오래 걸리지 않을 거야."

그날 10월의 태양이 하늘에서 빛났다. 안뜰의 흙이 부드러워서 슈바르츠는 특히 편안했다. 그는 검과 단검을 꺼내며 결투 준비를 했다.

앞의 남자도 똑같이 하더니 공격을 개시했다. 남자는 슈바르츠를 속이는 동작을 두어 번 하더니 바로 찌르기를 했다. 슈바르츠는 능숙하게 방어했다. 오른쪽으로는 속임 동작을 하고 진짜 공격을 위해 아래로 검을 내리쳤다. 적은 불시에 공격하지 못했다. 칼날들이 다시 부딪치며 불꽃이 튀었다. 그래서 공격하려면 있는 힘을 다해 상대 검을 밀어야 했다.

슈바르츠는 멈추지 않았다. 다시 두 번 더 검을 휘둘러 상대를 밀어붙였다. 그는 서둘러서는 안 된다는 걸 알았지만 이런 보잘것없는 자에게 시간을 허비하고 싶지 않았다. 남자가 다시 방어했지만 힘이 부친 게 틀림없었다. 슈바르츠는 아래로 내려치는 척하다가 수직으로 검을 휘둘러 불시에 적을 공격했다. 칼날이 순식간에 남자를 스치고 지나갔다. 붉은 피가 솟구쳐 공중에 빨간 반원을 그렸다. 피렌체 남자가 오른손을 뺨으로 가져갔다. 손에 벌겋게 피가 묻어났다.

라우라가 뜰로 나왔다. 그녀의 두 눈은 사랑으로 뜨겁게 타올랐다. 자신의 영웅을 집어삼킬 듯한 눈으로 지켜보았다.

슈바르츠는 적이 자신을 향해 공격해오길 기다렸다. 검을 높이 휘두르며 방어했다. 그리고 검이 번개처럼 빠르게 피렌체인의 가슴에 닿았고 곧 가슴을 관통했다.

적의 검이 암갈색 땅 위로 떨어졌다. 곧 그의 무릎이 꺾였다. 슈바르츠가 그에게 다가갔다. 그리고 그의 얼굴을 옆으로 돌린 뒤 단검으로 목을 베어버렸다. 피가 비 오듯 흘러내리는 사이 바닥에 쓰러진 피렌체인의 가슴에서 검을 빼냈다. 남자의 몸 밑은 피바다가 되었다.

슈바르츠가 죽은 남자의 친구들을 보았다. "이 여자를 무시한 자가 받은 대가다."

피렌체인들은 경악한 눈으로 그를 보았다. 숨도 제대로 쉬지 못했다. 그들은 친구 시신을 수습해서 떠났다. 어느 곳으로 가야 하는지 따위는 중요하지 않았다.

라우라가 미소를 지었다. 그녀는 분명 슈바르츠를 아주 좋아했다. 그녀도 알다시피 그 감정에는 비이성적인 뭔가가 담겨 있었다. 고통과 사랑과 굴욕감이 희한하게 뒤섞인 감정이었다. 그녀와 슈바르츠는 같은 주인을 위해서 일하는 개였다. 그들끼리 기쁨이나 고통을 만들어낼 수 있었고 어쩌면 둘 다를 함께 만들 수도 있었다. 그리고 어쩌면 그녀에게 기쁨은 고통 없이는 만들어지지 않는 감정일지도 모르고, 지금까지 많은 일을 겪었기 때문에 기쁨 같은 감정은 존재할 수 없을지도 몰랐다.

그녀는 슈바르츠가 종잡을 수 없는 남자여서 기분이 순식간에 돌변하곤 한다는 걸 잘 알았다. 부드러웠다가 갑자기 잔인해지고 친절했다가 거칠어지곤 했다. 그에게는 정반대되는 성질이 이상하게 부조화를 이루며 공존했는데 이 점이 그녀와 비슷했다. 그렇지만 좋은 방향으로든 나쁜 방향으로든 남다르게 격정적일 수 있는 남자였다. 희한하고 극단적으로 변하는 슈바르츠의 감정에서 라우라는 깊숙이 숨어 있는 그의 본질을 재발견했다. 최근 3년 동안 그와 자주 만났지만 잠자리를 함께한 횟수는 기껏 해야 두세 번 정도였다.

하지만 그녀는 그때를 절대 잊지 못했다. 그와 성교할 때면 상처받는 동시에 보호받는 기분이 들었다. 자신이 그에게 정신없이 빠지고 그러다가 완전히 공포에 질리는 정확한 순간을 감지했다. 하지만 그 순간 걱정이 되는 게 아니라 미칠 듯한 환희로 온몸이 떨렸다.

그래서 그녀를 모욕했던 남자의 피가 뚝뚝 떨어지는 검을 들고 태양 아래 땀을 흘리며 서 있는 슈바르츠를 본 순간 그녀는 바로 그 자리에서, 죽은 자의 피로 얼룩진 안뜰에서 그에게 몸을 줄 수 있을 정도로 뜨겁고 관능적인 사랑을 느꼈다.

생전 처음 남자가 자신을 위해 싸워줬기 때문에 그녀는 진심으로 기뻤다. 게다가 목숨을 걸고 그렇게 해주었으니. 그녀는 앞으로 그를 위해서라면 어떤 일이든 할 수 있다고 생각했다. 필요하다면 리날도를 죽일 수도 있었다.

31. 파르가나초

즐거운 저녁식사가 끝나가고 있었다. 코시모는 페데리코가 그에게 여러 가지 배려를 해주어서 깜짝 놀랐다. 그의 안전을 보장해줬을 뿐만 아니라 아르놀포탑으로, 게다가 알베르게토까지 파르가나초를 데려왔다. 코시모가 아내 콘테시나에게 부탁한 바로 그대로였다. 그러니 어쩌면 아직 희망이 있을지도 몰랐다.

적당한 때가 되었다고 생각되자 코시모는 페데리코에게 고개를 살짝 끄덕였다. 그의 의도를 알아차린 페데리코가 포도주를 한 병 더 가져오겠다는 핑계로 방을 나갔다. 그래서 파르가나초와 단둘이 있게 된 코시모는 자기 생각을 설명했다.

파르가나초는 키가 크고 어깨가 넓은 남자로 선량하고 진실해 보였다. 두 뺨은 혈색이 좋았고 두 눈은 맑고 활기에 차 있었다. 유머와 재치가 넘쳐서 같이 이야기하면 시간 가는 줄 몰랐다.

코시모가 이야기를 하기로 결심하기까지 파르가나초의 그런 면이 큰 몫을 했다. 코시모는 가식 없이 정말 솔직하고 진지하게 말했다.

"파르가나초 씨." 그가 말을 꺼냈다. "실례인 줄 알지만 부탁을 하나 드리고 싶습니다. 이 어둡고 음산한 곳에 당신이 밝고 기분 좋은 바람을 선사하셔서 제가 왜 여기 있는지 그 이유조차 잊을 정도였기 때문에 이렇게 말을 꺼내봅니다."

그리고 잠시 말을 멈추었다. 자기 요청 사항을 얼마나 솔직하게 이야기해야 할지 곰곰이 생각했다. 파르가나초는 코시모 말에 눈에 띄게 호기심을 보이며 계속 말을 하라고 격려했다. 그래서 코시모는 망설이지 않았다.

"좋습니다. 제가 왜 여기 투옥되었는지 당신도 잘 아실 겁니다." 코시모가 계속 말했다. "리날도 델리 알비치와 그 일당은 제가 독재 행위를 했다고 주장하고 있습니다. 그래서 베르나르도 과다니에게 저를 투옥시키게 했고 사형선고를 내릴 수밖에 없게 만들었습니다. 그들은 그렇게 해서 지금보다 훨씬 나은 피렌체를 만들 수 있다고 생각합니다. 지금 저는 베르나르도에게 책임이 있다고 말씀드리려는 게 아닙니다. 이런 일이 벌어지기는 했지만 저는 그를 친구로 생각합니다. 그의 위치가 위치인 만큼, 그러니까 최고행정관이기 때문에 그럴 수밖에 없었으리라는 걸 아니까요. 저 개인에 대한 고발이 있었으니 베르나르도는 사실 그런 식으로 행동할 수밖에 없었습니다. 그렇지만 꼭 드리고 싶은 말씀은 제 행동에 실수가 없었던 것은 아니나 피렌체나 저와 적대적인 사람들에게 해를 끼칠 생각은 한 번도 해보지 않았다는 것입니다. 제가 항상 원하는 일은 어쩌면 성공할 수 없을지는 몰라도, 피렌체에 이득이 되고 피렌체를 눈부신 도시로 만드는 데 일역을 담당하는 것이었습니다. 제 가족이 꽤 안락하게 생활하는 건 모두 다 아는 사실이지만 저희에게 과도하게 주어진 재산은 이 도시를 아름답게 만드는 일에 쓰려고 애쓴 것도 사실입니다."

파르가나초가 고개를 끄덕였다. 그러다가 갑자기 진지해졌다.

"그렇지만." 코시모가 계속 말을 이었다. "만일 제가 공화국의 적으로 간주된다면 제가 뭔가 실패했던 것 또한 사실이겠지요. 그래서 저는 이 도시를 아름답고 눈부시게 만들려던 바람이 지나친 열의와 조화를 이루지 못해 오히려 오만하다는 비난을 받았으리라는 사실도 배제하지 않습니다. 그래서 제가 한 일에 제재를 가하기 위해, 피렌체를 대신하는 최고행정관이 내릴 결정에 반대할 이유가 전혀 없으며 겸허히 그 결정을 받아들일 준비가 되어 있습니다. 다만 제가 부탁드리고 싶은 것은, 조금만 관용을 베풀어 사형선고만 피하게 해주십사 하는 겁니다."

"코시모 씨." 파르가나초가 입을 열었다. "이 사태에 대한 설명과 당신이 도달한 결론에 저는 완전히 동의합니다. 당신에게 꼭 알려드려야 할 것은 제가 당신에게 전혀 적대적이지 않으며, 오히려 저역시 냉정하게 균형에 맞는 판단을 내려야 한다고 생각한다는 겁니다. 요 며칠 동안 200인 평의회에서 오랫동안 토론이 벌어졌습니다. 그런데도 아직 결론이 분명하게 나지 않았지요. 그런 면에서보면 코시모 씨에게 유리하게 형평에 맞는 결론이 내려질 가능성이 아직 충분히 있는 것 같습니다."

"알겠습니다. 그뿐만 아니라 저는 베르나르도 씨가 결정에 쉽게 영향력을 행사할 수 있겠지만 또 한편으로는 역할이 역할이 만큼 공화국에 이익이 되는 결정을 내리게 되리라는 점을 의심하지 않습니다. 베르나르도 씨는 분명 그렇게 할 겁니다."

"물론입니다."

"그렇지만 저는 공화국에 어떤 걸림돌이 될 생각이 추호도 없습니다. 아니 어떤 대가를 치르더라도 피렌체의 안녕을 원합니다. 어찌 되었든 제 행동이 건방지고 오만에 가득 찼을 수도 있기 때문에 제게 가해지는 형벌에 저항할 생각은 추호도 없습니다. 그러니까 저는 한쪽으로 물러나서 최대한 빨리 유형을 떠날 준비가 되어 있습니다. 그래서 이런 제 의사와 의지를 당신께서 베르나르도 씨에게 전해주셨으면 합니다. 아드 아디우반둠,* 만일 최고행정관이 이 문제에 대한 해결책으로 추방을 고려해줄 수 있다면 제 충심을 증명하기 위해 어떠한 보답이라도 기꺼이 할 생각입니다."

이 지점에 이르러 코시모는 파르가나초의 눈을 똑바로 보았다. 베르나르도의 청렴함에 누가 될 의사가 없다는 것을 알릴 수 있게 세심하고 조심스럽게 제안해야만 했다. 물론 코시모는 베르나르도가 이런 뒷거래의 이득을 충분히 이용할 준비가 된 사람이라는 것을 잘 알았지만 다른 한편으로는 최고 조건에 매수되는 남자라고 노골적으로 표현할 수는 없었다.

"두말할 필요도 없겠지만 이런 귀중한 일을 맡아주신다면 파르가나초 씨에게도 사의를 표하겠습니다." 코시모가 말을 마쳤다.

파르가나초는 코시모의 말을 한마디도 놓치지 않고 주의 깊게 들었다. 사실 페데리코가 저녁식사를 제안했을 때 코시모 데 메디치 쪽에서 어떤 요청이 있으리라 예상했다. 그리고 아르놀포탑에서 하는 식사가 가져다줄 특이한 즐거움 이외에 그런 제안을 받을지도 모른다고 가정해도 나쁠 게 전혀 없었다. 그 자신에게도, 그리고 결국은 베르나르도 과다니에게도 마찬가지였다. 게다가 그는 코시모를 높이 평가했고 호의를 가지고 있었다. 그 순간 리날도와

---

* Ad adiuvandum, '구하소서'라는 뜻의 라틴어.

동맹을 맺은 사람이 많아서 상황이 리날도에게 유리하다는 걸 알기는 했지만 아슬아슬한 균형 상태가 끊임없이 변할 수밖에 없다는 것을 모를 만큼 세상 물정에 어두운 남자는 아니었다. 게다가 메디치 가문 사람과 우정을 쌓는다고 해서 해가 될 게 있겠는가?

"그러면 그 보답을 돈으로 하실 수도 있다는 말씀입니까?" 그가 넌지시 물었다.

"어떤 형태든 베르나르도 씨가 유용하다고 생각하는 형식으로 가능합니다. 그런 형식이 제가 선택할 수 있는 것이기도 하고요."

파르가나초가 한숨을 쉬었다. 파란색의 큰 눈에 인정이 넘쳤다. 그러더니 제일 중요한 문제를 물었다. "그럼 얼마나 생각하십니까?"

"파르가나초 씨 몫 11퍼센트를 포함해서 2천2백 두카토 정도면 어떨까요?"

32. 판결

10월 3일 코시모는 최고행정관 앞으로 호송되었다. 코시모와 마주한 베르나르도 과다니는 생각이 많아 보였다. 그리고 실제로도 그랬다. 그의 곁에는 8인위원회 위원들이 있었다.

8인위원회는 범죄 사건을 다루는 최고 사법기관이었다. 넉 달마다 새롭게 선출되는 위원들은 피렌체에 해를 입히는 범죄를 저지른 시민들의 지위나 신분에 개의치 않고 주저 없이 판결을 내렸다.

그들은 담비 털로 목을 멋지게 장식한 붉은색의 긴 법복을 입고 있었다. 등받이가 아름답게 조각된 높은 나무의자가 홀 안에 원형으로 배치되어 있어서 그들은 둥글게 앉았다. 그 한가운데에 베르나르도가 있었다. 그 역시 다른 위원들과 똑같이 붉은 법복을 입었는데 여덟 명과 달리 황금색 별무늬가 들어 있었다. 그가 최고 임무를 맡았다는 사실을 확실히 보여주는 표시였다.

코시모는 자기 제안이 받아들여졌다는 사실을 알고 있었다. 그러니까 이 재판은 사실 정확한 각본에 따라 진행되어야 했다. 한편으로 보면 가문들끼리 전쟁으로 탄생한 이 피렌체라는 도시에서는 확실한 게 하나도 없었다. 베르나르도는 제시된 금액에 놀란 것과 별개로 그 제안을 받아들이는 순간 리날도를 배신한 결과가 어떨지 깊이 생각하지 않을 수 없었을 것이다.

어쨌든 지금 이 순간에 이르게 되었고 곧 코시모는 자기 운명이 어떻게 될지 알게 될 터였다. 그는 어떤 결정이라도 받아들일 준비를 하고 흔들림 없는 시선으로 재판관들을 바라보았다. 베르나르도가 조용히 하라는 듯 손을 들었다. 물론 실제로는 누구 하나 입도 뻥긋하지 않았지만.

"코시모 데 메디치." 베르나르도가 입을 열었다. "1433년 10월 3일, 오늘 순수하게 자문 역할을 하는 200인 평의회가 시민들의 의사를 확인하기 위해 수차례 회의를 하고 독재를 했다는 의심을 산 피고의 행위를 면밀히 검토한 결과 내가 영광스럽게 의장을 맡은 이 최고위원회는 피고의 범죄 사실이 인정된다는 결론에 이르렀소. 그러나 모든 것을 고려해볼 때 피고에게 사형선고를 내릴 필요는 없으며, 체포되기 이전 피고의 행동과 투옥된 후 감옥에서의 행동을 고려해서 피고를 파도바로 추방하는 게 공정하다는 결론을 얻었소. 그렇게 해서 피고는 공화국제도에 따라 다른 결정이 내려지지 않는 한 피렌체에 돌아오지 못할 거요. 이 판결은 로렌초 데 메디치와 아베라르도 메디치, 푸치오 푸치와 조반니 푸치에게도 적용되오."

베르나르도가 잠시 말을 멈추었다. 흥분한 표정이 역력했다. 메디치들을, 게다가 다른 누구도 아닌 코시모를 피렌체에서 추방한다는 것은 역사적 사건이었다.

주사위는 던져졌다. 이제 리날도와 팔라는 책임을 더는 회피할 수 없었다. 어떤 의미에서 그들은 아무 핑계도 댈 수 없을 것이다. 그들은 이제 피렌체를 통치해야만 한다.

판결을 들으며 코시모는 고개를 끄덕였다. 베르나르도는 마지막으로 8인위원회의 의결사항을 알렸다.

"이 판결이 효과적으로 준수되고 피고에게 일어날지도 모를 예기치 못한 불상사를 방지하기 위해 해가 지고 나서 즉시 피고를 마차로 피렌체 공화국 국경까지 호송할 것이오. 무장 호위대가 그곳까지 피고의 안전을 보장할 거요. 피고 가족들에게 이 판결 소식을 알려서 당신에게 필요한 것들을 준비하게 할 거요. 분명히 말하지만 피고가 들은 대로, 이 판결은 피고 동생에게도 적용되며 당신들과 함께 피렌체 공화국에 위해를 가할 음모를 꾸민 다른 이들에게도 마찬가지요. 판결이 내려졌으니 해가 질 때까지 남은 시간에 판결 내용에 따른 조처가 취해질 거요."

로렌초는 일행의 선두에서 말을 달렸다. 그 옆에 있는 피에로는 도시에 전쟁을 선포할 순간만 기다리는 듯이 보였다. 전령들이 벌써 돌아와 지네브라와 그의 아들들인 프란체스코와 피에르프란체스코는 물론 형수 콘테시나와 조카 조반니 그리고 다른 가족 모두가 이미 카파지올로 별장으로 출발했다고 알렸다. 그곳에서 가족들은 이 문제의 해결책을 찾을 때까지 머물게 될 것이다.

그들이 동틀 무렵 움직였으므로 멀리 피렌체 성벽이 뚜렷하게 모습을 드러냈다. 로렌초는 물론 피렌체를 공격할 의도가 전혀 없었다. 형을 무사히 인도받기만 하면 되었다. 그는 가장 중요한 순간 자기 곁에 있어준 많은 사람과 친구들을 희생시키고 싶지 않았다. 그렇지만 피렌체가 그의 군대를 보고, 비열한 베르나르도가 모습을 드러내는 걸 보고 싶었다. 한편 그는 형이 베르나르도를 매수하려 했다는 사실을 알았는데, 솔직히 말하면 그 일이 성공하기를 바랐다.

웅장한 산 조르조 성문에서 300여 발짝 정도 떨어진 지점에 이르렀을 때 그들 앞에 8인위원회와 도시 수비대 대장이 나타났다.

로렌초는 부대원들에게 멈추라는 신호를 보냈다. 기사들이 말고삐를 잡아 그 자리에 멈춰 열을 맞춰 섰다. 말들이 발을 구르며 제자리를 찾는 동안 말 입에서 나온 입김이 공중에 구름처럼 떠다녔다. 로렌초가 푸치오 푸치에게 고개를 까딱하자 푸치가 자기 준마에 가볍게 박차를 가해 로렌초 곁으로 다가왔다.

"드디어 우리가 여기까지 왔네." 푸치가 말했다.

"저들이 우리에게 어떻게 할 생각인지 먼저 보자고." 로렌초가 그에게 말했다.

"좋아."

"전령들에게 기다리라는 명령을 전하게. 내가 저기 한가운데로 가 있을 테니 자네는 명령을 전한 뒤 내게 오게. 무슨 일이 벌어지는지 보세나."

푸치가 명령을 따르는 동안 로렌초는 혼자서 8인위원회와 그 사이에 놓인 넓은 공간의 한가운데로 향했다. 그는 두 가지 색의 털로 덮인 자기 말에 박차를 가했다.

날이 추웠다. 갑자기 가을이 성큼 다가와 공기를 차갑게 식혀놓았다. 가랑비가 내리기 시작해 땅이 미끄러웠다. 큰 빗줄기들이 기사들의 갑옷과 얼굴 가리개에 부딪혀 둔탁하게 금속성 소리를 내며 튀어올랐다. 그 소리들이 사방으로 퍼지며 전혀 유쾌할 게 없는 그날을 더 어둡게 물들이는 데 한몫했다.

로렌초는 기사 두 명이 무리에서 떨어져 나오는 것을 보았다. 둘 중 한 사람은 도시 수비대 대장이 분명했다. 다른 한 명은 그가 아는 사람 같았다. 두 기사가 상당히 가까이 다가왔을 때 푸치가 로렌초 곁으로 왔다.

"8인위원회 네리 데 바르디가 수비대장 만프레디 다 라바타를 대동하고 오는 거라면 뭔가 중대한 일이 벌어진 게 분명하네."

"그렇지." 로렌초는 그렇게만 대답하고 말았다. 이 문제가 평화적으로 해결될 수도 있으리라는 희망을 감히 품을 수 없었지만 내심 자꾸 커져만 가는 그런 기대감을 떨쳐버리기가 힘들었다.

로렌초와 푸치는 중간에서 멈추었다. 성문에서 200발짝 정도도 떨어지지 않은 지점이었다. 이제 이중 아치에 돈을새김으로 장식된 반원형의 성문 위쪽 모습도 또렷하게 로렌초 눈에 들어왔다. 말을 타고 한 손에 든 창으로 용을 죽이는 조르조 성인을 돈을새김한 것이었다.

모두 말고삐를 당겨 말을 멈췄다. 말이 거칠게 버둥대는 바람에 말발굽에 밀려 진흙이 사방으로 튀어나갔다. 로렌초가 자기 말을 진정시켰다. 말은 신경질이 났다는 걸 보이려는 듯 계속 빙빙 돌았다. 로렌초가 말의 목을 쓰다듬으며 귀에 대고 소곤거렸다.

"친구, 두려워하지 마. 다 잘될 테니까."

그 말뜻을 정말 이해하기라도 했는지 말이 얌전해졌다. 김이 나는 콧구멍으로 콧김을 요란하게 내뿜었다.

그사이 네리와 만프레디가 그들 앞에 도착했다. 수비대장은 멋진 무늬를 새긴 전투용 갑옷을 입고 있었다. 비가 쏟아지는 가운데 갑옷의 금속판에서 무지갯빛이 발산되어 그사이 구름을 뚫고 모습을 드러내기 시작한 태양의 희미한 빛과 뒤섞였다.

늘 두 사람을 높이 평가해오던 로렌초가 그들에게 인사했다. 수비대장은 인사를 받을 생각이 없는 듯했다. 반면 네리는 좀 더 너그러웠다.

"로렌초 데 메디치, 군사를 이끌고 왔군요." 네리가 그들 앞을 가로막은 시커먼 기사와 보병들을 가리키며 말했다.

"선택의 여지가 없었소." 로렌초가 대답했다.

"그렇지요. 당신이 기뻐할 만한 소식이오. 최고사법부는 당신 형이 범죄를 저지르기는 했지만 추방형을 내리기로 결정했소."

그 말을 듣자 로렌초는 얼어붙은 마음이 녹는 것 같았다. 승리한 건 분명 아니지만 상황이 상황인지라 승리라고 해도 손색이 없었다. 그는 그런 결정에 하느님에게 감사했다. 그러나 그 판결을 듣는 바로 그 순간 자신에게도 벌이 내려지리라고 예측했다.

"그리고." 네리가 계속 말했다. "똑같은 형벌이 당신에게도 적용됩니다."

"그리리라 예상했습니다." 로렌초가 말했다. "충분히 상상할 수 있는 일이죠."

"푸치오 푸치, 당신에게도 이 판결이 해당되오." 만프레디 대장이 덧붙였다.

"난 문제 될 게 하나도 없소." 푸치가 눈썹 하나 까딱하지 않고 말했다.

"이제 당신 부하들에게 8인위원회와 최고행정관의 판결을 알려주시오." 네리가 다시 말했다. "부대를 해산하고 당신들은 수비대장을 따르시오. 수비대장이 피렌체 공화국 국경까지 당신들을 호송할 거요. 그곳에서 당신 형 코시모가 기다리고 있소. 그 이후 일은 우리 소관이 아니오. 당신들은 파도바로 추방될 거요."

로렌초는 눈을 감았다. 자신의 도시를 떠나라는 형벌이 내려졌다. 영원히. 하지만 목숨을 구할 수 있다면 그만한 대가는 언제든 치를 준비가 되어 있었다.

"알겠소. 말씀하신 대로 따르겠소." 로렌초가 확언했다.

그리고 다른 말을 덧붙이지 않은 채 목례하고 병사들 쪽으로 말을 돌렸다. 푸치가 그의 뒤를 따랐다. 흡족하다고 할 수는 없었지만 어쨌든 코시모의 목숨을 구했고 동족끼리 전투해서 동료들 목숨을 희생하지 않아도 되었다. 그러면 이제 피렌체는 그들과 철천지 원수인 적의 수중에 들어가는 건가?

사랑하는 도시, 피렌체는 어떻게 될까? 로렌초는 깊은 생각에 잠겼다.

1434년 1월

MEDICI

33. 베네치아

한없는 내 사랑, 코시모에게

오늘 눈이 왔어요. 눈송이들이 황량한 들판과 잎이 다 떨어진 나무 위에 쌓였답니다. 이곳 카파지올로는 말 그대로 살을 에는 듯이 추워요. 겨울이 모든 일상을 얼어붙게 만든 것 같아요. 당신이 그리워요. 언제나 마음 한쪽이 허전하지만 오늘은 유독 심하군요. 숨소리 하나 들리지 않을 정도로 사방이 고요하고 들판은 눈 속에 사라져버린 듯해요. 죽음과 같은 침묵이 사방에 감돌아요. 겨울이어서 그렇기도 하지만 검은 나무껍질들과 뒤얽힌 나뭇가지들이 어떻게 보면 피렌체를 뒤덮은 악몽을 이야기해주는 듯해서 그런 기분이 드나 봐요.

실제로 당신과 로렌초가 떠난 뒤 리날도와 팔라는 더욱 포악해졌답니다. 하층민들은 처참한 가난과 처절한 굴욕을 피부로 느끼고 있어요. 사람들이 생활고로 거리에서 죽어가요. 귀족들은 그런 가난과 고통을 무시한 채 시민들에게 세금만 부과하지요. 저주스러운 루카와 벌이는 전쟁비용과 수치스러울 정도로 호화로운 자신들의 생활을 유지하는 데 쓸 돈이랍니다. 시민들과의 사이에 깊고 무서운 골이 파이는데 귀족들은 그걸 즐기나 봐요. 하지만 너무 어리석은 행동이지요. 하루하루가 지나면서 그런 행동의 영향으로 사람들이 등을 돌리게 되리라는 걸 알아차리지 못하는 것 같으니 말이에요.

조반니 데 벤치가 얼마 동안 여기서 지냈어요. 우리가 다 잘 지내는지 확인하기 위해서였죠. 아주 좋은 사람이에요. 벤치의 도움으로 당신과의 이별에서 오는 아픔을 조금이나마 달랠 수 있었어요. 당신들이 추방당했어도 그동안 쌓은 신뢰 덕에 은행 일에는 아무 영향도 없다고 벤치가 말해줬어요. 고객들은 피렌체가 평화를 찾아 당신들이 빨리 돌아오길 바란다고 해요.

내가 강해져야 한다는 걸 누구보다 잘 알아요. 그뿐만 아니라 내 힘이 닿는 데까지 모든 이에게 본보기를 보여줘야 한다는 것도. 솔직히 말해 내가 정말 잘해낼 수 있을지 의문이 들어도 그렇게 해야겠지요. 지네브라는 나보다 훨씬 강해요. 우리가 죽지 않고 당신과 로렌초를 기다릴 수 있다면 그건 다 지네브라 덕이라고 생각해요.

어쨌든 벤치 말이 리날도와 팔라가 지금 통치하는 모양새로 봐서 당신들 귀향이 앞당겨질 게 틀림없다고 해요. 오늘부터 불과 몇 달 안에 그렇게 될 테니 두고 보라고 하네요. 벤치 말대로 되었으면 좋겠어요. 물론 앞으로 몇 달 간이나 당신을 만나지 못한다고 생각하면 죽을 것 같지만요. 나와 지네브라의 안전을 위해 우리가 여기서 당신들을 기다려야 한다는 건 알지만 시간이 갈수록 기다림이 참을 수 없는 고문 같기만 해요.

베네치아에서 모든 일이 순조롭길 바라요. 당신이 지난번 보낸 편지에서 산 조르조 수도원에 세울 새 도서관을 미켈로초와 같이 설계한다고 했죠. 우리 모두 당신을 아주 자랑스러워해요. 당신이 베네치아에서도 그 도시를 위해 온 힘을 다하리라는 것을 아무도 의심하지 않아요.

가끔 당신의 강한 의협심과 열린 사고에 놀라곤 해요. 세월이 흘러도 항상 당신을 사랑하지 않을 수 없게 하는 장점이라고 생각해요. 그래요, 내 사랑. 당신이 읽은 대로예요. 끝나지 않을 것처럼 길고 긴 날과 차가운 겨울이 이어져도 매일 아침 당신을 향한 내 사랑은 새롭게 봉오리를 터뜨린답니다.

늘 지금처럼 몸조심해요. 그리고 부탁인데 큰애 피에로에게 곤란한 일을 만들지 말라고 좀 말해줘요. 둘째 조반니가 당신에게 안부 전해달라고, 사랑한다고 하네요. 그 애는 산술을 아주 잘하고 사냥에도 뛰어나요.

이제 펜을 놓을게요. 다음 주에 다시 편지할게요.

사랑해요.

언제까지나 영원한 당신의

콘테시나

코시모는 손등으로 눈물을 닦았다. 그는 쉽게 감동하지 않았지만 콘테시나는 어떤 말이 그의 심금을 울릴지 정확히 알았다. 콘테시나가 아니라면 다른 누가 그럴 수 있겠는가? 깊이가 있으면서도 열정적인 문체 때문에 아내가 곁에 있는 것 같은 기분이 들었다. 2월의 베네치아는 석호가 거대한 얼음덩이로 변한 것마냥 추웠지만 편지를 읽고 나자 그의 심장은 뜨겁게 타올랐고 온몸에 다시 힘이 솟았다.

벽난로의 장작불을 보았다. 오렌지색 불길이 불안하게 널름거렸다. 코시모는 추위에 몸을 떨었다. 가장자리에 가죽을 댄 망토로 다시 어깨를 잘 감쌌다. 자리에서 일어나 넓은 유리창 밖을 내다보았다.

대운하와 얼음덩어리가 둥둥 떠다니는 차가운 물 표면을 느릿느릿 가르는 시커먼 곤돌라들이 보였다. 곤돌라 램프에서 반사되는 붉은빛이 밤의 어둠으로 물들어가는 거울 같은 수면 위로 점점이 무늬를 놓았다. 선착장 근처에는 나무말뚝 표시들이 물 위에 떠 있었다.

감탄을 자아내는 눈부신 건물들이 운하 쪽을 향해 있었다. 이 귀족의 팔라초들을 보면 코시모는 거의 말을 잃을 정도였다. 하늘은 납빛으로 물들었고 귀족의 저택보다 높이가 낮은 빨간 지붕 집과 좁은 골목이 멀리 보였다. 끝도 없는 미로처럼 이어진 골목들은 모두 운하로 향했다. 아치 모양의 작은 다리가 골목과 골목을 이어주었고 그 중간에 작은 광장과 우물이 자리 잡고 있었다.

코시모는 차츰 베네치아를 고향 피렌체처럼 사랑하게 되었다. 베네치아 도제인 프란체스코 포스카리는 그를 따뜻하고 너그럽게 맞아 베네치아 공화국이 메디치 가문의 소중한 동맹자이며 메디치 형제들이 피렌체로 돌아가게 될 경우 그들을 지지할 준비가 되어 있음을 보여주었다. 그뿐만 아니라 메디치 가문이 부활할 거라고 예견하면서 베네치아와 동맹관계를 확실하게 했다. 그 관계가 영원히 지속될 것이라면서. 사실 코시모와 로렌초는 추방당한 뒤 베네치아와 동맹관계가 깨지지 않을까 걱정했다.

로렌초가 들어왔다. 그는 머리와 수염을 깎지 않고 자라는 대로 내버려두었다. 남색 더블릿과 가죽으로 가장자리를 장식한 같은 색 망토 차림이었다. 추운 데서 오느라 얼굴이 빨갰다.

"와." 들어서면서 로렌초가 말했다. "추운 데서 왔더니 따뜻하고 좋은데. 석호가 얼어붙고 있어. 이런 식으로 계속 가다가는 공화국에 큰 문제가 될 텐데."

"카드하고 포도주가 한 상자 도착했어."

"정말?"

"좋겠다." 코시모가 웃으면서 말했다. "지네브라는 편지보다는 진짜 좋은 키안티 포도주로 네게 힘을 주려는 거겠지."

"콘테시나는 시와 보고서에 더 의지하고." 로렌초가 농담을 했다.

"네 말이 맞아. 오늘도 편지가 왔어. 편지가 감동적이었어. 그렇기는 해도 가끔은 우리 고향에서 보내주는 포도주나 햄들을 받으면 싫지는 않을 것 같은데."

"설마 질투하는 건 아니지, 응?"

"전혀. 네 건 내 것이기도 한데 뭘." 코시모가 대답했다. 그러면서 상자에서 포도주 한 병을 꺼내 열심히 마개를 땄다.

"이런." 로렌초가 농담을 했다. "혹시 파티를 잊은 거야?"

"무슨 파티?"

"로레다나 그리마니가 여는 파티! 잊었다고 말하지 마."

"정말 잊었어. 어쨌든 난 가고 싶지 않아. 이 포도주나 맛보며 집에 있고 싶은데.”

“농담해? 베네치아 귀족들이 다 참석할 거야. 게다가 프란체스코 스콰르치오네도 오는 것 같던데!”

“파도바의 수집가이자 화가 말이야?”

“맞아.” 로렌초는 형이 파도바에 머물렀을 때 스콰르치오네와 어울리기 좋아했다는 것을 알고 일부러 그 말을 했다.

“그렇다면 좋아. 그런데 먼저 이 포도주 한 잔만이라도 마셔보자.” 코시모가 고집을 부리며 서둘러 유리잔 두 개에 포도주를 따랐다.

“시간이 없어. 벌써 늦었는걸. 그러니까 서둘러. 뭐 좀 더 걸치고 나가자고. 우리가 아직 이 도시를 잘 몰라서 가는 데 시간이 좀 걸릴 거야.”

“알았어, 내가 졌다.” 코시모가 두 손을 들며 항복했다.

“예쁜 여자들도 많이 오는 것 같던데.”

“그런 말 해봤자 아무 소용없다는 거 알 텐데.”

“알아, 알아. 형이 일편단심이라는 거. 어쨌든 내가 가면을 가지고 갈게. 파티에서 본모습을 그대로 보이지 않는 게 여기 전통이니까.”

“카니발 때처럼. 베네치아에서는 일 년 내내 카니발을 하는 것 같아.”

“형 말이 맞아. 여기 있네.” 그가 가방에서 하얀색 큰 가면 두 개를 꺼냈다.

“이게 뭐야?”

"가면, 베네치아에서 유명한 가면이야."

"흑사병 때 의사들*이 쓴 가면 같은데."

"맙소사. 유머 감각 진짜 최악이다, 형."

"신경 쓰지 마. 그냥 그 희한한 가면을 보니 불길한 예감이 들어서그래."

"좋아, 좋아. 어쨌든 가자고."

"알았어."

코시모가 두꺼운 망토의 끈을 묶고 서둘러 동생 뒤를 따랐다. 그러자 동생이 희한하고 불길해 보이는 가면을 내밀었다.

"써봐." 동생이 말했다.

"좋아, 좋다고."

코시모는 나가기 전 가면 쓴 모습이 어떤지 보려고 가면을 써보았다. 거울에 비친 모습이 하나도 마음에 들지 않았다. 그 모습이 왠지 불길하고 소름이 끼쳤는데 이유는 알지 못했다. 하얀 가면이 그에게 불행을 가져다줄 것 같은 기분이 들었다. 하지만 로렌초의 저녁을 망치고 싶지 않아서 입을 다물었다.

34. 사고

라우라는 자기 모습이 마음에 들었다. 긴 머리카락에 컬을 넣은 적

---

* '의사'들은 이탈리아어로 '메디치'다.

갈색 가발은 완벽했고 입가에 찍은 점도 마찬가지였다. 점 때문에 미소를 지을 때 입술이 더욱 돋보였다. 가발 색과 완벽하게 대비되는 연한 청록색의 눈부신 드레스를 입었다. 가슴 부근이 넓게 푹 파여서 가슴의 매력을 노골적으로 드러낼 거라고 확신했다. 몸에 딱 붙는 보디스 안에는 안감을 대서 예리한 단검을 숨겨놓았다. 그녀가 계획한 일에 딱 맞는 단검이었다. 얼굴을 감추기 위해 베네치아 귀부인들이 사용하는 작고 검은 가면을 썼다.

경이로운 팔라초의 화려한 홀들을 바라보던 그녀의 두 눈은 거기에 매료당하고 말았다. 태피스트리*로 장식된 벽은 피렌체에서 가장 아름다운 저택의 벽들에 견줄 만했고 섬세하게 조각하고 스투코**로 마무리해 황금으로 장식한 나무 격자 천장은 우아했다.

홀은 크림색 옷을 입은 베네치아 귀족들로 북적였다. 잡담을 나누는 귀부인들의 목소리와 기사들의 농담에 이어지는 낭랑한 웃음소리가 울려 퍼졌다. 기사들 중에는 유명한 사람들도 적잖이 섞여 있었다. 프란체스코 바르바로,*** 레오나르도 브루니,**** 과리노 베로네제*****가 박식한 인문학자나 철학자와 어울리기를 좋아하는 귀부인 로레다나 그리마니의 초대를 받았다. 그녀의 살롱은 지식인들이 모이는 것으로 유명했고 이미 다른 예술가들도 많이 드

* 여러 가지 색실로 그림을 짜넣은 직물. 벽걸이나 가리개 등의 실내장식품으로 사용된다.
** 벽돌이나 목조건축물 벽면에 바르는 미장 재료. 건축에서 마무리 작업의 재료로 부조나 모양 붙이기, 채색에 사용된다.
*** 1390~1454. 르네상스 시대의 정치가이자 인문학자.
**** 1370~1444. 르네상스 시대의 인문학자이자 역사가.
***** 1374~1460. 르네상스 시대의 인문학자이자 시인.

나들었으며 금방 베네치아와 피렌체 지식인들이 공유할 수 있는 매혹적인 만남의 장소가 되었다. 그 시기에 두 도시는 특별한 동맹 관계를 유지했다. 이 때문에 라우라는 베네치아로 옮겨온 뒤로 즐겁고 유쾌하게 생활했을 뿐만 아니라 모든 의심의 눈초리로부터 자유로워졌다.

그렇기는 해도 함정을 조심해야만 했다. 광휘와 호화로움에 덮인 근사한 외면 밑에 도제의 권력을 획득하기 위해 호감을 사고 우선권을 얻으려는 정치적인 계산과 음모로 얼룩진 현실이 숨겨져 있었기 때문이다. 피렌체에서는 메디치가와 알비치가가 공화국을 장악하려고 충돌하는 것이 일이었다면 베네치아에서는 문제가 훨씬 복잡했다. 수많은 귀족 가문이 도제의 지지를 받아 정치적 힘을 얻고 사법상 권력을 행사할 중요한 자리를 차지하길 기대하며 목숨을 걸고 투쟁했다. 라우라는 홀 어딘가에 분명 있을 수많은 첩자를 조심해야 했다. 그들이 언제든 개입해서 베네치아 공화국의 최고사법기관인 10인위원회에 보고할 수 있었다. 잔인하고 가혹하기로 유명한 그 10인위원회에 말이다.

어디에선가 슈바르츠가 그녀를 지켜보다가 그녀가 도망갈 때 보호해줄 것이다. 적어도 그녀는 그래주길 바랐다.

"깜빡하고 놓고 온 게 있어." 코시모가 말했다.

그들은 이미 골목 두 개를 지나고 있었다. 안개가 자욱해서 로렌초는 길을 찾기도 힘들었다. 밤은 신비한 느낌과 어떤 징조를 품고 있었다.

"집으로 돌아갔다가 그리마니 팔라초로 오겠다는 거야?"

"토니하고 곤돌라 타고 갈게."

로렌초가 고개를 저었다. "대체 뭘 놓고 왔는데?"

"프란체스코 스콰르치오네에게 줄 선물."

"그 이름을 말한 내가 잘못이지." 로렌초가 말했다 "그럼 좋아, 형 마음대로 해. 파티장에서 기다릴게."

"빨리 갔다 올게, 약속해."

"알았어."

이렇게 말하고 로렌초는 로레다나 그리마니 팔라초를 향해 계속 걸었다. 그는 지각하는 걸 무엇보다 싫어했는데 파티는 벌써 시작되었다. 이유는 알 수 없지만 왠지 코시모가 그날 밤을 완전히 망치려는 것 같았다.

어쨌든 로렌초는 즐기고 싶었고 형의 우울한 기분에 전염되고 싶지 않았다. 마음대로 하라고 해. 로렌초는 그렇게 생각했다. 두 사람은 베네치아에 도착한 뒤 열심히 일했다. 로렌초는 메디치 은행 지점 일에 완전히 몰두했다. 베네치아 지점 관리자 프란체스코 사세티와 함께 투자 계획서를 차례로 검토했고 서둘러 장부를 개정하고 부분적으로 바꾸기도 했다. 그래서 은화 4천 두카토 이상의 신용장을 회수하는 데 결정적인 기여를 했다.

그날 저녁은 가벼운 잡담을 나누고 좋은 포도주를 즐기며 시간을 보내고 싶은 생각뿐이었다. 물론 매력적인 귀부인과 뜨거운 대화도 좀 나누고 말이다. 그건 너무 심각하거나 깊이 빠지지 않는 순수한 놀이일 뿐으로, 그는 곤란한 상황을 만들고 싶은 생각은 추호도 없었다.

레베카는 포도주잔에 남겨진 붉은 포도주를 보았다. 형제는 농담하느라 포도주를 마시는 것도 잊어버리고 나갔다.

그녀는 피곤했다. 하루 종일 일해서 목이 타기도 했다. 맛이 강한 뭔가를 마시고 싶었다. 그래서는 안 된다는 것을 알지만 두 잔 중 한 잔에 있는 포도주를 한 모금 정도 마신다 해도 아무도 알아차리지 못하리라. 그런데 만일 정말 그랬다가는 안타깝지만 위험할 수도 있었다.

레베카는 아름다운 포도주잔에 담긴 루비색 액체에 홀려 꽤 오랫동안 바라보았다. 테이블에 다가가 포도주잔 하나를 손에 들어 입으로 가져갔다. 포도주를 길게 한 모금 마셨다. 그리고 또 한 모금, 다시 한 모금을 더 마셨다.

정말 맛이 좋았다. 예의를 차릴 필요도 없이 혀로 입술을 핥았다. 집에 그녀 혼자인데 누가 눈치나 채겠는가? 부드러우면서도 강한 맛이었다. 금방 알아차린 건 아니었지만 얼마 지나지 않아 그 조화로운 향에서 이상한 맛이 느껴졌다. 포도주의 맛과 전혀 어울리지 않는 듯한 쌉쌀하고 부자연스러운 느낌이 전해졌다.

잠시 후 그녀 주변의 공기가 떨리기 시작했다. 자신이 균형을 잃어가는 게 느껴졌다. 허공에 두 팔을 휘젓다가 테이블을 잡았다. 플랑드르에서 만든 리넨 테이블보가 손에 잡혔다. 그것을 손에 쥔 채 바닥에 쓰러지는 바람에 테이블보가 미끄러져 내렸다.

포도주잔과 포도주병이 바닥에 떨어져 산산조각 났다. 유리잔

이 깨지는 소리가 음산하게 울려 퍼졌다. 포도주가 베네치아식 테라스 바닥에 넓게 번졌다. 레베카는 두 손을 뻗었지만 다시 일어나지 못했다. 두 손을 움직일 힘을 완전히 잃어버려 손가락이 유리조각 사이로 떨어졌다. 유리에 닿은 손가락에서 피가 흐르기 시작하더니 곧 포도주와 뒤섞였다. 시야가 흐릿해지는 게 느껴졌는데 바로 그 순간 누군가 그녀 이름을 크게 불렀다.

레베카는 마치 자신을 변호하기라도 하려는 듯 두 손을 들었다. 자신이 포도주를 마셨다는 게 발각되었기 때문이다. 뭔가 내장을 물어뜯는 기분이 들었다. 뱃속이 검으로 찌르듯 아팠다. 입안에 피가 고였고 비릿한 피비린내가 났다. 피를 삼켰다. 되직한, 아니 단단한 뭔가가 목에 걸려 숨이 막히는 것 같았다. 기침을 하고 피를 뱉었다. 다시 한 번 일어나보려고 했지만 그러지 못하리라는 걸 알았다.

누군가 그녀의 어깨를 잡더니 안아서 일으켜 세웠다. 레베카는 그 남자가 누군지 보려고 돌아보았지만 윤곽을 알아볼 수 없었다. 시야가 뿌예졌고 아주 조금이라도 몸을 움직여보려 하면 말로 표현할 수 없을 정도로 고통스러웠다. 그 포도주에 손을 대서는 안 되었다. 자신의 본분을 지키지 않았으니 이런 벌을 받는 게 당연했다.

이런 생각을 하니 자책감이 들어 눈물이 흘러내렸다. 그녀는 하염없이 눈물을 흘렸다. 평생 자기 본분을 망각한 건 이번이 처음이었다. 부적절하고 거짓된 행동을 했다는 죄책감을 느끼며 죽는다는 게 그 순간 무엇보다 비통하고 끔찍했다. 하지만 이미 너무 늦어서 더는 어찌할 도리가 없었다. 죽어가고 있었기 때문이다. 이건 확실한 사실이었다.

35. 베네치아에서의 죽음

"레베카!" 코시모가 고함을 쳤다.

힘을 잃어가는 여자의 눈을 보았다. 깨진 포도주잔 조각들이 그녀 주위에 어지럽게 흩어져 있었다. 레베카는 뭔가가 배를 집어삼키기라도 하듯 두 손으로 배를 움켜쥐었다. 눈먼 사람처럼 아무렇게나 손가락으로 옷을 움켜쥐었다. 손가락에 큰 유리조각 몇 개가 박혀서 피범벅이었다.

포도주! 지네브라가 보낸 포도주! 자신과 동생은 포도주를 한 모금도 마시지 않았다. 포도주병은 산산조각 났고 무라노에서 만든 분유리 포도주잔도 마찬가지였다. 어수선하게 흩어진 유리조각 속에서 바닥에 번진 루비색 키안티 포도주를 보자 코시모 머리에는 한 가지 가능성밖에 생각나지 않았다.

"독이야!"

그는 당황스러웠다.

"레베카!" 다시 소리를 질렀다. 한 번, 두 번, 세 번 이름을 되풀이해 불렀다. 하지만 레베카는 더 대답을 하지 않았다. 게거품과 피로 뒤범벅된 입과 힘을 잃은 두 눈이 수천 가지 말보다 더 많은 이야기를 해주었다.

코시모가 소파에 조심스럽게 그녀를 눕혔다. 그리고 상황을 파악했다. 사태를 완전히 파악하자 문 밖으로 달려 나가 등으로 문을 쾅 닫았다.

로렌초! 그들은 그와 로렌초를 죽이려 했다. 리날도는 그와 동생이 목숨을 부지하고 있다는 사실을 용납할 수 없었다. 그래서 자객이 그들을 추격해 여기까지, 베네치아까지 쫓아온 것이다. 그들에게 사형선고를 내릴 수 없게 된 그 순간부터 다른 방법을 동원해 목숨을 빼앗을 생각을 한 게 분명했다.

그 빌어먹을 두 인간, 이름도 기억이 나지 않았다. 그 남자와 그 여자. 니콜로 다 우차노 장례식에서 본 적이 있었다. 그와 로렌초를 감시한 게 분명했다. 두 사람은 그와 로렌초의 일거수일투족을 다 파악하고 있었다. 그와 로렌초는 안전하다고 생각했다. 두 사람을 살해할 목적만으로 베네치아에서 위험을 무릅쓸 사람은 아무도 없었다. 하지만 다시 한 번 그와 동생 생각이 틀렸다. 그들은 바보들이었다. 어떻게 그렇게 순진할 수 있었단 말인가?

만일 로렌초에게 무슨 일이 일어나면 코시모는 자신을 용서할 수 없으리라. 그는 웅장한 대리석 계단을 단숨에 달려 내려가 순식간에 계단 끝에 도착했고 문 앞으로 갔다.

코시모는 팔라초에서 나와 부두 쪽으로 달려갔다.

"토니!" 그가 고함을 쳤다. "토니!" 짙은 안개 때문에 앞이 잘 보이지 않아 그는 술에 취한 사람처럼 달렸다. "그리마니 팔라초로, 빨리."

"코시모 씨, 저 여기 있습니다."

코시모는 부두에 있는 토니를 발견했다. 그에게 달려가 다른 설명 없이 곤돌라로 뛰어들었다.

"빨리 가야 해! 빨리 가야 한다고!" 끔찍한 악몽을 꾸는 몽유병자처럼 같은 말만 반복했다. 토니는 주인이 하는 말을 정확히 이해하지는 못했지만 두말이 필요 없게 곧 노를 저었다.

"레베카, 오 세상에. 레베카가 죽었어, 토니! 누군가에게 독살당했어. 포도주 때문에….."

이게 진정한 파티였다! 로렌초는 하늘로 날아갈 듯 기분이 좋았다. 플랑드르 리넨으로 된 식탁보 위에는 분유리로 만든 날씬하고 얇은 유리잔들이 줄줄이 놓여 있었고 금색 틀에 든 거울들에 비쳐 수많은 공간이 탄생했다. 로렌초는 지나치리만큼 큰 태피스트리로 눈을 돌렸다. 파란색부터 강렬한 빨간색과 오렌지색까지 다양한 색실로 관능적인 장면을 묘사한 태피스트리가 온 벽을 장식했다. 베네치아 보석 장인들이 만든, 눈부시게 반짝이는 특이한 모양의 보석들을 보고는 감탄을 금치 못했으며 천장에 매달린 거대한 샹들리에의 촛불에서 퍼져나오는 눈부신 빛에 넋을 잃었다.

보기 드문 고급 천에 진주와 보석으로 장식한 드레스를 입은 귀부인들은 대담한 헤어스타일을 하거나 기묘한 가발을 썼는데 하나같이 자기 매력의 정수를 보여주려는 듯했다.

성대하고 매혹적인 분위기였다. 로렌초는 형의 친구들인 베네치아 귀족 두 명과 이야기를 나누었다. 가면으로 정체를 숨겼다는 게 재미있었다. 그가 알기로는 베네치아에서는 변장 기술이 최고 수준에 이르러 의상과 분장을 맡아서 해주는 가게들이 있을 정도였다.

그가 마셔본 포도주 중 최고였던, 완전히 차게 만든 리볼라 지알라를 마시자 적당히 취기가 올랐다. 지나칠 정도는 아니었지만 기분 좋게 알딸딸했다.

"잘 오셨습니다, 친구." 두 귀족 가운데 한 남자가 먼저 입을 열었다. "여기 베네치아에서는 몇 달 전부터 당신, 그러니까 당신과 형님 이야기뿐이랍니다. 저는 베네치아 공화국 외교관 니콜로 단돌로라고 합니다." 그가 가면을 벗어 얼굴을 드러냈다. 세련된 이목구비에 검은 눈이 반짝였는데, 아주 활기 넘치고 영리해 보이는 얼굴이었다.

"정말입니까?" 로렌초가 물었다. 그는 믿기지 않는 척했지만 사실 자신들이 이곳에 와 있다는 사실을 모르는 사람이 없다는 것을 잘 알았다. 그렇기는 해도 이 남자가 가면을 쓴 자신을 어떻게 알아봤는지 이해가 되지 않았다.

"사실입니다." 다른 남자가 이어서 말했다. "실례하겠습니다. 저는 베네치아 공화국 중위 루도비코 모체니고라고 합니다." 이렇게 말하며 그도 가면을 벗었다. "저희가 어떻게 당신을 알아봤는지 궁금하실 겁니다. 베네치아 골목골목마다 눈이 있다는 것을 알아두셔야 합니다. 우리는 당신이 여기 언제 도착하고, 집에서 출발할 때 어떤 옷을 입었는지 벌써 알고 있었습니다. 물론 오로지 당신 안전을 위해서 그렇게 한 겁니다. 베네치아에는 최악의 자객과 첩자들이 우글거리니까요. 당신을 알게 돼서 영광입니다, 로렌초 씨. 당신 이야기를 많이 들었습니다. 그래서 그런 일이 벌어졌을 때 얼마나 수치스럽고 안타까웠는지 모릅니다. 당신이 추방된 걸 알고 있습니다."

"맞습니다." 로렌초가 말했다. 그도 가면을 벗었는데 잠깐이지만 자기도 모르게 얼굴이 어두워졌다.

모체니고가 눈치챈 게 분명했다. 그가 서둘러 이렇게 덧붙인 걸 보면. "그렇지만 저는 그 기간이 길지 않으리라 확신합니다."

"걱정해주셔서 감사합니다. 그렇지만 현실을 너무 낙관적으로 보시면 안 됩니다. 저는 여기서 조용히 살 수 있을 겁니다."

"물론 그러시리라고 생각합니다." 모체니고가 대꾸했다. "그렇지만 제가 드린 말씀도 사실입니다. 우리 정보원들이 확인해준 바에 따르면 리날도 지배체제가 지금 무너져 내리고 있답니다. 불과 몇 달 뒤 두 분이 아름다운 고향 도시로 돌아가 열렬한 환영을 받는다 해도 저는 전혀 놀라지 않을 겁니다."

"그러면 정말 멋지겠지요." 로렌초가 말했다. 그 생각을 하자 저절로 미소가 떠올랐다.

"피렌체가 그리우신가요?" 단돌로가 물었다.

"말로 표현할 수 없게요."

"짐작이 갑니다. 경이로운 도시지요."

"가보셨습니까?"

"일 때문에 가본 적이 있습니다."

"게다가 두 공화국 사이의 동맹이 더욱 공고해졌습니다." 모체니고가 덧붙여 말했다. "이제 두 군대의 대장들도 한편이 되었으니까요."

"무슨 말씀이신지?"

"당신이 모르는 것도 이해가 됩니다. 저도 약간 의심스러웠으니까요. 최근 피렌체군 대장인 에라스모 다 나리니가 사직서를 제출하고 베네치아군 지휘관 자리를 기꺼이 수락했다고 합니다. 저는 내일 군에 복귀해야 해서 오늘 마지막 휴식을 즐기고 있습니다."

"가타멜라타* 장군 말인가요?" 단돌로가 물었다.

"맞습니다." 모체니고가 확인해주었다. "특이한 별명이지요. 소문에 따르면 매력적이기는 하지만 쌀쌀맞은 그의 말투에서 비롯됐다고 하더라고요. 또 어떤 사람은 고양이 같은 행동 때문이라고 하기도 하고."

"터무니없는 생각이죠." 단돌로가 토를 달았다. "저는 그게 아니라 가타멜라타가 투구에 노란색 고양이 모양 장식을 달고 다녀서 그런 별명이 붙었다고 들었습니다."

"그럴 수도 있겠군요." 모체니고가 짧게 말했다. "중요한 건 그런 별명보다 놀라운 전투력이지요." 그렇게 말하는 순간 그의 초록 눈이 잠시 번득였다.

"그건 그렇고 제가 보기엔 베네치아가 굉장한 도시 같습니다." 로렌초가 화제를 바꾸려고 말했다. "물 위에 도시가 서 있다는 게 정말 믿기지 않습니다. 그리고 교역으로 여러 문화의 용광로가 되어 그 문화에 담긴 경이로운 것들과 예술을 새롭게 탄생시키지 않

---

* 1370~1443. '얼룩 고양이'라는 뜻. '멜라타melata'에는 '혼합된'이라는 뜻도 있고 '달콤한 체하는, 유창한'이라는 뜻도 있다.

았습니까."

"아, 저는 베네치아와 피렌체에 정말 공통점이 많다고 생각합니다. 그리고 두 도시의 관계가 더욱 굳건해지는 건 다 메디치 가문 덕이고요. 도나텔로가 최근 파도바에 머물고 있다고 알고 있습니다." 단돌로가 자기 생각을 말했다.

"파도바 역시 특별한 도시지요. 조각과 회화에 저보다 훨씬 조예가 깊은 제 형님이 이 자리에 없는 게 안타깝습니다. 집에 뭘 놓고 와서…"

"어쨌든 오시겠지요, 안 그렇습니까?"

"물론입니다."

점잖고 흥미로운 대화가 진행되는 사이 로렌초는 교태를 부리며 자신에게 다가오는 귀부인을 발견했다. 어딘가 신비로워 보이는 분위기였다.

"밤새도록 이 교양 있는 신사분들과 잡담이나 나누실 거예요? 아니면 뭔가 좀 더 재미있는 일을 찾아보실래요?"

허스키하고 기대가 잔뜩 담긴 목소리였다. 로렌초는 그 도발적인 물음에 충격을 받았지만 그와 동시에 특별히 매력적으로 느껴졌다.

"아." 모체니고가 탄성을 질렀다. "그런 즐거움을 우리가 빼앗을 수는 없지요." 이렇게 말하면서 단돌로에게 자리를 뜨자고 눈짓했다. "친구, 행운을 빕니다." 떠나기 전 그가 말했다. "솔직히 말해 이 파티에서 제일 매력적인 여인에게 깊은 인상을 남겨주실 거라 생각합니다."

36. 빨간 머리 귀부인

"이 파티에서 제일 바쁜 분이시군요." 연한 청록색의 멋진 드레스를 입은 귀부인이 계속 말했다.

로렌초는 눈부시게 아름다운 그 여인 때문에 앞이 안 보일 지경이었다. 포도주의 술기운까지 가세해 그는 완전히 넋을 잃었고 그녀의 매력에 굴복하고 말았다.

아름다운 두 눈에 특별한 빛이 담겨 있었다. 눈동자는 마치 한밤의 숲속에 맑은 달빛이 환히 비치는 것 같은 색이었다. 로렌초는 잠시 어디선가 그녀를 본 것 같은 생각이 들었지만 고개를 저었다. 기억이 나지 않았다. 아마 다른 여자와 착각했을지 모른다고 생각했다. 이런 여자를 만난 적이 있다면 절대 기억하지 못할 리가 없으니까.

"천만에요, 부인. 저는 완전히 당신 것입니다." 그가 서둘러 말했다.

"날 놀리는 건가요?" 그녀가 곱디고운 입술을 더없이 매혹적으로 삐죽이며 물었다. 그녀의 긴 속눈썹은 욕정의 꽃잎이었다.

"제가 어떻게 그러겠습니까? 미치광이나 그럴 수 있을 테지요. 아름다운 당신 모습에 눈이 멀 것 같습니다."

미모의 귀부인은 스스럼없이 무장이 해제된 미소를 지었다.

"정말 너그러우세요."

"천만에요. 혹시 베네치아의 귀부인들이 모두 당신 같은가요? 그렇지 않을 것 같습니다만."

"잘 모르겠어요. 하지만 베네치아는 마법에 물든 도시여서 여자들이 남자들의 넋을 빼놓는 것만은 사실이에요. 나도 내 능력이 닿는 대로 그런 기술을 배워보려고 한답니다."

"이렇게 아름다운 분의 이름이라도 알 수 있을까요?"

라우라가 둘째손가락을 입술에 댔다.

"비밀을 지킨다고 약속해주시면요." 그녀가 소곤거렸다.

"맹세합니다."

"확실한가요?"

"제 가슴에서 심장이 뛴다는 사실만큼 확실합니다. 제발, 알려주십시오."

"여기서는 안 돼요." 그녀가 계속 말했다. "사람들이 좀 적은 곳으로 가요."

그러더니 더는 말을 하지 않고 다른 방 쪽으로 걸어갔다. 드레스 자락이 스치는 소리가 크게 났다. 그녀의 태도는 어딘가 당당하고 황홀해서 로렌초는 그녀를 따라가지 않을 수 없었다. 여자는 팔라초를 아주 잘 아는 사람 같았다. 자신 있게 앞장을 섰고 달갑지 않은 초대 손님은 가면 속에서 반짝이는 그 초록 눈으로 재빨리 한 번 쳐다보기만 하면서 되도록 거리를 유지하려 신경 썼다.

조금 전의 홀보다 훨씬 더 화려하게 장식된 홀 두 개를 지났다. 믿기지 않을 만큼 근사한 홀들에는 맛있는 음식과 훌륭한 포도주가 준비되어 있었다. 여자는 이층으로 이어지는 넓은 계단 밑에 도착했다. 거기서 걸음을 멈추지 않고 계속 올라갔다. 이층에 도착하자 오른쪽으로 돌더니 긴 복도를 지나서 다시 오른쪽에 있는 문을 열었다.

로렌초는 그렇게 아무런 의심도 없이 서재가 분명한 방에 들어섰다. 그가 등 뒤로 문을 닫았다.

벽을 메운 나무 책장들이 로렌초 눈에 들어왔다. 책장에는 진짜 보물들이 보관되어 있는 것 같았다. 인문학 연구에 대한 무한한 사랑의 결과로 수집된 고전 그리스어와 라틴어 희귀 필사본들이었다. 그리마니 가문은 문학과 철학에 특별한 열정이 있는 게 분명했다.

"놀랍죠, 안 그래요?" 마치 그의 생각을 읽기라도 한 듯 아름다운 귀부인이 물었다. 그러면서 책상에 몸을 기댔다. 고급스럽게 조각한 나무에 자개로 화려하게 상판을 장식한 책상이었다. 그녀가 앞으로 살짝 몸을 숙였다. 로렌초는 떨리는 가슴으로 달빛에 물든 그녀의 눈을 바라보았다. 숨이 거칠어져 가슴이 들썩였다.

"벙어리라도 되셨나요?" 그녀가 대답을 재촉했다.

"정, 정말 그렇군요." 로렌초가 머뭇머뭇 대답했다. 그런데 사실 그가 느끼는 감정은 애써서 한 말과 전혀 달랐다. 자신감 넘치던 태도와 달리 지금은 함정에 빠진 기분이 들었다. 마치 갑자기 포도주 기운이 사라져버리고, 자기도 모르는 사이에 여자와 이 방에 들어와 있기라도 한 듯했다. 그 순간 그는 이 게임을 더 계속하면 위험하다는 걸 알아차렸다.

그러나 아름다운 귀부인은 뒤로 물러서고 싶어 하지 않았다.

"부탁 좀 드려도 돼요?"

"물론입니다."

"잠깐만 가까이 와주시겠어요? 혹시 제가 무서운 건가요?"

다른 말없이, 거의 자기 의지와 상관없이 로렌초는 그녀에게 가까이 다가갔다. 그녀의 두 눈이 단호한 의지로 불타서 거역할 수 없었다.

"이런…." 손목에서 금팔찌가 흘러내리자 그녀가 말했다.

로렌초가 부드러운 동양산 카펫에 떨어진 팔찌를 주우려고 앞으로 몸을 숙였다.

여자가 가면을 벗었다. 로렌초가 몸을 숙일 때 보디스에서 단검을 꺼냈다. 로렌초가 자신에게 등을 돌린 틈을 이용해 그의 등에 있는 힘껏 단검을 내리꽂으려 했다. 물론 로렌초는 그녀가 그런 행동을 하리라고는 꿈에도 생각하지 못한 게 분명했다. 하지만 치명적인 공격을 가하려던 찰나 서재의 문이 활짝 열렸다.

코시모가 파티장에 도착했다. 그는 친구들과 중요 인사들에게 간단하게 인사했다. 허비할 시간이 없었다. 동생을 찾아야 했다. 그리마니 씨는 동생이 어디 있는지 전혀 알지 못했다. 그리고 역시 파티에 초대받아서 온 베네치아 공화국의 고위법관 야코포 트론도 마찬가지였다. 다행스럽게 우연히 루도비코 모체니고와 만났을 때 중위는 계단으로 이어지는 길을 알려주었다. 그리고 자신이 동행하겠다고 자청했다. 모체니고는 로렌초가 풍성한 빨간 머리에, 눈에 띄게 아름다운 귀부인을 따라 이층으로 올라가는 것을 보았다.

"같이 가주시면 정말 감사하겠습니다." 코시모가 그에게 말했다. "동생 목숨이 위태로울까 봐 걱정입니다."

모체니고가 고개를 끄덕였다. 그는 파티장 안전을 책임지기 위해 초대객들 속에 섞여 있던 수비대원 둘을 불렀다. 그리고 모두 같이 신속하게 이층으로 이어지는 계단까지 갔다. 전속력으로 계단을 달려 올라갔다. 레베카에게 그런 일이 벌어진 뒤라 코시모는 동생이 살아 있다는 기대를 거의 하기 어려웠다. 고통으로 신음하며 죽어가는 레베카를 본 뒤로 그의 머리를 가득 메운 불길한 예감 탓에 그는 미칠 듯이 괴로웠다.

이층에 도착하자 그들 앞에 텅 빈 넓은 홀이 나타났다. 바로 거기서 복도가 두 개로 갈라졌다. 일행은 두 방향으로 나뉘었다. 수비대원 둘은 왼쪽으로 갔다. 코시모와 모체니고는 오른쪽으로 달렸고 곧 서재 문을 발견했다.

코시모는 문 앞을 지키는 남자를 금방 알아보았다. 그 빌어먹을 스위스 용병이었다! 니콜로 다 우차노 장례식 때 산타 루치아 데 마뇰리 성당 앞에서 보았던 그 남자였다!

"이봐." 코시모가 그를 불렀다. "내 동생 어디 있지?"

슈바르츠는 대답 대신 방어 자세를 취하며 검과 단검을 꺼냈다.

"이자는 내가 상대하지요." 모체니고가 말했다. "당신은 들어가서 동생분을 도와요."

그렇게 말하며 모체니고도 검과 단검을 뽑았다. "조심해요, 코시모 씨." 그가 소리쳤다. 그리고 다른 쪽 복도 끝에서 돌아오는 지역 수비대원들을 향해 외쳤다. "제군들, 이쪽으로!"

모체니고와 슈바르츠가 싸움을 시작하자 검과 검이 부딪치면서 날카로운 소리가 음산하게 울려 퍼졌다. 그 사이 코시모는 손잡이를 아래로 돌려봤지만 문이 열리지 않았다.

어깨로 힘껏 밀어 문을 열었다. 영원히 기억에 새겨져 잊을 수 없을 듯한 광경이 그의 눈앞에 나타났다.

그는 바닥에 떨어진 뭔가를 집고 있는 동생을 보았다. 젊고 아름답지만 손에 단검을 쥔 여자가 로렌초 등을 찌르려고 동생에게 다가가는 중이었다. 코시모는 생각할 겨를이 없었다. 그저 있는 힘을 다해 소리를 지르고 얼마 전부터 가지고 다니던 단검을 꺼내며 동생을 향해 온몸을 던졌다.

"로렌초! 로렌초!"

고함이 효과적이었던 게 틀림없었다. 여자가 당황해서 코시모 쪽을 돌아보았다. 잠시 멈칫한 것뿐이지만 그 정도로도 충분했다. 여자가 곧 검을 내리꽂았지만 로렌초는 본능적으로 바닥으로 몸을 굴렸다. 그를 해치려는 빨간 머리 여자의 분노를 막기에는 역부족이었으나 칼날이 로렌초 어깨에 닿았을 때는 이미 때가 늦어서 등을 살짝 스치고만 지나갔다.

더블릿이 힘없이 찢어지고 살 위에 주홍색 반원이 그려졌다. 로렌초가 비명을 질렀다. 코시모는 단검을 여자 쪽으로 겨누며 대치했다.

그녀를 자세히 보았다. 당장 말할 수는 없었지만 어딘가 친숙한 느낌이 들었다. 그 눈, 뜨거운 빛으로 물든 그 초록 눈을 어디서 보았을까? 머리카락 색이 달랐다. 그렇지만 자세히 보니 머리는 가발이었다. 그 순간 알아차렸다. 그 가증할 향수장수였다! 이름이 뭐였더라? 기억이 나지 않았지만 확실한 사실은 그 여자가 오래전부터, 아주 오래전부터 그들을 괴롭혔다는 것이다.

라우라 리치! 여자의 이름이었다. 코시모는 여자가 무슨 이유로 그들에게 분노하는지는 몰랐지만 리날도를 위해 일한다는 건 알았다. 적어도 그 점은 확실했다.

그녀 눈에는 분노가 서려 있었다.

"당신, 빌어먹을!" 그녀가 격분해서 말했다. "개처럼 죽여주지."

그 말을 끝으로, 공중으로 단검을 높이 쳐들었다가 반원을 그리며 아래로 내리쳤다. 하지만 코시모가 더 빨랐다. 옆으로 검을 피했다. 그와 동시에 왼손을 재빨리 뻗어서 단검을 쥔 여자 손목을 꽉 잡았다. 오른손으로는 여자 얼굴 가까이에 단검을 위협적으로 갖다 대면서 왼손에는 있는 대로 힘을 주었다.

예쁜 손가락들이 벌어지고 검이 쨍그랑 소리를 내며 바닥에 떨어졌다. 그사이 로렌초가 다시 일어났다. 한손으로 어깨를 잡았는데 손가락 사이로 피가 흘렀다. 로렌초가 단검을 주웠다.

"이제 그만!" 코시모가 소리쳤다. "멈추시오! 안 그러면 당신 예쁜 얼굴을 영원히 망가뜨릴 테니."

"마음대로 해." 맹수처럼 거칠고 독이 묻어나는 목소리로 말했다. "당신들 메디치가 사람들이 하는 일이 그거 아닌가? 모든 걸 다 영원히 망쳐놓는 것? 진심으로 구역질이 나는군, 메디치!"

코시모는 이해할 수 없었다. 경악하며 그녀를 보았지만 그 미모에 감탄하기도 했다. 여자는 눈부시게 아름다웠다. 하지만 현혹되어서는 절대 안 되었다. 방금 동생을 죽이려던 여자였다.

"나쁜 년." 로렌초가 말했다. "우리 아버지가 돌아가신 뒤로 계속 우리 형제 뒤를 쫓았어."

그런 말을 주고받는 사이 문 밖에서 유리창 깨지는 소리가 들려왔다.

"무슨 일이지?" 로렌초가 물었다.

"나도 모르겠는데." 코시모가 대답했다.

잠시 후 베네치아군 중위 모체니고가 서재로 들어왔다. 뺨에 상처가 나고 피로 얼룩져 있었다.

라우라는 승리의 기쁨을 감출 수 없었다. 진초록색 눈이 기쁨과 피에 대한 갈망으로 빛났다.

"슈바르츠가 당신 얼굴에 선물을 주고 갔군, 군인 나리."

모체니고는 무슨 말인지 이해하지 못했다. "당신은 누구요?"

"가발을 쓰기는 했지만 우리 앞에 있는 사람은 리날도 델리 알비치를 위해 일하는 첩자, 라우라 리치라고 말할 수 있습니다." 코시모가 피로 때문에 쉬어버린 목소리로 말했다.

"아." 모체니고가 할 수 있는 말은 이게 전부였다. 그는 놀라지 않을 수 없었다.

"우리 하녀 레베카의 죽음에도 분명 책임이 있을 겁니다! 다 털어놓으시오. 독이 든 포도주를 배달한 게 당신이지, 아닌가?"

"독이 든 포도주라고?" 로렌초가 당황하며 물었다.

"그래. 내가 집에 돌아가지 않았다면 제때 그 사실을 알아채지 못했을 거야. 우리가 이렇게 기적적으로 살아 있지 못했을 건 두말할 필요도 없고." 그러더니 라우라에게 말했다. "자, 부인. 할 말

없소?"

"당신들에겐 증거가 하나도 없어." 라우라가 마치 욕을 하듯 내뱉었다.

"아, 그건 10인위원회가 결정할 거요! 부인, 당신을 체포하오." 모체니고가 통보했다. "분명히 말하면 당신은 재판에 회부돼서 팔라초 두칼레 지하감옥에 던져질 거요."

"그 남자는 어떻게 됐습니까?" 코시모가 슈바르츠를 암시하며 물었다.

"그 악마가…." 모체니고가 말했다. "수비대원 한 명을 살해하고 다른 대원에게 부상을 입혔습니다. 보시다시피 제 얼굴에 이런 상처를 선물했고요. 그러고 나서 창문 밖으로 뛰어내렸습니다. 이제 우리를 괴롭히지 않을 겁니다."

"그건 당신 생각이고." 라우라가 잔인한 미소를 지으며 대답했다.

"18미터가 넘는 높이에서 운하로 떨어지기 전 제가 그자 가슴에 검을 꽂았습니다. 그러니 지금쯤 출혈로 죽었거나 석호에서 얼어 죽었을 겁니다."

순간 라우라 눈에 그늘이 지는 듯했지만 곧 이상하게 투명하고 불안한 빛이 다시 그녀 눈동자를 감쌌다.

"당신들이 믿든 말든 내가 살아생전에 안 되면 다음 생에 꼭 복수하고 말 거야." 라우라가 말했다.

"절대 그런 일은 없을 걸." 모체니고가 결론을 내렸다 "팔라초 두칼레 감옥에서는 살아나올 수 없으니까."

1434년 9월

MEDICI

37. 산 폴리나리 광장

리날도가 팔라를 기다리고 있었다. 상황이 긴박했다. 코시모를 파멸하려고 추방령을 내렸지만 오히려 코시모를 유리하게 만들어주는 꼴이 되었다고 팔라는 생각했다. 그는 호위대 선두에 서서 산 폴리나리 광장으로 가는 중이었다. 말은 총총걸음으로 달렸다. 전투할 의향이 전혀 없었기 때문에 최소한의 인원을 선발해 호위대를 꾸렸다. 그는 되도록 적은 부담으로 곤경에서 벗어나고 싶었다.

하층민들이 그들에게 반감을 가졌다. 시민들이 그들에게 반감을 가졌다. 심지어 최근 로마가 아니라 피렌체의 산타 마리아 노벨라 성당에 머무르는 교황 에우게니우스 4세마저도 불행한 사태를 피해보려고 힘이 닿는 대로 방법과 대책을 마련했다.

그렇지만 코시모는 베네치아에서 태평하게 지내고 있었고, 재정상태도 더 좋아졌다. 베네치아 도제인 프란체스코 포스카리가 마련해준 거처에 머물며 도제와 문학과 철학 토론을 즐겼고 그의 동생 로렌초는 메디치 은행의 중요 지점인 베네치아 은행의 거래망을 늘려갔다. 간단히 말해 그와 리날도 그리고 다른 동맹자들의 통치는 파멸로 치닫고 있었다. 그렇게 말할 만한 요인이 한둘이 아니었다. 그들은 권력을 잡을 수 없었다. 물론 얼마 동안은 성공했다고 할 만했지만 그러한 승리는 일시적이고 불안정해서 차라리 패하는 게 더 나았을 정도였다.

그들은 지금 높디높은 곳에서 가차 없이 처참하게 추락하고 있었다. 정확히 말하면 탐욕과 남의 입에 오르내리는 실패의 늪 속으로 말이다. 팔라는 정치 경험이 적지 않았기 때문에 그런 추락이 모든 파국의 시작이라는 사실을 잘 알았다.

그래서 지금 그와 리날도는 목숨을 걸고 전투하려고 추위 속에서 있었다. 리날도의 지나친 원한이 두 사람을 맹목적으로 만들어 두 사람은 가장 기본적인 공식조차 이해하지 못했다. 피렌체는 메디치 가문의 돈이 없으면 빈곤에 빠져버린다는 공식 말이다. 그리고 실제로 그런 일이 벌어졌다. 루카와 벌인 전쟁과 최근까지 여파가 지속되는 흑사병, 리날도의 가혹하고 극단적인 정책은 이집트에 내려진 열 가지 재앙 같았다. 이제 팔라는 그를 파멸로 몰고 가는 위협적인 상황에서 벗어나려고 시도했다.

프란체스코 필렐포*가 대학에서 수사학 수업 시간에 코시모는 사형선고를 받는 게 마땅하다고 크게 주장했는데 옳은 말이었다. 코시모는 상황이 극단적일수록 세상의 눈으로 보면 점점 더 강해지는 것만 같았다. 베네치아가 피렌체의 결정을 탐탁지 않아 했고

* 1398~1481. 르네상스 초기의 인문주의자이자 수사학 교수.

프랑스의 샤를 7세, 심지어 영국의 헨리 6세까지 동조하지 않았다. 교황도 마찬가지였다!

리날도와 그는 전 문명세계와 대립했다. 그들은 무능력한 자들, 아무 능력 없는 패거리에 불과했다!

광장에 도착하자 가을 날 아침 시커멓게 무리를 이룬 병사들을 거느리고 서 있는 리날도가 보였다. 리날도는 진회색 더블릿에 가죽으로 가장자리를 댄 자주색의 긴 망토 차림이었다. 무릎까지 닿는 장화를 신었고 벨트에 검과 단검이 매달려 있었다. 벨벳 장식이 그의 열병용 군복을 완벽하게 마무리했다. 그는 바로 이런 사람이었다. 군인의 가면을 썼을 뿐 진정한 군인이 아니었다. 해서는 안 될 일을 하려고 할 때 그 결과는 하나뿐이었다. 패배.

리날도는 착각하고 있었고 상황을 바로잡을 수 있으리라 믿었지만 이미 너무 늦었다. 리날도가 팔라를 보더니 고개를 까딱했다. 팔라는 그에게 갔다. 말들이 돌로 포장된 산 풀리나리 광장 위를 총총걸음으로 걸었다. 찬바람이 불어왔다. 무장한 병사들은 적을 향해 달려갈 준비를 하는 악마들 같았다.

"드디어 오셨군그래." 리날도가 입을 열었다. "이렇게 기다리게 해도 되는 건가, 응? 로돌포 페루치와 니콜로 바르바도로는 진즉 도착했네." 그가 친구들을 가리키며 말했다. "조반니 귀치아르디니는 오지 않았어. 유감스럽게도 자네 역시 오늘 전투할 생각이 아닌가 보군! 그러니까 자네가 한 약속이 그렇게 하찮은 거였단 말인가?" 팔라가 몇 안 되는 보병을 데리고 나타나자 표독스럽고 분노에 찬 말들이 쏟아져 나왔다. "실망이야, 친구! 정말 화가 치밀어 올라!" 마침내 리날도가 말했다.

"자네가 분노하는 건 충분히 이해할 수 있…." 팔라가 말했지만 그 말을 다 마치지 못했다.

"입 다물어! 이미 너무 많은 말을 했으니까. 메디치 놈들을 사형해야만 한다고 자네에게 말했지. 그런데 자네는 그놈들을 추방하길 원했지. 제 이름처럼* 내 돈과 코시모 돈으로 배를 불린 또 다른 겁쟁이 베르나르도 과다니하고 한통속이 돼서 말이야. 그놈들 목을 다 잘라버렸어야 할 때 자네하고 과다니 말을 들었던 게 내 실수였어! 그렇게 해서 자네는 세 번 나를 배신했네. 코시모를 추방하자고 내게 말했을 때 처음 배신했고 그다음은 그자를 죽이라고 했는데 내 말을 들은 척도 하지 않았어. 그리고 지금 나와 함께 전투하기를 거부하며 세 번째 배신을 하고 있어!"

팔라가 고개를 저었다.

"자네는 이해를 못 하는군, 리날도…."

"이해할 게 단 하나도 없으니까." 리날도가 말을 잘랐다. "자네는 항상 입만 살았지. 자네 말을 들은 내가 바보였어. 이제 돌아가서 집구석에 틀어박혀 있으라고. 여기서는 자네가 필요 없으니. 그리고 내가 패하기나 바라라고. 내가 승리하면 자네 목을 베어 머리를 장대에 꽂을 테니까."

팔라는 말을 해도 별 소용이 없다는 사실을 알아차렸다. 그래서 말머리를 돌린 뒤 데리고 온 보병들과 함께 온 길을 되돌아갔다. 뒷

---

* '과다니Guadagni'는 이탈리아어로 '이익'이라는 뜻이다.

모습이 몹시 초라했다. 이 충돌의 결과와 상관없이 모두의 눈에 팔라는 이미 패배한 사람이었다. 리날도는 그 모습을 잊지 않을 작정이었다. 그는 팔라에게 진절머리가 났다. 지켜지지 않은 약속과 지나치게 꼼꼼한 전투 방법, 끝을 모르는 우유부단함도 마찬가지였다.

어떤 면에서 보면 그는 팔라에게서 자유로워진 것이나 마찬가지였다. 같은 편이라고 해놓고 말과 전혀 다른 행동을 하는 사람과는 어울리지 않는 게 좋다! 차라리 전열을 재정비하고 얼마되지는 않지만 믿음직한 친구들과 운명을 시험해보는 쪽이 훨씬 낫다.

리날도는 부하들에게 크게 소리쳤다. 무장한 상당수 병사가 창과 미늘창을 높이 들었다. 그들은 팔라초 델라 시뇨리아로 주저 없이 돌격해서 무기를 들고 어떤 일이 벌어질지 지켜볼 준비가 되어 있었다.

"창과 검으로 말하자!" 리날도가 외쳤다. "침묵의 시간이 너무 길었다!"

그 말을 들은 병사들이 팔라초 델라 시뇨리아를 향해 돌진하자 강철판과 가죽의 파도가 넘실거리는 것 같았다. 병사들은 열을 무시하고 늑대 떼처럼 팔라초의 문을 향해 진격했다. 무적의 전사들 같았고 살인 욕구가 불타올라 어느 때보다 흥분했다.

그 순간 아무도 예측하지 못했던 일이 벌어졌다. 앞으로 달리던 리날도 병사들이 깜짝 놀라 동작을 멈췄다. 그들을 꼼짝 못 하게 만드는 뭔가를 발견했기 때문이다.

바로 아르놀포 디 캄비오탑에서 그리고 팔라초의 수많은 총안*

에서 그들을 향해 화살이 시커먼 구름처럼 발사되었다. 병사들은 잿빛 하늘로 날아오르는 화살들을 발견했고 공중을 가르는 소리를 들었다. 그리고 자신들이 아무 보호물도 없이 광장 한가운데에 서 있다는 사실을 알게 되었을 때는 이미 늦어버렸다. 그들은 그렇게 가장 손쉬운 표적이 되었다.

팔라초를 수비하기 위해 배치된 사수들이 쏜 화살이 지옥의 바늘처럼 그들에게 쏟아져 내렸다. 병사들은 방패를 높이 들어 필사적으로 방어하며 화살을 막아보려 애썼다.

화살의 쇠끝이 방패를 뚫었고 방패들 사이로 파고들어 살에 꽂혔다. 몇몇 병사가 두 손으로 목을 쥐었다. 어떤 화살은 눈앞으로 날아들어 병사의 얼굴에 박히기도 했다.

리날도는 빗발치는 화살을 가슴에 맞아 두 손으로 가슴을 움켜쥐는 병사들을 보았다. 그들은 광장에 쓰러져 바닥을 피로 물들였다.

어떻게 이런 일이 벌어질 수 있단 말인가? 지난밤 내내 적들이 팔라초 델라 시뇨리아에서 전열을 갖추고 완벽한 방어를 준비하는 동안 자신은 공격할 기회를 기다리며 시간만 허비했단 말인가?

리날도는 이런 광경을 꿈도 꾸지 않았지만 아르놀포탑과 이층 참호에서 사수들이 쉬지 않고 화살을 쏘는 게 현실이었다. 그는 쓰러지는 형제들을 보았다. 그의 곁으로 쏜살같이 날아가는 화살소리가 들렸다. 몸을 숙여 아슬아슬하게 화살을 피했다. 그가 고함을

---

* 몸을 숨긴 채로 총을 쏘기 위하여 성벽, 보루 따위에 뚫어놓은 구멍.

쳤다. 하지만 이미 광장에는 시신들이 즐비했다. 그는 쉽게 팔라초를 차지할 수 있으리라 믿었다. 코시모의 복귀를 원하는 사람들이 신속하고도 효과적으로 조직해서 방어하리라고는 미처 생각하지 못했다. 리날도는 이를 갈았다.

"제군들 내 옆으로!" 그가 고함을 쳤지만 병사들은 소나기처럼 쏟아져내려 차례로 광장의 돌에 박히는 화살의 사정권에서 벗어나려고 슬금슬금 뒷걸음질쳤다.

리날도는 온몸이 서늘해질 정도로 놀랐다. 그는 이런 상황을 전혀 예상하지 못했다. 의심했더라도 아마 아무것도 바뀌지 않았을 것이다. 이런 최악의 상황이 그의 눈앞에서 벌어질 거라고 예상했어야 했으나 문제는 그런 의심만으로는 아무런 소용이 없었을 거라는 점이다.

캄비오 캅포니가 그를 향해 달려왔지만 곧 화살에 맞아 두 팔을 벌린 채 앞으로 쓰러졌다. 병사들이 사수들의 사정거리를 벗어날 틈도 없이 화살이 쉴 새 없이 날아왔다.

광장은 시체로 뒤덮였는데 모든 게 순식간에 벌어진 일이었다. 온몸에 화살을 맞은 병사들이 돌바닥에서 죽어갔다. 말들도 둔탁한 소리를 내며 쓰러졌다. 부상자들은 고통스러워 제대로 나오지도 않는 목소리로 끊임없이 비명을 질렀다. 리날도는 전투에 참가하지 않고 사정거리에서 벗어난 곳에 있었다. 무엇보다 후방을 지키는 게 원래 목적이었다. 게다가 그는 전투를 시작도 하기 전에 학살당할 생각은 추호도 없었다. 하지만 이미 자신이 돌이키기 힘든 실수를 저질렀다는 사실을 알아차렸다. 그렇게 기대했던 대결이 이미 부분적으로 치러졌다. 그들 편에 치명적인 형태로.

　그들은 팔라초 점령이 식은 죽 먹기라고 자신하면서 준비를 제대로 하지 않은 상태에서 공격을 당했다. 그들 생각과 달리 그것은 지옥으로 가는 행군이었다는 사실이 밝혀졌다. 지금 공화국 남자들이 총안에서 도전적으로 그들을 내려다보았다. 공격에 성공했으니 당연한 행동이었다. 이 상황에서 리날도가 할 수 있는 일이 뭘까? 저들을 죽음으로 모는 일, 바로 그것뿐이었다.

　니콜로 바르바도로가 말에서 내렸다. 그의 손은 피로 물들어 있었다. 그에게 도움을 청하려고 하다가 그의 품에서 죽은 동료들의 피였다. 검은 말이 흰 거품을 내뿜으며 발굽으로 바닥을 긁는 사이 그는 바닥에 침을 뱉었다.

　"퉷." 그가 말했다. "이 난관을 어떻게 뚫고 나가지?"

　"다시 공격해야지!" 리날도가 소리쳤다. 그 말은 일종의 본능적인 반응과 같았는데 좌절감과 무기력의 산물이기도 했다. 하지만 그 말을 하면서도 본인이 제일 먼저 미친 말이라는 걸 알았다. 다시 열 번을 공격한다 해도 결과에는 아무런 영향도 미치지 않을 게 뻔했다.

　"자네 미쳤나?" 그 말을 들은 니콜로 바르바도로가 고함을 쳤다. "우리 모두 개처럼 죽게 만들 건가? 그러고 나면 무슨 이득이 있는데? 무얼 위해 그래야 하나? 이미 우리를 파멸로 이끈 자네의 맹목적 야심을 위해서? 팔라의 말이 정말 맞았다는 생각이 들기 시작해!"

　리날도가 대답하려는 찰나 시뇨리아 광장에서 이쪽으로 누군가

다가오는 게 보였다. 하얀 말을 타고 두 손을 든 채였다.

"저들이 항복하는 건가?" 니콜로 바르바도로가 믿기지 않는다는 듯 물었다.

리날도가 조용히 하라고 손짓했다. 그는 남자를 잘 알았다. 조반니 비텔레스키인데 그와 친했고 피렌체에서 명망 있는 원로 중 한 사람이었다. 갑자기 거짓말처럼 화살 공격이 중단되었다. 그러자 지혜로워 보이는 노인이 리날도와 니콜로, 그리고 다른 사람들 앞으로 왔다.

"리날도." 조반니가 리날도 앞에 도착하더니 맑은 목소리로 말했다. "에우게니우스 4세 교황님이 보내서서 왔네. 자네도 잘 알다시피 교황께서는 여러 가지 이유 때문에 로마에서 멀리 떠나 지금 산타 마리아 노벨라 성당에 와 계시네."

리날도는 조반니가 무슨 말을 하려는지 짐작이 가지 않아서 그를 바라보았다.

"무슨 말인지 들어보겠습니다." 그는 이렇게만 말했다.

"좋아, 피렌체가 얼마나 적극적으로 자네와 싸우려는지 자네 눈으로 보았겠지. 그리고 또 팔라와 조반니 귀치아르디니가 자네를 어떻게 떠났는지도 보았을 테지. 이제 나는 대변인 자격으로 자네에게 교황 에우게니우스 4세의 뜻을 전하겠네. 교황께서는 자네가 니콜로 바르바도로와 함께 무기를 내려놓기로 한다면 자네를 위해 기꺼이 팔라초 델라 시뇨리아와 명예로운 조건으로 협상하실 생각이네. 교황께서는 자네를 신뢰하시며 자네가 피해를 보았다는 걸 잘 아시네. 자네가 형제들과 전투하는 대신 팔라초에 들어가 대화하고자 하면 모두에게 큰 이익이 될 거라고 생각하시네. 물론 선택은 자네가 해야겠지. 하지만 솔직히 말하면 난 자네가 팔라초를 쉽게 손에 넣을 수 있으리라 생각하지 않아. 그리고 그렇게 되기 전에 자네는 병사들을 다 잃고 말 거야. 자네가 원하는 게 그건가?"

리날도가 그의 눈을 똑바로 보았다. 그는 조반니 말이 맞다는 걸 알았다. 그리고 자세히 보면 팔라초 병사들은 그에게 저항하기 위해 만반의 태세를 갖춘 듯했다.

리날도는 생각에 잠겼고 부하들은 공포와 불안감이 뒤섞인 눈으로 그를 바라보았다. 첫 번째 공격이 파국적 결과를 초래했다. 이제 공격은 아무 의미가 없으므로 계속 진격한다면 그동안 쌓은 신용과 신뢰를 모두 잃을 게 분명했다. 그는 그 사실을 잘 알았다. 그리고 여러 생각을 차치하더라도 조반니 비텔레스키가 한 말에 반대할 수는 없었다. 병사들이 대량 학살을 당하기도 전에 이미 사기가 땅바닥에 떨어졌는데 어떻게 팔라초에 강제로 진입할 수 있겠는가? 예상되는 대학살에서 부하들을 구할 사람은 그가 아닐까? 전세는 거의 기울어졌다. 그의 부하들이 50발짝도 나가기 전에 탑의 총안에 몸을 숨긴 사수들이 쏘아대는 화살에 또 다시 몰살당할 것이다.

병사들이 다시 빗발치는 화살 속으로 뛰어들기보다는 차라리 리날도에게 달려들어 그를 죽여버릴지도 모른다는 걸 이해하는 데 특별한 능력이 필요하지는 않았다. 주위 시선을 보기만 해도 충분히 알 수 있었다.

해결책을 찾아내야 하지만 아무리 생각해도 그것이 보이지 않왔다. 그는 전략가가 아니었고 용기 있는 지휘관도 아니었다. 다른 사람의 검이 있었기에 그는 항상 강했다. 전투에 부적합한 그의 성격은 그 순간 어느 때보다 치명적이었다. 무능력이 갑자기 가차 없이 드러나서 그동안 꿈꿔온 모든 영광이 물거품이 되는 듯했다.

그가 고개를 저었다. 모두 다 잃었다는 걸 인정하기가 쉽지 않다. 하지만 살다보면 선택의 여지가 없을 때가 종종 있다.

"진지하게 생각하겠다고 교황님께 전하십시오." 그가 결론을 내렸다. "그리고 제가 교황님 충고를 받아들이면 교황님께서 직접 저와 제 부하들의 안전을 보장해주시리라고 믿습니다."

그렇게 행동을 중지한 채 어찌해야 할지 결정하는 동안 창백한 태양이 하늘 높이 떠 있었다.

38. 전세가 역전되다

사랑하는 나의 코시모

당신이 집을 비운 지 벌써 일 년이 지났어요. 시간은 지루하게만 흘러 기다림의 시간을 견디기가 힘들었어요. 그렇지만 드디어 당신이 돌아올 순간이 다가와 제 마음은 그 어느 때보다 기쁨과 사랑으로 충만하답니다.

조반니 데 벤치가 최근 일어난 일들을 확실하게 알려주었어요. 리날도 델리 알비치는 시민들이 용감하게 방어한 팔라초 델라 시뇨리아를 점령하지 못했을 뿐만 아니라 교황님 중재에 따라 부하들을 후퇴시키기로 했다고 해요. 하지만 그와 대립하는 귀족들은 그가 명확한 태도를 보이지 않자 팔라초 델라 시뇨리아에 시민들을 소집했어요. 그리고 즉각 당신을 귀환시키고 리날도와 로돌포 페루치, 니콜로 바르바도로와 팔라 스트로치, 그리고 그들 편에 선 사람들을 추방하라는 명령을 내렸답니다. 리날도는 저항하려 했던 것 같지만 아무 소용이 없었지요. 그는 교황 에우게니우스 4세에게 저주를 퍼부었어요. 무심결에 그를 배신한 게 바로 교황이었으니까요. 리날도는 재산과 토지를 모두 몰수당하고 지금은 피렌체를 떠나 안코나 지방에 피신해 있다고 해요.

어쨌든 공화국은 당신을 기다려요, 코시모.

우리는 라르가가의 집에 돌아와 있답니다. 나는 당신과 포옹할 순간만 기다려요. 너무나 그리웠으니까요. 당신을 위해, 당신 귀향을 축하하기 위해 어떤 옷을 입어야 할지 생각하고 있어요. 당신에게 *파테르 파트리아이**라는 칭호를 수여할 거라고 해요. 모든 매듭이 풀렸답니다. 추방형으로 당신 위치가 더욱 공고해지리라고 누가 상상이나 했겠어요? 그렇지만 정말 그런 일이 일어났어요.

나의 코시모, 내가 기다리니 빨리 돌아와요. 피렌체가 당신을 열렬히 환영하고 당신을 원하니까요.

피렌체와 함께 나 역시.

영원한 당신의 콘테시나

---

* Pater patriae, '국부'라는 뜻의 라틴어.

코시모는 편지를 가슴 바로 위쪽 더블릿 주머니에 다시 집어넣었다. 아내의 말들은 마치 향유와 같아서 마음의 상처를 치료해주는 기분이 들었다.

말에게 물을 먹이려고 우물에서 잠시 멈췄다. 몇 시간 동안 쉬지 않고 말을 달렸다. 하지만 이제 다시 길을 떠날 때였다. 피렌체가 멀지 않아서 이런 속도로 간다면 곧 피렌체시가 눈앞에 나타날 것이다.

코시모는 다시 말에 올라탔다. 말을 한 바퀴 빙 돌게 한 뒤 박차를 가해 질주했다. 로렌초와 조반니, 피에로, 그리고 다른 일행과 코시모를 추종하는 귀족들이 그의 뒤를 따랐다. 말을 달리면서 코시모는 베네치아와 그곳에서 쌓은 우정을 생각했다.

프란체스코 포스카리는 그에게 친절했고 루도비코 모체니고 중위도 마찬가지였다. 그리고 우정을 따지면 가타멜라타도 있었다. 베네치아가 피렌체의 소중한 동맹국이라는 게 밝혀졌다. 밀라노 공국을 차지하려는 열망을 지닌 프란체스코 스포르차도 마찬가지였다. 그러니까 코시모는 지금 같은 행복한 시기를 이용해야 하고, 피렌체에서 헤게모니를 확장해 교황과 로마와 새로운 관계를 맺어야 했다. 그렇게 되었을 때에만 그의 도시 피렌체가 진정한 평화를 누릴 수 있었다. 그러려면 먼저 피렌체와 대립하도록 루카를 부추기기만 하는 필리포 마리아 비스콘티와 현재의 밀라노 공국을 물리쳐야 했다.

하지만 어쨌든 지금은 평화의 시기였다. 아니 적어도 새롭게 태어나는 시기였다. 산타 마리아 델 피오레의 돔은 어느 정도까지 완성되었을까? 도시 재정 상태는 어떨까? 흑사병은 완전히 진정됐을까? 여러 가지 궁금증이 꼬리를 물었다. 그는 앞으로 절대 적들을 과소평가하지 않을 것이다. 그렇기는 해도 호위대의 보호를 받을 생각은 없었다. 최근에 여러 가지 일이 일어났으므로 그의 습관뿐 아니라 가족의 습관까지 바꿔야 하리라.

코시모는 자신 있게 앞을 바라보았다. 그의 얼굴에 미소가 살아났다. 그는 눈앞에 드넓게 펼쳐진 피렌체 들녘을, 밀이 익어 금빛으로 물든 그곳을 바라보았다. 숨이 멎을 정도로 강렬한 파란 하늘이 그들 머리 위에서 기분 좋게 빛났고, 꽃향기와 갓 베어낸 풀냄새가 배어 있는 공기를 금빛으로 물들이는 태양도 눈부셨다.

준마들이 길을 따라 질주했다. 들판 사이로 쏜살같이 달려가면서 코시모와 로렌초는 자신들 앞에 펼쳐진 피렌체를 보았다. 성벽과 수많은 탑에 에워싸인 도시가 갑자기 도도하게 그들 눈앞에 선명한 자태를 드러냈다.

서서히 도시에 다가갈수록 코시모는 가슴이 뭉클해졌다. 나이가 들수록 지금과 같은 순간에 눈물이 흘러 주체하기가 힘들었다. 아마 사랑하는 콘테시나와 멀리 떨어져 있었기 때문이리라. 불과 일 년 전 너무나 고통스러웠고 목숨이 위태로웠던 순간이 떠올라서인지도 몰랐다. 피렌체는 아직도 최고의 승리를 그에게 안겨주지 않았는데 적당한 때가 되면 승리할 수 있지 않을까 고집스레 스스로에게 물어서일 수도 있었다.

그뿐 아니라 피렌체를 다시 보자 그가 사랑했지만 이제는 그곳에 없는 아버지와 어머니가 생각났는지도 모른다. 복합적인 이유 때문이었겠지만 그는 그 이유를 더 묻지 않고 눈물이 흐르게 내버려두었다. 그렇게 눈물을 흘리며 울었다. 그리고 어머니 말처럼 눈물을 흘리는 게 전혀 부끄러운 일이 아니라는 걸 알게 되었다. 눈물에는 행복하든 슬프든 간에, 경우에 따라서는 남자를 남자답게 만드는 감정을 고스란히 드러내는 힘이 있었다.

여러 달이 지났지만 라우라는 참고 기다려야 한다는 것을 알았다. 감방은 크지 않았다. 간수인 마르코 페라친은 악마 자체였다. 그나마 다행인 점은 라우라에게 완전히 빠졌다는 것이었다. 라우라는 그 사실을 알았고, 틀림없다고 생각했다. 그와 계속 이야기를 나눌 수 있으리라는 점에도 의심이 없었다. 시간이 조금 걸리겠지만 희망의 끈을 놓을 수는 없었다. 낙숫물이 바위를 뚫듯이 버텨내는 그녀의 능력이 시간을 굴복시키리라. 그러니 견뎌야만 했다. 그녀는 지금 그녀 인생에서 최악의 상황에 직면했다. 다시 한 번 그녀의 모든 행동은 오로지 한 가지 목표를 향해 움직여야 한다. 어떻게든 살아남는 것.

그러려면 속이고 거짓말하고 조작해야 한다. 그녀가 항상 의지했던, 그녀를 절대 배신하지 않는 기술이었다. 용기 있는 누구도 그녀를 도와주려 한 적이 없었기 때문이다. 그녀는 세상에서 최악의 남자들, 그러니까 도둑과 배신자와 살인자와 기회주의자와 살아가는 데 익숙했다. 그래서 범죄와 비행은 그녀의 일부분이 되었고, 그녀가 원한다 해도 벗어날 수 없었다. 어떤 의미에서 보면 그녀는 정상적인 삶을 상상할 수조차 없었으며, 그녀 자신도 그런 삶을 원하지 않을지도 몰랐다.

어떻게 보면 너무 늦었다고 할 수 있었다. 아직 어린아이에 불과했을 때 그녀 영혼은 이미 완전히 망가져버렸다. 이제 와서 뭘 바라겠는가? 존중받는 여자로 살아갈 수 있단 말인가? 절대 그럴 리 없다. 절대. 물론 슈바르츠조차 그녀를 구하러 올 리가 없었다. 그가 정말 죽었다고는 생각하지 않았지만 그녀는 혼자 힘으로 이 난관에서 벗어나야 한다는 걸 잘 알았다.

그러니까 대안이 없었다. 간수를 구워삶는 수밖에. 그녀는 평생그렇게 살아왔다. 그런 우울한 생각에 빠져 있을 때 감방 쇠문이 삐걱대는 소리가 들렸다. 잠시 후 문이 열렸다. 마르코 페라친이 들어오는 게 보였다. 그의 뒤에 누군가 따라오는 듯했다. 처음에 라우라는 무슨 상황인지 이해하지 못했다. 간수 얼굴이 백지장처럼 하얬고 덜덜 떨렸다. 곧이어 그의 가슴에 검이 박혀 피가 분수처럼 사방으로 퍼졌다. 페라친이 무릎을 꿇으며 주저앉더니 곧 앞으로 고꾸라졌다.

그의 뒤에 있던 남자는 모자가 달린 검은 망토 차림이었는데 그 안에는 파란색에 노란 줄무늬 소매가 달린 팔라초 두칼레* 수비대 군복을 입고 있었다. 무릎까지 닿는 긴 장화를 신고 한가운데에 베네치아 공화국 상징인 마르코 성인** 사자가 새겨진 강철 흉갑도 착용했다. 하지만 남자가 모자를 벗자 라우라는 즉시 그를 알아보

---

* 베네치아 도제가 사는 궁.
** 마르코 복음의 저자이자 베네치아의 수호성인. 마르코의 상징은 날개 달린 사자다.

았다. 얼음같이 차가운 파란 눈과 금빛 콧수염, 빨간머리는 의심할 여지가 없었다.

라인하르트 슈바르츠!

그가 살아 있었다! 그가 지금 그녀를 구하러 이곳에 왔다!

"당신이 이곳에…." 그녀가 중얼거렸다. "살아 있었군요…. 나 때문에 여기 온 거예요?" 기적 같은 일을 믿을 수 없어서 목소리가 떨렸다.

"당신을 위해 죽으려고…. 마인 샤츠."

라우라가 울음을 터뜨렸다. 슈바르츠가 처음으로 그녀를 포옹했다. 그녀는 이 순간이 영원히 계속되길 바라며 그에게 몸을 맡겼다.

"마, 말해줘요, 말해줘요…." 그녀가 더듬더듬 말했다.

"나중에." 그가 대답했다. "지금은 시간이 없어. 빨리 이 옷으로 갈아입어. 들키면 우리 둘 다 끝장이야."

그가 망토 속에서 보따리를 꺼냈다. 감방의 작은 나무탁자 위에 보따리를 푸니 내용물이 나타났다. 장화 한 켤레와 수비병의 군복 그리고 모자 달린 망토였다.

"운이 조금만 따라주면 저들을 잘 속여 넘길 수 있을 거야." 그가 말했다.

그녀는 서둘러 옷을 갈아입었다. 머리를 묶고 모자를 눈까지 푹 눌러 썼다.

"빌어먹을." 슈바르츠가 말했다.

"왜요?" 그녀가 물었다.

"그렇게 입어도… 당신은 너무 예뻐."

라우라가 웃었다. 남은 눈물을 닦고 가만히 있었다.

"이제." 슈바르츠가 마르코 페라친의 허리춤에서 묵직한 열쇠 꾸러미를 풀며 말했다. "나를 따라. 계속 내 옆에 바짝 붙어 있어. 말은 내가 할 테니 당신은 누구하고도 시선을 맞추지 마. 아무도 만나지 않길 바라자고."

"그러다 만나면요?"

"내가 알아서 할게, 마인 샤츠."

슈바르츠가 그렇게 말하며 문을 열었다. 라우라가 그 뒤를 따랐다. 그들은 긴 복도로 나갔다. 깜빡이는 희미한 횃불들이 통로를 밝혀주었다. 복도 끝까지 걸어가자 팔라초의 그쪽 구역에 있는 수많은 다른 감방의 문들이 나타났다. 그들이 있는 곳은 팔라초 두칼레의 일층이었다. 석호의 물과 아주 가까이에 감방이 여럿 있었다. 복도 끝에서 제일 넓은 안뜰로 나가기 위해 몇 개 되지 않는 좁은 계단을 올라갔다. 안뜰에 수비병들이 짝을 이뤄 보초를 서고 있었다. 슈바르츠와 라우라도 그들처럼 짝을 이루었다.

슈바르츠가 라우라와 함께 재빨리 움직였다. 그들은 천연덕스럽게 거만한 자세로 걸었다. 출입문과 몇 발짝 떨어지지 않은 곳까지 걸어가자 출입문을 지키던 보초 둘이 그들 쪽으로 왔다. 슈바르츠는 예상치 못한 상황을 해결하려고 조금 앞서 걸었다.

"여기서 뭐 하는 거요?" 보초가 물었다.

"우리가 확인해야 할 짐이 도착했다는 연락을 받았소."

"정말이오?"

"베네치아군의 루도비코 모체니고 중위가 개인적으로 내게 부탁하셨소."

"확실하오? 명령문서 가지고 있소?"

"없소. 하지만 내 임무를 수행할 뿐인데 질책을 당하고 싶지는 않소. 그래서 하는 말이오. 원한다면 우리와 같이 가보겠소? 배가 이 문 밖 부두에서 우리를 기다리고 있소."

슈바르츠는 말을 마치면서도 계속 문 쪽으로 걸어가 자유와 그들을 갈라놓은 거리를 최대한 좁혀보려 애썼다.

그는 자신과 라우라의 운명이 얼마나 뻔뻔하게 거짓말하느냐에 달려 있다는 점을 알았다. 물론 싸울 수도 있었지만 순식간에 전 수비대원에게 포위당할 수도 있었다. 라우라의 모자를 들추는 순간 정체가 탄로 날 건 불을 보듯 뻔했다. 그래서 최소한 그들을 구하기 위해 밖에서 기다리는 배의 갑판에 도착할 때까지는 태연하게 거짓말을 하기로 했다.

팔라초 두칼레로 통하는 프루멘토 문을 지나 계속 걸어나갔다. 라우라는 슈바르츠 곁에서 모자를 눈까지 푹 눌러쓰고 있었다. 보초 두 명이 그들 뒤를 쫓아왔다. 그들은 부두와 연결된 잔교로 올라갔다. 거기서 배가 보였기 때문에 배를 타는 건 식은 죽 먹기였다. 라우라가 그를 따라 배에 올랐다. 그러자 보초들도 똑같이 했다.

아까 말을 했던 병사가 다시 입을 열려고 하자 슈바르츠는 그를 앞질러 말해야 한다고 생각했다. 병사가 무슨 말을 하고 싶어 했는지 몰라도 얼른 말을 꺼내 그의 입을 다물게 만들었다.

"이사코." 슈바르츠가 박수를 치며 말했다. "베네치아군의 루도비코 모체니고 중위님이 우리에게 확인해달라고 부탁했던 물건을 보여주시오."

검은 눈에 매부리코인 유대인 상인이 천 자루를 들고 그들에게로 왔다.

"어디 봅시다." 슈바르츠가 계속 말하며 자루 속을 확인하는 척했다. 그리고 두 보초를 보며 말했다. "친구들, 한 번 보시겠소. 굉장하오."

두 보초는 순전히 호기심 때문에, 적어도 반 정도는 비어 보이는 그 자루 안에 뭐가 들어 있는지 보려고 앞으로 몸을 내밀었다. 그들이 몸을 숙이자마자 슈바르츠는 망토 속에 숨겨두었던 단검 두 개를 꺼내 아래에서 위로 두 번 검을 휘둘러 그들 목을 베었다.

칼날이 불시에 소리 없이 번득였다. 그리고 순식간에 두 보초가 숨을 제대로 쉬지 못하고 꺽꺽 소리를 내며 쓰러졌다. 슈바르츠는 보초들이 갑판에 쓰러지려는 바로 그 순간 두 사람을 조심스레 껴안았다. 그리고 세 사람이 같이 앉아 있는 것처럼 보이기 위해 그들과 함께 앉았다. 그사이 이사코가 밧줄을 풀었고 노를 잡아 계선주에 대고 밀었다. 그러자 배가 작은 부두를 떠났다.

누군가 잔교에서 등불을 높이 들었다.

"거기 누구냐?" 그 사람이 고함 쳤다.

"공화국 수비대요." 슈바르츠가 말했다. "이 상인을 병기창으로 안내하고 있소. 베네치아군에 무기를 가지고 가는 중이오."

"알았소." 대답이 들렸다.

그리고 나자 사람들 목소리가 들리지 않았다. 들리는 소리라고는 천천히 배에 부딪히는 석호의 물소리밖에 없었다.

팔라초 두칼레에서 충분히 멀어지자 슈바르츠는 살해한 보초들을 물에 던졌다. 배의 등불에 라우라 얼굴이 밝게 빛났다. 슈바르츠는 감동으로 상기된 그녀를 보았다.

"사랑해요." 그녀가 말했다. "이 감정이 나를 어디로 데려갈지 모르긴 하지만요."

슈바르츠가 그녀 눈을 뚫어지게 보았다. 아름다운 얼굴과 그를 신뢰하기로 결정한 표정을 보았다. 지금 그들이 가는 장소는 젖과 꿀이 흐르는 곳이 아니었지만 인생을 새로 시작할 가능성이 있는 유일한 길이기도 했다. 그녀에 대한 사랑이 진심이기에 진실을 숨길 수 없었다.

"안타깝지만 불확실함뿐인 미래가 우리를 기다려. 그래도 나를 용서할 수 있겠어?"

"슈바르츠, 당신 곁에만 있을 수 있으면 무슨 일이든 참을 수 있어요."

"당신 옆에 있겠다고 맹세할 수 있지만 고난과 고통에서 당신을 지켜주겠다는 약속은 못 해."

"이미 오래전부터 내 인생에는 고통과 기쁨이 불가사의하게 뒤섞여 있었어요. 예전과 다르게 살 수 있으리라 생각하지 않아요. 아마 그런 인생은 생각조차 하지 못할걸요?"

그 말에 얼마만큼 진실이 담겨 있는지, 그 자신도 매일 쓸쓸하지만 피할 수 없는 고통의 잔을, 시간이 흐르면서 그의 영혼을 메마르게 하는 독을 매일 얼마나 많이 받아 마시는지 생각하며 쓸쓸하게 웃었다. 그는 몇 번인지도 모를 정도로 여러 번 귀족에게, 이전보다 더 악랄한 귀족에게 자신을 맡겼다. 사실은 다른 선택을 하지 못할까 봐 두려워서였다.

"나는 비겁한 놈이야." 배가 석호의 검은 물 위로 지나가는 동안 그가 말했다.

"절대 그렇지 않아요." 그녀가 단호하게 반박했다. 그가 했던 행동을 용서하기라도 하듯이.

"당신이 아니면 누가 나를 구하러 왔겠어요?" 그녀는 두 사람을 결속한 사랑과 저주의 계약을 강조하고 확인하듯이 말했다.

"모르겠어." 슈바르츠가 대답했다. "그렇지만 라우라, 당신의 자유는 벌써 새로운 속박에 저당 잡혀 있어. 이제 우리는 둘 다 밀라노 공작 소유가 되었다고."

'드디어 말했다.' 그는 생각했다. 그렇게 고백을 하자 잠시나마 기분이 한결 좋아졌다.

라우라는 특별히 당황하는 것 같지 않았다.

"그게 전부예요?" 그녀가 물었다. "정말 내가 놀랄 거라고 생각했어요?"

"아니, 그렇지는 않았어." 그가 말했다. "그 남자가 미치광이이긴 하지만."

"그건 분명해요. 그렇지만 우리 같은 사람들은 광기에서 삶의 이유를 찾잖아요. 아까 말했듯이 기쁨과 고통은 우리 삶에서 똑같이 중요하다고 생각해요. 둘 중 하나가 없으면 자기 파괴라는 병적인 욕구를 만족시키는 데 필요한 에너지를 빼앗기기 때문에 포기할 수 없는 요소지요.”

　슈바르츠는 입을 다물고 진짜 맞는 말이라고 생각했다. 그래서 아무 말 없이 라우라를 품에 안고 입을 맞추었다. 부드럽고 향기로운 입술이 느껴졌다. 입술에 깃든 빌어먹을 순수를 맛보았다. 그렇게 살아왔는데도 그녀에게는 일종의 빌어먹을 순수함이 남아 있었다. 그것이 그를 매혹했고 아름다운 그녀에게서 벗어나지 못하게 만들었다. 그녀가 남아 있기로 선택한 깊고 긴 그 어둠에서도.

　라우라는 정말 자신과 똑같았다. 그녀 마음을 완전히 빼앗으려 오래 키스했다. 까무잡잡하고 매혹적인 곡선의 목과 살짝 튀어나온 광대 그리고 가슴 사이의 깊은 골을 보았다. 그녀 어깨의 옷을 밀어내고 거기에 키스했다. 그녀에게 자신을 완전히 맡겼다. 그렇게 아득하게 정신을 잃으면서 잠시나마 자신을 집어삼키려는 죄책감이 지워지길 바랐다.

　그 순간 둘이 함께 다른 곳으로 달아나고 싶었다. 그런데 어디로? 공작의 부하들이 배에, 갑판 아래에 숨어 있다. 라우라의 탈출을 도와주려고 함께 왔지만 그가 약속을 어기는 순간, 공작의 부하들은 두 사람을 추격해 죽여버릴 것이다. 슈바르츠가 웃었다.

　리날도 델리 알비치의 남자가 되면서 미래를 결정할 자유를 박탈당했다. 용병으로서는 아주 특이한 일이었다. 사실 그는 더할 나위 없이 충성스러운 남자였다. 이제 곧 라우라도 필리포 마리아 비스콘티를 위해 일하는 게 얼마나 힘든지 알게 되겠지. 리날도는 자기 목숨과 함께 자신이 가진 귀중한 자산인 슈바르츠와 라우라 목숨도 필리포 마리아에게 맡겨버렸다. 자기 목숨을 구하고 초라한 미래를 구축하기 위해 두 사람을 팔아버렸다. 불확실하고 어둡기만 한 리날도의 미래 속에 그와 라우라의 희망도 함께 들어 있었다.

그는 자기 인생이 음울하고 뭔가 잘못되었다는 생각을 하며 고개를 저었다. 하지만 마음을 갉아먹는 생각을 지워버렸다. 다시 한번 더 현실에 굴복하고 라우라의 애무에 몸을 맡겼다. 조만간 그녀에게 다 이야기할 생각이지만 지금 이 순간만큼은 용기가 나지 않았다.

1436년 9월

MEDICI

39. 필리포 마리아 비스콘티

필리포 마리아 비스콘티는 특유의 짜증스러운 얼굴로 리날도를 보았다. 리날도는 초조하고 불안해 보였다. 필리포 마리아는 느긋하게 돌로 만든 욕조에 앉아 있었다. 욕조는 크기나 모양이 수영장에 버금갔다. 흐물흐물한 하얀 살덩이가 맑은 물 때문에 반투명해 보였다.

리날도는 금방이라도 토할 것만 같았다. 하지만 있는 힘을 다해 참았다. 밀라노 공작이 어떻게 이 지경에 이르게 되었을까? 그는 도살하려고 씻겨놓은 돼지 같았다. 소름 끼치는 인상을 주는 툭 튀어나온 이마와 장밋빛 살이 여러 겹으로 겹친 목은 말할 것도 없었다.

이 무슨 재앙인지!

리날도가 모두에게 버림받고 다 포기한 뒤 밀라노에 머무는 동안 저 거대한 비곗덩어리가 밀라노 공국을 지배했다. 저자는 역사의 흐름을 바꿀 수 있도록 그에게 병사와 무기를 줄 힘이 있었다.

다만 저자가 원해야만 가능한 일이었다.

　필리포 마리아는 비열한 리날도의 눈을 올려다보며 비웃었다. 무엇보다 처지가 절망적이지 않은가? 리날도는 자기 처지를 잘 알았다. 그래서 이미 꼼수를 숨기려 애쓰지도 않았다. 공작의 지지를 얻어보려고 밀라노로 도주한 게 이미 2년이 넘었다. 어떤 대가를 치르더라도 그의 죽음을 보고야 말겠다고 맹세한 듯한 미친 피렌체인들을 포함해 모두가 아는 사실이었다.

　공작의 도움을 얻으려면 그 대신 뭔가를 줘야만 한다는 사실도 알았다. 공작은 무시무시할 뿐만 아니라 탐욕스럽고 똑똑하기도 했다. 그래서 리날도는 중요한 두 가지 자산, 그에게는 특별히 중요한 자산을 생각했다. 그에게 남은 돈과 세상에 다시없는 두 사람이었다. 타락한 공작의 성질을 고려했을 때 두 사람은 황금만큼이나, 아니 어쩌면 그보다 더 소중한 재산일 수 있었다.

　공작의 광기는 유명했으며 그의 성적 취향은 남자와 여자를 가리지 않았다. 그의 거처에서 벌어지는 난교는 전설적이었고 갑자기 폭발하는 분노도 마찬가지였다. 분노는 이해할 수 없는 불안의 산물이었고 그가 어릴 때부터 갖고 있었던 게 분명한, 조상 대대로 이어진 유전병과 관련 있었다.

　이런 이유로 공작에게는 슈바르츠와 라우라가 필요했다. 리날도는 필리포 마리아에게 그 둘을 주고 나면 자신에게는 남는 것이 하나도 없다는 걸 알았다. 돈도 희망도 하나 없는 도박꾼과 똑같았다. 하지만 때를 기다리는 처지에 자신의 최고 수하를 공작에게 넘겨주지 않겠다고 거절한다면 얻을 게 뭐가 있을까?

아무것도 없다! 그러므로 할 수 있는 일은 모두 해보는 게 좋았다. 그래서 그렇게 했다. 그의 스위스 용병도 불행한 일이 닥쳤을 때 지금의 그와 똑같이 선택하는 길밖에 없었다. 슈바르츠는 베네치아 운하에 추락했고 거기서 빠져나왔을 때는 오물과 상처투성이였다. 리날도 부하들이 개입한 덕에 겨우 목숨을 건졌다. 물론 그는 다른 군주를 위해 일할 수 있었지만 리날도의 돈을 선택한 뒤로 적당한 일자리를 찾기가 쉽지 않았다. 게다가 심각하게 부상을 당한 상황에서는 더욱 어려웠다.

그래서 리날도가 피렌체에서 쫓겨나 밀라노에 피신했을 때 슈바르츠는 주군을 돕기 위해 필리포 마리아 비스콘티의 돈을 받고 일하라는 제안을 기꺼이 받아들였다. 최악의 선택은 아니었고 리날도는 약간의 돈과 병사를 거느리고 트라니*를 떠날 수 있었다. 필리포 마리아는 당연히 슈바르츠에게 강한 인상을 받았다. 다른 무엇보다 뛰어난 무술을 높이 평가했는데 특히 나폴리 왕국의 왕위 계승 전쟁에서 싸우고 피렌체와 베네치아 공화국 전투에도 참가했던 최근 2년간은 더욱 그러했다.

슈바르츠는 비스콘티 가문의 뱀 문장이 새겨진 깃발 아래에서 싸웠다. 그는 전쟁터에서 진가를 보였고 라우라를 구출하기 위해 베네토 땅**으로 출격할 비용을 마련할 방법을 찾았다. 그가 라우라를 자유의 몸으로 만들려면 경비가 필요했다. 그리고 귀족 필리포

---

* 이탈리아 남동부 풀리아주의 도시.
** 베네치아가 위치한 현 베네토주 일대.

마리아는 자신에게 가장 잘 맞는 역할, 그러니까 고리대금업자 역할을 즐겼다.

필리포 마리아는 콘디키오 시네 콰 논*으로서 라우라 탈출을 도와주는 대신 그 대가로 라우라를 자기 애인으로 삼겠다고 제안했다. 리날도는 창녀이자 향수장수이자 독극물을 이용해 사람을 죽일 수 있는 라우라의 재능을 있는 대로 길게 묘사하며 그녀를 치켜세웠다. 그런 여러 가지 매력은 필리포 마리아의 욕정과 호기심에 불을 질렀다.

물론 악마 같은 라우라는 서서히 다른 쪽 역할에서 두각을 나타냈고, 영리한 고양이처럼 자기가 맡은 일을 해냈다. 그녀는 계속 창녀로 살았지만 궁정에서 독살을 담당했고, 필리포 마리아가 자기 미래와 관련된 문제를 해결할 때 꼭 참고하는 카드 점을 쳐주는 역할도 맡았다.

리날도는 가장 중요한 재산 두 개를 팔았다. 그가 가진 유일한 교환화폐가 그 둘뿐이었으니까. 그런데 라우라나 슈바르츠 둘 다 놀랄 만큼 훌륭하게 맡은 일을 해냈다. 두 사람은 각기 다른 방식으로 이제 필리포 마리아의 재산이 되었다. 어쨌든 이건 리날도에게 훨씬 잘된 일이었다.

그래서 지금 리날도는 마치 죄인처럼 공작궁에 서서 메디치가와 전쟁을 치르게 도와달라고 애원하는 중이었다. 그는 지방 덩어리 속에 파묻힌 눈앞의 남자에게 적개심을 느꼈다. 물속에서 팔을

---

* condicio sine qua non, '인과관계 조건설'의 라틴어.

슬슬 휘저으며 불쾌한 표정으로 그의 애원을 기다리는 남자에게.

리날도가 고개를 저었다.

"공작님." 속으로는 거의 욕을 퍼붓다시피 하면서 공손하게 말했다. "제 고향 피렌체를 밀라노 보호 아래 두기 위해 메디치가와 피렌체를 언제 공격하는 게 좋을지 고심했습니다."

필리포 마리아가 물을 입으로 불었다. 물들이 위로 솟아오르며 거품이 뒤섞인 반원을 그렸다. 공작은 시간을 최대한 끌었다. 그는 피곤한 하루 일과를 마친 뒤 휴식 중이었다. 자기 도시를 잃은 이 무능력한 추방자에게 서둘러 대답을 줄 이유가 어디 있단 말인가?

필리포 마리아는 리날도를 조금도 존중하지 않았다. 짜증나는 이 남자는 빈털터리나 다름없이 와서 그에게 도움을 청했다. 물론 금을 약간 가져오긴 했다. 그리고 분노와 질투에 불타서 몇몇 기사와 보병 백여 명 정도만으로도 필리포 마리아에게 도움이 될 만한 일을 할 정도였다. 가령 피렌체를 그가 지배할 수 있게 하는 일 같은. 물론 필리포군 대장 니콜로 피치니노와 리날도가 돈으로 산, 피에 굶주린 야수 같은 그 용병이 함께 용병대를 지휘한다면….

용병 이름이 뭐였더라? 필리포 마리아는 따뜻한 물이 부드러운 흰 살을 애무하는 동안 그 이름을 생각해보았다…. 기분이 얼마나 좋은지, 푸르스름한 수증기가 무럭무럭 피어오르는 따뜻한 물에 하루 종일이라도 앉아 있고 싶었다. 젠장, 그자 이름이 뭐였지? 이상한 스위스 이름이었는데…. 슈바르츠! 바로 그거다! 아마 두 용병이 병사들의 선두에 서 있으면 리날도가 아무리 겁쟁이라도 타락한 돼지들의 도시 피렌체를 밀라노가 다시 지배하게 만들지 않을까? 그렇게 되면 물론 그에게 이익이 될 게 분명했다.

필리포 마리아가 다시 팔을 두어 번 저었다. 어쨌든 대답을 해주어야 했다.

마침내 그는 마음을 크게 쓰기로 결심했다.

"알비치." 그가 건성으로 말했다. "내가 할 수 있는 일이 있는지 보겠소. 지금 내게 중요한 일은 제노바 문제요. 제노바 공화국이 나와 나폴리 아라곤*의 알폰소 사이에 동맹관계가 깨진 걸 곱지 않은 눈으로 봐왔소. 그래서 당신도 알다시피 리구리아에서 승리를 거두는 일에 집중하지 않으면 제노바인들을 내 집에 들이게 되고 말거요. 니콜로 피치니노가 제 역할을 할 줄 아는 게 그나마 다행이라하겠지."

"잘 알고 있습니다, 공작님. 그렇지만 공작님께서 약속해주셨기에…."

빌어먹을, 이자는 정말 둔하다! 대체 뭘 원하는 거야? 가진 것도 없는 놈이. 병사도 돈도 없이 그의 도움을 청하며 시기와 방법을 말해주길 바라는데 밀라노 공작인 그가 그 청을 들어줘야만 하나? 세상이 그렇게 타락했단 말인가? 그는 용기도 없고 아무 쓸모도 없는 인간에게 시달리고 싶은 생각이 전혀 없었다. 아, 물론 이 남자는 이런 식으로 고집을 부릴 대단한 용기는 가지고 있었다. 필리포 마리아는 이해되지 않았다. 욕조에서 짜증스럽게 숨을 몰아쉬

---

* 1422년 아라곤의 알폰소 5세가 나폴리 왕국을 점령하여 나폴리는 아라곤 연합 왕국의 영토에 속하게 됐다.

었다. 지옥에나 떨어지라지!

그러다가 빙긋 웃었다. 왜 이 절망에 빠진 남자 때문에 하루를 망쳐야 하지? 그래서 두루뭉술하게 대답하는 쪽을 택했다.

"참고 기다려봐요, 친구. 모든 건 다 때가 있으니! 혹시 이곳에서 지내기가 불편하오?"

그에게 무슨 말을 할 수 있단 말인가. 리날도의 태도에 불만을 표시하고 싶어 그냥 해본 말일 뿐이었다! 공작이 마음만 먹으면 그가 이 세상에 태어난 걸 후회하게 만들 수 있었다.

"공작님, 제가 부탁드린 건 그런 이유 때문이 절대 아닙니다."

'아 그렇지! 다른 걸 원하는 거니까!' 필리포 마리아가 생각했다.

"어쨌든 제가 피렌체로 돌아가는 걸 얼마나 중요하게 생각하는지 공작님이 이해하시리라 생각합니다."

'지긋지긋하군!' 공작은 생각했다. 이 남자는 다른 말은 할 줄 몰랐다. 무능력해서 자기 도시 밖으로 쫓겨날 만하지 않은가, 사실?

공작이 다시 고개를 저었다.

"이봐요, 알비치. 그 점은 내가 완벽하게 이해하고 있소. 게다가 나 역시 당신 수중에 있던 도시의 헤게모니를 잃고 싶은 생각은 추호도 없소. 세상에, 당신은 그 빌어먹을 메디치들을 추방까지 시켰잖소! 그런데 지금은 당신이 여기 이렇게 와 있지." 필리포 마리아는 넓은 욕조 가장자리로 갔다. 물의 압력과 살이 늘어진 두 팔을 최대한 이용해 욕조 가장자리로 올라가보려 했으나 제대로 성공하지 못했는데 그에게는 최대 수치였다.

"어이쿠!" 그가 투덜댔다. "이런 형편없는 욕조 봤나…. 거기 말뚝처럼 서서 뭐 하는 거요!" 그가 리날도에게 고함을 쳤다. 얼굴에는 굴욕감이 뒤섞인 분노가 번득였다. "멍텅구리 기슬리에리를 불러요. 당신도 나를 좀 도와주고. 아니, 내일 아침까지 내가 물속에 앉아 있으라는 거요? 뭘 기다려? 맙소사, 주글주글해진 것 좀 봐!" 필리포 마리아가 두 손을 보며 소름끼쳐 했다. 이 상태의 손으로 뭘 할 수 있단 말인가? 보는 것만으로도 끔찍했다. 빌어먹을! 물에 너무 오래 있었다. 그렇기는 해도 기분은 썩 좋았다!

리날도는 정말이지 그를 욕조에 밀어넣어 죽여버리고 싶었다. 하지만 그럴 수 없었다. 민망함을 감추기 위해 기침을 했고 기슬리에리를 불렀다. 공작의 특별비서가 나타났다. 키가 크고 홀쭉하게 마른 비서는 짙푸른 튜닉을 입고 있었다.

"빨리!" 리날도가 소리쳤다. "보초병 두 명을 부르게. 공작님께서 물에서 나오실 수 있게 도와드리세."

기슬리에리는 즉시 명령을 따랐다. 잠시 후 보초병 두 명이 필리포 마리아의 팔과 욕조를 잡고 초인적인 힘을 발휘해 석재 욕조의 가장자리로 그를 끌어올렸다.

기슬리에리는 그사이 따뜻하고 부드러운 목욕 수건으로 그를 감쌀 준비를 했다. 공작은 물을 뚝뚝 흘리며 장밋빛 살이 두툼하게 오른 발에 벨벳으로 만든 편안한 슬리퍼를 신었다.

그는 침을 뱉으며 온몸이 떨린다는 걸 보여주려 신경 썼다.

"당신은 손가락 하나 까딱하지 않았소, 알비치. 충분히 그렇게 할 수 있을 때도 말이지. 추방자와 크게 다르지 않은 신세가 되었는데도 남들보다 우월하다고 느끼는 당신의 그 태도는 맞지 않소, 친구.

그러고는 내가 도와줘야 한다고 주장하고 있소. 조언하는데, 내 도움을 진정으로 원한다면 앞으로는 좀 민첩하게 행동하시오. 지금 내가 할 수 있는 말은 이게 전부요. 피렌체로 가는 길은 아직 멀기만 한데 어리석고 오만한 당신이 그 길을 단축하지 못할 건 분명해. 예전에 당신이 최고 수하 둘을 내게 데려왔소. 그건 대단한 일이었지. 하지만 지난 2년간 그들이 세운 공은 솔직히 말해 당신 몫이 아니라 그들 몫이오. 과거에 당신이 어떻게 그런 사람들을 선발했는지 불가사의라니까."

"공작님…. 제가 당장 불러….'"

"물론, 물론." 공작이 그의 말을 가로막았다. 살에 파묻힌 필리포 마리아 얼굴에 다시 한 번 기분 나쁜 냉소가 번졌다. "자, 나는 당신이 피렌체로 돌아가도록 당신에게 손을 내미는 대신, 당신이 했던 대로 하려고 하오. 그러니까 당신 수하, 아니 이제는 내게 속한 그 두 사람과 의논하겠소. 당신 관심사를 실현할 능력이 그 두 사람에게 충분히 있다고 확신하오. 경우에 따라서는 내 관심사가 될 수도 있겠지만. 그러나 내가 말한 방법과 시기에 그 두 사람이 행동할 거요. 그때까지는 정 원한다면 당신이 직접 행동에 나서서 손에 피를 묻히라고 충고하고 싶소. 그렇지 않으면 맹세하는데, 죽는 날까지 밀라노의 강제거주지를 벗어나지 못할 거요."

그러더니 공작은 다른 말을 덧붙이지 않고 물을 뚝뚝 떨어뜨리며 뚱뚱한 발로 따뜻한 벨벳 슬리퍼를 질질 끌면서 그 자리를 떠났다.

리날도는 아직 물이 가득 차 있는 큰 욕조 앞에 홀로 남았다. 그는 자기 앞의 넓은 수면에 비친 격노한 얼굴을 노려보았다. 분노가 가득 담긴 눈이 보였고 마디가 하얗게 될 정도로 있는 힘껏 주먹을 쥔 손도 보였다. 그는 그 정도로 굴욕감을 느꼈다. 그리고 공작을 이해할 수 없었다.

그의 도움을 얻기 위해 얼마나 더 굴욕을 참아야 한단 말인가? 한때는 리날도라는 이름만 들어도 피렌체 사람들이 모두 벌벌 떨었는데! 유서 깊은 귀족 가문 출신인 그가! 볼테라와 루카 그리고 다른 여러 도시의 무릎을 꿇렸던 그가. 불과 3년 전만 해도 팔라초 델라 시뇨리아에서 메디치 가문을 쫓아냈던 그가.

그런데 지금은 여기 이런 꼴로 서 있었다. 그에게 명령하는 타락한 돼지의 땀으로 더럽혀진 투명한 물에 비친 모습을 바라보며. 그는 그 돼지를 죽여버리고 싶었다! 그렇지만 그가 죽으면 피렌체로 돌아가는 데 필요한 병사들을 어디서 구한단 말인가?

아니, 아니, 빌어먹을. 죽일 수는 없었다. 그리고 미리 그 사실을 알았으니 이런 상황도 괜찮다고 할밖에. 모든 게 다 그 자신과 어리석은 자존심 탓이다!

쓸데없는 오만함은 옆으로 밀어두고 뉘우치는 모습을 보여 공작의 뜻을 따르는 시늉이라도 해야만 했다. 자기 도시를 되찾는다는 더 큰 계획, 더 큰 이익을 위해서. 게다가 그 일이 영 가망이 없지도 않았다. 피치니노와 슈바르츠, 그리고 최소한 병사 1천여 명만 있으면 무슨 일이든 할 수 있었다. 필리포 마리아가 그를 비웃고 드러내 놓고 경멸했지만 스타투스 쿠오*를 변화시키는 데 관심이 큰 건 사실이었다.

베네치아와 피렌체가 담합해서 치명적으로 밀라노를 압박하니 그, 리날도 델리 알비치를 팔라초 델라 시뇨리아의 가장 높은 자리에 다시 앉혀놓으면 밀라노와 피렌체의 동맹관계가 공고해져 필리포 마리아는 자신의 헤게모니를 확장할 수 있을 것이다. 그러면 밀라노의 상황도 굳건해질 테고 베네치아의 위협에서도 벗어날 수 있을 것이다. 코시모 데 메디치가 밀라노 공국에서 비스콘티가를 몰아내려는 프란체스코 스포르차와 음모를 짜고 있다는 사실은 차치하고라도 말이다.

리날도는 영리하게 게임을 해야만 했다. 확실한 자유를 얻기 위해 복종하는 척해야 했다. 그렇지만 너무 힘들었다. 갖고 있는 권력을 잃느니 차라리 처음부터 갖지 않는 게 더 나았다고 그는 생각했다. 그러니까 진심으로 자신에게 아무것도 없다는 사실을 받아들이는 게 견디기 힘들었다.

손톱이 살을 찔러 피가 날 정도로 주먹을 꽉 쥐었다. 그러다가 조용히, 물 위에서 일렁이는 햇불을 보며 스스로에게 맹세했다. 자신이 빼앗긴 것을 되찾을 수만 있다면 무슨 일이라도 하겠다고. 잃어버린 권력을 되찾기 위해 무릎을 꿇어야 한다면 주저 없이 그렇게 하리라. 조만간 그는 설욕할 수 있을 것이다.

---

*　status quo, '현재 상황'이라는 라틴어.

40. 완성된 돔

작업이 끝났다. 코시모는 아직도 믿기지 않았지만 마침내 완성된 돔을 축성하기 위해 대성당에 모였다. 물론 란테르나*가 아직 없었지만 산타 마리아 델 피오레는 거의 완성되었다. 필리포 브루넬레스키는 불가능을 가능으로 바꿔놓았다.

위를 올려다보던 코시모는 현기증이 나는 것 같았다. 여러 가지 의문이 걷잡을 수 없는 파도처럼 머릿속으로 밀려들었다. 그래서 교황 에우게니우스 4세가 대성당 축성식을 거행하는 동안 수천 가지 상념이 머릿속을 차지해버려 그의 마음은 그 안에서 길을 잃은 듯했다.

들리는 말에 따르면 돔의 벽돌을 쌓을 때 그 위치를 안내하기 위해 브루넬레스키가 돔 한가운데로 건축용 밧줄을 늘어뜨렸는데 그 밧줄이 돔 꼭대기의 바깥쪽까지 이어졌다고 한다. 그렇게 해서 그 경이로운 밧줄이 돔 주위로 360도 움직일 수 있었고, 벽돌쌓기 장인들의 능숙한 손놀림 속에서 돔이 서서히 완성되었다고 한다. 돔이 차츰 좁아지며 그 높이가 높아진 뒤, 벽돌들이 새로운 위치에 놓이면서 밧줄은 돔의 경사와 방사상으로 배치되는 벽돌의 위치를 결정하는 데 없어서는 안 될 도구가 되었다. 돔 크기로 보아 밧줄 길이가 적어도 80미터는 된다는 뜻이었다.

코시모는 가장 본질적인 부분에서까지 신비와 기적이 힘을 발

---

* 돔의 가장 위쪽에 자리한 탑. '꼭대기 탑'이라고 할 수 있다.

휘해 이 놀라운 작업을 함께 만들어냈다고 생각했다. 브루넬레스키는 어떤 방법으로 그렇게 긴 밧줄이 한가운데에서 힘을 잃지 않게, 그래서 정확한 측정이 가능하게 만들었을까? 밧줄에 밀랍을 발랐을까? 그 자신이 고안한 신기한 장치들도 몇 가지 사용했을까? 그리고 무엇보다 밧줄을 구조물 내부에 어떻게 고정했을까? 돔 꼭대기에 닿으려면 최소한 1백 미터짜리 장대가 필요할 것 같았다. 사용된 벽돌들이 팔각형 돔에 맞게 직사각형, 삼각형, 제비꼬리 모양 등 제각각이고 특이했던 건 말할 필요도 없었다.

그 문제에 관해서 믿기지 않는 이야기들이 떠돌았다. 브루넬레스키가 양피지에 설계했는데 갑자기 양피지가 다 떨어지는 바람에 오래된 필사본을 뜯어 그 위에 스케치할 수밖에 없었다는 것이다.

코시모의 궁금증을 풀어줄 대답은 한마디도 듣지 못했다! 적어도 코시모가 지금 이 순간 뚫어지게 바라보는 최고 건축가에게는 말이다. 건축가의 몸은 대성당에 있지만 시선은 늘 그렇듯 멍해서 그가 지금은 전혀 다른 설계와 도전에 몰두해 있다는 걸 고스란히 보여주었다.

어쨌든 오늘의 주인공은 하느님 다음으로 바로 브루넬레스키였다. 그러나 그는 구경꾼이나 지나가다 들른 심부름꾼 같았다. 자리에 맞게 차려 입는 일 따위로 단 한순간의 시간도 낭비하지 않겠다는 듯 질이 좋지 않은 낡은 가죽 외투 차림이었다. 바지에는 포도주 자국이 얼룩덜룩했다. 신들린 듯한 눈은 그를 미친 새처럼 보이게 했다. 매끄러운 대머리가 반짝였다. 그가 웃자 흉측하게 썩은 검은

이가 그대로 드러났다.

코시모는 그런 식으로 사는 이유를 이해하기 힘들었다. 누가 그렇게 살 수 있겠나? 브루넬레스키에게는 자신의 외모와 신체에 신경 쓰는 일이 자기 작품을 설계하고 실현하는 일과 반비례하는 것만 같았다. 그러니까 달리 말하면 그는 외모에 신경 쓸 틈이 없었다. 예술이, 옷을 고르고 세수를 하는 데 드는 에너지를 포함해 그의 에너지를 모두 빨아들인 것만 같았다.

코시모는 다시 위를 올려다보았다. 인부와 목수들에게 들은 이야기가 생각났다. 벽돌공들이 벽돌 틈새와 좁은 공간에 둥지를 튼 비둘기와 지빠귀들을 수백 마리 발견했다고 한다. 벽돌공들은 그 새들을 냄비에 넣고 요리한 뒤 내부 돔과 외부 돔 사이에 설치된 비계에서 저녁식사로 먹었다. 새를 잡으려다 비계에서 떨어져 죽을지도 몰랐기 때문에 새를 잡지 말라는 엄중한 명령이 내려지기까지 그 일은 계속되었다.

어쨌든 위쪽을 천천히 올려다보며 코시모는 한숨을 쉬었다. 그리고 자기 감각을 모두 동원해서 이 믿기지 않는 건축물을 구성하는 다양한 재료를 추측해냈다. 그런 다양한 재료가 만들어내는 효과로 가끔 그는 이 놀라운 건축물이 인간의 손으로 만든 게 아닌 것 같은 인상을 받곤 했다.

콘테시나가 그가 무슨 생각을 하는지 눈치채기라도 한 듯 손을 잡았다. 기분 좋게 이 생각 저 생각을 하다 초인적인 힘들과 대화하는 것 같은 황홀경에 빠졌다는 걸 알아차린 듯했다. 어떤 면에서는 정말 그런 대화를 나누었는지도 모른다고 코시모는 생각했다.

돔의 몸통에 난 여덟 개 창문으로 눈부신 태양이 비쳤다. 시원한 바람과 공기가 대성당 내부에 다소 피해를 줄 수도 있어서 창문에는 고급스러운 리넨 커튼을 쳐놓았다.

몇 년 전부터 피렌체를 거주지로 선택한 교황이 거룩한 무덤을 연상시키는 거대한 돔 정중앙 아래에 자리한 제단에서 미소를 지었다. 잔노초 마네티*가 이 축성식을 위해 쓴 "세속과 교황의 행렬에 관한 연설"라는 제목의 연설문을 읽으며 장엄한 돔의 완성을 축하하는 의식을 마무리하고 있었다.

추기경들이 브루넬레스키가 만든 성가대석의 십이사도 목각상 앞에 놓인 초에 불을 붙였다. 열두 개 촛불이 사방으로 향기로운 꽃 향기와 향냄새를 풍기며 공중에서 일렁이자 교황이 곧 성가대에게 모테토**를 시작하라고 신호를 보냈다. 기욤 뒤페***가 축성식을 위해 작곡한 누페르 로사룸 플로레스****가 울려퍼졌다.

청아한 목소리였다. 대담한 곡의 선율을 따라 합창이 이어지는 동안 에우게니우스 4세가 제단에 성유물들을 올려놓았다. 그중에는 세례자 요한의 손가락과 산타 마리아 델 피오레의 수호성인 성 제노비오 유해가 포함되어 있었다.

모테토가 계속 이어졌고 성가대원들의 목소리가 아르놀포 디 캄비오가 설계한 궁륭들 사이로 가볍게 날아다니며 웅장하게 설

---

* 1396~1459. 피렌체의 정치인이자 외교관, 인문학자.
** 13세기에 시작되어 주로 종교음악으로 사용되던 무반주 다성 성악곡.
*** 1400~1474. 프랑스의 작곡가. 다성 성악곡을 다수 작곡했다.
**** Nuper rosarum flores, 라틴어로 '장미꽃이 만발했네'라는 뜻.

계된 아름다운 공간에서 숨바꼭질을 하는 듯했다.

코시모는 마침내 그가 사랑하는 도시가 조화를 찾은 기분이 들었다. 140년이라는 긴 시간이 흐르고 나서 대성당의 궁륭과 돔 아래에 모두 모여 처음으로 완전히 하나가 되었다. 이처럼 신비로운 피렌체의 모습이 언제 적 것인지 기억조차 나지 않는 여러 목표와 융화되어 코시모의 눈앞에 나타났다.

신도석과 제단을 화관 모양으로 장식한 새하얀 백합이 코시모의 시선을 사로잡아 잠시 꽃을 바라보았다. 이제 처음 봉우리를 터뜨린 백합은 원래보다 일찍 피어 자연까지도 승리와 기쁨의 날을 함께 축하한다는 것을 말없이 확인해주는 듯했다.

이제 도시의 통치자일 뿐만 아니라 지난 2년간 교황과 굳건하고도 진실한 우정을 쌓아 교황의 친구이자 보호자가 된 코시모는 미래를 자신 있게 말할 수 있게 되었다. 상아색 드레스를 입은 콘테시나는 매혹적이었고, 지네브라와 아이들도 마찬가지였다. 로렌초는 코시모와 함께 가족들에게서 눈을 떼지 않고 그들을 지켰다.

멜로디가 이어졌다. 그 멜로디에는 코시모의 마음과 이성을 빼앗는 뭔가가 담겨 있었다. 그는 음악에 심취해 눈을 감았다. 자신이 이렇게 아름다운 음악을 작곡할 수 있었다면! 이런 모테토나 장엄 미사곡 하나라도 작곡할 수 있다면 은행 재산 전부라도 기꺼이 줄 수 있을 텐데! 그는 심장이 신도석 위로 튀어올라 돔의 몸통까지 그리고 더 위로, 돔의 꼭대기로 날아오르는 기분이 들었다. 여러 생각이 맴돌았다. 긴장과 두려움과 근심, 걱정이 거짓말처럼 사라지는 듯했다.

코시모는 조반니를 보며 미소 지었다. 그는 조반니를 위해 큰 계획을 세우고 있었다. 큰아들 피에로도 매우 사랑했지만 조반니는 형인 피에로와 비교했을 때 투지가 있었다. 모범적일 정도로 학업에 열중했고 헛된 망상을 좇거나 모험하느라 시간을 허비하지 않고 배운 것을 잘 이용했으며 벌써 치밀한 경영자로서 자질을 드러냈다. 그는 피에로가 전투에 집착하는 게 사실은 왜소한 체격과 허약한 체질에 대한 고민의 반작용이라고 생각했다. 코시모는 피에로가 허약하고 왜소한 탓에 괴로워하며 남모를 아픔을 느끼리라고 확신했다.

어쨌든 그늘지고 우울한 성격이기는 해도 피에로는 여행을 많이 했고 여러 언어를 누구보다 열심히 공부했으며 훈련받을 때도 뛰어났다. 그렇지만 코시모는 현실주의자가 되어야만 했으므로 조반니에게 큰 희망을 걸지 않는다고 말한다면 거짓말이리라. 그는 곧 조반니에게 페라라 은행 지점장 자리를 줄 계획이었다. 그리고 시간이 흐르면 조반니가 정치적 경력을 쌓게 될 것이다. 조반니는 잘생기고 키가 컸으며 호리호리하지만 튼튼했다. 그는 개성이 있는 젊은이였고 모든 면에서 탁월했다.

그런데 자세히 보면 어떤 취향이든 과도하게 빠져드는 게 그의 아킬레스건이었다. 게다가 사람을 너무 좋아했다. 아가씨들을 바라보는 눈이 한없이 부드러웠다. 그날은 하늘색 더블릿을 입고 짧은 머리는 단정하게 빗었다. 큰 눈은 솔직해 보였고 전체 분위기는 대담하고 영리해 보였다. 그가 가진 모든 게 반짝반짝하고 생기 있어서 본인 자체만으로도 많은 사람의 시선을 끌었다.

간단히 말해 코시모는 마침내 안전하게 보호받고 사랑받는 느낌과 함께 자기 앞에 펼쳐진 긍정적인 미래를 보게 되었다. 이 이상 더 바랄 게 있을까?

바로 그 순간 눈을 뜨면서 현실에서 더는 멀어지면 안 된다는 걸 알아차렸다. 그는 멜로디에 깊이 빠진 채 눈을 뜨고 이 생각 저 생각을 하다가 다시 군중에게로 눈을 돌렸다. 잠시 자기 뒤쪽을 돌아보던 코시모는 눈부시게 아름다우면서도 음산한 뭔가가 얼핏 눈에 스친 기분이 들었다.

처음에는 그게 뭔지 몰랐지만 곧이어 순간적이기는 했으나 찬란하면서도 음습하고, 아름다우면서도 불안한 뭔가가, 신도석 끝에서 사악하게 반짝이는 그 무엇이 선명히 눈에 들어왔다. 그리고 그것이 뭔지 확인하자 의심할 여지가 없어졌다. 지금까지 확신이 마음속에서 모두 무너져버렸다. 미친 왕이 카드로 만든 성처럼 하나씩 차례로 쓰러져버렸다.

그가 대성당 중앙 출입문 바로 옆에서 본 것은 아름답지만 소름 끼치는 라우라 리치의 얼굴이 틀림없었기 때문이다. 코시모는 잠시 꼼짝도 할 수 없었다. 저항할 수 없는 힘이 그를 땅에 붙들어 맨 듯했다. 정말 그녀라면 어떻게 이런 일이 가능하단 말인가? 예전에 루도비코 모체니고가 편지로 그 사악한 여자가 팔라초 두칼레에서 탈옥했다는 사실을 알려준 기억이 났다. 하지만 대성당 축성식에 느닷없이 나타나리라고는 상상조차 하지 못했다. 이런 아이디어가 별로 똑똑해 보이지 않는 그녀 머리에서 나왔을 리 없었다. 다른 이유가 있는 게 분명했다.

코시모는 온몸에 열이 오르는 기분이 들었다. 그가 동생에게 짧게 속삭였다.

"금방 돌아오마." 그렇게 말하고 자리를 떠나 사람들의 시선이 자신에게 집중되지 않게 조심하며 조용히 신도석을 따라 걸었다. 그렇게 해서 그가 리날도의 사악한 애인을 본, 아니 보았다고 생각한 중앙문 옆에 도착했다.

그녀 모습은 보이지 않았다. 물론 그녀가 거기 가만히 서서 그를 기다리리라고는 생각하지 않았다. 게다가 정말 그녀를 본 게 확실할까? 아니면 그의 잡념이 만들어낸 환영 아닐까? 혹시 입 밖에 내지 못한, 감춰진 두려움이 투영된 게 아닐까?

코시모는 그 자리에 서서 눈으로 성당 안을 훑어보았다. 그의 앞쪽, 신도석 뒤 비어 있던 자리에 가난한 사람들이 밀집해 있었다. 앞줄은 귀족의 자리였고 가운데는 부유한 시민, 그 뒤에 가난한 시민 그리고 마지막이 하층민 자리였다. 아이들은 맨발이었고 어른들 옷은 누더기였다. 세파에 시달린 얼굴의 엄마들이 아이들을 강아지처럼 꼭 끌어안고 있었다. 그들은 초라하고 궁핍했지만, 세상에서 가장 냉소적이고 인간에게 무관심한 사람이라도 그 가치를 부정할 수 없을 어떤 위엄을 간직하고 있었다. 몇몇 사람은 코시모에게도 낯이 익었다. 그가 매일 자기 힘이 닿는 데까지 이들을 도와주었기 때문이다.

코시모는 활짝 열어둔 성당의 큰 문 밖을 보았다. 훌륭한 하느님의 집에서 축성하며 교황이 나누어주는 축복의 빛을 자신들 인생에서 한 번이라도 느껴보려는 하층민 가족이 운집해 있었다. 그런데 아무리 눈을 씻고 보아도 코시모는 의문을 풀지 못했다. 헛것을 보았을까?

활짝 열린 문 너머 광장을 내다보니 세례당 동쪽 문, 그러니까 로렌초 기베르티가 조각하고 금을 입힌 청동 패널로 장식한 문까지 사람들이 빼곡했다. 순간, 놀라 입을 다물지 못한 채 열광하는 그 얼굴들 속에서 고양이 눈처럼 번득이는 초록 눈을 다시 보았다. 얼굴을 채찍으로 한 대 맞은 기분이 들었다.

41. 새로운 전쟁을 향하여

웅장한 홀 한가운데에 네 남자가 앉아 있었다. 높은 나무 천장에는 금박무늬가 장식으로 새겨져 있었고 화로와 은으로 된 샹들리에에서 발산하는 불빛이 공간을 환하게 물들였다. 사면의 벽은 화려한 색상의 태피스트리로 장식되어 있었다. 홀 중앙 벽에는 메디치 가문의 문장인 노란 바탕에 빨간 공 여섯 개가 새겨진 아주 큰 태피스트리가 걸려 있었다. 고급스럽게 제작한 가구와 대리석 흉상, 미늘창과 단창을 걸어놓은 받침대가 세련되고 우아한 홀의 구석에 자리 잡고 있었다. 송아지 고기와 꿩 구이, 사슴고기 파이, 케이크와 치즈, 과일, 포도, 견과류와 속을 채운 파스타 등 온갖 진귀한 음식들이 차려진 식탁 네 개가 필요한 때에 맞춰 준비되어 있었다. 코시모는 자신이 손님과 나누어야 할 이야기가 부주의한 사람들 귀에 들어가지 않도록 하인들을 다 내보냈다.

"분명히 말하지만 지금 우리는 새로운 전쟁을 향해 가고 있어요. 틀림없습니다. 루카와 치른 전쟁만으로 충분하지 않았던 겁니다. 볼테라와 치른 전쟁도 마찬가지고요. 리날도 델리 알비치는 충돌을 원해요. 다른 무엇보다 말입니다. 그는 항상 전쟁을 하려 했어요. 그리고 코시모 형님이 그 여자를 보기도 했고요! 베네치아와 피렌체가 친밀한 사이인데 밀라노는 이 관계를 동맹이라고 보고 이걸 끊어버리려는 거죠!"

로렌초의 말이 뜨거운 용암처럼 흘러나왔다. 그는 이런 상황에 지쳐버렸다. 수많은 음모와 추방, 문제를 근본적으로 해결하지 못하는 여러 대응 모두에. 그의 목소리에는 분노가 담겨 있었다. 지난 세월 쌓인 분노가 그의 말에 응축된 듯했다. 그들이 피렌체에 돌아온 뒤로 상황이 완전히 바뀌었지만, 라우라가 그들을 염탐하는지도 모른다는 의혹이 제기되자 공포가 되살아났다. 그들은 라우라가 무슨 짓이든 할 수 있는 여자라는 걸 너무나 잘 알았다. 여자가 나타나는 곳에 거의 언제나 슈바르츠가 숨어 있었으니, 그 여자와 슈바르츠 두 사람이라 하는 게 맞겠지만.

"망설이는 건 아무 도움도 안 됩니다." 로렌초가 계속 말했다. "피렌체는 벌써 십 년째 루카와 전쟁을 하고 있지만 아무 성과도 얻지 못했습니다. 니콜로 피치니노는 니콜로 포르테브라초, 귀단토니오 다 몬테펠트로 같은 적들보다 월등하다는 걸 증명했습니다. 심지어 브루넬레스키는 강물이 흐르는 방향을 바꿔서 루카를 침수시켜버리려고까지 했었지요. 실패하는 바람에 오히려 우리 병영이 물에 잠겼지만 말입니다. 저는 프란체스코 당신만이 우리에게 승리를 안겨줄 수 있으리라 생각합니다."

프란체스코 스포르차가 로렌초의 눈을 뚫어지게 보았다. 코시모는 대담하고도 열정적으로 말하는 동생에게 강한 인상을 받았다. 로렌초는 지금 그를 연구하기라도 하듯이 쳐다보는 코시모와 너무나 달랐다.

홀 한쪽 구석에 있던 베네치아군 중위가 헛기침을 했다.

"제가 한마디 해도 될까요." 그가 끼어들었다. "밀라노 공작에 대항하는 동맹을 맺는 게 지나치게 커지는 밀라노의 힘을 막을 유일한 해결책 같습니다. 결국 레부스 시크 스탄티부스,* 최근 필라포 마리아를 난처한 상황에 빠뜨린 제노바는 말할 것도 없고 베네치아와 피렌체가 밀라노를 포위할 겁니다. 그리고 코시모 씨가 교황청과 가까워진 것처럼 이것도 이상한 일이 아닙니다." 루도비코 모체니고가 코시모 쪽을 보며 말했다. "최근 교황께서 산타 마리아 델 피오레 대성당 축성을 했다고 들었는데 제가 잘못 안 겁니까?"

"아닙니다." 코시모가 대답했다. "제가 우리의 악랄한 적을 본 것도 바로 그 축성식 때입니다."

"라우라 리치 말씀이십니까? 팔라초 두칼레 감옥에서 달아나 저를 비웃은 여자요?"

"그런 유감스러운 일을 상기시켜드리고 싶지 않지만 바로 그 여자입니다. 지금 리날도를 위해 일하는 게 분명합니다. 그리고 우리

---

* rebus sic stantibus, '조약 체결 당시 사정에 중대한 변경이 생기지 않는 한' 이라는 뜻의 라틴어.

정보원들에 따르면 필리포 마리아의 애인이라고 합니다." 코시모가 설명했다.

"그 남자는 미치광이요." 프란체스코가 다시 생각할 것도 없다는 듯 말했다. 이의를 제기할 수 없는 증거에 항복하듯, 체념한 기색이 담긴 목소리로.

"아마 그럴 겁니다. 하지만 그의 광기에는 체계가 있습니다. 사실 지금 그는 여러 전선에서 전투를 벌이고 있습니다. 최근에는 나폴리왕국의 왕위계승 전쟁에서 아라곤의 알폰소를 지지했지요."

"그렇지만 알폰소의 패배를 막지는 못했습니다." 모체니고가 정확하게 상황을 말했다.

"그러니까." 프란체스코가 베네치아 공화국을 대표하는 가느다란 콧수염을 기른 세련된 남자를 보며 말했다. "어떻게 하면 좋겠습니까?"

"대장님, 솔직히 말씀드리겠습니다. 우리는 당신이 밀라노와 필리포 마리아와 밀접하게 연결되어 있다는 걸 잘 압니다. 몇 년 전 필리포 마리아가 당신과 자기 딸 비앙카 마리아를 결혼시키고 카스텔라초와 보스코와 프루가롤로 영지를 준 게 더 이상 비밀도 아닙니다. 제가 당신 일을 왈가왈부하려고 이런 말씀을 드리는 게 아니라 제 모자란 소견에 지금 이 순간 분명하고 일관된 행동을 하는 게 중요하다는 점을 강조하기 위해서입니다. 사실 되도록 빨리 필리포 마리아를 저지해야 합니다. 너무 늦기 전에 말이죠. 우리 동맹이 지속된다면 이탈리아 반도의 헤게모니를 우리가 쥐게 될 겁니다. 저는 이 점을 의심치 않습니다. 제 생각이 틀렸나요?"

"아닙니다." 프란체스코가 대답했다.

"그렇지만 스포르차." 코시모가 강조했다. "당신은 지금까지 부당하게 당신에게 거부되었던 것을 요구해야 합니다. 당신은 차마 입에 올리기도 두려운 마음 때문인지 그 이름을 말하지 않았지요. 전 이해합니다. 하지만 정치권력의 음모를 아주 잘 알기에 두려움 없이 말할 수 있습니다. 저는 밀라노 공국을 떠올리면 당신을 생각하게 됩니다. 몇 년 전에도 했던 말인데 지금 다시 하고 싶습니다. 당신이 당신 것을 갖고 싶어 한다면 그때 저와 제 동생은 영원히 당신 편이 될 겁니다."

로렌초가 고개를 끄덕였다.

"친구분들." 코시모가 계속 말했다. "저는 우리가 전쟁을 멈추고 삶을 풍요롭게 해주는 자양분이기에 없어서는 안 될 평화와 아름다움에 관심을 집중해야 할 때라고 생각합니다. 지금… 피렌체는 리날도와 팔라를 추방한 뒤 다시 살아나고 있습니다. 산타 마리아 델 피오레 대성당 축성은 제가 생각하는 길로 가는 첫걸음입니다. 경이로운 예술과 새롭게 발견된 지식으로 수놓인 길이지요. 하지만 그렇게 되려면 정세가 안정되어야 하고 루카의 헤게모니를 우리가 완전히 장악해야 합니다. 스포르차 대장님은 루카와 벌이는 전쟁이 얼마나 지지부진한지 누구보다 잘 아실 겁니다. 지금부터 5년 전 우리가 당신 막사에서 만나 당신이 병영을 철수하면서 우리 우정이 시작되었으니까요. 그때 당신은 우리에게 루카를 정복할 수 있게 해주었는데 루카는 아직도 우리 손에 들어오지 않았습니다.

한편으로 베네치아는 '육지 지배권'을 공고히 할 필요가 있지요. 가타멜라타가 지금 파도바와 피오베 디 사코에서 비스콘티군과 싸우는 게 사실이라면 제 생각이 틀림없을 겁니다. 마지막으로 로마를 떠나야만 했던 교황 에우게니우스 4세께서는 두말할 필요도 없이 다시 그 영원의 도시로 돌아가기를 간절히 바라십니다. 우리가 최대한 편안히 지내시게 해드리지만 말입니다."

"코시모 씨 말에 우리 모두 동의한다고 말씀드릴 수 있습니다." 모체니고가 끼어들었다. "하지만 가장 문제가 되는 게 뭔지 묻고 싶습니다."

"문제는 각자가 분명하고 정확한 목표가 있지만 밀라노 공작과 비교하면 너무 약하고, 특히 감정적이라는 겁니다. 그렇지만 미래에 최소한의 의미라도 부여한다면, 지금보다 조금 더 넓게 앞날을 내다본다면 우리 모두가 함께 행동하는 게 얼마나 유용한지 이해하게 될 겁니다. 그러니까 그게 우리 모두의 문제를 해결하는 방법일 거라고 생각합니다. 간단히 말해 우리 모두 사리사욕을 버리고 모든 힘을 다해 전진해 밀라노 공작에 대항하는 동맹을 결성하는 게 어떻겠습니까? 동맹을 맺어 상황에 따라 서로 이익을 위해 일한다면 안정된 상태에 필요한 조건을 만들어낼 겁니다. 우리 각자를 강화해서 모두가 안정을 찾는 거지요."

코시모의 말이 공중에 맴돌았다.

그 순간에 이르자 프란체스코는 결심한 듯했다.

"코시모, 지금까지 하신 말씀 감사합니다. 저는 자유를 찾고 싶습니다. 제가 원하는 게 지나칠 수도 있으나 어쨌든 그렇게 할 테고,

위험을 감수할 겁니다. 밀라노 공국에서 제 뜻을 이루는 데 어떤 식으로 저를 지원해줄 수 있습니까?"

"프란체스코, 우리 사이에 오해가 없도록 솔직하게 말씀드리겠습니다. 필요한 모든 수단을 동원하겠습니다. 아페르티스 베르비스*하게 말씀드리지요. 메디치 은행을 마음대로 이용하십시오. 저희는 모든 경제적 지원을 해드릴 수 있습니다."

프란체스코의 눈이 순간 영리하게 반짝였다. 코시모는 어디를 공략해야 할지 알았다. 거대한 환상이 필요하지 않을지 모르지만 사실 코시모가 말한 대로 동맹은 그런 방향으로 나아갈 수 있었고, 그렇게 나아가야만 했다. 메디치가 남자들은 군인이 아니지만 그들에게는 경제제국이 있다.

프란체스코와 베네치아군은 중요한 무장세력이었다. 베네치아는 바다로 나가는 통로이고, 에우게니우스 4세가 있는 로마는 동맹의 정신적 역할을 확실히 담당할 수 있었다. 그리고 병력도 충분했다. 그게 코시모가 군주를 꿈꾸는 방법 아닐까?

프란체스코는 그런 생각에 깜짝 놀랐으며 크게 마음이 끌렸다. 코시모에게 미래를 내다보는 능력이 없었다면, 메디치가가 지금 이 자리에 도달해서 피렌체를 데 팍토** 그들의 시뇨리아로 만들 수 있었겠는가?

"좋습니다." 마침내 프란체스코가 말했다. "당신 말씀이 맞습니

---

* apertis verbis, '확실하게, 명백하게'라는 뜻의 라틴어.
** de facto, '사실상의'라는 뜻의 라틴어.

다. 5년 전에 그랬듯이, 분명히 말씀드리면 오늘 우리는 약속을, 동맹을 맺었습니다. 당시와 마찬가지로 우리가 맺은 관계는 앞으로 더욱 공고해질 겁니다. 저는 당신들을 도우러 언제든 달려올 준비를 하겠습니다. 당신들도 내게 똑같이 해주리라 기대합니다. 우리가 하나가 되었으니 우리 땅의 균형을 유지하면서, 탐욕스럽고 제정신이 아닌 남자가 그 땅을 지배하지 못하게 만들 겁니다. 그래서 분명히 말씀드립니다. 용기를 냅시다. 끝까지 싸워서 밀라노와 베네치아, 피렌체, 로마에 평화를 가져옵시다. 함께라면 실패할 리가 없습니다."

코시모 데 메디치의 눈이 반짝였다. "그렇게 되면 아마 우리에게 대항하는 자는 곤경에 빠질 겁니다." 그가 말했다.

42. 독약과 승리

라우라는 테이블 앞에 앉아 있었다. 그녀 앞에는 타로카드가 부채꼴 모양으로 펼쳐져 있었다. 필리포 마리아는 카드 위에서 재빠르게 움직이는 까무스름하고 아름다운 손가락을 지켜보았다. 손톱을 검붉은색으로 칠했다. 손가락들이 눈에 보이지 않는 실로 공중에 그물을 열심히 그려나가는 것만 같았다.

공작은 여자의 아름다움과 목소리에 완전히 굴복해버렸다. 그렇지만 그를 뒤흔들고 거의 정신을 잃게 한 것은 그녀의 미모가 아니라 말로 표현하기 힘든 사악하고 불가사의한 분위기였다. 처음

보았을 때 필리포 마리아는 금가루가 흩뿌려지는 듯한 진초록 눈에 즉시 압도당했고, 아주 특별한 방식으로 자기 애인으로 만들어야겠다고 결심했다.

여자의 눈길을 받으면 온몸의 감각만 요동치는 게 아니었고 혈관 속 피만 타오르는 게 아니었다. 또 죄책감과 색욕이 뒤섞인, 입 밖에 내기 힘든 욕망만이 아니라 그녀에게서 발산되는 신비스럽고 형언할 수 없는 힘이 그의 사지를 불태웠고, 어떤 면에서 보면 그를 그녀의 노예로 만들었다.

라우라를 본 뒤 그가 느낀 감동은 마치 거미줄처럼 그의 마음속에 자리 잡았다. 뭐라 설명할 방법이 없지만 그녀에게는 왠지 거미 같은 면이, 위험하고 신뢰할 수 없는 매력이 있었다. 어쩌면 바로 그런 매력 때문에 그가 필사적으로 그녀를 찾는지도 몰랐다.

그래서 그 순간, 라우라를 만날 때마다 그랬듯이 필리포 마리아는 넋을 잃고 그녀의 눈을 바라보았고 예언을 들을 준비를 했다. 어서 빨리 예언을 듣고 충고를 따르고 싶었다. 그는 이 여자에게 전투 결과를 예측하고, 세속적 문제들에 영향을 미칠 힘이 있다고 생각했다. 그러니까 물약과 탕약, 조제약들을 이용해서 사람들 목숨을 빼앗을 수 있었다. 그는 그의 시커먼 마음이 쉴 새 없이 색출해내는 극악무도한 악당들에게 충성을 지키게 하려고 그런 조제약을 주문했다.

커다란 원탁 테이블 한가운데에 타로카드가 놓여 있었다. 두꺼운 카드에는 멋진 그림이 그려져 있었다. 테두리가 있고 금색 장식이 있는 정교하게 만들어진 카드였다. 카드 주위에는 각종 물감 병,

색색깔의 가루와 말린 꽃과 약초, 투명하고 아무 냄새도 나지 않지만 배신자들의 목숨을 빼앗는 데 완벽하게 치명적인 액체가 담긴, 셀 수 없이 많은 항아리와 용기들이 정신없이 놓여 있었다.

라우라가 입은 옷은 검은색이었다. 긴 드레스는 은빛과 보석들로 반짝였다. 진주가 박힌 하늘색 브로케이드천의 소매는 가죽으로 조여져 그녀의 아름다운 팔을 여전사 것처럼 매력적으로 만들었고 어깨는 맨살 그대로 드러나 있었다. 암갈색으로 짙게 눈화장을 했는데 긴 속눈썹은 꼭 새털 같았다. 볼륨 있는 빨간 입술에 검은색을 발라 보랏빛이 감돌았다. 멍이 든 듯한 입술은 남자들을 한눈에 사로잡을 만했다.

볼 만한 장면이었다. 그녀는 오직 필리포 마리아만을 위해 거기 있었다. 필리포 마리아는 한참 동안 그녀를 물끄러미 보았고 그녀도 말없이 그를 보았다. 그 역시 입을 열지 않았지만 마음속 깊은 곳에서 색기가 물씬 묻어나는 노래를 큰 소리로 부르고 있었다.

"무엇보다." 라우라가 말했다. "공작님께 상기시켜드리고 싶은 것은 타로카드에서 제가 읽어낸 게 어쨌든 미래가 아니라 그저 여러 해 동안 제가 카드를 연구하며 배운 내용이라는 거예요. 그래서 제가 하는 말은 카드 그림들이 우리에게 말하려는 내용을 해석하고 암시하는 것에 불과하니 진실이라고 주장하기 힘들다는 거죠. 거리를 두고 냉정하게 판단하라는 부탁을 드리려고 이런 말을 하는 겁니다. 지금 같은 시기에는 특히 더 그래야 하니까요. 공작님께서는 제가 카드패에서 앞으로 일어날 일을 본다고 생각하시는 거 알아요. 다시 한 번 말씀드리지만 절대 그렇지 않아요."

라우라가 공작을 계속 쳐다보며 첫 번째 카드를 들었다.

"발 한쪽이 나뭇가지에 묶여 고개를 아래로 떨구고 매달려 있는 남자 보이시죠, 공작님?" 그녀가 오른손 둘째손가락으로 그림을 가리켰다. 방 안을 밝혀주는 촛불과 화롯불에 검붉은 손톱이 반짝였다. 벽난로에서 무엇 때문인지 잠시 우르르 소리가 나더니 곧 잠잠해졌다. 필리포 마리아가 아무 말 없이 고개를 끄덕였다.

"거꾸로 매달린 남자는 두 손을 뒤로 했어요. 보시다시피 얼굴은 차분하고 편안하답니다. 두려움이나 불안감은 보이지 않아요. 매달린 모습을 보면 우리는 고문을 생각하지만 눈에 띄는 첫 번째 이미지에 머물러 단순하게 결론을 내려서는 안 돼요. 젊은이 표정이 여러 생각을 하게 만들기 때문이죠. 그는 의심할 여지없이 희생의 가치를 나타내지만 닥쳐오는 변화를 받아들여야 한다는 뜻이기도 해요. 이 수수께끼 같은 인물은 근본적 변화로 이어지는 일종의 선택, 스스로를 새롭게 변화시키는 것을 의미하지요. 카드가 정방향으로 나왔으니 그것이 암시하는 바는 분명하답니다."

"우리 만남을 암시하는 게 아닐까? 당신을 만난 뒤로 내가 변했다고 느끼는 걸 암시하는 거 아니겠어?"

라우라가 잠시 생각에 잠긴 듯했다. "공작님. 틀림없이 그럴 거예요. 그렇지만 우리 만남으로 남자로서, 그리고 당신이 선택하는 방법에서 변화가 있다고 생각하는 경우에만 그럴 거예요…" 라우라가 망설이다 이어서 말했다. "솔직하게 말씀드려도 될까요?"

"그래도 되지. 아니 그럴 의무가 있어. 그렇게 하라고!" 필리포 마리아가 소리를 쳤다.

"좋아요. 제 생각에 이 카드는 당신을 기다리는 전투에서 다른 태도를 취해야 한다고 경고하는 것 같아요. 우리는 우리의 동맹이 얼마나 불안정하고 변화무쌍한지 알아요. 그리고 계속되는 파벌 게임에서 공작님은 대부분 영리하게 원칙 없이 즉각적으로 편을 바꾸면서 항상 행운을 만들려고 시도해오셨지요. 결국에는 공작님이 끊임없이 변화를 거듭한 결과가 공작님께로 되돌아올 수 있어요. 그러니까 선택하셔야 합니다. 그러면 마침내 공작님에게 틀림없이 승리를 안겨줄 남자들을 찾게 될 거예요."

"니콜로 피치니노 말인가? 나의 군 지휘관?"

"그 사람만으론 안 돼요."

"그럼 다른 누구를?"

"최근 제노바와 베네치아의 전투에서 공작님을 가장 많이 도와준 사람이 누군지 생각해보세요. 공작님 앞에 나타난 지 그리 오래되지 않은 남자예요."

"라인하르트 슈바르츠 말인가?"

"맞습니다, 공작님. 스포르차를 버리고 그 사람과 니콜로를 계속 선택하고 적들과 대적할 준비를 한다면 공작님에게 승리를 안겨줄 거예요. 적들은 잘 조직되어 있기는 하지만 공작님을 이길 수는 없을 테니까요. 거꾸로 매달린 남자가 제게 전하는 느낌은 적어도 그래요. 그렇지만 기다려봐요…." 라우라가 두 번째 카드를 들었다.

필리포 마리아는 검푸른 옷을 입은 금발머리의 젊은 아가씨를 보았다. 머리에는 화관을 썼고 옷에도 꽃잎이 흩어져 있었다. 아가

씨의 가냘프고 고운 손은 사자의 뭉툭한 코 위에 놓여 있었다. 사자가 입을 쫙 벌려서 이빨이 고스란히 드러났으며 긴 갈기는 유연했다. 그렇지만 사자의 태도는 위험하거나 잔인한 것과는 거리가 있어서 유순하고 온화한 성격을 암시했는데 아가씨에게 애정을 느끼는 듯한 분위기였다.

"'힘'이에요." 라우라가 다시 말했다. "그런데 이번 카드는 거꾸로 나왔어요. 공작님이 보시다시피 아가씨와 야수의 이상한 결합은 투쟁이 아니라 조화를 암시한답니다. 그러니까 힘을 사용할 때 이성과 냉혹하고 잔인한 성질을 적절히 조화롭게 이용하라고 조언하는 거지요. 만일 필요하다면 이성으로 잔인한 성질을 다스리도록 말이에요. 분노와 잔인함을 지나치게 믿었다가는 패배할 수 있으니까요. 부하들에게 관용과 용서를 베풀 줄도 알아야 한다고 충고하고 있어요. 공작님께서도 확실히 그렇게 해야 하고, 부하들이 마음껏 강간하고 약탈하지 못하게 하세요. 부하들에게는 봉급으로 가장 적절한 보상을 받게 해야 해요. 탐욕과 탐식 때문에 정복한 땅의 지지를 받지 못하는 게 최악의 투자라는 사실은 어디서나 증명되니까요."

"그러니까 유혈을 좋아하는 내 성질을 눌러야 한다는 건가? 내 부하들이 놀랄 만큼 똑같이 나를 닮아가는데?" 공작이 실망한 기색이 담긴 목소리로 물었다.

"바로 그거예요."

"꼭 그래야 한다고 확신하나?"

"공작님, 아까 말했듯이 카드에는 확실한 게 없어요. 확신을 원할 경우에는 독약이 훨씬 더 믿을 만하죠. 독약에는 항상 가능한 요인이 있으니까요. 그리고 말씀드린 대로 제 말에는 아무런 예언도 들어 있지 않아요. 하지만 카드에 그들의 언어가 있는 건 분명해요. 그래서 카드 메시지에 담긴 암시는 바로 그 암시대로 행동하는 사람에게 이롭지요. 게다가 제 목적은 공작님을 속이는 게 아니랍니다. 저는 그냥 제가 아는 말만 할 뿐이고 당신과 함께 현실에서 그것을 적용해보려는 거죠. 지켜야 할 의무는 하나도 없어요. 공작님은 제 말에서 공작님이 생각하시기에 적중하는 부분이 있는지 알아내려는 시도를 할 수 있겠지요."

라우라의 말이 아주 달콤하게 들려왔다. 여자의 허스키하면서 매혹적인 목소리는 그를 유혹하는 걸 넘어 그에게서 말조차 빼앗아 가버린 것 같았다. 그건 아마도 필리포 마리아의 자기 암시가 낳은 결과일 것이다. 그렇지만 그녀에게서 벗어날 수는 없었다. 일주일 내내 라우라를 만나 카드 점을 치는 이 순간을 기다려왔다.

"어떤 게 더 적절한 행동인지를 공작님이 결정해야 해요. 그런데 이런 경고에 약간의 진실이 담겨 있다 하더라도 그것이 사실로 증명되기 전에는 확인할 방법이 없답니다. 그렇기는 해도 경고를 존중하지 않으면 공작님이 패배할 수 있어요. 그러니 선택할 때 신중하셔야 해요. 힘 카드가 거꾸로 나왔기 때문에 더 그런 거예요. 그러니까 공작님의 성격 중 공격적인 부분을 제어하는 게 공작님에게는 본질적으로 불가능하다는 걸 확인하는 거죠. 공작님 성질에서 불안함과 잔인함이 우세하면 패배할 수밖에 없어요. 어쩌면 영원히 말이죠. 그런 성질은 결국 지나치게 본능적으로 움직이게 하니까요. 전복된 힘은 긍정적이고 평온한 감정을 느낄 수 없음을 나타내는데 그런 사람은 다른 사람들과 멀어질 수 있어요. 공격성은 타인들과 관계에서 부정적으로 작용할 수 있답니다."

"다른 카드도 더 보자고." 공작이 떨리는 목소리로, 변덕쟁이 아이처럼 화난 말투로 크게 말했다.

라우라가 세 번째 카드를 들었다.

'죽음'이 나왔다. 순간 공작의 눈에 공포가 스쳐지나갔다. 보기만 해도 소름끼치는 카드였다.

노란 해골이 석탄처럼 새까만 말을 타고 있었다. 말은 지옥의 입구에서 이제 막 나온 듯한 형상이었다. 죽음은 긴 나무 손잡이가 달린 낫을 들었는데 휜 낫으로 몸에서 잘려나가 말의 발치에서 나뒹구는 머리들을 꿰어 올리는 중이었다.

온몸이 얼어붙을 정도로 소름끼치는 광경이었다. 공작의 공포를 직감한 라우라가 곧 그를 안심시켜주었다. "공작님, 죽음은 그자체로는 부정적 형상이 아니랍니다. 우리는 다시 한 번 거꾸로 매달린 남자의 예언과 같은 암시를 얻을 수 있어요. 제 말은 이 카드 역시 변화와 재생의 씨앗을 품고 있는 종말로 이해할 수 있다는 거죠. 특히 카드가 정방향으로 나왔으니까요. 물론 이 카드의 의미는 모호하고 다양해요. 그러니 어쨌든 깨지기 쉬운 균형, 쉽게 제어하기 힘든 급격한 변화의 상징이라고 하겠죠. 힘에 대해 말했던 것도 고려해야 해요. 저는 매우 중요한 전투를 벌일 순간이 다가왔다는 생각이 들어요."

"그게 언제일까?"

필리포 마리아의 눈이 광기로 번득였다. 라우라는 그의 심경 변화를 알아차렸다. 갑자기 성을 냈다가 미친 듯이 울며 겁에 질린 어린아이같이 구는 그의 버릇을 잘 알았다. 라우라의 말 하나하나가 그를 그런 상태로 이끌어갔다. 하지만 그는 그녀 말을 계속 듣고 싶어 했고 어쨌든 그녀에게 부탁했다. 그래서 결과가 어찌 되었든 그의 뜻대로 해주기로 했다. 그녀는 공작이 자신의 궁정에서 특권을 누리며 살아가는 삶의 방식 자체에서 행복을 느낀다는 걸 잘 알았다. 그의 사악하고 병든 삶은 이런 카드 점으로, 그리고 독약을 준비하는 그녀를 바라보며 자양분을 얻었다. 그녀는 지나치게 문제를 일으키지 않는 것이 좋다는 걸 인생에서 뼈저리게 경험했다. 그래서 언제나처럼 그를 다룰 생각이었다.

"날짜는 모릅니다, 공작님. 그렇지만 그날이 되면 우리 모두 알게 될 거예요. 최고의 순간이 될 테니까요. 그때 공작님과 공작님의 병사들이 모두 함께 우리가 지금까지 말한 덕목을 잘 이용해야 해요."

"마지막 카드를 보여줘." 그가 이미 흥분해서 제대로 나오지 않는 목소리로 말했다. 커다란 눈을 크게 떴는데 눈동자가 마치 핀 대가리처럼 작아졌다.

라우라가 마지막 카드를 뒤집었다.

"'악마'예요." 그녀가 말했다. 그 말을 하자마자 가슴에 통증이 느껴졌다. 이상한 뭔가가 침묵 속으로 파고들었다. 그것이 어떤 존재인지는 설명할 수 없었지만 뭔가가 정적을 집어삼키는 듯했다. 음산하고 무거운 공기가 갑자기 평온한 분위기를 짓누르기로 작정하고 허공을 얼음같이 차갑게 만드는 것 같았다.

"다행히 거꾸로는 아닌데." 공작이 말했다.

"아아, 공작님. 악마는 다른 패들과 정반대 규칙을 갖는 유일한 카드인걸요. 이런 경우 악마가 똑바로 선 채 나오면 의미는 하나밖에 없다는 뜻이지요. 그 하나의 의미는 어둠이나 허약함, 책임을 짊어질 일에 대한 공포에 굴복한다는 뜻이에요. 악마는 우리의 두려움과 인생사를 해결하지 못하는 무능력 때문에 곧 벌어지게 될 거대한 비극을 알리지요."

공작이 떨기 시작했다. 그가 비틀거리며 일어나다가 균형을 잃었다. 결국 차가운 대리석 바닥에 쓰러지고 말았다. 그러고는 울음을 터뜨렸다. 어깨를 들썩이며 흐느껴 울었다. 뺨을 맞은 어린아이같이 수치심에 짓눌린 울음소리였다.

라우라가 일어나서 그에게로 갔다.

"공작님." 그녀가 달콤하면서도 부드러운 목소리로 속삭였다. "공작님, 제게 오세요. 용기를 내세요. 두려워하지 말아요."

필리포 마리아가 돌아보았다. 흐느낌 때문에 어깨가 여전히 들썩였고 상체까지 흔들렸다. 이윽고 가만히 그녀를 보았다. 조금씩 진정이 되었다. 슬그머니 그녀에게 갔다. 그가 아니면 만들어내지 못할 우스꽝스럽고 어리석은 장면이었다. 경이로운 여자를 포옹했다. 그녀에게서 구원을 보았다. 그녀는 곁에서 그에게 절대적으로 필요한 것을 주면서 그를 이해하고 용서해줄 수 있는 유일한 사람이었다.

필리포 마리아가 그녀에게 기댔다. 부드럽고 너그러운 그녀 품에서 그녀가 달래주는 대로 몸을 맡겼다. 눈물이 서서히 말라갔다.

"키스해줘, 나의 천사." 그가 낑낑댔다.

라우라가 그의 입술에 아름다운 자기 입술을 댔다. 그는 처음에는 천천히 부드럽게, 그러다가 열정을 다해, 마지막에는 음탕하고 탐욕스럽게 입술을 빨았다. 공포로 떨리는 입술이 라우라의 아름다운 입술을 찾았다. 거대한 혀가 그녀의 입술 사이로 재빠르게 들어갔다. 그는 그녀의 혀를 찾았고 뱀처럼 자기 혀로 그것을 휘감았다.

라우라가 그의 머리를 쓰다듬었다. 공작은 그녀에게 들은 모든 말을 쾌락 속에서 잊어버리려고 애쓰며 그녀에게 몸을 맡겼다.

두려움, 고통, 쾌락.

독약의 공식과 같았다. 이 세상에서 가장 강력한 독약의 공식이었다. 라우라는 독약의 특징을 잘 알았다. 오래전부터 스스로에게 그 효과를 실험했기에.

공작이 두꺼비 같은 손으로 라우라의 옷을 벗기기 시작했다. 게걸스럽게. 그녀 옷을 벗기는 게 텅 비고 황폐한 심장을 다시 채울 방법이기라도 한 것처럼. 두 눈이 라우라의 몸에 빨려들어가 길을 잃었다. 혀를 그녀의 입속에 넣었다. 썩은 이 때문에 악취가 났다. 상처를 입고 겁에 질린 못된 아이처럼 신음했다. 다시 눈물이 뚝뚝 떨어져 그녀의 갈색 피부를 적셨다. 손가락으로 그녀를 더듬었다. 공포와 분노에 빠져 그녀를 살며시 짓누르다가 거칠게 쥐어짜듯 압박했다.

라우라는 그가 하는 대로 내버려두었다. 그는 그녀를 고통스럽게 하지는 않았다. 그녀가 참을 수 있는 한계를 넘지는 않았다.

그녀가 얼음처럼 차가운 대리석 바닥에 누워 있는 사이 공작이 그녀의 보디스 끈을 풀었다. 헐떡이는 숨소리, 카드 점 때문에 방금 노골적으로 드러난 공포와 뒤섞인 욕정이 발산하는 요란한 소리. 공작의 모든 게 혐오스럽고 구역질났지만 마음속 어느 구석에 숨어 있는 한 조각의 감정, 사랑과 유사한 그 감정을 지키기 위해서 어떤 일에도, 심지어 가장 추잡한 일과도 타협하는 그녀 자신에 대한 혐오감만큼은 아니었다.

슈바르츠가 없으면 라우라는 죽을 것만 같았다. 그녀는 그의 곁에 있기 위해서 무슨 일이든 할 작정이었다. 아주 오래전 그녀 안의 무엇인가가 부서져버렸다. 그래서 지금, 공작의 침과 정액, 구취는 그녀를 가지고 놀 기회를 놓치지 않으려는 어릿광대의 별난 장난에 불과했다.

그녀는 오른팔을 아래를 늘어뜨렸다. 필리포 마리아가 그녀 위에서 온갖 짓을 하는 동안 시야가 뿌옇게 흐려졌다. 그녀는 닫힌 문을 보았다. 아무도 오지 않으리라는 걸 알았다. 그래서 손톱이 박힐 정도로 공작의 등을 움켜쥐었다. 그리고 엉덩이로 미친 듯이 성난 공작의 욕정을 만족시켰다.

1439년 2월

MEDICI

43. 어려운 선택

로렌초가 형을 보았다. 아직도 믿기지 않았다.

"페라라에서 열린 공의회를 피렌체에서 열기로 하면서 고위 성직자와 그리스 학자 700명의 여행비용을 제공했어, 그거 알아? 무슨 이유로 그렇게 했는지 형은 그 이유를 알기 바라. 솔직히 말하면 난 그 이유를 잘 모르겠거든. 내 생각엔 이번에 빚을 너무 많이 진 것 같다고." 로렌초가 믿기지 않을 정도로 분노한 목소리로 말했다. "대체 무슨 이유로 그런 노력을 하는 거야? 로마 교회와 콘스탄티노플 교회의 결합을 믿는다고 말하지 마!"

"네가 생각하는 그런 게 아니야." 코시모가 깜짝 놀란 눈으로 말했다.

"수수께끼 같은 말 하지 마! 난 페라라까지 갔었어. 교황에게 간청하고, 아무리 미치광이라도 거절하지 않을 금액을 기부금으로 제시하며, 아무리 좋게 말하려 해도 희한한 협상을 하려고 말이야. 방금 내가 말한 것보다 더 큰 계획이 형 머릿속에 있다고 말해줘.

제발 부탁이야! 비밀 따위는 집어치우고 지금 말해줘. 난 들을 자격이 있어! 적어도 난 형의 동생이니까…."

코시모가 한숨을 쉬었다.

"로렌초, 용서해라. 최대한 빨리 행동하는 게 중요하다는 생각밖에 없어서 그 이유를 분명하게 설명하지 못했구나. 이런 기회를 놓칠 수는 없었다. 이해하니? 지금 우리는 가톨릭 교회와 그리스정교회가 화합하고 그리스정교의 교리와 문화가 로마 교회와 다시 가까워지게 하려는 만남을 이야기하는 중이지. 네 말이 맞아! 요하네스 베사리온* 같은 사람들이 최근에 온 비잔티움제국 학자들 속에 포함되어 있어. 내 말 알겠니? 콘스탄티노플이 이교도인 오스만들에게 함락될 위기에 있다. 그래서 원칙과 규칙을 논하게 될 이 두 교회의 만남으로 사실 두 문화 사이에 다리를 놓으려는 거야. 그 다리로 역사를 지킬 수 있어. 우리 모두가 역사의 자식이니까. 적어도 부분적으로는."

로렌초가 고개를 저었다.

"가끔 형이 문화와 예술을 지나치게 신뢰한다는 생각이 들어. 필사본과 고문서들을 수집하려 하고 지금까지 본 적이 없을 정도로 웅장한 서재의 서가를 양피지와 두루마리들로 채우려는 미친 행동도 난 이해를 못 하겠다고. 형이 그렇게 사랑하는 학문과 예술에 뭐가 있는지 궁금해. 그걸 그만두어야 한다는 말은 아니야. 팔라초

---

* 1403~1472. 비잔티움제국의 인문주의자, 신학자로 로마와 그리스 교회의 통일에 노력했고 이탈리아로 건너가 인문주의의 중심인물이 되었다.

와 교회의 복원과 보존 작업들이 우리 가문에 명성과 힘을 가져다 줬다는 걸 아니까···. 그렇지만 빌어먹을 700명이야, 코시모. 700명 이면 대부대야, 그거 알아?"

코시모의 검은 눈이 순간 번개처럼 번득였다.

"네 말이 맞다, 로렌초! 전투비용을 지원하고 병사들 숙박을 제 공하느라 돈은 왜 쓰는 거냐? 사람을 죽이고 도시를 파괴하는 데 에만 피오리노 금화를 투자해야 하는 거냐? 이 일로 우리가 교황 과 얼마나 가까워질 거라고 생각하니? 전임 교황 마르티노 5세와 관계가 쉽지 않았다는 건 너도 잘 알잖니. 그렇지만 지금 에우게니 우스 4세와 관계는 최상이야."

"당연하지. 우리가 얼마를 줬는지 생각해봐!"

"흑사병이 창궐하니 페라라를 떠날 수밖에 없지 않니?"

"내 말은 그게 아니잖아! 농담 아니야. 난 바보가 아니라고. 어리 석다고 날 모욕하지 마!"

코시모가 두 손을 들었다. "알았어, 알았어. 네 말이 맞다. 그러면 이렇게 생각해봐···." 그가 동생을 몰아붙였다. "우리가 부담한 비 용이 앞으로 우리에게 얼마나 많은 이익을 가져다줄지 생각해봤 니? 이미 우리는 교황을 우리 도시에서 환대했지. 이제는 그리스 교회의 최고 책임자들을 이 도시에 머무르게 하면서 두 문화의 평 화적 만남을 주선하려고 해. 하지만 공의회가 차분히 진행되도록 돕는 일은 그저 자선사업 같은 게 아니야. 한 달, 1년, 또는 2년 뒤에 그게 어떤 무게를 갖게 될지 한번 생각해봐! 이 일이 어떻게 해석 될지 아니? 내가 분명히 말해줄 수 있다, 로렌초. 지금 니콜로 피치니노와 리날도 델리 알비치, 이 미친 개 둘을 내세워 전투지마다 불을 지르고 약탈을 자행하는 밀라노 공작과 전투를 벌여야 할 때가 되면 스포르차와 베네치아만이 아니라 교황군이 우리 편에 서 있게 될 거다. 과거에 저주받을 필리포 마리아 비스콘티가 우리 공화국을 어떤 상태로 만들어놨는지 생각해보면 교황 에우게니우스 4세의 지지가 우리에게는 아주 중요하다고 네게 분명히 말할 수 있다! 알겠니? 그러니 내가 모호하게 말했다면 용서하렴. 미안하다. 그렇지만 너도 보다시피 허비할 시간이 없어!"

"그것만으로 충분하지 않은 것 같은데….." 로렌초가 반박했다.

"네 말이 맞아. 사실 이건 이익의 첫 단계에 불과해. 비잔티움제국이 붕괴되어 동양과 무역이 중단되려는 이 순간에 누가 이익을 얻을지 생각해봐라."

그런 문제라면 로렌초는 서슴없이 대답할 수 있었다. "베네치아와 제노바지."

"바로 그거야! 상인들이지! 아니, 어쩌면 해적이라는 게 더 맞을지 몰라! 도시의 피를, 아니 분명히 말하면 어느 곳에서나 그 지역 피를 다 빨아먹을 정도로 교활하고 망설임이라고는 찾기 힘든 사람들이니까! 그럼 우리는 가만히 보고만 있어야 할까? 절대 아니야! 피렌체는 지금 피사에서 충분한 지배권을 행사할 수 있게 된 덕분에 그토록 열망하던 지중해로 나가는 출구를 갖게 되었어. 극동과 항로를 여는 게 우리 활동에 피해를 줄 거라고 생각하니? 자, 아까 처음 내가 한 말로 돌아가보자. 너는 비잔티움을 오스만제국의 손에 넘겨주어 회교도들이 해협을 장악하게 내버려두는 게 그렇게 힘들게 건설해온 우리 세계를 지키기 위한 현명한 행동이라고 생각하니? 진짜 문제는 서방세계가 수많은 왕국과 시뇨리아와 공국, 군주국으로 갈라지고 산산조각 나고 파편화되어 있다는 거야. 그래서 통합이 필요한 거야!"

그렇게 말하면서 동생 눈을 뚫어지게 보았다. 마치 반대 의견을 주장하려는 동생에게 도전하듯이. 서재 안에 정적이 감돌았다.

로렌초는 잠시 아무 말도 하지 않았다. 형이 한 일은 온 가족의 행복과 이익만을 위해서가 아니었고, 어느 때보다 빠른 결단력과 침착함이 요구되는 일이라는 걸 분명히 알기에 입을 열기 전 잠시 뜸을 들였다. 그리고 형은 미래에 대한 정확한 전망을 중요하게 생각했다. 프랑스와 영국은 100년간 지속된 지루한 전쟁을 끝내가는 중이었다. 독일은 여러 왕국과 군주국으로 분열되어 있어서 신뢰할 만한 세력이 되지 못했다. 제노바, 밀라노, 베네치아, 피렌체, 로마와 나폴리는 서로를 지배하기 위해 전투를 벌였는데 결국 어느 도시도 승리를 거두지 못했다. 간단히 말해 도시 간의 전투에 몰두해서 오스만이 콘스탄티노플의 성벽을 무너뜨리면 그들의 위협으로 자신들이 파멸할 수 있다는 것은 자명했다.

"그래서?" 느닷없이 로렌초가 형에게 물었다. "형은 어떻게 할 계획인데? 십자군을 지원할 건가?"

"그래, 필요하다면 그래야겠지. 그렇지만 지금은 그저 밀라노와 전쟁에서 교황이 나를 확실히 지지해주기만 바랄 뿐이다. 그리고 그 뒤에 토스카나 지역에 내게 호의적인 대주교를 임명해주길 원하지. 피렌체와 로마 사이의 정신적 연결고리가 되어줄 이상적인 사람으로. 네게 더 좋은 생각 있니?"

로렌초가 깊이 숨을 들이쉬었다.

"좋아. 이해했어." 로렌초가 웃으며 손을 내밀었다. "형이 잘하고 있어. 다만… 선택할 때 나도 관여할 수 있으면 좋겠어. 형이 어떤 일을 하든 내가 얼마나 신뢰하는지 잘 알 거야. 그리고 나 자신도 우리 재산을 늘리기 위해 최선을 다해. 그래서 부탁이야. 형이 계획하는 일을 할 때 가능하다면 나를 참여시켜줘. 형을 믿으며 협상했고, 앞으로도 그럴 거야. 하지만 부탁인데 다음에는 형이 그런 행동을 하는 이유를 최대한 내게 알려줘."

코시모가 동생을 포옹했다.

"네가 사과를 받아줘서 얼마나 마음이 편한지 몰라." 그가 말했다. "절대, 단 한순간도 어떤 선택에서 너를 배제하고 싶지 않았어. 다만 여러 사건이 정신없이 벌어져 시기를 조절하지 못했던 거야. 넌 페라라에서 일을 훌륭하게 해냈어. 이제 우린 더 기다릴 필요가 없어. 그리고 한 가지 분명하게 말하면 이 일에서 네가 막중한 임무를 훌륭하게 수행했다는 걸 잘 알아. 그걸 절대 과소평가하지 않아."

"형이 아끼는 예술가들과 대화에 지나치게 몰두할 때도 난 일했지." 로렌초가 웃으면서 말했다.

"내가 아끼는 예술가들과 대화에 지나치게 몰두할 때도 넌 일했지." 형이 그의 말을 받아들였다.

"그럼 이제?" 로렌초가 물었다.

"무슨 뜻이야?"

"아, 이제 피렌체가 공의회 장소가 되었으니…."

"우리가 참석해야지, 할 수 있는 곳에."

"으음…. 형도 알다시피 난 공의회 같은 건 하나도 모르잖아."

"그렇지 않아. 어쨌든 마르실리오 피치노*가 우리 곁에 있을 거야. 놀랄 만큼 그리스어와 라틴어에 능숙한 사람이잖아."

"내 기억엔 형도 라틴어를 잘했는데."

"피치노만큼은 아니지."

"좋아, 항복했어. 이제 이해가 돼. 난 그냥 보고 있을게."

니콜로 피치니노는 악마의 추격을 받기라도 하는 듯 말을 달렸다. 허공에서 칼날이 번득였다. 적의 목을 베어 땅에 쓰러뜨리고 말발굽으로 그 시신을 짓밟으며 잔인하고 차갑게 웃었다. 그는 진정한 용병대장이었다. 슈바르츠는 그가 지옥에서 튀어나왔을지도 모른다고 확신했다.

더욱 충격적인 일은 피치니노 부하들이 그의 말에 순순히 복종하고 헌신한다는 점이었다. 베로나 포위 작전을 마치고 도주할 때 피치니노는 부하들에게 단 하루 만에 베로나 아디제 강가에서 만토바로 이어지는 부교를 놓게 했다. 부교 덕분에 손쉬운 도주가 가능했고, 지원군이나 보급품을 조달받을 수도 있었다.

피치니노는 지금 강물에 뜬 얼음 덩어리 때문에 그의 부대의 표

* 1433~1499. 이탈리아의 철학자, 인문주의자. 코시모 데 메디치의 후원으로 고대철학을 연구하여 신플라톤주의 사상의 중심적 인물이 되었다.

적이 된 베네치아 해병들을 학살하는 중이었다. 대형 범선은 더 뒤쪽 얼음에 좌초되어 움직일 수 없는 탓에 병사들을 엄호하기 위해 대포를 사용하지 못했다. 그들 대포의 사정거리로는 적에게까지 포탄이 날아오지도 않았다. 운이 좋다면? 그러나 행운은 대담한 자들 편이었다. 피치니노는 누구보다 대담했다. 그는 필요하면 목숨을 내놓고 공격에 뛰어들었다. 그리고 대장이 자주 그들 손에 쥐어주는 풍요로운 전리품 때문에 사기가 충천한 부하들이 그 뒤를 따랐다.

사수들이 화승총으로 배에 탄 해병들을 학살했다. 이제 말을 탄 피치니노는 아디제 강가에서 다른 선원들을 학살할 생각이었다. 그는 차가운 강물이 피로 붉게 물드는 사이, 선원 중 몇 명은 살려두게 했다.

슈바르츠는 자기 옆으로 화살이 날아가는 소리를 들었다. 그를 죽이려 했던 사수를 향해 달려들어 활을 든 팔을 검으로 베어버렸다. 팔이 잘려나간 자리에서 피가 분수처럼 솟구쳤다. 베네치아인이 죽을 듯이 비명을 질렀다. 슈바르츠는 계속 질주했다. 그러다가 고삐를 당겨 말을 세웠다. 말이 흥분했다. 말이 앞발을 들고 날뛰다가 겨우 강가의 진흙에 다시 발을 디디자마자 슈바르츠는 오던 길을 되돌아 달려갔다.

베네치아인이 무릎을 꿇고 있었다. 왼손으로 잘려나간 팔 부위를 잡았다. 그는 자신을 향해 달려오는 슈바르츠를 보았다. 눈을 감고 죽음을 기다렸다. 체념한 채. 말이 속도를 내서 무릎을 꿇은 병사가 있는 곳에 도착하자 슈바르츠가 검을 비스듬히 내려쳐서 남자의 목을 찔렀다. 베네치아 병사가 앞으로 고꾸라졌다. 또 한 사람의 피가 아디제강의 맑고 찬 물과 뒤섞였다. 그의 주변에서 죽어가는 사람들의 절망적인 비명이 들려왔다. 그 소리는 1월 오후의 찬 바람을 맞아 무시무시하게 휘날리는 필리포 마리아의 깃발 아래에서 싸우는 밀라노 병사들, 피에 굶주린 그들의 흥분한 고함과 소름끼치게 대비되었다.

44. 니케아의 대주교

코시모는 이른 아침 집을 나섰다. 피렌체 거리에는 추운 겨울인데도 특별한 에너지가 넘쳤다. 불과 일주일 전인 1월 27일에 페라라에서 교황이 수행원 일부를 데리고 피렌체에 도착했다. 그날은 전 시민이 성대한 축하행사에 참석할 수 있게 휴일로 선포되었다.

　에우게니우스 4세는 이미 몇 년 전부터 두 번째 집이 된 피렌체로 기꺼이 돌아왔다. 피렌체는 교황을 성대하게 맞이했고, 지금은 그리스의 대주교 주세페의 도착을 환영할 준비를 하고 있었다. 그는 며칠 뒤 주교 35명과 500명이 넘는 기사가 포함된 교황 궁내원을 모두 거느리고 피렌체에 도착할 예정이었다. 그가 오고 난 뒤 바실레우스*, 그러니까 콘스탄티노플의 황제 요한네스 7세 팔레올로고스도 올 것이다.

* 　동로마(비잔티움)제국의 황제 칭호.

그들의 격식에 맞게 레오나르도 브루니가 그리스어로 멋진 환영사를 작성하는 중이었다. 코시모는 교황의 중재 덕에 이미 피렌체에 와 있는 그리스 고위 성직자 중 한 사람과 약속을 잡을 수 있었다. 그래서 지금 산 로렌초 성당 쪽으로 서둘러 걸어가는 중이었다.

산 로렌초 성당에 들어서자 머뭇거리지 않고 아버지와 어머니가 영면하고 있는 성구실로 갔다. 그는 기회가 될 때마다 그곳에 들러 중요한 문제들을 이야기하곤 했다. 흐르는 시간 속에 힘을 잃어가지만 그곳에서만은 결코 잊을 수 없는 과거와 손을 잡을 수 있을 것 같은 기분이 들었다. 그는 불과 몇 년 전 일이지만, 기억력이 쇠해 과거가 잘 기억나지 않을까 두려웠다. 아버지와 어머니 모습이 빛바래지고 더욱 희미해지는 것이.

지금은 결코 그렇지 않을 거라고 말할 수 있었다. 절대 아버지와 어머니를 잊지 않을 것이다. 조금이라도. 제단 바로 아래에 있는 성구실과 가족 무덤은 기억을 되새기려는 그의 의지에 가장 중요한 역할을 했다.

성구실에 도착한 코시모는 만날 사람이 벌써 와 있는 것을 발견했다. 감탄을 자아내는 외모의 남자가 코시모 눈앞에 있었다. 코시모는 깜짝 놀랐다. 예리한 지식인이나 종교인, 그러니까 이상적으로 키가 크고 호리호리한 남자를 만나리라 예상했기 때문일지도 몰랐다. 요하네스 베사리온은 어깨가 넓고 근육질에 장대한 체형의 남자였다. 금실로 가장자리에 수를 놓고 보석으로 장식한 검은 옷차림이었다. 턱에는 숱이 많은 긴 수염이 나 있었는데 수염의 끝부분은 마치 칼날처럼 뾰족하게 둘로 갈라져 있었다. 흑마노 단추 같은 검은 두 눈은 관심을 끄는 뭔가를 발견하면 언제라도 반짝일 준비가 되어 있는 듯 보였다.

교황 에우게니우스 4세가 코시모를 대주교 앞으로 데려가 피렌체의 귀족이자 문학가이며 예술의 후원자라고 소개했다. 그리고 이 세상에서 가장 아름다운 이 도시에서 공의회가 열리는 데 큰 기여를 했다고 강조했다.

코시모 데 메디치에게 베사리온은 동로마제국, 즉 비잔티움의 지식과 문화를 전하는 마지막 전령 중 한 사람이었다. 게다가 베사리온은 니케아의 대주교여서 일 년 전 쿠사누스* 추기경과 함께 페라라에 왔다. 아직도 로마와 비잔티움 두 교회의 결합을 꿈꾸는 소수 성직자, 이른바 통합파 일원이라는 소문도 있었다. 물론 그의 나라에서 그런 견해는 적잖은 수도사와 그리스정교회 대부분의 반대에 부딪혔다.

드디어 때가 되었다. 대주교가 두어 시간 정도는 계속 아무 말도 하지 않고 그의 눈만 뚫어지게 바라볼 것 같아서 코시모는 직접 침묵을 깨고 싶었다. 코시모가 라틴어로 말했다.

"대주교님." 그가 말했다. "누추한 저희 도시에 와주셔서 저와 이 도시에 영광입니다. 저는 대주교님이 중요하게 생각하시는 견해를 열렬히 지지하며 이 공의회를 기회로 우리 두 교회가 가까워지기를 간절히 희망합니다."

---

* 니콜라우스 쿠사누스, 1401~1464. 독일의 철학자, 신학자, 수학자, 추기경.

베사리온이 미소를 지었다. 그의 검고 깊은 눈에 진지함이 담겨 있었다.

"훌륭하신 내 친구." 그가 대답했다. "통합을 지지하는 이탈리아인을 만나게 되어서 행복합니다. 안타깝게도 지금으로서는 로마와 비잔티움 교회의 재결합이 그리 가까운 시기에 이루어지지 않을 것 같아 마음이 아픕니다."

코시모는 니케아 대주교의 말에서 씁쓸한 기운이 느껴져 안타까웠다. 그래서 그 점에 대해 좀 더 알아보고 싶었고, 가능하다면 대주교와 함께 해결책까지는 아니더라도 희망의 끈을 놓지 않을 방법을 찾아보려 했다.

"이유가 뭡니까, 대주교님?"

"보십시오. 두 교회가 분리된 건 교리와 관련된 문제 때문이 아닙니다. 간단히 말해서 이 논쟁의 진짜 문제는 '필리오쿼'*에 관한 게 아니라는 거지요. 로마인들이 신경信經에서 퀴 엑스 파트레 프로케디트**에다가 필리오쿼를 덧붙여 성령이 성부와 성자로부터 발한다고 확언해서 촉발된 논쟁 말입니다."

"정말입니까?" 코시모는 그에 관해서는 잘 몰랐지만 여러 정보원을 통해 페라라 공의회의 진행 상황을 모두 전해들었다. 그가 이해한 대로라면 성령은 성부와 성자로부터 발한다. 그리고 신경에 삽입된 필리오쿼라는 표현이 문제의 근원이며 로마 교회와 그리

---

* filioque, '성자로부터'의 라틴어.
** qui ex Patre procedit, '성령은 성부에게서 발하시고'의 라틴어.

스 교회 사이에 논쟁이 벌어진 주요 이유였다.

"보십시오. 그 문제에 대해서는 솔직히 말해 니케아 콘스탄티노플 신경의 공식적 표현을 해치지 않는다면 아무도 반대의견을 제시하려 하지 않을 겁니다. 그런데 친구, 두 교회의 공식적 화합을 가로막는 문제는 밑바닥에 감춰져 있는데 상당히 복잡한 정치, 문화적 이유에서 기인합니다. 오랜 세월 속에서 그 이유들이 뿌리를 깊이 내린 거지요."

코시모는 너무 놀라 말을 잇지 못했다. 그는 자신이 궁금한 점을 솔직히 말해보려 했다.

"논쟁의 이유가 정치적 문제와 연관 있으리라고 생각해보지 않았습니다."

"친구, 교리 논쟁은 당연히 중요합니다. 그런데 언급된 문제에 지금 내가 말하려는 두 번째 문제가 연결되어 있지요. 로마 교회가 공의회에서 여러 차례 동의된 공동 신경을 일방적으로 수정해서 '필리오퀘'라는 표현을 넣을 수 있었다면 데 팍토,*** 그것은 로마 교회의 우위를 확인하는 것이겠지요. 그렇지만 서방세계가 비잔티움 같은 도시를 버렸던 일에 대해서는 뭐라고 덧붙일 수 있겠습니까? 더 최악으로, 특히 십자군 기사들이 최근 몇 세기 동안 비잔티움 같은 도시에서 학살을 자행했음에도 오스만의 마수에서 어떤 식으로든 그 도시들을 구해내지 못한 경우에 대해서는요? 우리 땅의 수도사들, 고위 성직자들 그리고 집정관들 대다수가 품고 있는

*** de facto, '사실상'의 라틴어.

감정, 그러니까 증오와 거부감이 교차하는 감정이 충분히 설명되지 않습니까? 이런 말을 하는 나는 다른 누구보다 두 교회가 다시 화합하길 바랍니다. 물론 비잔티움도 실수를 했습니다. 스스로를 고립시키고 자율성을 주장했지요. 그러면서 비잔티움은 지난 여러 세기 동안 끊임없이 오만해졌어요. 최근에 만연한 걷잡을 수 없는 부정부패와 몇몇 무능한 황제는 거론할 것도 없고 말입니다. 이건 적지 않은 잘못이지요.

그렇지만 십자군이 셀 수도 없이 여러 차례 비잔티움의 보물들을 약탈했을 때, 게다가 더 최악으로 제노바와 베네치아가 자신들의 무역교류를 위한 약탈의 땅으로 만들었을 때, 자율성과 오만한 고립주의를 주장하는 게 생존을 위해 불가피한 길로 보였던 것 역시 사실입니다. 그렇기는 하지만 제가 진심으로 말씀드리는데 오늘 콘스탄티노플의 바실레우스가 서방세계의 도움을 청하기 위해 당신 도시에 도착했습니다. 몇 세기 동안 우리를 버려두었고 약탈했으며 우리 자존심을 땅에 떨어뜨린 그 세계에 말입니다. 당신도 이해하겠지만 이런 말을 하는 동안 제 심장에서 피가 솟구치는 것 같습니다. 그러니까 두 교회가 다시 결합할 수 있을지는 오스만 지배하에서 사라질 위기에 처한 문화를 완전히 생존 가능하게 만들 수 있다는 희망과 연결되어 있습니다."

이런 말을 들으며 코시모는 훌륭한 대주교의 깊은 슬픔을 감지했다. 그는 이번 공의회가 교회 공동체들의 여러 주장을 통합하는 기회일 뿐만 아니라 어쩌면 동방에 기독교의 마지막 불꽃을 살리기 위한 유일한 다리가 될 수도 있다는 사실을 다시 한 번 실감했다. 그 불꽃이 꺼지면 동로마제국이 종말을 맞는 것은 물론이고 기억에서 지워져 천 년간의 역사가 사라져버릴 것이다.

"대주교님, 주교님 말씀을 들으니 대답할 말을 찾기 힘들 정도로 당혹스럽습니다. 그뿐만 아니라 저는 저희 쪽이 얼마나 많은 잘못을 저질렀는지 알게 되었습니다. 물론 저는 서방세계가 수없이 갈라져 있고, 수많은 시뇨리아와 공국이 그 세계를 구성한다는 걸 잘 압니다. 그래서 다시 화해하고 그것을 굳건히 할 공동의 단일한 시각을 갖는 데 도움이 되지 않는다는 것도 말입니다. 그렇지만 이 공의회의 목적은 분명 화해의 방향으로 가고 있습니다. 훌륭하신 우리 교황님을 통해 각각의 의견을 통합할 수 있는 동맹을 결성하는 게 제 분명한 소임입니다.

그렇게 하면 곧 교황께서 구체적으로 기독교 왕들과 귀족들과 더불어 콘스탄티노플을 다시 강력하게 보호하고 지켜줄 새로운 십자군 결성을 명령하시게 될 겁니다. 우리가 바로 그 문화의 후손이기에 우리에게는 너무나 귀중한 문화의 뿌리를 지키고 다시 그 문화를 확산하기 위해서지요. 우리 교회와 팔라초를 돌아보십시오. 시간이 되시면 우리 도서관도 방문해보세요. 피렌체에서 그와 같은 목적을 달성해보려는 열의가 얼마나 뜨거운지 하느님께서 증인이 되어주실 겁니다. 피렌체를 방문한 많은 다른 학자도 그렇지만, 대주교님께서는 그와 같은 감정과 감수성을 의미심장하게 널리 퍼뜨릴 수 있는 세심하고 소중한 안내자가 되실 수 있습니다."

코시모는 잠시 베사리온의 이마에 주름이 잡히는 것을 보았다.

그의 눈에서 이제 어둡고 무거운 빛이 사라지고 희망의 불꽃이 다시 타오르는 것 같았다.

"코시모, 당신 말을 들으니 내 심장이 하늘 높이 날아가려 하오. 교황 에우게니우스 4세께서 당신 능력을 매우 신뢰하시더군요. 지금까지 당신 말을 들으며 교황님의 그런 확신을 확인한 것 같습니다. 당신도 직감했듯이 결합은 두 세계가 정치적, 문화적으로 다시 가까워져야만 가능합니다. 내게 주어진 기회를 소중히 여기겠소. 그리고 당신 도시를 최대한 정확히 아는 게 내 임무가 될 겁니다. 아니 당신이 안내자가 돼서 도시의 경이로운 건축물과 예술품을 이해할 수 있게 도와주시길 기대합니다. 지금 나를 기다리는 날들이 최고의 시간일 거라는 생각이 드는군요."

그 말을 마치자마자 베사리온이 코시모에게 다가와 따뜻하게 포옹했다. 피렌체의 통치자는 갑작스러운 진실한 애정 표현에 깜짝 놀랐다. 잠시 머뭇거리다가 그도 베사리온을 포옹했는데, 베사리온은 코시모의 반응을 알아채고 다시 온 마음을 다해 진심으로 끌어안았다.

포옹이 끝나자 베사리온이 코시모의 눈을 보았다. 코시모는 그 눈길에서 우정과 관용뿐 아니라 절대 그를 실망시키지 않을 강인한 정신의 힘을 발견했다.

45. 전략회의

"공작님, 저희가 피렌체를 일소해야 합니다. 더 기다릴 수 없습니다. 메디치가의 힘이 너무 강해지고 있습니다." 리날도 델리 알비치가 주장했다. "그자들이 자신의 도시에서 공의회를 개최한 건 신의 한 수였습니다. 코시모는 교황과 동맹을 굳건히 하려는 겁니다."

"그렇습니다." 니콜로 피치니노가 동의했다. "그리고 솔직히 말해서 제가 공작 각하라면 이제 더는 뱀 같은 프란체스코 스포르차를 믿지 않을 겁니다. 그자는 신의가 없고 언제든 자기 입장을 바꿀 준비가 되어 있습니다. 그리고 사실, 각하께서 계속 그자를 보호하신다면 그자는 반란을 일으킬 게 분명합니다, 각하."

"조용히 하시오!" 필리포 마리아가 고함을 쳤다. 그가 나무로 만든 책상에서 벌떡 일어나 홀 안을 성큼성큼 걸었다. 밀라노 공작은 그였다. 다른 누구도 아닌. 그러므로 그의 발을 핥을 자격조차 없으며, 그의 명령에 복종하거나 선택을 기다릴 자격밖에 없는 자들의 조언 따위를 들을 필요가 없었다. 감히 어디서 조언을! 이런 자들은 그가 필요로 하기 때문에 존재할 뿐이었다. 그가 손가락을 튕겨 신호를 보내기만 하면 사라져버리고 다른 사람으로 대체될 것이다. 자신이 종종 잊어버리긴 하지만 자기 덕에 사는 바보 같은 리날도 역시 말할 필요도 없었다. 주위를 노려보던 공작의 시선이 슈바르츠에게 머물렀다. 이 남자는 마음에 들었다. 피치니노가 여러 차례 말했듯이 그는 훌륭한 군인으로 담력도 있었다. 그리고 묻기 전에는 절대 말을 하지 않았다. '이 얼마나 놀라운 습관인가!' 슈바르츠는 구석에 앉아 큰 검으로 사과를 자르고 있었다.

필리포 마리아는 자신이 원하는 게 바로 그 사과라도 되는 양 고개를 끄덕였다.

"그런데 자네." 공작이 말했다. "나의 훌륭한 슈바르츠, 이 문제를 자네는 어떻게 생각하나?"

"제 의견 말씀입니까?" 스위스 용병은 짜증스럽기도 했지만 그보다 깜짝 놀라서 물었다.

"여기 우리 옆에 자네 말고 또 누가 있나? 그래, 자네에게 한 말이야. 자네 의견을 알고 싶네."

슈바르츠가 즐겨하듯이 뜸을 들였다. 질문한 사람이 공작이지만 그에게는 다른 사람이 물었을 때와 별 차이가 없었다. 그가 사과 한 조각을 씹었다. 사과를 삼킨 뒤 말했다.

"공작 각하, 저는 리날도 델리 알비치께서 하신 말씀이 맞다고 생각합니다. 물론 제 대장님 말씀도 마찬가지입니다. 프란체스코 스포르차가 지금 베네치아군의 지원을 받아 위로 올라올 생각을 한다는 게 이제 비밀도 아닙니다. 그리고 베네치아와 메디치가 친구처럼 절친한 사이라는 것 역시 우리 모두 알고 있습니다. 저는 솔직히 말씀드리면 마지막 전투, 어느 한쪽이 승리하고 다른 쪽은 패배할 수밖에 없는 결전을 더는 미룰 수 없는 순간에 도달했다고 생각합니다. 때가 되었습니다. 공작 각하. 죽이든 죽든, 승리하든 패배하든 무조건 결전을 벌여야 합니다."

"자네 생각에 때가 됐다는 거지? 그때가 바로 지금이고?"

"정확히 지금이라고 말할 수는 없습니다."

공작은 지금 무슨 빌어먹을 질문을 하는 건가? 자신의 대답을 어떻게 믿을 수 있단 말인가? 슈바르츠는 공작이 완전히 미친 게 틀림없다고 생각했다. 그리고 사실 자신을 바라보는 눈길이 진짜 미친 사람 같았다.

"그러면 자네는 나를 위해 어찌 할 건가, 슈바르츠! 자네는 꼭 나의 독살 담당자처럼 말하는군. 알쏭달쏭하게 말이야! 그렇지만 자네는 군인이야, 젠장!"

슈바르츠가 네 쪽으로 나눈 사과 중 한쪽을 더 먹었다. 사과는 즙이 많고 달았다. 그렇게 태연한 모습을 본 필리포 마리아는 화가 났다. 그러다 리날도를 노려보았는데 그가 다시 뭔가 물어보려 한다는 것을 알아차리니 더 화가 났다. 그래서 리날도보다 먼저 말을 해버렸다.

"또 뭐요?" 화가 나서 소리를 질렀다.

"제 말씀 좀 들어보십시오, 공작님…." 리날도가 다시 입을 열었다. "피렌체 공의회에서 코시모 데 메디치는 에우게니우스 4세와 교황청의 지지를 얻기 위해 두 교회의 통합을 확실히 하려고 합니다. 최근 바젤 공의회에서 신성로마제국의 황제 지기스문트가 반대했는데도 말입니다. 그러면서 급속도로 힘과 명성을 다시 얻고 있습니다. 교황이 다시 로마의 교황좌에 앉게 될 날이 올 겁니다. 그건 시간문제죠. 그러면 메디치가와 호의적 관계가 공작님께 더욱 불길하게 작용할 겁니다. 제가 조언을 드려도 괜찮다면 지금 공격해야 한다는 겁니다. 메디치가가 아직 막강한 권력을 손에 쥐지 않았을 때 말이지요."

리날도는 한마디 한마디를 최대한 신중하게 했다. 그는 밀라노에서 지내는 몇 년 동안 신중하게 말하는 법을 배웠다. 그는 이미 추방자로, 음모자로 살고 있는데 그런 사람에게 거만한 태도는 허락되지 않았다. 그 오랜 기다림에도 그는 굴복하지 않았다. 무례하고 거만하던 예전의 태도는 이제 거의 사라져 지금 그의 요구는 불쌍한 남자의 애원에 더 가까웠지만 그는 피렌체로 돌아가는 꿈을 버리지 않았다. 거미줄을 짜서 먹이를 잡을 기회를 노리는 거미처럼 차분하게 그 꿈을 이룰 작업을 하는 사이, 정말 그 꿈이 절실하게 느껴졌다. 그는 지쳤고, 거의 체념 상태였다. 꿈을 손에 잡으려 하면 할수록 그것은 점점 더 멀어져 그의 손에 잡히는 건 아무것도 없었다. 한때는 냉혹하고 도도했던 시선에까지 어두운 그늘이 내려앉아 그를 절대 떠나지 않을 것만 같았다.

"친애하는 알비치 씨." 공작이 갑자기 정색을 하고 차분하게 말했다. "당신이 믿을지 모르지만 나도 당신과 똑같은 걱정을 하고 있소. 당신이 기다리던 때가 되었으니 기뻐해도 되오. 이제 설욕할 수 있을 거요. 믿어도 좋소. 그러나 당신이 누구에게 충성을 보이고 감사를 해야 하는지 잊어서는 안 될 거요. 요 몇 년 동안 당신은 극기를 배웠을 거요. 당신이 꽁지가 빠지게 이곳으로 도망 와서는 거들먹거리던 때가 생각나는군. 솔직히 말해 지금 당신의 이런 태도 아주 마음에 드오.

그렇기는 하지만 당신이… 그리고 피치니노 자네도, 언제 어떻게 공격해야 한다고 내게 말할 수 있다고 생각한다면 큰 오산이오.

언제 어떻게든 결정은 다 내가 하는 거요. 내가 당신들에게 할 수 있는 말은 전투는 사소한 부분까지 철저하게 준비해야 한다는 거요. 무엇 하나라도 우연에 맡길 수 없소. 항상 내가 선두에 서고 적들을 앞지를 수 있었던 게 바로 그 때문이오. 이제…"

그가 계속 말을 이었다. "이제 용병대장 피치니노에게 명령하겠네. 잔 프란체스코 곤차가*와 함께 베네토 지방으로 돌격해서 가타멜라타와 바르톨로메오 콜레오니 장군과 싸워 베네치아를 결정적 위기에 빠뜨리게. 지금 베네치아의 힘이 육지로 지나치게 확장되고 있으니. 그러고 나면 즉시 피치니노 대장은 포강을 건너 피렌체로 내려가게. 명령이네. 그래서 피치니노 자네가 리날도와 그가 소집할 병사들과 함께 피렌체를 차지하길 바라네. 물론 이 일은 슈바르츠, 자네와도 관련된 일일세. 시간이 촉박한 건 아니라고 알고 있지만 바로 그렇기 때문에 이제 움직이기 시작하는 게 좋겠네."

스위스 용병이 아무 말 없이 고개를 끄덕였다.

"돈이 필요합니다, 공작 각하." 피치니노가 말했다.

"대장, 돈이라면 이미 충분할 텐데. 할 수 있으면 약탈품과 전리품으로 부하들의 배를 채우게. 약탈하고 강간하고 죽이라고. 내가 원하는 건 내 이름을 말하는 순간 다들 공포에 사로잡히는 거야. 얼마 전 누군가 패자에게 관용을 베풀라고 조언했지만 난 관용이 대단한 전략이라고 생각하지 않아. 오히려 나는 공포에서 파생되는 두려움과 존경심을 믿지. 관대해지기보다 두려운 존재가 되는 게

---

* 1395~1444. 만토바의 후작이며 용병대장.

더 좋으니까."

피치니노는 기분이 좋지 않았다. 그는 필리포 마리아에게 약간의 두카토라도 얻어내고 싶었다. 그가 주장을 굽히지 않았다.

"공작 각하, 물론 각하 말씀이 맞습니다. 그렇기는 하나 병사들이 지쳐 있습니다. 추운 겨울이어서 들판과 강이 다 얼어붙었습니다. 부대 식량을 운반할 도로 상태가 몹시 좋지 않은 건 두말할 필요도 없습니다. 도로는 위험해서 감히 말씀드리면 지나가지 말아야 할 정도입니다. 제 부하들은 전염병과 과로에 시달리며 리비에라 디 살로의 추운 병영에 누워 있습니다. 그래도 베네치아 함대의 진로를 막기 위해 몸을 바칠 겁니다. 저는 부하들에게 뭔가를 주어야 합니다. 전진할 동기를 부여해야 합니다. 안타깝게도 움직이지 않는 게 추위보다 더 견디기 힘들 겁니다. 그래서 부탁드립니다. 도와주십시오. 그렇지 않으면 전 부하들에게 할 말이 없습니다."

필리포 마리아는 분노를 숨기지 못하고 코웃음을 쳤다. 그의 병사들은 갈수록 탐욕스러워져서 이미 바닥나고 있는 그의 재산을 끊임없이 약탈했다. 한편으로 전리품으로 병사들을 만족시키려는 사람이 있다면 그게 바로 피치니노라는 걸 잘 알았다. 그러니 피치니노가 돈이 필요하다는 요구는 사실일 게 분명했다. 지금 상황이 피치니노가 언급한 대로라고 충분히 생각할 수 있었다. 그는 확인을 하려고 슈바르츠에게 물었다.

"슈바르츠 자네도…. 나의 용감한 대장이 한 말이 사실이라고 자신 있게 말할 수 있나?"

두말하면 잔소리다. 공작이 자신을 위해 밀라노 공국 깃발 아래에서 전투하는 피치니노를 신뢰하지 못한다는 건 말이 안 된다. 그런데 필리포 마리아가 배신당할지 모른다는 두려움과 의심으로 떨고 있다는 건 유명했다. 그는 항상 포르타 조이아 성채에 틀어박혀 있었고, 거기서 나오는 일이 거의 없었다. 유폐 생활을 한다고 할 정도다. 부하들을 감시하려고 쳐놓은 첩보망은 촘촘하기 그지없어서 이따금 첩자들이 서로를 감시하는 일도 있었지만 그 와중에도 공작은 부주의하게 배신당하곤 했다. 모두가 모두를 감시하고, 보고했다. 공작이 좋아하는 일 중 하나는 탑에 틀어박혀 첩자들과 이야기를 나누고 그를 위해 일해야 하는 사람들이 실제 어떤 일을 했는지 듣는 것이었다. 그가 좋아하는 탑은 몇 개 되지 않고 남들에게 잘 알려져 있지 않았는데, 그런 탑은 가팔라서 올라가기가 쉽지 않았다. 하지만 그에게 충성한다는 걸 보여주려는 사람들에게 그건 별 문제가 아니었다. 필리포 마리아가 제일 신뢰하지 않는 부류가 바로 그런 사람들이었다.

슈바르츠는 이런 편집증의 거미줄에서 벗어나 살아남으려면 자기 생각을 간결하고 직설적으로 말해야 한다는 것을 배웠다. 공작을 속이는 게 불가능하다고 생각해서이기도 했다. 그래서 수없이 주어지는 질문에 그는 되도록 솔직하게 대답했다.

"공작 각하, 솔직히 말씀드리면 대장님이 한 말은 유감스럽게도 사실입니다. 저는 올겨울보다 혹독한 겨울을 겪어보지 못했습니다. 최근 베네치아와의 전투에서 부상당하거나 전사하지 않은 병사들은 지금 추위와 눈에 희생되고 있습니다. 물론 그들은 군인이기 때문에 자신들이 해야 할 일이 뭔지 잘 압니다. 하지만 혹한으로 어쩔 수 없이 꼼짝 못하는 데다가 돈까지 부족한 이 상황이 병사들 사기를 심각하게 떨어뜨립니다. 사실 걱정스러운 점은 대장님께 서 병사들에게 강력한 영향력을 미치기는 하지만 대부분 병사가 각하 군대를 떠날 수도 있다는 겁니다."

"빌어먹을, 라인하르트. 그자들은 용병일 뿐이야. 언제든 우리가 교체할 수 있다고!" 밀라노 공작이 화가 나서 고함을 쳤다.

"그렇습니다, 각하. 공작 각하의 말씀이 맞습니다. 그렇지만 이런 말씀을 드려도 된다면, 병사들을 교체하는 게 대충 해도 되는 흔한 일이라고 생각하시면 안 됩니다. 부대에는 나름의 규칙과 규정이 있습니다. 그런데 그것들이 깨지게 되면 다른 병사들을 투입해서 깨진 조각을 다시 붙일 수는 없습니다. 저는 오늘 뭔가를 주는 게 내일 더 많이 받을 수 있는 최고의 방법이라고 생각합니다."

"알았다, 젠장! 부대에 퍼진 절망적 분위기를 씻어내도록 5천 두 카토를 주겠다. 하지만 한 푼도 더 줄 수 없어! 잘 듣게. 눈이 오든 말든 최대한 빨리 베로나와 소아베 쪽으로 다시 출발해서 빌어먹을 베네치아 놈들을 석호에 다 몰아넣어! 그 뒤에 피렌체로 가도록. 내 말 알겠나? 아, 물론 리날도도 데리고 가게! 이 성을 떠나지 못해 저렇게 안달이니 내 생각으로는 자기 도시로 들어가길 기다리는 동안 소규모 전투에라도 참가하는 게 그에게도 도움이 될 거야. 내 말 알겠나? 이제 다 꺼지게! 세 사람 다!" 공작이 고함을 쳤다. 그는 이 세 거머리를 당장 떼어내고 싶었다.

리날도와 피치니노와 슈바르츠는 감히 대답도 하지 못한 채 목례를 하고 조용히 나왔다. 현재의 대장과 예전의 주군이 문에서 그리 멀리 떨어지지 않은 벽감 앞에 서서 이야기를 나누는 동안 슈바르츠는 라우라의 거처 쪽으로 걸음을 옮겼다.

중앙 뜰로 이어지는 계단을 지나 공작의 개인 독살 담당자가 된 라우라가 머무는 성의 동쪽으로 걸어가면서 슈바르츠는 어두운 생각에 잠겼다.

두 사람이 필리포 마리아의 돈을 받게 된 뒤 라우라와 함께 보내는 시간이 점점 더 줄어들었고 어떤 면에서는 그런 순간이 씁쓸하기만 했다. 슈바르츠는 오래전부터 비밀을 하나 간직하고 있었다. 절대 밝힐 수 없었지만 이제는 그의 입으로 말해야 할 순간이 된 것 같았다.

이유는 설명할 수 없었다. 왜 바로 지금 말해야 하는지도 설명할 수 없었다. 어쩌면 너무 오래 비밀을 간직했고, 그는 인정하고 싶지 않지만 라우라를 정말로 사랑하기 때문일지도 몰랐다. 그녀를 사랑하지 않는다면 그녀를 구하러 갔던 자신을 어떻게 설명하겠는가? 그런데도 왜 그녀와 함께 달아나지 않았는지 이해되지 않았다. 어떤 의미에서 그는 자신의 모습 속에 갇혀 있는지도 몰랐다. 이미 그는 용병인 자신을 증오했다. 그래도 그는 자신이 그녀에게 해줄 수 있는 일은 모조리 했다. 그렇지만 결정적으로는 모든 일을 포기하고 오로지 라우라에게만 헌신하기로 결정할 정도로 그녀가 그의 마음 깊이 들어오지는 않았다.

그냥 비겁한 인간이어서 그런 건 아닐까? 아니 어쩌면 그가 속으로 자신은 행복해질 자격이 없다고 생각하는지도 몰랐다. 자유의 몸이 되었을 때 그녀와 함께해야만 진정한 평화와 기쁨을 누릴 수 있다는 마음에는 추호의 의심도 없었으니까.

말하고 싶은 욕구와 그녀에게 상처를 주리라는 두려움 사이의 갈등이 격렬해서 그는 결국 전쟁터로 도망쳤고, 거기에 숨어버렸다. 그녀를 만나지 않을, 아니 되도록 적게 만날 그럴듯한 핑계를 만들려는 목적 하나로. 그의 가슴은 찢어지는 듯했지만 말이다. 그러면서도 마음 깊은 곳에 간직한 비밀 때문에 그녀에게 상처를 주고 싶지 않았다. 과거에는 그 기억을 지울 수 있다고 믿었다. 하지만 세월이 흘렀고, 폭력적이던 최근 전투들이 공범이 되어 기억은 물이 역류하듯 머릿속에 떠올랐다. 추한 그의 영혼에서 떨어져 나온 조각들이 얼굴을 후려쳤다.

나날이 더 우울했고 라우라와의 만남과 열정의 순간은 불행한 운명과 슬픔 속에서 빛바래갔다. 어떤 의미에서는 조만간 닥치게 될 그 순간, 어쩌면 바로 오늘일지도 모를 순간을 준비하기 위해 너무 오랜 시간을 기다려온 듯했다.

라우라는 비스콘티 궁정에 도착해 자기 운명을 알게 된 이후 삶이 자신을 위해 준비한 모든 일을 묵묵히 받아들였다. 게다가 새로울 것도 없었다. 그렇기는 하지만 시간이 흐르고 일상의 일들이 더욱 암울해지자 라우라는 거의 숨이 막힐 정도로 그에게 매달렸다.

이제는 그녀를 만나면 그의 폭력적인 일면이, 결코 자제할 수 없는 그 성질이 난폭하게 되살아나곤 했다. 아주 오래전 그날 밤처럼.

라우라의 거처로 가던 그는 오늘은 그냥 돌아가기로 했다. 다음에 만나는 게 나을 것 같았다. 아직 준비되지 않았다. 고백할 기회가 있을까? 물론 고백해야만 했다. 하지만 오늘은 아니었다. 그래

서 소리 없이 지나온 길로 되돌아갔다. 그는 용병들에게 돌아가야
했다. 얼음같이 추운 병영에 자기 생각을 묻어버려야 했다.

1439년 7월

MEDICI

46. 두 교회의 통합

대성당 안은 사람들로 발 디딜 틈이 없었다. 오른쪽으로는 가톨릭 추기경과 대주교들이 앉아 있었고 왼쪽에는 그리스정교회의 고위 성직자와 수도사들이 자리를 잡았다. 양측 다 긴 옷을 입었는데 가톨릭 사제의 옷은 붉은색과 금색이고 그리스정교회는 검은색과 은색이었다.

교황복을 입은 에우게니우스 4세가 중앙 제단에 앉아 있었다. 그 앞에는 최고급 양피지에 쓰인, 서방과 동방 두 교회의 화합과 통합 문서가 놓여 있었다.

그의 옆쪽, 브루넬레스키 돔 아래에서 줄리아노 체사리니 추기경이 모두의 동의 아래 작성된 그 교령을 낭독했다. 두 교회는 다시 통합했으며 확고한 동맹을 맺어 정치뿐 아니라 군사적 합의를 향한 첫발을 내딛기로 결정했다는 내용이었다. 군사적 합의는 서방 세계와 오스만투르크 제국 사이의 경계인 비잔틴 성벽을 무너뜨릴 준비를 하는 성난 오스만들에게서 기독교 세계를 지키기 위한 것이었다.

그 엄숙한 순간에 참석을 허락받은 코시모는 가만히 추기경의 낭독을 들었다. 그는 특별히 맨 앞줄 좌석에 앉을 수 있었다.

추기경이 낭독하는 에우게니우스 4세의 말들은 명료하고 기분 좋게 참석자들의 귀에 울려퍼졌다. 처음에는 바젤에서 그 이후에는 페라라에서 공의회가 열렸지만 최근 피렌체 공의회에서 불과 몇 개월 동안 두 교회가 얻은 결과는 두 도시에서 낭비한 세월을 불식시키기에 충분했다.

"그리스정교회는 성령이 성부에게서 발한다고 주장하면서도 성자를 배제할 의도는 없었다고 확언했습니다. 한편 로마 교회는 성령이 성부와 성자에게서 발한다고 말하면서도 성부가 모든 성스러움, 그러니까 성자와 성령의 원천이며 시작이라는 사실을 어떤 식으로도 부정할 생각이 없음을 재확인했습니다. 바로 같은 이유로 두 개 시작 혹은 성령이 발해지는 두 가지 방식이 있다고 주장하지 않습니다. 그러므로 여기서 유일하고 동일한 의미의 진리가 유래합니다. 그리하여 그 진리로부터, 하느님께 감사드릴 다음과 같은 성스러운 형식의 통합이 이루어졌습니다. 이론의 여지가 없는 분명한 형식입니다."

이 중요한 구절을 낭독할 때 모두가 집중하는 듯이 보였다. 코시모 역시 이 부분이 얼마나 의미심장하며 시의적절한지 알았다. 몇 달 전 그에게 솔직한 마음을 털어놓았던 요하네스 베사리온이 그런 이해를 도와주었다.

코시모의 머릿속에 커다란 그림이 그려졌다. 물론 그 계획을 들어보면 모두 가능하다고 생각할 만한 일이었지만 감히 그 말을 입 밖에 내기도 두려울 정도로 원대한 계획이었다. 그는 자신의 막중한 책임을 알았다. 지금 이 순간 사람들의 기대가 말할 수 없이 크다는 사실 역시 마찬가지였다. 이런 민감한 상황에는 추락의 위험 또한 있었다. 하지만 밀라노 공국에 대항하는 동맹은 지금의 이 통합을 보장하는 세속적 도구가 되어줄 것이다.

혹시 그가 미친 이상주의자에 불과한 건 아닐까? 지금도 그 곁에 앉아 있는 로렌초는 그와 생각이 달라보였다. 로렌초는 그 동맹이 바람만 한 번 불어도 깨질 정도로 결속력이 없다고 여러 차례 강조했다.

그러나 코시모는 꿈을 꾸는 게 누군가에게 피해를 준다고 생각하지 않았다. 그뿐만 아니라 자기 꿈에는 아주 특별한 위업을 달성할 원대한 전망이 담겨 있었다.

"성부와 성자와 성령, 성 삼위일체의 이름으로 신성하고 보편적인 피렌체 공의회의 승인하에 우리는 전 기독교인이 이 진리를 받아들이고 믿어야 한다고 규정합니다. 그러므로 성령은 영원히 성부와 성자에게서 발하며, 성부와 성자는 유일한 시작이자 성령을 발하는 유일한 근원으로서 영원을 향해 간다고 우리 모두 명확히 밝혀야 합니다. 그리고 교회박사와 교부들이 확언한 바, 즉 성령은 성부에게서 성자를 통해 발한다는 주장에는 성부처럼 성자도, 그리스정교에서 주장하듯 성령의 근원이며 로마가톨릭에서 주장하듯 시작이라는 의미가 포함되어 있음을 공표합니다…"

그런 말을 들으며 코시모는 눈을 감았다. 두 교회의 통합이라는 기적적인 일이 이루어졌다. 이제 여러 달에 걸쳐 애써왔던 일이 결실을 보게 될 것이다. 산타 마리아 델 피오레 대성당에서 다시 한 번 이런 중요한 의식이 거행되고 있다는 생각을 하자 코시모 입가에 흐뭇한 미소가 떠올랐다.

어쩌면 건축계의 보석과 같은 대성당이 성공과 목표 달성을 상징하는 신전이 될지도 모른다. 그는 줄리오 체사리니 추기경이 낭독하는 마지막 문장을 무심히 들으며 잠시 눈을 감고 그대로 있었다.

"소문이 사실이에요?"

코시모가 환어음에서 눈을 들었다. 콘테시나가 어두운 얼굴로 서 있었다. 화가 나서 입술이 일그러졌는데 일시적 분노 같지는 않았다. 일주일 내내 코시모는 그녀가 뭔가에 화가 나 있다는 느낌을 받았다. 그리고 그런 상황에서는 늘 그랬듯이 콘테시나의 분노가 저절로 사라져버리길 바랐다. 하지만 이번에는 그렇지 않은 게 분명했다.

"무슨 소문 말이오?" 코시모가 물었다.

콘테시나가 믿기지 않는 듯 고개를 저었다.

"이제 당신을 믿을 수 없어요!" 그녀가 씁쓸하게 말했다. "예전에는 적어도 당신을 신뢰할 수 있었어요. 고맙게도 당신은 걱정스러운 일이나 여러 계획을 내게 말해주곤 했어요. 그런데 이제는 전부 헛되고, 부질없고, 거리가 느껴져요. 안 그런가요?"

코시모는 뭐라 대답해야 할지 알 수 없었다.

"피치니노가 베로나를 함락하고 파도바로 전진했어요. 그의 병사들이 베네치아까지 밀고 들어갔고요. 당신이 오랫동안 함께 일을 도모했던 절친한 친구 프란체스코 스포르차가 잘 막고 있기는 해도 피치니노가 조만간 피렌체 성문에 도착할 계획인 것 같던데요. 로렌초는 이 공의회가 사실은 두 교회 사이의 통합을 이끌어내기 위한 약속과 합의 이외에도 교황과 교황군을 우리 편으로 만들기 위한 당신의 작전이라고 생각해요. 이제 당신에게 묻겠어요. 언제 내게 그 말을 해줄 작정이었죠?"

코시모가 놀라서 눈이 휘둥그레졌다. 그걸 말했어야 한단 말인가? 하지만 코시모의 그런 태도는 콘테시나를 더 공격적으로 만드는 결과만 가져왔다.

"그런 걸 물으니 놀라는 거예요? 내가 당신을 위해 그동안 어떻게 했는데? 그 오랜 세월?" 그녀가 이어서 말했다. "항상 당신 곁에 있었고 늘 그러겠다고 하지 않았어요? 모두가 우리에게 등을 돌렸을 때도? 그런데 사형을 당할 위기에 사람들을 매수하고 추방을 당해 이별한 뒤 오랜 기다림의 시간까지 보냈는데 이제 당신은 내가 그저 조용히, 얌전히 있다가 어느 날 당신이 전투하러, 어쩌면 죽을지도 모를 길을 떠나는 걸 가만히 지켜보기나 하면 좋겠다는 거예요? 마지막 순간까지 내게 단 한마디도 없이 말이죠. 정말 그러면 안 돼요, 여보. 이게 날 생각하는 거라면⋯."

"당신을 생각할 때면 내 머리에 떠올릴 수 있는 최고의 것만 생각하오. 처음 만난 날부터, 당신을 처음 본 순간부터 난 최고의 남자가 되고 싶었소. 당신을 위해, 우리 가족을 위해 그렇게 되고 싶었고, 그렇게 되려고 애썼소. 내가 실패했는지도 모르지. 내가 피렌체에서 공의회를 개최하려 애썼던 이유라면 글쎄, 페라라에서 흑사병이 발생해서…. 내가 어떻게 해야 했겠소? 그래, 사실이오. 교황군과 확실한 동맹을 맺고 필요한 대사大赦를 받을 생각이기도 했소…. 내 가족을 중요하게 생각하기 때문에. 내가 나쁜 남편인 거요? 당신하고 로렌초는 가끔 정말 똑같아! 정말 두 사람을 이해할 수 없어. 맞소, 어떤 결정을 내릴 때 적어도 최근 결정에서만이라도 두 사람을 좀 더 참여시켰어야 해. 그렇지만 의견을 공유하고 조언을 듣다보면 일이 지연되거나 불필요하게 얽매이는 상황이 있는 거라오. 그리고 두 교회가 재결합하는 중요한 기회가 왜 단순히 전쟁에서 동맹군을 확보하려는 정치적 움직임으로 치부되는지 이해가 안 되는구려. 문제는 훨씬 복잡해요. 그러니 제발 나를 믿어주구려. 내가 하는 일은 오로지 당신과 우리 자식들이 가장 완벽한 평온을 누릴 수 있게 하기 위한 일이니까."

콘테시나가 그에게 다가갔다. 그녀의 눈빛이 미세하게나마 아까보다 부드러워졌다. 많이는 아니었지만 어쨌든 뭔가 변화가 있었다. 코시모가 그녀의 눈을 보았다. 나이가 들었지만 그녀는 여전히 아름다웠다. 은색으로 가장자리를 장식하고 진주와 다이아몬드를 박은 초록 가무라가 그녀 피부를 빛나게 만들었다. 콘테시나는 정말 눈부셨다. 그가 아내 손을 잡았다.

"당신을 배제하려는 게 아니오, 여보." 그가 말했다. "보호해주고 싶을 뿐이지. 그게 뭐 잘못됐소?"

"아니요." 그녀가 남편 눈을 똑바로 보며 대답했다. "하지만 내가 보호받을 필요가 없다는 것도 당신이 알아야 해요. 아니 보호가 필요하다면 그건 나보다는 당신이에요. 난 그냥 두려워요, 코시모. 그거 알아요? 동맹이며 정치적 계산이 얽힌 끊임없는 이런 게임, 당신이 했던 개혁, 팔라초 델라 시뇨리아에 앉아 있는 당신 사람들, 에우게니우스 4세와 맺은 관계와 인연, 베네치아군 장교들과 회의, 그 많은 일뿐만 아니라 다른 여러 일에서도 당신은 너무 노출되고 있어요. 당신 적들은 수를 헤아릴 수 없게 늘어나고 당신 생명을 위협할 음모를 짜고 있어요. 그런데도 당신은 또 다른 적을 만들려는 것처럼 보여요. 마치 지금 있는 적만으로는 충분하지 않은 듯이요! 정말 당신 때문에 매일 걱정이에요. 어떻게 걱정하지 않겠어요? 솔직히 내가 잘못이라고 말할 수 있어요?"

그가 완벽한 그녀의 이마에 입술을 댔다. 지난겨울 바람과 혹한을 견딘 꽃처럼 부드럽지만 강했다. 코시모는 아내를 사랑했다. 당당하고 보기 드물게 침착한 그녀를 진심으로 사랑했다. 분노할 때도 그럴 만한 분명한 이유, 아주 정확한 동기가 있었다. 그는 정말 운이 좋은 남자였다. 그가 미소를 지었다.

"알았소. 내가 동맹자들과 합의하고 협조를 얻으려고 몸을 사리지 않는다고 한다면 그건 당신 말이 맞아요. 그런데 솔직히 이제 기다리기보다는 행동하는 게 낫다고 생각하오. 지난번에 기다리기만 하다가 어떤 일이 벌어졌는지 생각해봐요…. 나는 알베르게토에 갇혔고 우린 아슬아슬하게 목숨을 구했소. 그리고 1년간 떨어져 지내야만 했고."

"그런 형벌의 시간을 다시 보내고 싶지 않아요." 콘테시나가 강하게 말했다. "절대."

"나도 그렇소. 이 지루하고 소모적인 게임을 끝내려는 게 바로 그 때문이기도 하고."

"무슨 말을 하려는 거예요?"

"나는 신중할 거요. 그렇지 않으면 사랑하는 여인과 함께 지낼 수 없으니. 리날도는 변함없이 비겁하고, 오래전 자신을 가장 높은 자리에 앉혀준 이 도시를 배신했소. 그러면서 앞으로도 계속 자신이 추방당했다고 불만을 품을 거요. 말할 필요도 없지만 몇 년 전부터 피렌체로 돌아오기 위해 음모를 꾸미고 있소. 밀라노 공작인 필리포 마리아 비스콘티는 호시탐탐 기회를 엿보며 밀라노군 대장인 니콜로 피치니노에게 공격 계획을 일임했다오. 이런 사실은 우리 정보원들이 알려온 거요.

그러나 피치니노가 심각하면서도 치명적인 실수를 했는데 그건 여러 해 전 내가 저질렀던 실수와 똑같다오. 그는 지금 기다리고 있소. 너무 오래전부터. 그가 피렌체를 괴롭히고 은근히 위협하기 위해 별로 중요하지 않은 성들을 정복했다가 빼앗기는 일을 되풀이하는 건 그리 중요하지 않아요. 그러는 사이 우리에게 준비할 시간을 주니까.

내가 교황 에우게니우스 4세와 관계를 강화하고 싶어 하는 것도 그런 준비를 위해서라고 당신이 말한다면 그건 당신 말이 맞소. 그렇지만 당신이 알아야 할 건 이 마지막 도전을 더는 피할 수 없다는 거요, 여보. 운명이 결정되어야 하는 순간이 되었소. 그래서 조만간 운명대로 될 거요. 당신도 나도 그걸 막을 수는 없어. 그래서 당신에게 부탁하고 싶은 건 마지막으로 다시 한 번 더 강해져야 한다는 거요. 얼마나 걸릴지는 모르지만 운명의 날이 올 거고, 그날이 오면 당신이 내 옆에 있어주길 바라오."

"언제나처럼요." 그녀가 말하는 동안 눈물이 붉게 물들기 시작한 뺨을 타고 흘러내렸다.

코시모가 그녀를 포옹했다.

"언제나처럼, 여보. 용서해줘요. 내가 많은 것을 요구한다는 걸 알아오. 하지만 이번이 마지막일 거라고 이해해보오. 평화와 번영을 가로막는 마지막 장애물. 안타깝게도 운명이 우리에게 항상 호의적이지는 않았소. 내가 실수를 많이 했다는 것도 알아. 하지만 운명이란 한 남자가 자신과 자신이 사랑하는 사람들을 위해 만들어가는 어떤 것이기도 하다오. 지금 일어나는 일이 우리 운명을 완성할 것 같은 기분이 드오. 그러니 그때가 지나고 나면 마침내 평화와 아름다움이 우리가 사랑하는 이 도시에 넘치게 될 거요."

"그러길 바라요, 여보." 콘테시나가 말했다. "그렇지만 우리 운명이 결정될 그날이 진심으로 두려워요. 세상 일이 우리가 기대했던 대로, 혹은 우리가 계획했던 대로 진행되지만은 않으니까요. 솔직히 말해 그날이 오지 않길 바라요."

코시모는 아무 말도 덧붙이지 않고 그녀를 안아주었다.

"앞으로 죽을 때까지 이대로 가만히 있고 싶어요." 콘테시나가 말했다. "그렇지만 그럴 수 없겠죠. 다시 안아줘요, 여보. 운명이 다시 한 번 우리를 갈라놓을 테니. 그럴 것만 같아요."

콘테시나는 차분하기는 했지만 이렇게 말하며 코시모 품에 안겨 있었다. 그녀는 이상하고도 불길한 예감이 들었다. 그렇지만 마음속으로 그 생각을 떨쳐버리며 다 잘될 거라고 되뇌었다. 스스로에게 거짓말을 하고 있다는 걸 알면서도.

47. 고백

라우라는 하루 종일 그를 기다렸다. 초여름 폭염 속에 그가 도착했다. 6월의 무더위가 성벽과 주변 공기를 뜨겁게 달구었다.

슈바르츠는 먼지와 땀과 피에 뒤덮여 있었다. 라우라는 그가 갑옷을 벗게 도와주었다. 그가 좋아하는 대로 너무 뜨겁지 않으면서도 따뜻한 목욕물을 준비했다.

슈바르츠가 욕조에 들어가 몸에 부드럽게 와닿는 맑고 투명한 물을 즐길 때 라우라는 옷을 벗고 그 앞에 알몸으로 섰다. 큰 창문으로 들어오는 뜨거운 햇빛에 그녀의 갈색 피부와 근육질의 날씬한 다리에 불규칙한 선처럼 길게 이어지는 상처가 선명하게 드러났다. 쥐가 들끓는 우리에 갇혀 쥐에게 물어뜯기듯, 분노와 고통이 슈바르츠 마음을 갉아먹었다. 라우라조차 이제 그런 마음을 잠재울 수 없을지 몰랐다.

그는 살아오면서 늘 그랬듯이 솔직하게 그 고통과 직면하기로 결심했다. 그가 손 쓸 틈 없이 그녀가 욕조로 들어가서 그와 함께 앉았다. 그는 이제 한순간도 더 기다리지 못할 것 같았다. 그동안의 침묵이 참을 수 없는 고통을 남겼고, 그 고통을 너무 오래 견뎌

더는 버틸 수 없었다. 이제 평생 처음으로 그의 마음 밑바닥에 남아 있던 모든 진실이 둑을 무너뜨리고 밖으로 나올 차례였다.

마침내 슈바르츠는 자신을 짓누르던 그 말을 하고 고백할 용기를 찾았다. 삶이라는 게임에서 속임수를 쓰려고 몇 년 동안 마음속에 키워왔던 수치를 털어버릴 용기를. 그리고 지금은 마치 악마가 그에게 빌려주었던 인생을, 다른 사람의 것을 훔쳐 진짜 그의 모습을 숨기게 해주었던 그 인생을 되찾으러 온 것 같은 기분이 들었다.

그래서 이제 이야기를 할 참이었다. 라우라는 그가 어떤 이야기를 할지 짐작이 갔다. 하지만 슈바르츠가 할 말은 라우라가 기대했던 말과 전혀 달랐다. 슈바르츠가 이야기를 시작했는데 고통으로, 그리고 무슨 말을 해도 제대로 표현할 수 없으리라는 생각에 목소리가 갈라졌다. 문장 하나하나가 악과 거짓으로 점철된 그의 인생을 말해주는 새로운 수단이 되었다.

"내가 쫓긴다는 걸 알게 됐지." 그가 말했다. "달리기 시작했지만 이미 늦었어." 그가 말을 멈추었다. 그가 잠시 머뭇거리는 듯했는데 라우라는 무슨 말을 하려는지 알아맞히려는 듯 그를 보았다. 어떤 면에서는 두 사람을 이어주는 이상한 마법이 곧 깨지고 말리라는 사실을 둘 다 알았던 것 같기도 하다. 그리고 그런 일이 일어났을 때 고통은 두 사람 모두에게 다른 무엇과도 비교할 수 없이 크리라.

"밀렵을 하는 게 최선은 아니었지만 배가 고팠거든. 나는 복병을 만나 상처를 입고 여우에게 물린 상태였어. 여우가 어떻게 나를 그렇게 세게 물었는지는 불가사의했지. 그렇게 작은 동물이 상당히 잔인한 공격성을 드러내더라고. 그때 내가 확실하게 안 건 조그맣기는 했지만 날카로운 이빨로 나를 물어서 면도날처럼 내 살을 베어버렸다는 거야. 여우에게 물리고 난 뒤 몸 상태가 좋지 않았어. 이틀 동안 머리가 계속 빙빙 돌았고 이상하게 온몸이 쑤셨지. 온몸에 상상할 수 없을 정도로 열이 났는데 마치 불길이 나를 집어삼키는 것 같았어.”

“지금처럼요?” 라우라가 그에게 물었다.

“어떻게 말해야 할까? 육체적인 어떤 거야. 심각한 병, 내 정신을 갉아먹는 그런 어떤 거였지. 죄책감이 아니라 병이었어. 어쨌든 너덜너덜해진 스위스 용병복은 내 상황을 좋게 하는 데 전혀 도움이 되지 않았어. 하지만 굶주린 배에서는 요란하게 소리가 났고 몸을 피할 곳이 필요했지. 나는 숲속 한가운데서 사냥개와 남자들의 추격을 받아 달렸던 거야. 시커먼 나무들 사이에서 남자들이 고함을 쳤지. 난 어깨에 사슴을 들쳐메고 있었어. 더는 달릴 수 없더군. 기운이 하나도 없었어. 그래서 그 자리에 서서 기다리기로 했지.”

“왜 그런 이야기를 하죠?” 라우라가 투덜거렸다. “나를 버리려는 거예요?” 그녀는 거의 용서를 구하는 사람처럼 조그맣게 말했다. 조금만 큰 소리로 말하면 고통이 더 극심해지기라도 할 것처럼. 하지만 지금보다 더 나쁜 상황이 벌어질 리는 없었다. 그런 걸 원하지도 않았다.

“내가 어떤 남자인지 당신에게 알려주고 싶어서야.” 그가 계속 말했다. “공터에 블러드하운드들이 나타나자마자 곧 한 놈이 무리에서 떨어져나와 내게로 다가와 내 목을 물어뜯으려고 덤벼들더군. 난 당황하지 않았지. 그래서 옆으로 피해 개의 가슴에 단도를 찔렀어. 다시 두 번 더 검을 찔러 죽여버렸지. 두 번째 개는 발로 차서 피했어. 나는 장검을 꺼내 개죽음을 당하지 않을 준비를 했어. 상황은 전혀 좋아지지 않았지. 곧 그 영지의 주인인 귀족의 돈을 받고 일하는 사병 두 명이 나타나더라고. 물론 그 병사들은 내가 있는 그 땅도 관리했어. 단둘은 아니었겠지만 그때는 다른 병사들은 보이지 않았어. 그자들은 아주 화려한 색 군복에 노란 바탕에 빨간 공 여섯 개가 새겨진 가죽 외투를 입었지."

바로 그 순간 라우라가 울음을 터뜨렸다. 그날 밤의 기억이, 노란 눈의 남자가 생각났던 것이다. 그 순간에야 라우라는 비로소 분명히 알게 되었다. 그녀의 인생 전체가 속임수로 점철되었고, 그녀가 단순한 운명의 장난에 놀아났을 뿐이었다는 것을. 하지만 그녀는 아무 말도 하지 않았다. 무슨 말을 할 수 있겠는가? 그저 계속 울기만 할 뿐이었다. 몸이 부서지는 게 아닐까 할 정도로 흐느꼈다.

"배가 갈라진 채 내 발밑에 쓰러져 있는 개와 다리가 부러져 계속 짖어대는 개를 보자 병사들은 잠시 생각할 것도 없이 검을 빼서 내게로 달려왔지. 내 행동의 대가를 치르게 하려는 거였어. 하지만 그들 생각대로 되지 않았지. 첫 번째 검을 공중에서 휘두르는 소리가 들리기가 무섭게 내가 몸을 숙여 검을 피했거든. 검이 내 머리 위의 바람만 가르고 허공에서 쉬잇 소리를 냈지. 남자가 방어태세를 갖추지 않은 채 검을 휘두르느라 몸의 균형을 잃고 배를 드러내서 나는 거의 기적적으로 그의 배를 온 힘을 다해 찌를 수 있었어.

그렇게 첫 번째 병사가 무릎을 꿇고 쓰러지며 검을 떨어뜨렸지.

그 광경을 지켜보던 다른 병사는 잠시 머뭇거렸는데 그 순간에 대한 비싼 대가를 치러야 했어. 내가 시간을 허비하지 않고 그의 장화를 단검으로 찔러 땅에서 한 발짝도 움직이지 못하게 만들어버렸거든. 단검이 땅에 박히는 둔탁한 소리와 비명이 연달아 들렸어. 난 더 기다리지 않고 그의 목을 베어버렸지. 내 속에 들어 있던 짐승 같은 분노가 예상치 못하게 폭발하자 겁에 질린 다른 개들이 컹컹 짖으며 뒷걸음질쳤어. 그 순간 더는 시간을 허비하지 않고 방금 죽인 남자의 외투를 벗겨 내가 입었어. 장화도 마찬가지였지. 주머니를 뒤져서 10피오리노를 꺼냈고.”

라우라는 죽을 것만 같았다. 그가 마지막 말은 하지 않기를 끝까지 바랐지만 그는 말을 하고 말았다.

라우라가 천천히 욕조에서 나왔다. 그 순간 그 곁에 있어야 한다는 생각만 해도 라우라는 구역질이 났다. 그때의 일로 그를 비난하지는 않았지만 머리보다 몸이 먼저 거의 본능적인 거부감을 드러내 거기에 저항할 수 없었다.

슈바르츠는 그녀에게서 멀어지는 기분이 들었다. 그러나 강물처럼 쏟아지는 말을 멈출 수 없었다. 그리고 그 말은 수천 개 검보다 그녀에게 더 큰 상처를 입혔다.

“나는 다시 사슴을 들쳐 메고 필사적으로 정신없이 달렸고 어떤 동굴 앞에서 쓰러졌어. 동굴 안으로 기어들어가 기절하고 말았지. 고열에도 시달렸는데 얼마 동안이었는지 짐작도 안 가. 겨우 무릎을 꿇을 수 있을 정도가 되었을 때 모닥불을 피우고 사슴을 잡아서 고기를 구웠지. 내가 계산한 대로라면 한 사흘째 되는 날이 끝나갈 무렵 몸 상태가 좋아지는 게 느껴졌어. 계속 정신이 오락가락하고 근육에 통증이 심하긴 했지만. 그리고 눈은 무서울 정도로 화끈거렸어. 일어설 수 있게 되었을 때 밖으로 나왔지. 사슴고기를 자루에 조금 담아 길을 떠났어. 마음속에서 뜨거운 불길이 나를 불태우는 기분이었지. 마치 뭔가가 나를 집어삼키는 것만 같았거든. 가라앉지 않는 갈증으로 목이 말라붙어 아플 지경이었어. 어떤 식으로든 고통을 쏟아내야만 했어. 그렇지만 어떻게 해야 할지 몰랐지. 전날 혼수상태에 빠졌다가 잠에서 깼을 때도 그런 욕구를 강렬하게 느꼈어.

숲에서 나온 나는 어떤 길로 들어갔고 계속 그 길을 따라 걷다보니 마차 한 대가 눈에 뜨이더군. 해 질 녘이었어. 마차 옆에 말 두 마리가 있었어. 멍에가 씌워지지 않았고, 도망을 가지 못하게 서로 묶여 있더라고. 주인이 근처에 없는 게 분명했지. 그래서 난 마차 안으로 들어갔어. 다 찢어졌지만 그래도 너무 사람들 눈에 띄는 외투 대신 갈아입을 옷을 구하려고. 검은 머리에 초록색 눈동자의 예쁜 소녀가 마차 안에 있었어. 그 뒤에 일어난 일은… 당신이 너무나 잘 알 테고. 그 흔적이 아직 남아 있으니."

라우라는 아무 말도 하지 않았다. 돌처럼 굳은 채 마지막으로 그를 보았다. 가슴이 찢어지는 것만 같았다. 비통하기 이를 데 없었다. 눈물은 말라버렸다. 말로 표현할 수도, 가늠할 수도 없는 공허감만 느꼈을 뿐이다.

그녀는 조용했다. 그가 욕조 밖으로 나와 물기를 닦고 옷을 입는 소리가 들렸다.

"당장 꺼져요." 그녀가 말했다. "앞으론 절대 나를 찾지 말아요. 혹시 다시 나를 만나게 되더라도 내 눈에 띄지 않게 조심해요. 안 그러면 죽여버릴 테니."

그럴 것이다. 슈바르츠는 앞으로 절대 그녀 앞에 나타나지 않을 것이다.

1440년 6월

MEDICI

48. 전쟁터를 향하여

콘테시나가 보기에 코시모의 얼굴에 피곤이 역력했다. 게다가 몹시 지쳐 있는 듯했다. 그녀를 안심시키려고 할 때면 늘 그랬듯이 코시모는 다정하게 미소를 지었지만 그녀는 위험이 그들 코앞으로 닥쳐왔으며 그들을 영원히 침몰시킬 수 있을 정도로 심각하다는 것을 알아차렸다. 밀라노와 전쟁은 정말 치명적일 수 있었다. 콘테시나는 예감이 좋지 않았다.

"돌아온다고 맹세해줘요." 눈물을 글썽이며 코시모에게 말했다. "이 전쟁은 일어나선 안 되었어요! 왜 전쟁을 한 거죠? 당신하고 로렌초는 왜 또 우리에게 이런 고통을 안겨주는 거예요? 추방으로 헤어져 산 것만으로는 부족했어요? 알베르게토에 갇혀 있을 때, 죽음의 문턱에서 적들 때문에 당신 자신을 알게 된 것만으로 충분하지 않았어요? 메디치가는 왜 언제나 운명에 도전해야만 하죠? 아니, 당신 말대로라면, 왜 자신들 뜻대로 운명을 만들려는 시도를 해야 하죠? 성공하지도 못하면서." 질문, 질문뿐이었다. 호전적이어서 막을 수 없는 군대처럼 그녀 입에서 이런 질문이 튀어나왔다. 폭풍 같은 질문이 코시모 마음 깊은 곳에 닿았다. 그녀는 자신 앞에 놓인 새로운 기다림에 대한 설명을 요구하고 있었다. 그녀가 단식과 기도로 남편의 승리를 기원하며 기다리리라는 데는 의심할 여지가 없었다. 그렇지만 그들 삶은 왜 언제든 끊어질 위험이 있는 줄에 묶여 있어야만 할까?

하지만 어떻게 한다 해도 코시모를 막을 방법이 없었다. 지금은 아니었다. 지난 십 년 동안 수많은 일이 일어났기에 그럴 수 없었다. 피렌체를 다시 손에 넣으려는 리날도의 크고 작은 시도를 지금껏 참아낸 것이 용했다.

코시모는 전쟁에 참가할 것이다. 그와 함께 로렌초도. 얼마 전부터 콘테시나는 이 순간을 예감했다. 어쨌든 이런 순간이 오리라는 걸 알았다. 얼마나 많은 교회를 건축했는지, 얼마나 많은 예술작품에 후원했는지, 혹은 고된 업무와 헌신으로 얼마나 많은 은행지점을 새롭게 개설했는지는 중요하지 않았다. 리날도 델리 알비치와 필리포 마리아 비스콘티가 건재하는 한 피렌체에 평화란 없다.

"여보, 가야 하오. 이번에는 빠질 수 없소. 전투에 참가해야 해, 로렌초와 함께. 사촌 베르나르데토가 우리 병사를 지휘할 거요. 지휘관이 내게 맡긴 책임을 두려움 없이 수행한다는 걸 모두에게 보여주고 싶소."

"그렇지만 당신 행동은 아무 의미가 없어요. 싸움은 병사들이 하게 내버려둬요!"

"제일선에서 싸울 정도로 미치광이는 아니야. 난 군인이 아니니까! 하지만 전쟁터로 나가 우리를 위해 싸우는 병사들 곁에 함께 있을 생각이오. 병사들이 나를 보면서 내가 우리 동맹을 믿는다는 걸 알게 될 거야. 필리포 마리아에게 대항하는 이 동맹을 내가 지지한다는 것도. 알겠소? 그렇지 않으면 내가 한 약속은 공허하게만 들릴 테고 아무 효과도 없을 거요. 그렇게 내버려둘 수 없어."

콘테시나가 고개를 숙이고 그를 포옹하더니 가만히 눈물이 마르길 기다렸다.

"전투의 중심에 서지 않겠다고 약속해요." 그녀가 조그맣게 말했다.

"난 내 가족을 무엇보다 소중히 생각하기 때문에 분노로 눈이 멀지 않아. 난 내 한계를 잘 안다오. 로렌초도 나와 마찬가지고."

그렇게 약속하며 코시모는 전쟁터로 떠났다. 그녀에게 입을 맞추고 말을 탔다. 그는 로렌초에게 가서 함께 도시의 성문 쪽으로 향했고, 콘테시나는 그런 남편 모습을 지켜보았다.

콘테시나는 늠름한 다비드상을 뚫어지게 보았다. 팔라초 메디치의 정원을 장식하기 위해 남편이 좋아하는 예술가 중 한 사람인 도나텔로에게 주문한 조각상이었다. 힘이 넘치는 근육과 천사처럼 아름다운 얼굴을 계속 바라보았다. 다비드 눈에 형언하기 힘든 뭔가가 담겨 있다고 생각했다. 조각상을 완성할 때 조각가가 어떤 영감을 받아 작품을 완성했는지 끝까지 이해할 수 없을 것 같았다. 대좌에서 대담하게 그녀를 보고 있는 조각상의 생각은 더 말할 것도 없고.

그날 아침 전쟁터로 떠날 때 남편의 눈길도 마찬가지였다. 도전에 대한 생각에 빠져 있어서인지 평상시에는 차분하던 그의 눈에 그늘이 져 있었다.

코시모와 로렌초는 말을 타고 베르나르데토 데 메디치와 미켈레토 아텐돌로와 루도비코 모체니고가 있는 곳으로 가기 위해 출발했다. 그들은 보르고 산세폴크로 근처에서 숙영하는 니콜로 피치니노 부대와 정면대결하게 될 것이다.

최근 몇 년 동안 피치니노는 무적의 남자 같았다. 그래서 콘테시나는 마음을 놓을 수 없었다. 그녀는 기도를 했다. 그녀가 할 수 있는 일이라고는 그것밖에 없었다.

슈바르츠는 피치니노의 의도를 완벽하게 이해했다. 이미 오래전부터 피치니노 곁에서 전투했기 때문에 그는 용병대장이 어떤 사람인지 속속들이 알았다.

피치니노보다 더 기회주의적인 사람은 없었다. 아마 용병들 사이에서 인기를 누리는 비결이 바로 그것인지도 몰랐다. 그리고 이번에도 그는 본성을 저버리지 않았다. 근래에 그는 교황청 장관의 허락을 얻어 페루자에 도착했고 기사 5백 명을 이끌고 포르타 디 산탄젤로 성문을 거쳐 페루자 시내로 들어갔다. 그리고 시 의회 앞에 이르자 말에서 내렸다. 거기서 회계담당인 미켈레 베니니를 공금을 횡령했다는 죄명으로 감옥에 가두었다. 그리고 나폴리 대주교인 장관을 설득해서 도시를 떠나 자기 편지를 가지고 교황 에우게니우스 4세에게 가게 했다. 페루자에서 8천 두카토를 넘겨받았는데 몰수했다고 말하는 게 더 맞는 말일 것이다. 그래서 부대로 돌아올 때는 떠날 때보다 훨씬 부자가 되어 있었다.

그런 일은 끝도 없는 그의 책략 중 하나에 불과했다. 그는 무젤로 시로 진격했고 불시에 약탈하며 평야를 황폐하게 만들었다. 필리포 마리아가 피렌체를 공격하라고 요구할 때까지, 아니 좀 더 정확히는 명령할 때까지 그런 공격은 계속되었다. 밀라노 공작은 피치니노가 파괴 작전을 펼치면서 너무 시간을 끌기만 해서 화가 났다. 공작은 당장 본보기가 될 만한 승리를 원했다. 가장 잔인하고 선망하는, 그렇기 때문에 가장 힘든 승리를.

그래서 피치니노는 그날 밤 부하들과 함께 산세폴크로에서 숙영하기로 결정했다. 산세폴크로는 발 티베리나와 발 디 키아나 사이의 산 발치에 자리한 소도시였다.

그의 부대원 1천여 명에다가 산세폴크로 주변 농촌에서 온 남자들 2천 명이 합류했다. 냉혹하고 대담하기로 명성이 자자한 피치니노가 최고의 승리를 보장했기 때문에 그 남자들은 쉽게 전리품을 손에 넣으리라 기대했다. 언제나처럼 피치니노는 산세폴크로 사람들이 8천 미터도 채 떨어지지 않은 이웃 앙기아리 주민들에게 가지고 있는 증오와 질투심이라는 감정을 자극했다.

바로 거기서 수천 가지 기발한 착상이 탄생했다. 마을을 공격하고 파괴한 뒤 까마귀 떼처럼 메디치 가문의 도시에 내려앉는 것이다. 그러나 이번에는 밀라노 공작에 대항하는 동맹군 병사들이 그들 눈앞에서 보란 듯이 야영하는 게 분명한 현실이었다. 동맹군이 기다리는 건 딱 하나였다. 그들은 피치니노가 부대를 움직일 때를 대비해 인내심을 가지고 대기 중이었다. 그들의 병영이 앙기아리 언덕 아래에 거무스름하게 모여 있었다. 제노바와 베네치아 군대만이 아니라 교황군까지 모두 출동했고 피렌체에서도 병력이 도착했다. 결과가 어찌 되었든 도시국가들 사이의 권력에 새로운 지형을 만들어낼 전투였다.

그런데 중요한 점은 밀라노군이 가장 최악의 상태로 이곳에 도착했다는 것이다. 현실적인 목표도 없고, 게다가 치밀한 전략도 없이 메뚜기 떼처럼 토스카나를 맴돈 뒤인지라 전투를 시작하는 데 좋은 시기는 아니었다. 사실상 기습공격도 물 건너갔다. 게다가 산세폴크로에서 병사 2천 명이 새롭게 합류하기는 했어도 피치니노 군은 수적으로 열세였다. 그래서 지금 비열한 피치니노는 슈바르츠를 보았다. 승리를 손에 넣을 놀라운 해결책을 그에게 제시하려는 중이었다. 리날도에게 선동당한 미치광이만이 이런 상황에서 희망을 품을 수 있었다. 리날도는 최근 한 달 동안 자기 한계와 단점을 모조리 드러냈다.

슈바르츠는 피치니노를 대단한 모사가라고 인정했지만 그가 얼마나 비열한지는 알지 못했다. 그러다 최근 그가 예전 주군보다 더 질이 좋지 않다는 걸 알게 되었다. 리날도는 수많은 전투에서 다양한 패배를 경험하며 굴욕을 겪고 실의에 빠져 있었고, 기다림 속에서 죽음을 알리는 악취를 맡았기 때문에 자신을 잃고 분노한 상태였다. 그는 한마디로 이제 빈 껍질이나 다름없었다. 그가 비겁하고 폭력적이지만 않았다면 슈바르츠는 동정심을 느꼈을 것이다. 어쨌든 그들은 공격을 할 것이다. 모든 상황이 최악을 예고하기는 했지만.

슈바르츠는 하루 종일 말을 달렸다. 그래서 솔직히 말해 몇 시간만이라도 잠을 자고 싶은 바람밖에 없었다. 얼마 전 니콜로 피치니노가 밤마다 몬테카스텔로 디 비비오의 주민들을 학살할 때 들었던 절망적인 비명이 아직도 귓가에 맴돌았다. 거리에서 학살당하는 남자들의 비명과 어린아이들의 울음소리, 약탈한 집의 식탁에서 강간당하던 여자들의 울부짖음이었다. 피치니노 병사들은 집집마다 불을 질렀다. 리날도는 정신 나간 병든 눈으로 타오르는 불길과 참극을 보며 기뻐했다.

그들은 가축들까지 훔쳤다. 하지만 슈바르츠가 보기에 피치니노는 조금 더 기괴한 행동을 해야 만족할 것 같았다. 동맹군의 존재는 완벽한 핑계였고 다음 날 공격하기에도 적당한 구실이었다. 피치니노의 대담한 욕망은 전투가 힘겨울수록 점점 더 커가는 듯했다.

"이보게 라인하르트." 그가 말했다. 슈바르츠에게 말을 하는 동안 숱이 많은 검은 콧수염으로도 완전히 가려지지 않는 뾰족한 송곳니가 번득였다. 그 송곳니는 유난히 길어서 꼭 짐승의 이빨 같았다. "내일 앙기아리를 공격할 계획일세. 거기서 약탈하고 상당한 전리품을 얻을 수 있어. 게다가 밀라노 공작은 앙기아리가 피렌체로 들어가는 관문이라고 생각한다네. 솔직히 말해 이번에는 공작의 생각이 정확하고 완벽한 것 같아. 그래서 공격하려는 걸세. 공격할 때 자네가 병사들을 지휘해주게. 나는 로마냐로 들어가는 척할 테지만 폰테 델레 포르케 다리에 도착하면 경기병대가 치테르나가로 전진할 걸세. 그사이 자네는 중기병대와 보병들을 지휘해서 강을 건너게. 그러면 앙기아리로 진격해서 동맹군을 불시에 공격할 수 있어."

'멋진 작전이군그래.' 슈바르츠가 생각했다. 그가 길게 숨을 들이쉬었다.

"자네가 아주 단순한 걸 좋아한다고 알고 있네만. 자네 천막에서 깜짝 선물이 기다린다네. 내가 부탁하는 일에 대한 일부 보상이야. 내가 자네를 잘 아는지 모르지만 어쨌든 지금으로서는 자네에게 최선의 선물일 거라고 생각하네."

"제 생각인데 리날도와 다른 귀족들은 전투가 끝나면 재정상태가 아주 좋아질 것 같습니다."

"자네 생각이 맞아."

"이것도 제 생각인데 대장님 명령에 이의를 제기할 수 없을 것 같습니다."

"자네는 용맹할 뿐만 아니라 총명하기도 하군."

"그렇다면 저는 가서 잠을 즐기겠습니다."

"푹 쉬게. 새벽에 기상할 거야. 해가 중천에 뜬 제일 더운 한낮에 공격할 생각이니까. 저 악당들이 전혀 예상하지 못한 순간일 테지. 그 시간에 공격할 생각은 미치광이밖에 하지 못할걸."

"알겠습니다." 대장이 내린 결정을 번복할 수 없다는 걸 알고 체념한 슈바르츠가 짧게 대답했다. 그리고 자기 천막 쪽으로 향했다. 그는 자신을 기다리는 사람이 누구인지 알 것 같았고, 진심으로 두려웠다. 자기 자신과 자신의 비겁함이 두려웠다. 인생에서 기대할 게 거의 없던 라우라의 삶을 영원히 파괴해버린 자신이. 오로지 거짓말과 폭력에 의지해서. 두 사람 중 한 사람에게 문제가 있다면 그 건 바로 그였다.

얼마 전부터 그를 끊임없이 짓누르는 부담감이 전투에서 동맹 군보다 먼저 그를 쓰러뜨리고 말 것이다. 그때 사건 이후 아직 라우 라를 만날 준비가 되어 있지 않다고 생각했다. 천막에서 그를 기다 리는 사람은 라우라가 분명했다. 슈바르츠는 조금도 의심하지 않 았다. 이 때문에 스스로 증오스러웠다.

그래서 있는 힘을 다해 단호하게 천막으로 가는 길이 아닌 다른 길로 접어들었다. 버려진 건초장으로 향했다. 그는 되도록 아무 생 각 없이 쉬어야 했다. 전투에서 살아남으면 라우라가 그에게 하고 싶어 하는 말을 다 들어주리라. 심지어 그를 죽이는 게 옳다고 생각 하면 그렇게 해줄 수도 있다. 그리고 그는 물론 그녀 손에 죽어 마 땅했다. 하지만 그 순간이 올 때까지는 이 위기를 잘 넘겨야 한다는 것 말고 다른 생각은 하고 싶지 않았다. 내일은 대학살이 벌어질 테 니 마지막까지 살아남기 위해 모든 힘을 동원해야만 했다.

49. 폰테 델레 포르케 다리

코시모는 앙기아리 성벽에 올라가 아래에 펼쳐진 평야를 지켜보 았다. 무더운 그날 아침 주위는 쥐 죽은 듯 고요했지만 뭔가 이상 했다. 지나치리만큼 조용했다. 동이 트자마자 산세폴크로는 분주 하게 움직였다. 요란한 벌집이 온 도시를 뒤덮은 것 같았다. 그러고 나자 무기들과 갑옷 부딪치는 소리가 서서히 하늘을 황금빛으로 물들이는 평온한 태양 속으로 빨려 들어가듯 수그러들었다.

코시모는 로렌초와 루도비코 모체니고, 그리고 특히 미켈레토 아텐돌로와 사촌인 베르나르데토 데 메디치와 그 문제를 상의했다. 확실한 것은 하나도 없지만 여우 같은 피치니노가 지금 뭔가 작전을 짜고 있다고 자신 있게 말할 수 있었다. 극악무도하게 사람을 죽이고 운명과 도박할 줄 아는 그의 능력은 유명할 뿐만 아니라 전설적이기까지 했다. 그래서 코시모는 동맹군과 앙기아리를 위해서 최대한 조심스럽게 병사 수백 명과 함께 성 밖으로 나가 폰테 델레 포르케 다리로 가기로 계획했다.

앙기아리와 산세폴크로 사이에 펼쳐진 들판의 길이가 적어도 8천 미터 정도는 되었지만 코시모는 적장이 속임수를 써서 그 거리를 최대한 좁힐 계획이라는 감이 왔다. 피치니노가 자신들의 보병과 기사들을 4천 미터 정도 노출시키지 않은 채 움직였다가 그 뒤 돌격하게 할 생각이라면 동맹군 병사들이 채 전투준비가 되지 않은 상태에서 기습당할 게 분명했다. 코시모는 바로 그 점이 걱정이었다.

그래서 6월의 무더위 속에서 베네치아군에게 한쪽은 치테르나로, 다른 쪽은 앙기아리로 곧장 향하게 되는 길로 움직이라고 부탁했다. 그가 잘못 판단했을 가능성도 있었지만 땀을 흘리며 말을 달리더라도 조금 늦게 앙기아리 언덕 밑에 자리한 병영으로 돌아가는 편을 택했다. 그게 밀라노 공작의 군대가 기습공격을 해서 시민들을 몰살하는 광경을 보는 것보다 수천 배 나았으므로. 태만으로 패배하게 되면 공작군에게 성문을 열어주게 될 테고, 적군은 피렌체까지 밀고 들어갈 수 있었다.

해가 높이 떴고 넓은 들판에 햇볕이 수직으로 내리쬐었다. 건초를 만들려고 풀을 벤 지가 얼마 되지 않아서 향긋한 풀냄새가 습기를 머금은 공기 중으로 진하게 번져나갔다. 코시모 일행은 신중을 기해 총총걸음으로 말을 달렸다. 한 시간도 안 돼서 그들은 폰테 델레 포르케 다리 근처에서 말을 멈췄다.

코시모는 숨을 몰아쉬었다. 땀이 목을 타고 줄줄 흘러내려 겉옷과 갑옷 밑의 가슴과 엉덩이까지 적셨다. 그는 들판에 외로이 서서 땅에 조그맣게 그늘을 드리우는 나무 밑으로 몸을 피해 시원한 바람을 좀 쐬어보려고 했다. 무더위 때문에 눈이 따가웠다. 바짝 마른 입술에 물통을 갖다 댔다.

햇볕에 달구어져 물이 뜨거웠지만 목이 타는 듯한 극심한 갈증은 가라앉혀주었다. 코시모는 말을 탄 채 가만히 서 있었다. 병사들은 지쳐서 쉬고 싶어 했지만 그럴수록 코시모와 로렌초뿐만 아니라 아텐돌로 대장과 루도비코 모체니고는 병사들에게 눈을 똑바로 뜨고 경계를 늦추지 말라고 격려했다. 병사들은 길게 늘어선 나무들 뒤에 숨어 있었다. 까마귀 떼가 불길하게 까악까악 울며 파란 하늘로 넓게 날아갔다.

시간이 서서히 흐르면서 코시모와 동료들은 자신들의 생각이 틀린 건 아닌지 걱정했지만 뜨거운 햇빛 속의 그 고요한 평야에 뭔가 이상한 점이 있기는 했다. 앙기아리 병영으로 되돌아가려고 말 머리를 돌리려던 바로 그 순간 그들은 자신들의 판단이 옳았음을 알게 되었다. 시커먼 먼지 구름이 나타나더니 서서히 그들 쪽으로 움직이는 게 보였다. 구름은 점점 더 그들과 가까워졌다. 코시모 눈에 차츰 투구와 흉갑, 검과 갑옷, 비스콘티 가문의 검은 뱀이 그려진 깃발과 니콜로 피치니노의 웅크린 표범 문장들이 또렷이 보이기 시작했다.

"이쪽으로 오는군요." 코시모가 말했다.

"틀림없습니다." 모체니고가 대답했다.

행렬이 다리 근처에 도착했을 때 모든 게 분명해졌다. 대열의 일부, 소수 병사가 치테르나와 로마냐 쪽으로 가는 듯 보였지만 보병과 중기병으로 구성된 대부분은 소리 없이 다리 쪽으로 달렸기 때문이다.

더욱 인상적이었던 점은 피치니노가 기습공격에서 엄청난 수의 창기병을 투입하기로 결정했다는 것이다. 그렇게 해서 치명적인 첫 공격으로 초장에 전세를 장악하려는 속셈이었다. 전투지와 거리를 좁히는 게 전투 결과에 큰 영향을 미칠 수 있었다.

"정말 코시모 씨 생각이 맞았군요." 미켈레토 아텐돌로가 소곤거렸다. "제일 무더운 시간에, 우리가 느슨하게 풀어져 있을 때를 골라 노출 거리를 줄이려고 했어요. 해가 중천에 있을 때 우리를 기습공격하려고 폰테 델레 포르케 다리를 통과하는 거지요. 우리는 그것도 모르고 천막 안에서 꼼짝도 하지 않고 밤이 되길 기다렸을 테고요. 피치니노는 진짜 여우군요!"

"원래 그런 자입니다."

"맞습니다. 그런데 우리에게 한 가지 문제가…." 아텐돌로가 계속 말했다. "우리 숫자가 너무 적습니다." 로렌초가 애석해하며 확인해주었다.

모체니고가 고개를 끄덕였다. "누군가 돌아가서 이쪽으로 지원군을 급히 보내야 합니다. 안 그러면 우린 몰살당해요." 그가 말했다. "코시모, 당신하고 동생분, 그리고 제 부하 둘 하고 돌아가셔서 지원군을 이끌고 다시 이곳으로 오십시오."

"그럼 여러분은 그사이에 어쩌려고요?"

"최선을 다해 다리를 지키겠습니다. 힘을 내세요! 허비할 시간이 없습니다. 살아서 집에 돌아가고 싶다면 전속력으로 말을 달리셔야 합니다."

그 말이 떨어지기가 무섭게 코시모와 로렌초는 말머리를 돌려 베네치아 호위병 두 명을 데리고 앙기아리로 달렸다.

보병들이 달리기 시작하자마자 슈바르츠는 뭔가 잘못되었다는 것을 알아차렸다. 다리 너머에서 번득이는 투구와 햇빛이 강철에 닿아 선명하게 반사된 빛이 얼핏 보이는 듯했다. 그렇지만 병사들은 동작을 멈추지 않고 보폭을 크게 해서 달렸다. 작열하는 태양 때문에 온몸이 땀에 젖었고 기운이 빠져 가끔 종종거리기는 했지만.

좋은 생각이 아니었다. 급습을 위해 힘과 에너지를 소모한 게 결과적으로는 실수였다. 슈바르츠는 지금 그것을 분명히 깨달았다. 병사들은 완전히 진이 빠져 앙기아리 성문에 도착할 게 분명했다. 이 기습작전은 훌륭한 계획이기는 하나 완전히 무모했다. 간단히 말해 피치니노가 후퇴는 염두에 두지 않은 채 병력 대부분을 평야에 투입했다고 적군이 믿고 있을 거라는 확신 위에서 모든 작전을 세웠다. 피치니노는 적이 방심하고 있다고 믿었다.

하지만 그 확신이 잘못된 게 아니었을까? 병사들을 죽음으로 몰고 있을지도 몰랐다. 슈바르츠는 자기 생각이 맞을까 봐 두려웠다. 지난밤 자신이 살아남지 못할 것 같은 예감이 들었던 건 둘째치고라도. 단 한 여자, 이 세상에서 그 무엇보다 중요했던 유일한 존재에게 검은 마음을 숨기는 일은 그의 정신을 지치게 만드는 경험이었다. 그렇게 깊은 고통을 경험하고 나자 자신이 결국 학살당하고 말 것이라는 확신이 들었다. 지난밤 스스로를 지키기 위해 라우라와 만남을 피하기까지 했는데도. 그래서 의심스러운 마음으로 돼지처럼 땀을 흘리며 저주스러운 폰테 델레 포르케 다리 너머에서 그를 기다리는 게 대체 무엇인지 알아내려고 말을 타고 서 있었다.

그게 뭔지 곧 밝혀졌다. 병사들이 다리를 건너기도 전에 시커먼 구름 같은 화살들이 날아들었다. 번개처럼 빠르게 날아드는 치명적인 화살 그림자들이 뜨거운 공기를 장식했다. 여러 색깔의 화살 꼬리 부분은 병사들의 가슴에 박히는 죽음의 장식술 같았다. 화살촉이 얇은 강철 갑옷들 사이의 틈을 치명적으로 파고들었다. 고통과 경악의 비명이 들려왔다. 들판의 흙과 누런 풀들 사이로 병사들이 쓰러졌다. 어떤 병사들은 강물로 쓰러져 텀벙 소리가 귀가 먹먹하게 울려 퍼졌다.

두 보병이 목에 박힌 화살을 빼내려고 발버둥치는 게 보였다. 두 팔을 허공으로 높이 들고 허우적거리는 병사도 있었다. 화살을 피해 달아나려 했으나 화살이 등에 와서 꽂힌 것이다. 병사의 검이 손에서 떨어져나갔고 머리를 떨군 채 고꾸라졌다. 예상치 못한 어처구니없는 죽음을 맞은 병사들의 얼굴은 공포와 분노로 뒤범벅되었다.

팽팽하게 겨누어진 적들의 활시위에서 무시무시한 소리와 함께 지옥의 메시지가 발사되었다. 기병과 기마 보병들로 구성된 첫 대열이 빗발치는 화살에 완전히 무너져버렸다. 다리는 지옥의 입구 같았다. 병사들은 지옥의 입구에서 부질없이 죽어갔고, 다리 건너에서 그들을 기다리던 게 분명한 사수들의 완벽한 표적이 되었다. 더 최악인 것은 밀라노 병사들이 죽어가는 말 밑에 쓰러져 말과 갑옷이 벽처럼 쌓였고 동맹군의 화살들은 별 어려움 없이 그 위로 날아와 꽂히곤 했다는 것이다.

다른 말로 하면 쉴 새 없이 병사들이 죽어갔다. 조그만 강은 피로 붉게 물들기 시작했다. 슈바르츠는 더 숨어 있을 수 없었다. 전위대를 지휘하며 적과 정면대결하기로 결심했다. 그리고 어떤 일이 벌어지는지 지켜볼 작정이었다. 성공에 대한 실낱 같은 희망이라도 가져보려고 보병들에게 간격을 넓히고 걸어서 강을 건너라고 명령했다. 그렇게 병사들을 우회해 적을 측면에서 공격하려는 것이었다.

그 작전이 교전의 결과를 뒤바꿀 수 있을지는 모르겠으나 그런 식으로 하면 적어도 밀라노군이 손쉬운 표적이 되지는 않을 것이다. 슈바르츠는 자기 작전이 맞아떨어지기를 진심으로 바랐다.

50. 결투

말들이 하얀 게거품을 물었다. 근육들이 불끈거렸고 햇빛을 받아 반짝였다. 코시모와 로렌초는 첫 교전만이 아니라 이 전투 전체의 운명이 그들이 달리는 속도에 좌우된다고 믿으며 미친 듯이 말을 달렸다.

정보에 따르면 코시모는 동맹군의 총병력이 숫자로는 피치니노 군을 훨씬 능가한다고 알고 있었다. 하지만 앙기아리 성벽 아래에 서 꼼짝 않고 있는 병사들은 아무 도움이 되지 않았다. 아텐돌로는 도시를 방어하는 병력을 이동시킬 생각은 전혀 없지만 그렇다고 소수 병사로 적과 대항하다가 모두 학살당해 비스콘티군에게 길을 내어줄 수도 없었다.

지금 당장은 아텐돌로가 전위대와 싸우고 있지만 코시모와 로 렌초가 폰테 델레 포르케 다리를 떠난 뒤 피치니노군 대부분이 밀 려들게 분명했다. 물론 적의 숫자가 늘어나면 베네치아군은 무너 져버리고 말 것이다. 코시모는 그렇게 내버려둘 수 없었다.

자신의 암갈색 말에 최대한 박차를 가했다. 말은 속도를 높이며 호응했다. 코시모는 신화 속 동물을 타고 달리는 기분이 들었다. 그 훌륭한 말은 그 정도로 빠르게 달렸다. 다시 한 번 더 박차를 가 했다.

들판이 노란 띠나 무지갯빛 띠가 되어 그의 눈앞으로 획획 지나 갔다. 로렌초가 옆에서 달렸다. 코시모는 동생을 곁에 둘 수 있게 해준 하느님께 감사했다. 바로 그 순간 코시모는 그들이 얼마나 많은 시간을 함께 보냈는지 생각해보았다. 그런 생각은 한순간에 불과했고 머리에 떠오른 이미지마저 자신들이 해야 할 일을 생각하자 순식간에 사라지기는 했지만 그래도 그런 생각은 코시모에게 미소를 선물해주었고 지금의 행동에 더 많은 신뢰와 열정을 불어넣어주었다.

금세 동맹군 병영이 눈에 보이는 곳에 도착했다. 앙기아리 성문이었다. 코시모가 보초병들에게 신호를 보냈다. 베네치아 병사들이 손에 든 마르코 성인의 사자가 그려진 깃발이 펄럭였고 메디치가 병사들이 쓴 투구의 깃털들이 흔들렸다.

"빨리, 빨리!" 코시모가 크게 외쳤다. "폰테 델레 포르케에서 전투가 벌어졌다! 제군들! 내게로!" 이렇게 고함치는 사이 그의 말이 병영 한가운데에 도착해 눈을 부릅뜨고 신경질적으로 빙빙 돌다가 땅을 발로 차더니 갑자기 등을 활처럼 구부렸다. 말이 흥분해서 앞발을 들고 날뛰었으나 코시모가 능숙하게 말을 다루어 재빨리 앞발을 내려놓게 만들었다. 그가 용병대장 시모네토 다 카스텔 산 피에트로와 교황군을 불렀다.

"시모네토! 이쪽으로!" 그가 다시 소리쳤다. "자네 병사들을 폰테 델레 포르케로 이동시키게. 달려가야 해. 안 그러면 미켈레토와 베네치아 병사들이 몰살당할 거야!"

상황이 급격히 나빠졌다. 사수들이 적의 선두 대열을 쓰러뜨리며 무시무시하게 전투를 시작한 뒤로 비스콘티군이 다시 전열을 정비한 듯했다. 아스토레 만프레디의 병사들이 도착하면서 대열이 불어났으며 비스콘티군은 창으로 무장하고 출격했다. 곧 강을 가로지르는 작은 돌다리 한가운데에서 전투가 벌어졌다. 양쪽 모두 물러설 기세가 아니었다. 어떻게 해서든 방어선을 지키려는 모체니고가 전투의 중심에 섰다.

모체니고의 온몸이 땀과 피에 젖었다. 그가 오른쪽에서 왼쪽으로 검을 내리쳐서 적의 팔을 절단했다. 그리고 빙그르르 돌아서 수평으로 검을 휘둘렀다. 진홍색 피 한 줄기가 공중으로 튀어올랐다. 다리로 몰려드는 기사들 때문에 움직이기가 힘들었다. 돌다리는 뜨거운 피와 내장으로 뒤범벅되어 있었다. 죽음의 냄새와 공포에 질린 사람들이 싼 똥냄새가 코를 찔러 참기 어려울 정도였다. 불같이 뜨거운 태양이 격전 현장을 달구었다.

모체니고는 어디에서 온지 모르는 칼날을 피했다. 화살 하나가 그의 눈과 한 뼘도 떨어지지 않은 지점으로 휙 소리를 내며 날아가더니 그를 뒤에서 공격하려던 공작 병사의 가슴에 꽂혔다.

적들을 멀리 쫓아버리려다가 너무 전진을 해서 다리 중간 지점을 넘은 게 틀림없었다. 아스토레 만프레디의 병사들을 물리칠 수 있다는 희망도 가질 수 없었다. 게다가 지금 그의 눈앞에 낯익은 소름끼치는 얼굴이 보였다. 미늘창을 든 남자였다. 끝이 갈라진 창날로 강철 갑옷들 사이를 찔렀다. 그 전사는 믿을 수 없을 정도로 능수능란하게 창을 움직였다. 풍차 날개처럼 창을 빙빙 돌리기도 하고 공성퇴*라도 되듯이 창으로 방어벽을 뚫거나 가로로 들고 찌르

---

* 공격 시 적의 성문을 부수기 위해 사용하는 전투 장비. 무거운 목재 끝에 쇳조각을 붙였다.

기를 하며 적들을 제거해나갔다.

처음에는 누구인지 기억 나지 않았지만 피에 뒤덮인 얼굴, 덥수룩한 금빛 수염과 투명할 정도로 맑은 눈동자를 보자 1년 전 기억이 떠올랐다. 베네치아의 한 파티에서 로렌초 데 메디치를 죽이려던 여자를 지키던 바로 그 남자였다.

그가 누구인지를 분명히 알게 된 바로 그 순간 그 스위스 용병이 모체니고를 공격했다. 그도 모체니고를 알아보고 미소를 지었다. 용병은 미늘창을 옆으로 던지더니 장검인 츠바이핸더를 빼내서 공중에서 빙빙 돌렸다. 그 거대한 검을 그렇게 돌리려면 초인적인 힘이 필요했다.

자신의 검이 스위스 용병의 검과 부딪쳤을 때 모체니고는 검 손잡이를 놓치지 않고 다리 난간 밖으로 튕겨져 나가지 않으려고 안간힘을 썼다. 그 남자의 눈 속에서 살인적인 분노가 뜨겁게 불타올랐다.

"너는!" 모체니고를 알아보고 소리쳤다. "넌, 모체니고 개새끼구나. 오늘 내 손에 죽어봐라. 그래, 내 이름은 슈바르츠다." 이렇게 말하며 다시 한 번 거대한 장검을 아래로 내리쳤다가 위를 향해 뻗었다. 모체니고는 방어 자세를 취하며 양손으로 공격을 막았다. 얼굴은 땀에 흠뻑 젖어 있었다. 슈바르츠의 검을 막아낼 때는 두 팔이 떨렸다. 그는 이 결투에 자신이 가진 힘을 다 쏟아 부어야 한다는 것을 알았지만 이미 지칠 대로 지쳐 기운이 없었다.

그러나 위험과 적을 두려워하지 않는 모습을 보여주려 했다.

"두고 보자!" 그가 크게 외치며 검을 오른쪽, 왼쪽으로 교차해서 두 번 휘둘렀다. 슈바르츠는 쉽게 방어했고 정신없이 검을 휘두르며 모체니고의 공격을 무력화했다. 모체니고는 뒤로 물러설 수밖에 없었다. 그때 자신만이 아니라 아텐돌로의 병사들이 모두 밀리는 것을 알아차렸다. 아텐돌로는 병사들을 지휘하며 최대한 땅을 내주지 않으려 했다. 하지만 대열의 병사 수가 점점 줄어들었다. 이제는 베네치아군 전사자들의 수를 세기도 어려웠다. 그렇지만 모체니고는 그의 등 뒤 병영에서 다리 쪽으로 쇄도하는 강철과 가죽의 물결을 보았다.

"버티자!" 모체니고는 외쳤다. 그러나 전혀 실현가능성 없는 외침이라는 것을 누구보다 잘 알았다. 그 순간 아까보다 훨씬 더 많은 비스콘티 병사들이 그들을 포위했고 양옆으로 나뉘어 강을 건너는 동시에 다리로 몰려들었다. 검을 든 강철 갑옷과 가죽 갑옷 병사들이 모체니고와 베네치아군을 둥글게 에워싸고 집게처럼 조여오며 그들을 가루로 만들겠다는 듯이 위협했다.

시간문제였다. 그리고 모체니고는 정말 시간이 별로 없다는 걸 알았다.

"너희는 희망이 없다." 슈바르츠가 그의 생각을 읽기라도 한 듯이 주장했다. 소름끼치는 상기된 얼굴에서 피가 들러붙은 눈이 차갑게 빛났다. 두 손으로 가공할 만한 츠바이핸더를 다시 한 번 모체니고를 향해 휘두르는 동안 입에서 침이 튀었다.

한 번, 또 한 번. 검이 부딪치는 요란한 소리가 들리더니 모체니고가 바닥에 무릎을 꿇었다. 슈바르츠는 모체니고에게서 저항할 힘을 빼앗는 중이었다. 이미 기운이 다 빠진 모체니고는 아랫배에서 마지막 남아 있는 힘을 끌어낸 듯 필사적으로 이리저리 검을 휘둘러보았다. 하지만 이미 스위스 용병은 꿇어앉은 그와 달리 똑바로 선 채 공격을 쉽게 막아내더니 역공으로 모체니고의 검을 멀리 날려보냈다.

검은 바람개비처럼 공중에서 빙글빙글 돌더니 그에게서 멀리 떨어진, 피로 물든 부드러운 땅에 가서 박혀 악마의 십자가처럼 흔들렸다. 모체니고가 두 팔을 벌리고 마지막 순간을 기다렸다. 순식간에 공격이 가해졌다.

코시모는 다리를 향해 죽을힘을 다해 달렸다. 그는 지쳐 있었다. 베르나르데토 데 메디치와 시모네토 다 카스텔 피에트로가 훨씬 힘이 넘치는 말을 타고 그를 앞질러 달렸다. 전장은 어떤 상황인지 종잡을 수 없는 상태였다. 동맹군 병사들이 폰테 델레 포르케 다리 근처에 속속 도착했다. 전위대들끼리 접전을 벌이는 게 한눈에 들어왔다. 병사들은 검으로 적의 검을 막아냈고 기병들은 잔인하게 난투를 벌이며 보병들을 쓰러뜨리고 아스토레 만프레디의 병사들과 싸우는 중이었다.

주위는 피바다였고 먼지와 병사들이 흘리는 땀밖에 없었다. 그때 코시모의 영혼을 얼어붙게 만드는 비명이 날카롭고 선명하게 들렸다. 곧이어 전장을 뒤흔드는 목소리가 전쟁의 신의 호통처럼 전장을 둘로 갈라놓았다.

그를 본 건 바로 그 순간이었다. 슈바르츠가 땅에 박힌 거대한 검에 한 손을 올려놓고 서 있었다. 다른 손에는 루도비코 모체니고의 머리를 들고 있었다.

코시모는 처음에는 이 상황을 이해하지 못했다. 그러다가 비명을 질렀다. 잠시 후 동맹군들이 측면에서 집중사격을 했다. 화살이 쏜살같이 날아와 비스콘티 병사들을 가차 없이 쓰러뜨렸다. 생지옥이었다.

51. 수치심

천사 군단이 하늘에서 화살을 쏘라는 명령을 기다리고 있기라도 했던 것처럼 화살이 비 오듯 쏟아졌다. 코시모는 그런 광경을 한 번도 본 적이 없었다. 그는 말을 돌려 몸을 피해보려 했다. 개똥지빠귀처럼 날아다니는 화살에 맞을 위험을 감수하면서 난투의 한가운데 있는 건 의미가 없었다. 화살의 파도가 쉴 새 없이 이어져 비스콘티의 병사들을 몰살했다. 안전한 곳을 찾아 뒤로 물러나던 코시모 눈에 앙기아리 언덕 양쪽에서 화살을 대량으로 쏘아대는 제노바 석궁사수 부대가 보였다. 치명적인 화살촉이 계곡을 뒤덮는 중이었다.

라우라는 전쟁터를 지켜보았다. 눈물이 줄줄 흘러내려 얼굴을 적셨다. 난투의 한가운데서 사자처럼 싸우는 슈바르츠를 보았다. 그녀에게서 도망치기보다는 차라리 죽음을 택한 듯했다. 그녀와 춤을 추고 그녀를 유혹해서 자신과 같이 가자고 애원하는 듯하기도 했다. 이 빌어먹을 인생에서 끝까지 그가 처절하게 사랑했던 사람은 바로 그녀라고 말하듯이. 다른 누구보다도, 그녀 자신보다도 더 그녀를 사랑했다고.

라우라는 그와 이야기를 나누고 마지막 순간을 그와 보낼 방법을 찾기를 바랐다. 저 위험한 전투에서 그가 무사히 돌아올 수 없으리라는 예감 때문이었다. 말로 설명하기 힘들지만 선명하게 느껴지는 절망적 예감이었다. 막연히 느껴지던 그 어떤 일을 그녀는 간절히 멈추고 싶었지만 지금 눈앞에서 그 일이 벌어졌다. 그녀는 무기력하게 바라보고만 있었다. 마음속에서 죄책감이 점점 커져 그 사악한 넝쿨이 검은 가지를 길게 뻗어 그녀를 옭아매 숨을 쉬기도 힘들었다. 진실을 알게 된 뒤, 그녀는 그것에 압도당했다.

어떻게 그 긴 시간 입을 다물고 있었을까? 그녀는 자신에게 폭력을 휘두른 남자를 사랑했고, 다른 사람들을 그로 착각해서 괴롭혔다. 메디치가 사람들에게 아무 죄가 없는 건 아니지만 잘못된 이유로, 심지어 비극적이기는 하지만 어처구니없는 이유로 라우라가 휘두른 폭력의 표적이 되었다.

그러나 어쨌든 슈바르츠는 그녀를 구해주고 지켜주었다. 극적인 그녀 인생에서 유일한 그녀 편이었다. 그녀를 보호해주고 곁에 있어주었다. 그런 행동이 동정심 때문이었을까? 연민 때문에? 아니면 성욕 때문이었을까? 그런 의문이 그녀를 괴롭히기는 했지만 라우라는 답을 이미 알았다. 그는 진심으로 그녀를 아꼈다. 어떤 의미에서는 오래전부터 알고 있던 사실이었다. 그녀와 슈바르츠같이 타락한 영혼만이 맺을 수 있는 관계 속에는 병적이고 사악한 뭔가가 들어 있었다. 그러나 그것은 운명이 그녀를 위해 아껴둔 가장 아름다운 감정이었다.

불꽃 튀는 사랑의 순간도 있었다. 그녀는 확실히 그것을 느꼈고 지금 그런 순간이 말로 표현하기 힘들 정도로 그리웠다. 그가 폭력적인 남자이고 음흉한 남자이기는 했지만 오래전 그녀에게 잔혹한 행동을 했을 때 그는 정상적인 상태가 아니었다. 그의 잘못은 그 말을 빠뜨렸으며, 거짓말을 했고, 침묵을 지켰다는 것이다. 그런데 그녀가 지금까지 만났던 남자들은 슈바르츠보다 나았나? 리날도는 어떤가? 팔라는? 필리포 마리아는? 그 저주스러운 행상인의 쇠사슬에 묶여 있던 내내 그녀를 암캐 취급하며 몸을 탐했던 그 괴물들은? 망설임 없이 목적을 위해 돈으로 사람을 사는 피렌체 귀족들은? 자기편에서 싸우게 하려고 돈으로 남자들을 사는 그 귀족들은? 그런 행동에 어느 정도 품위가 담겨 있을까? 얼마만큼 명예가 있을까?

그래서 지금 라우라는 후회했다. 왜곡된 사랑이기는 했으나 그것을 받아들이지 않은 걸 후회했다. 그가 말하지 않았다고, 말하기를 두려워했다고 그를 증오했던 자신이 후회되었다. 되돌아갈 수 없어 후회가 되었다.

전투 현장을 지켜보며 가슴속에서 슬픔이 점점 커져만 갔다. 그녀는 자신이 인생의 가장 아름다운 부분을 바람에 날려보냈다는 걸 알았기 때문에 흐느껴 울었다. 그게 많든 적든 상관없었다. 그녀로서는 그런 게 있다는 것만으로 충분했으니까.

하지만 지금은 남아 있지 않았다. 그리고 앞으로도 절대 가질 수 없으리라.

그녀는 햇빛 아래에서 번득이는 갑옷을 뚫어지게 바라보았다. 슈바르츠는 공격을 하고 사람들을 학살했다. 그녀에게는 조금도 중요하지 않았다. 백여 명은 죽인 것 같고 앞으로도 너끈히 그 정도를 해치울 듯했다. 그렇게 되었다. 그녀는 메디치가에 대항하는 쪽을 택했는데 지금 메디치가는 그녀가 사랑하는 남자를 죽이고 있었다.

물론 이게 전쟁이었다. 하지만 변명만으로는 충분하지 않았다. 결코. 사랑하는 남자를 위해 지금 그녀는 무얼 하는 걸까? 자신을 희생할 준비가 되어 있을까? 그 많은 고통의 시간을 보낸 뒤 그녀 영혼을 갈가리 찢어놓은 침묵 이후, 그를 거절하고 자신이 느낀 감정을 그냥 흘러가게 내버려두고 난 이후 그녀가 얻은 것은 무엇일까? 그녀에게 남은 건?

아무것도 없었다. 그녀가 원한 게 이걸까? 가만히 지켜보는 것? 경멸하는 남자의 정부로 살아가는 것도 이제 신물이 난다!

리날도는 도둑놈 같은 공작의 측근들과 함께 보급품 수레와 여러 보급품 사이에서 안전하게 보호받고 있었다. 그는 손을 피로 더럽히지 않으려 조심하며 전쟁터에서는 되도록 멀리 떨어져 있으려 했다.

라우라는 수레로 다가갔다. 누군가 수레에 올려놓은 검들이 있었다. 그녀는 그중 칼집에 든 검 하나를 허리춤에 확실하게 찔러넣었다. 그리고 그 순간 전쟁터를 지켜보던 겁쟁이들에게서 등을 돌리고 전쟁터를 향해 달리기 시작했다. 사랑하는 남자를 만나러. 그리고 다른 여자가 되기를 꿈꾸며.

로렌초는 하늘을 시커멓게 뒤덮었다가 비처럼 쏟아지는 화살을 보았다. 선명한 얼룩 하나가 파란 하늘을 뒤덮더니 전장으로 떨어져 적들을 쓰러뜨렸다. 하늘이 도운 공격이었다. 공중에서 퍼붓는 화살에 적의 대열이 자꾸 줄어들었다.

초반의 석궁 공격이 끝나자 병영 안쪽에서 분노의 포효가 들렸다. 땅에 설치해놓은 금속대포에서 나는 소리였다. 이 대포들은 조립이 끝나면 지상에 지옥을 만들어낼 수 있었다.

로렌초는 그것을 보았다. 지상의 지옥을.

포수들이 포탄을 쏘았다. 파란 하늘에 포물선을 그리며 날아간 무시무시한 포탄들이 아스토레 만프레디 병사들의 대열 속에서 폭발했다. 포탄들은 땅에 닿으며 폭발해서 병사들을 산산조각 냈다. 붉은 섬광과 탑 같은 불길이 포탄이 터진 곳에서 솟구쳐 올랐다. 격렬한 고통 속에서 방사상으로 퍼지는 풀과 진흙과 살점의 물결이 공기를 다 쓸어가버렸다.

로렌초는 가만히 서 있었다. 포효하는 대포소리에 귀가 먹먹했다. 병사들이 정면대결로 다리를 차지하기 위해 잔인한 난투 속으로 뛰어들었다. 적들은 파괴적인 폭탄의 위력에 당황해서 뒷걸음질쳤다. 깃발들은 진흙과 피범벅이었다. 후위부대와 예비부대와 함께 정렬해 있던 로렌초가 무릎을 꿇으며 주저앉았다. 자신의 눈을 믿을 수 없었다. 상상을 초월한 광경을 보았기 때문이다. 헤게모니를 위한 어떤 구상도 그런 대학살의 변명이 될 수 없었다. 통합의 이름으로 사람들을 학살했으니까.

욕이 나오게 무더운 오후의 공기 속에서 그는 겨우 숨을 쉬었다. 옆에서 죽어가는 사람들을 보는 일은 말로 표현하기도, 이해하기도 힘들었다. 그는 그저 가만히 지켜볼 수밖에 없었다. 혐오감이 수치심으로 폭발해 로렌초의 마음을 가득 채웠다. 그와 그의 형은 피 위에 그들의 정부를 세우게 될 것이다.

그 고통, 그 참극은 밤낮으로 매일 대면해야 할 저주받은 유산이 될 것이다. 앞으로도 계속 광기에 빠진 그 광경이 머릿속을 지배할 게 분명하며 결코 반복해서는 안 될 파국의 기억이 되리라. 결코 다시는 되풀이되어서는 안 된다고 로렌초는 스스로에게 말했다. 결코 다시는.

하지만 한편으로는 하느님께 감사했다. 그런 참극의 현장을 목격하면서 그는 공포를 인식했다. 형과 자신이, 되도록 손에 피를 묻히고 싶지 않아서 권력이라는 분명한 장치의 보호를 받으며 정면으로 마주하기를 너무나 자주 회피해왔던 공포를. 하지만 이제 그는 피를 흘리며 죽어가는 생명들과 피로 진흙창이 된 전쟁터를 목격했으므로 앞으로 절대 그것들을 모른 체할 수 없으리라.

그는 이 전투가 빨리 끝나길 진심으로 기도했다. 그의 형은 이 전투가 왕국들의 새로운 통합을 가져오게 될 거라고 약속했다. 형 말대로 되기를 간절히 바랐다.

1440년 7월

MEDICI

52. 교수형

교수대 위의 단으로 이어지는 계단을 오르기 시작했을 때 코시모는 무엇보다 사람들이 웅성거리는 소리에 깜짝 놀랐다. 그는 8인위원회를 위해 준비된 나무 의자에 앉았다. 그리고 아래를 내려다보니 수백, 수천은 되어 보이는 사람들이 운집해 있었다. 그들은 거의 믿기지 않는 듯, 그러나 분노와 피가 뿌려지는 것을 보려는 동물적 열망에 불타 눈을 부릅뜨고 있었다.

교수대로 죄인을 호송하는 수레가 광장에 도착하자 소음이 두 배로 커졌다. 사람들이 저주의 말이라도 되듯 죄인의 이름을 외쳤는데 어떤 면에서는 정말 그럴 수도 있었다.

"슈바르츠! 슈바르츠! 슈바르츠!" 남자, 여자 가릴 것 없이 외쳤다. 누군가 거기에 더해 소리를 쳤다. "배신자를 처형하라!" 사람들이 떠들썩하게 동조했다. 어떤 사람들은 욕을 퍼붓고 위협을 하기도 했다. 많은 사람이 썩은 과일과 채소를 수레에 탄 남자에게 던졌다. 남자가 앞에 나타나자 코시모는 그를 뚫어지게 보았다. 그의 얼굴이 매우 평화롭고 차분하면서도 쓸쓸한 표정이어서 코시모는 적잖이 놀랐다. 결국 항복을 하고 말았고 그 속에서 그 누구에 의해서도, 그 무엇으로도 상처 낼 수 없는 평온을 찾은 것 같았다. 죽음 같은 건 그와 아무 상관도 없는 듯했다.

맨살이 드러난 팔은 기둥에 묶여 있었다. 붉은빛이 도는 지저분한 긴 금발머리가 얼굴 위로 흘러내렸는데 머리카락이라기보다 더러운 끈 같았다. 무릎을 꿇은 발에는 족쇄가 채워져 있었다. 그렇지만 그는 할 수 있는 데까지 가슴을 딱 펴고 등을 꼿꼿이 세웠다.

그 많은 일을 겪었는데도 상상할 수 없을 정도로 힘이 있어 보였다. 팔라초 델 포데스타에서 간수들은 사정을 봐주지 않고 형벌과 고문을 가했다. 넓은 가슴은 이제 다 찢어져 사실상 누더기가 된 검은 외투에 덮여 있었는데 외투 때문에 그의 하얀 피부가 더욱 강조되었다. 얼굴은 칼자국과 멍투성이였고 피가 말라붙어 불그레하기도 했다. 입술은 퉁퉁 부었고 피딱지가 엉겨 있었다. 연하늘색 눈동자는 우물처럼 깊고 어두워서 그 밑바닥에서 본질적인 고통을 발견할 수 있을 것도 같았다. 하지만 그러한 겉모습이 죽음을 맞이하는 그 군인의 품위와 자존심을 조금도 훼손하지 못했다.

코시모는 그를 보며 다시 감탄하지 않을 수 없었다. 무엇보다 그는 훌륭하게 싸웠고 패배했다. 그러나 패배하긴 했어도 불명예스러운 행동은 전혀 하지 않았다. 앙기아리 전투에서 그를 굴복시키기 위해 병사가 적어도 여섯 명이 필요했다.

저 남자는 부질없이 재능을 얼마나 낭비한 것인가. 슈바르츠 같은 남자를 부하로 데리고 있으면 흥미로웠을 것이다. 아마도. 하지만 이제는 불가능한 일이었다. 그 대신 코시모는 그러한 광경 앞에서 냉소적이고 냉담한 생각을 하며 감정이 하나도 없는 자신에게 충격을 받았다. 한 군인의 죽음 앞에서 아무 느낌도 없는 남자가 된 걸까?

높이 세워놓은 교수대로 이어지는 계단을 오르면서 코시모는 자신이 동정심이나 공포를 느낄 거라 생각했다. 하지만 어떤 면에서는 정치와 권력, 고난과 격변하는 운명 때문에 본인도 인정하기 힘들 정도로 본질적으로 변했다고 할 수 있었다. 이제 인간 생명의 가치를 인정할 수조차 없을 정도로 타협과 계산의 기술을 단련한 걸까? 죄수에게 가해지는 가혹행위와 굴욕감을 익히 잘 알며, 지금 저 남자에게 내려진 사형선고를 피하기 위해 적들을 매수하는 데 주저하지 않았던 그였는데 말이다.

그는 자신이 전혀 자랑스럽지 않았다. 지금 거의 뻔뻔할 정도로, 그러니까 상황에 맞지 않게 슈바르츠가 보여주는 용기 있는 태도는 일평생 처음으로 매서운 따귀를 맞은 것처럼 그에게 충격을 주었다.

그러나 그는 지도자였고 피렌체 지배자였으므로 도시의 행복을 위해 임무를 수행해야만 했다. 그는 자신의 시대에 가장 훌륭한 남자가 아닐지도 모르지만 피렌체 정부가 그에게 요구하는 좋은 일, 나쁜 일을 모두 받아들임으로써 자기 죄를 갚을 수는 있을 것이다. 뒤로 물러서지 않아야 했다. 운명을 피하지도 말아야 했다. 아직 그럴 때가 아니었다.

그러나 이 사형집행이 폭력적으로 변질되게 해서도 안 되었다.

성난 군중이 고함을 쳤다. 최근 며칠 동안 나무로 만든 거대한 구조물이 시뇨리아 광장을 차지하고 있었다. 일주일 동안 목수 여러 명이 제작한 검은 교수대였다. 교수대가 자리한 단의 높이는 거의 삼 미터에 가까웠고 교수대는 사백오십 센티미터가량이어서 음산하면서도 무시무시하게 광장을 가득 메운 사람들 위에 우뚝 솟아 있었다. 교수대에는 까마귀들까지 그 광경을 놓치지 않으려는 듯 떼를 지어 앉아 있었다. 끝부분에 고리가 달린, 굵게 꼰 긴 밧줄이 으스스하게 매달려 있었다.

사형집행인은 떡갈나무만큼이나 키가 컸다. 징이 빼곡하게 박힌 검은 가죽 갑옷을 입고 있었다. 코시모는 그 남자가 정확하게 사형을 집행할 수 있게 해야 했다. 그렇게 해야 마땅했다. 최근 사형집행은 군중의 가장 밑바닥에 숨어 있는 본능을 폭발시키는 기회로 변질되는 경우가 잦았다. 그 의식은 두려움에서 벗어나기 위해 거행되는 것이기도 해서 막을 방법이 없기도 했다. 피렌체 시민들은 막연한 불안감을 떨치고 싶었지만 눈앞에선 이미 불안이 현실이 되고 있었다. 두 눈으로 말없이 지켜봐왔다. 루카를 함락하지 못했고 볼테라와 피사 전투로 너무 오래 시달렸다. 그러다가 지금 앞으로 더 많은 승리의 문을 열어주게 될 앙기아리 전투의 승리를 목격했다. 무엇보다 중요한 것은 그 승리로 평화와 번영의 시대가 시작되었다는 점이다.

그러나 코시모는 성난 파도를 잠재워야만 했다. 복수와 설욕의 의미가 정의보다 우위를 차지하게 내버려둘 수는 없었다. 그의 옆으로는 사법문제를 해결하는 시 최고기관인 8인위원회 위원 일곱

명이 의자에 앉아 있었다. 그들의 눈빛은 맑았는데 거의 딴생각을 하는 사람처럼 눈앞의 광경을 지켜보기만 했다. 그들은 눈앞에서 벌어지는 일보다는 고급스럽고 세련된 법복의 옷감에 더 관심이 있었다.

찜통 더위였다. 수레가 교수대 아래에 도착했다. 시 수비대원들이 슈바르츠를 수레에서 내리게 했다. 기둥에 묶여 있던 두 팔을 풀어주고 발목의 족쇄도 풀었다. 스위스 용병이 교수대의 나무 계단을 올라갔다. 몸에 묶인 쇠사슬들이 음산하게 덜그럭거렸다. 사형 집행인이 슈바르츠를 밧줄 아래쪽으로 밀고 목에 고리를 건 뒤 당기면 죄어지는 매듭을 당기자마자 군중이 포효했다.

슈바르츠는 이제 두렵지 않았다. 그는 라우라에게 진실을 밝힐 때를 제외하고 단 한 번도 두려운 적이 없었다. 이제 이보다 더 나은 상황을 바랄 수 없었다. 군중이 썩은 과일을 던지며 욕설을 퍼부어도, 사형집행인이 거대한 손으로 그의 머리를 밧줄 고리에 집어넣으며 얼굴에 침을 뱉어 성난 파도처럼 광장을 꽉 메운 군중을 자극해도 그는 코시모 데 메디치에게서 단 한순간도 눈을 떼지 않았다. 코시모는 높이 세운 단 위에 8인위원회 위원들과 함께 앉아 있었다. 코시모도 그를 보았지만 그와 시선을 마주하는 게 아주 힘들어 보였다. 결국 코시모가 눈을 돌렸다.

하찮고 우스꽝스럽고 심지어 부질없는 승리였지만 그래도 슈바르츠 얼굴에 냉소가 떠올랐다. 얼핏 미소라고 착각할 수도 있는 웃음이었다. 그는 코시모 데 메디치가 이제 피렌체를 지배한다는 것을 알았다. 앙기아리 전투의 승리로 그는 피렌체에서 절대적 지배권을 갖게 되었지만 슈바르츠는 그 권력이 코시모의 목을 조여주길 진심으로 바랐다.

시뇨리아를 정복하는 문제와 그것의 지배권을 유지하는 건 별개였다. 어떤 의미에서 보면 이런 식으로 세상을 떠나는 게 그에게 진정으로 위안이 되었다. 그는 잘 싸웠고, 조상들 이름을 더럽히지 않았다. 수많은 적을 죽였고 아름다운 여자를 진심으로 사랑했다. 대부분의 남자는 그가 누렸던 경이로운 것들의 절반이라도 누려볼 꿈조차 평생 꾸지 못한다. 세상을 뜨게 된 지금에야 처음으로 그는 그 사실을 깨달았다.

애석함은 없었다. 아니, 거의 없다고 해야 할 것이다. 마지막 한 가지 소망이 동요하는 그의 마음속에서 꿈틀거렸기 때문이다. 슈바르츠는 거기서 자유로워지기로 결심했다. 그가 크게 소리를 질렀다. 온몸의 힘을 다 끌어모아서.

아름다운 그 이름을 입 밖에 내려니 목소리가 나오지 않을 것만 같았다. 그는 드디어 특별한 이유도 없이 평생 입 밖에 내지 않기로 했던 그 말을 크게 외칠 용기를 냈다.

"사랑해, 라우라!" 그가 한 말은 이게 전부였다. 그리고 마침내 눈을 감았다. 모든 게 영원히 사라지길 기다렸다.

갑자기 발밑의 나무뚜껑이 열리는 게 느껴졌다. 두 다리와 나무의 접촉이 사라졌고 밧줄이 조여지자 채찍으로 목을 맞는 기분이 들었다. 군중의 함성이 광장을 메웠다.

그는 금방 죽지 않았다. 시간이 걸렸다. 무한한 순간이 흘렀다.

밧줄이 목을 졸라 호흡이 불가능해지고 공기가 텅 비어 투명해지고 마침내 숨을 쉴 때마다 눈에 보이지 않는 바늘들이 폭풍처럼 몰려들어 숨을 끊어놓았다.

고통스러웠다. 그의 육신이 마지막으로 죽음에 저항하며 필사적으로 숨을 내쉬려고 발버둥치는 사이 그의 정신과 마음은 라우라를 향해 날아갔다. 그는 세상 어느 곳에선가 그녀가 자신을 생각해주길 바랐다. 남아 있는 미세한 마지막 의식과 함께 그의 호흡이 멎었다.

53. 연민과 복수

코시모는 살아 있는 슈바르츠에겐 연민을 보이지 않았지만 적어도 죽은 뒤에라도 그런 감정을 인정하고 싶었다. 그래서 그가 죽은 걸 알아차리자 도시 수비대장에게 밤에 시신을 찾으러 오는 여자에게 그를 넘겨주라고 명령했다. 여자 이름은 라우라 리치였다.

시신을 찾으러 올지 확실하지는 않았지만 만일 그럴 경우 그는 슈바르츠의 시신을 그녀에게 주고 싶었다. 친구이든 애인이든 그녀에게는 중요한 사람이 분명했다. 그리고 이제 일이 이 정도 진행되었으므로 코시모가 바라는 것은 딱 하나였다. 평화. 그리고 적에게 관용을 보여주는 건 평화의 길로 들어서는 최고의 방식이었다.

수비대장은 그의 의도를 이해하지 못했지만 그 특이한 명령을 최대한 존중하겠다고 약속했다. 자신의 명예를 걸고. 코시모는 그에게 감사 인사를 한 뒤 집으로 가는 길로 들어섰다.

그 무렵 사형집행이 쉴 새 없이 이어졌다. 진짜 피의 목욕이었다. 코시모는 교수형이든 참수형이든 그것을 보려고 광장에 모인 사람들은 누구를 막론하고 마음속에 아직 남아 있던 인간성을 매번 조금씩 잃어간다고 확신했다. 오늘 사형집행이 마지막이라고 스스로에게 되뇌었다. 이제 도시는 공포의 계절을 뒤로하고 평화 속에 항해할 생각만 해야 한다. 그는 평화의 원칙 위에 공화국을 세우고 싶었다.

동생 로렌초는 이런 상황을 더 견디지 못해 카레지 별장에 피해 있었다. 광기의 시간을 보내고 난 뒤 로렌초는 은행 경영과 정치계에서 서서히 떠나기로 다짐했다. 코시모는 다시 생각해보라고 설득했지만 불가능하다는 걸 잘 알았다.

이건 옳지 않았다. 코시모는 집이 가까워지는 사이 한숨을 쉬었다. 아내와 두 아들이 자신을 불쌍히 여겨주길 기도했다.

라우라는 이제 끝났다고 생각하지는 않았다. 메디치가가 슈바르츠 시신을 가져가게 허락해주었다. 하지만 슈바르츠가 진실을 숨겼기 때문에 그녀가 메디치가에 품었던 증오의 감정과 고통은 그날 밤 진짜 증오로 변했다. 메디치가 일당은 도시를 손에 넣었다. 그렇게 하려고 메디치가는 수많은 생명을 죽였다. 정의의 휘장 뒤에 몸을 숨긴 채 전쟁터와 광장에서.

검을 가지고 앙기아리 전장으로 달려갔지만 라우라는 별다른 일을 하지 못했다. 평지에 도착했을 때 포탄이 폭발해 공중으로 날

아간 병사들, 화살을 온몸에 맞고 바닥에 쓰러져 있거나 팔다리가 잘렸거나 부상을 당해 죽어가는 병사들을 보았다.

그녀는 그런 끔찍한 광경 앞에서 돌처럼 굳어 꼼짝하지 못했다. 그저 어디에서라도 슈바르츠를 발견하길 기대하며 사방을 둘러보았다. 하지만 곧 살아남아 정신없이 퇴각하는 피치니노 부대원들에게 휩쓸려들어 가고 말았다. 그녀는 머리를 공격받아 땅에, 피와 흙먼지 속에 쓰러졌다.

얼마 뒤 정신을 다시 차린 그녀는 유령처럼 전쟁터를 돌아다녔다. 그녀가 발견한 건 시신들뿐이었다. 슈바르츠는 그 시신들 속에 없는 듯했다. 악취를 참기 힘들었다. 무더위 때문에 벌써 시체 썩는 냄새가 진동했고 감각을 마비시켜버렸다. 한 발 한 발 떼어놓다가 접전 장소에서 멀리 떨어진 곳에서, 그러니까 산세폴크로로 가는 방향에서 노란 풀을 뜯어먹는 말을 발견했다. 그녀는 말에 올라타 그곳을 떠났다.

일주일 뒤 피렌체에 도착했다. 교수대 밑에. 호위병 몇 명과 함께였다. 그녀가 여행할 계획이 있을 때면 필리포 마리아가 그녀를 호위하게 한 병사들이었다. 그들은 베네치아를 배신한 병사들이어서 피렌체 동맹군처럼 보일 수 있었다. 그들은 은밀히 시신을 묻어줄 사람을 구했다. 그 사람은 몇 두카토만 받고도 기꺼이 수레로 시신을 운반해주기로 했다.

그들이 교수대에 도착하자 도시 수비대장이 혹시 라우라 리치냐고 물었다. 라우라 리치 본인일 경우 시체를 가져가게 허락해줄 수 있었기 때문이다. 코시모 데 메디치에게서 직접 그런 명령을 받았다고 말했다. 라우라는 잠시 혹시 함정이 아닐까 생각했지만 곧 그 말을 믿기로 했다. 무엇보다 이미 잃을 건 다 잃었는데 더 잃을 게 뭐가 있단 말인가? 시체를 매장할 남자가 베네치아인들의 도움을 받아 슈바르츠 시신을 수레에 올려놓았다.

도시 수비대장은 그들에게 문제가 일어나지 않도록 라우라와 베네치아인들을 산 조르조 성문까지 호위했다. 성문에 도착한 뒤로는 라우라 일행만 길을 계속 갔다. 그들은 한밤중에 들판에 있는 별장에서 묵었다. 별장 주인에게 숙박비를 넉넉하게 주었다. 라우라는 슈바르츠 시신을 자기 방으로 옮겨 검은 나무 탁자에 올려놓게 했다. 그래서 지금 슈바르츠는 거기 있었다.

라우라는 그를 바라보았다. 마침내 혼자가 되자 그녀는 눈물을 흘렸다. 용서를 구하는 눈물이었다. 슈바르츠에게, 그리고 자기 자신에게. 그를 떠난 죄책감을 덜기 위해서였다. 눈물이 더 나오지 않을 때까지 실컷 울고 난 뒤 눈물을 다 닦고 일을 시작했다. 얼굴과 손을 씻고 마음먹은 대로 일을 진행했다.

그녀는 슈바르츠에게 다가갔다. 입과 코와 눈과 다른 구멍을 닦는 일부터 했다. 그녀는 이때 사용하려고 만든 식초와 레몬과 말린 금잔화 혼합물을 사용했다. 꽤 시간이 걸렸지만 주의 깊고 세심하게 꼼꼼히 닦아나갔다. 올리브오일로 만든 비누를 바른 뒤 몸의 털을 깎아서 피부를 만졌을 때 최대한 매끄럽게 만들었다. 그리고 부드러운 스펀지와 물에 적신 리넨 수건으로 슈바르츠의 튼튼한 팔다리를 닦았다.

그의 몸은 대리석처럼 차가웠고 살아 있을 때도 하얗던 피부는 거의 푸른빛이 돌 정도였다. 하지만 라우라에게는 아무 상관이 없었다. 그의 외모는 여전히 훌륭했다. 장미로 향을 낸 얼음물로 몸을 씻었다. 그리고 몸을 마사지했다. 근육이 아플 정도로 오랫동안. 기운이 다 빠졌지만 그렇게 할 수 있어서 그녀는 한없이 기뻤다. 그녀는 완벽하게 해내고 싶었고, 죽음의 흔적을 다 지워주고 싶었다.

파랗고 아름다운 눈을 영원히 감겨준 뒤 향유와 오일을 온몸에 발라 넓은 방 안에 감도는 죽음의 냄새를 물리쳤다. 입을 닫아주고 가느다란 실로 봉합했다. 그녀는 지난 일 년간 하지 못했던 모든 일을 그를 위해 해주고 싶었다. 아무도 흉내 낼 수 없을 정도로 정성스레 시신을 수습하고 염을 하고 싶었다. 그 순간 그녀가 하는 일은 슈바르츠에 대한 가장 진실한 사랑을 고백하는 것과 같았다.

그녀는 자기 잘못과 배신의 대가를 치르고 집념을 불태워 어느 날엔가 복수하고 싶었다. 일을 마치자 민트향과 쑥기풀향이 나는 붕대와 리넨 천으로 시신을 감쌌다. 염을 다 마쳤을 때 이미 해가 하늘 높이 떠 있었다.

커튼을 닫자 햇살이 희미하게 스며들었다. 방 안이 다시 어둑어둑해졌고, 그녀는 다마스크 벨벳 소파에 앉았다. 잠깐 눈을 붙이고 싶었지만 잠이 오지 않았다. 처절한 복수를 갈망하다보니 분노에 휩싸이며 정신이 피폐해졌다. 정신을 집중해 육체적으로 고된 일을 하고 난 지금, 그녀 마음의 가장 어두운 한구석에서 잔인한 상상력이 활개를 쳤다.

그녀는 한 가지 계획을 위해 몸을 바칠 작정이었다. 메디치 가문 후손들의 씨를 말릴 것이다. 그들에게 이집트에 내려진 열 가지 재앙 중 여덟 번째 재앙*을 가져다줄 생각이었다. 자식을 낳아서 메디치가를 증오하게 키울 테고, 그 자식은 장차 살인자나 배신자, 코시모 데 메디치 후손들을 처치할 수 있는 남자가 될 것이다.

그녀는 아직 아름다웠다. 그리고 자식을 낳을 수 있었다. 여전히 교활했고 냉혹함은 끝을 몰랐다. 복수는 연기되었을 뿐이다. 언젠가 그녀는 메디치가에 날개 달린 악령처럼 내려앉아 그들 심장을 끄집어내 날카롭게 번득이는 창에 꽂아 심장이 시뻘건 피를 뚝뚝 흘리며 펄떡이게 만들 것이다.

슈바르츠에게 그렇게 맹세했다. 자기 자신에게 약속했다. 그러자 드디어 스르르 잠에 빠져들었다.

54. 로렌초의 죽음

코시모가 납득하기 어려울 정도로 갑작스레 모든 일이 벌어졌다. 그와 동생이 앙기아리 전투에서 나란히 싸운 뒤로 한 달도 채 지나지 않았는데 로렌초는 죽음과 싸웠고 지금 그의 앞에 있는 소파에 조심스레 기대어 앉아 있었다. 남은 시간이 얼마 없었다.

코시모는 방금 카레지 별장에 도착했다. 슈바르츠의 교수형을 지켜본 뒤 집으로 돌아왔는데 바로 집 앞에서 그에게 소식을 알리

---

* 우박 피해를 입지 않은 농작물을 메뚜기 떼가 갉아먹는 재앙. 곡식을 순식간에 파괴해버리는 재앙을 말한다.

러 가던 하녀를 만났다. 하녀는 당황한 얼굴이었다. 그날 아침 로렌초가 정신을 잃고 쓰러져 방금 전 가족이 모두 카레지 별장으로 떠났다고 알렸다.

코시모는 지체하지 않고 말에 뛰어올라 카레지로 달렸다. 그 무렵 로렌초는 카레지 별장에서 그가 제일 좋아하는 여가활동인 사냥에 전념하며 조용히 지내기로 결정했다. 앙기아리의 피를 보고 고통스러워하다가 시골로 떠난 것이다. 그리고 지금 거기 있었다.

"어떻게 이런 일이, 어떻게…." 지네브라가 남편을 보며 중얼거렸다. 말을 제대로 하기도 힘들었다. 7월의 무더위가 기승을 부렸지만 로렌초는 정원을 마주 보는 주랑에서 늘 앉던 소파에 앉아 있었다. 로렌초는 그 정원을 몹시 사랑해서 만일 삶을 마감해야 한다면 그곳에서 죽음을 맞고 싶다고 말하곤 했다.

지네브라가 눈물을 흘리며 코시모를 포옹한 뒤 동생에게 다가가게 해주었다. 로렌초는 정말 말을 하는 것도 힘들어했다. 하룻밤 사이에 십 년은 더 늙은 듯했다. 아름답게 반짝이던 초록 눈은 힘을 잃었고 색도 희미해졌다. 한때 풍성했던 밤색 머리는 이미 백발이 성성했다.

"형." 그가 입을 열었다. "갈 때가 된 것 같아. 솔직히 말하면 나도 이렇게 빠르리라고는 예상하지 못했어. 그렇지만 하느님이 나를 위해 마련해주신 건 다 받아들여야지."

코시모가 동생 손을 꼭 쥐었다.

"농담이라도 그런 말 하지 마라, 로렌초."

"형, 솔직히 말하면 몇 시간 남지 않았어. 가슴 통증이 심해. 의사들이 내일 아침 해를 보지 못할 거라고 하네. 그래서 시간을 낭비하고 싶지 않아…." 로렌초는 하고 싶은 말을 다하려고 마지막 힘을 모두 끌어모았다. "내가 제일 걱정하는 건 내 가족이야. 형이 지네브라와 우리 두 아들, 프란체스코와 피에르프란체스코를 돌봐줘. 형보다 더 우리 애들을 잘 보살펴줄 사람은 없어."

"내가 너희 가족을 얼마나 사랑하는지 알잖아. 조반니와 피에로하고 똑같이 두 아이를 계속 사랑할 거다." 코시모가 낮은 목소리로 대답했다.

"그렇게 말해줘서 고마워. 형 동생이어서 자랑스러웠어…. 오늘도 우리가 니콜로 다 우차노를 설득하려고 함께 말을 달려가던 때를 떠올렸어…. 그리고… 그리고 프란체스코 스포르차 병영에서…. 형 생각나지?"

"생각나고말고. 로렌초, 어떻게 잊을 수 있겠니?"

로렌초가 고개를 끄덕였다. 마지막 순간에 둘이 함께했던 기억을 모두 떠올려보고 싶기라도 한 듯 계속 말을 이으려 했다. 코시모는 동생의 뜻을 알아차렸다. 그래서 동생이 힘들게 말하지 않게 하려고 자신이 말을 이어나갔다. 그들 주위의 시간이 멈춰버린 듯했다. 아내들과 아들과 조카들이 숨을 죽이고 한 시대의 종말을 조용히 지켜보았다.

"그리고 내가 형벌을 받고 알베르게토에 갇혔잖아. 네가 군대를 소집하고 피렌체 성문 앞에 부대를 거느리고 있다가…." 코시모가 계속 말했다. "우리가 추방되었다는 사실을 알게 됐지. 그래서 베네치아에 갔고 그 사악한 여자와 암살 시도…." 그 말을 하려 하자 감정이 북받쳐 목소리가 갈라졌다. 가슴 한쪽이 찢기는 기분이었기 때문에 눈물이 흐르기 시작했다.

"맞, 맞아…." 로렌초가 그의 말을 가로막았다 그리고 형의 팔을 잡으며 이번에는 자기가 말을 하고 싶어 했다. "… 그, 그리고 피렌체로 돌아왔지…. 동맹, 공의회… 페라라, 피렌체, 그리고 앙기아리…." 그런 말들을 중얼거리는 동안 코시모 팔을 잡은 손에 힘이 점점 빠졌고 곧 그 팔을 놓아버렸다. 목소리가 가늘어지더니 웅얼거림으로 변했다가 잦아들었다. 항상 활기 있게 빛나던 눈에서 자연스러운 반짝임이 사라지더니 눈동자가 보석처럼 굳어버렸다. 코시모가 그를 포옹하고 가슴에 꼭 끌어안았다. 눈물이 흘러나왔다.

이제 로렌초는 없었다. 그의 용기, 불타던 정의감, 고귀한 정신과 넓은 마음이 한없이 그리울 것이다. 흔들림 없고 듣기 좋은 목소리, 사려 깊은 말, 축일이면 밝게 웃던 웃음소리, 슬픈 일을 당한 사람들을 위로하던 애도의 말을 이제 다시는 들을 수 없었다.

코시모는 다른 사람들에게 뭔가 말을 해보려 했지만 적당한 말을 찾을 수 없었다. 특히 퉁퉁 부은 검은 눈으로 그와 로렌초를 보는 지네브라와 고통으로 넋이 나간 프란체스코와 피에르프란체스코에게, 그리고 콘테시나와 조반니와 피에로에게 뭐라 말해야 할지 알 수 없었다. 말이 영원히 사라져버린 것만 같았다.

그는 죽음이 제일 먼저 로렌초를 데려가버린 현실이 부당하다고 생각했다. 로렌초는 젊고 누구보다 착하고 정의로웠다. 그는 통치 수단이나 맡은 책임을 이용해 이익을 얻고 이윤을 내려고 공모

하거나 음모를 짜본 적이 없었다. 다른 사람 것을 빼앗으려 애써본 적도 없었고, 항상 자신을 방어할 뿐 공격하지 않았다. 로렌초는 결코 공격적이고 저속한 방법을 사용하는 사람이 아니었다.

코시모는 마음이 많이 아팠다. 동생 없이 살아가야 한다면 삶은 의미 자체를 잃을 터였다. 로렌초 없이 어떻게 행동할 수 있을까? 로렌초는 메디치가의 핵심이었다. 코시모가 정치에 몰두하고 여러 책임을 맡아 바쁠 때 로렌초가 항상 집에 있었다. 로렌초는 조반니 데 벤치와 함께 다른 누구보다 열심히 은행 활동을 다양화하고 확장하면서 여러 지점의 직원들이 충실하게 은행을 관리할 수 있게 했으며, 늘 직원들이 좋은 환경에서 일하도록 신경 썼다. 로렌초는 잡담으로 시간을 낭비하지 않고 자기 일에 집중했다.

코시모는 동생을 아름다운 벨벳 소파에 편안히 앉혔다. 그리고 지네브라와 콘테시나, 프란체스코, 조반니, 피에르프란체스코, 피에로에게로 다가갔다. 한 가족이었기에 그들을 모두 얼싸안았다. 지금 가족에게 신경 쓸 사람은 코시모, 오로지 그 자신밖에 없었다. 물론 그는 가족의 미래를 안전하게 보장할 것이다. 도시의 평화와 안전을 위해 몸을 아끼지 않겠지만 지금은 애정과 안정, 가르침과 경청이 필요한 시간이었다. 내부의 파벌 싸움과 매수는 이제 끝내야 했다. 비밀동맹과 공의회, 헤게모니를 전복하는 음모와 관직 임명도 이제 중단해야 했다.

그는 가족 안에서 살아야 했다. 정치에서 서서히 은퇴해 그가 오랜 세월 맡아왔던, 메디치가와 그 지지자들의 번영을 보장하는 일은 자식들에게 물려줄 생각이었다. 그리고 남자로서 모습을 차차

감춰나갈 것이다. 너무 늦기 전에 멈춰야 했다. 동생을 위해 그렇게 해야만 했다. 이렇게 어처구니없게 죽은 동생을 기리기 위해서라도.

물론 가족을 위해 전력을 다하겠지만 그것은 가족의 유산을 보존하고 번영과 경제적 안정을 보장하기 위해서만이 아니었다. 무엇보다 사랑과 교육, 가르침과 배움의 순간이 그 자신과 아들과 조카들에게 꼭 필요해서였다. 이제 그 어느 때보다 지네브라와 콘테시나에게 그가 필요했다. 그러니까 자신을 성찰하고, 가족을 보살피고, 이야기를 들어주고, 보호해야 할 시간이 찾아온 것이다. 로렌초가 그에게 그것을 가르쳐주었다. 그는 동생의 가르침대로 하겠다고 마음 먹었다.

코시모는 가족들과 포옹을 끝내고 동생의 시신을 집 안으로 옮기기 위해 하인들을 부르러 달려갔다. 하인들이 조문객이 조의를 표할 수 있게 영안실을 마련할 것이다. 그런 다음 코시모는 산 로렌초 성당에서 성대한 장례식을 치를 준비를 해야 했다.

코시모는 파란 하늘을 올려다보았다. 금빛 풀들에 눈부신 햇살을 퍼뜨리는 뜨거운 태양을 보았다.

1453년 9월

MEDICI

55. 아름다운 희망

나의 친구 코시모에게

잘 지내고 계시는지요. 지혜롭고 사려 깊게 생활하고 계시리라 믿습니다. 풍부한 경험과 오랜 인내에서 탄생한 당신의 그런 장점은 시간이라는 눈부신 용광로에서 단련된 아주 값진 보석으로 나이가 들수록 더욱 빛나리라 저는 확신합니다.

당신이 보낸 편지를 받고 곧 답장을 쓰는데 안타깝게도 이건 제가 쓰고 싶었던 편지가 아닙니다. 그러니까 당신도 알고 계시듯이 당신을 존경하는 마음은 늘 한결같지만 지금은 급히 편지를 써야 해서 그 마음을 제대로 담을 수 없을 것 같습니다.

콘스탄티노플이 함락되어 사실 저는 다시 기운을 차리기도 힘들 뿐만 아니라 그와 같은 비극이 어떤 중요성과 의미가 있을지도 알 수 없을 만큼 실의에 빠졌습니다. 사랑하는 나의 도시가 함락되어 저 자신이 영원히 사라진 것 같은 기분입니다. 그리고 이제 제게는 예전과 같은 것이 하나도 없기 때문에 어떤 의미에서는 정말 그런 게 아닐지 두

렵습니다.

수많은 사람이 오스만의 노예가 되었다는 생각을 하면, 그뿐만 아니라 더 최악으로, 최상의 행운과 기쁨을 누리다가 끝을 알 수 없는 깊고 어두운 불행의 나락으로 떨어졌다고 생각하면 한시도 마음의 평화를 찾을 수 없습니다.

이미 오래전 서방의 가톨릭교회에서 피신처를 찾았으니 저 자신이 도망자라는 생각이 들어 더욱 고통스럽기만 합니다. 개인적 이득만 생각해서, 그러니까 제 목숨을 부지하기 위해 제가 사랑했던 것들로부터 영원히 멀어졌으므로 저는 비겁한 자이고 배신자입니다. 그렇게 안전을 얻었으나 이제는 영원히 고향으로 돌아가지 못하고 떠돌게 된 듯합니다. 당신도 아주 오래전 다른 이들의 배신과 음모로 사랑하던 피렌체에서 부당하게 쫓겨나 유배생활을 해보셨으니 제가 지금 하는 말을 완전히 이해하시리라 생각합니다.

형언할 수 없이 아름다운 비잔티움의 교회와 궁전들, 필사본과 회고록들에 담긴 아름다운 문구, 영원히 사라지게 될 경이로운 우리 언어를 잠시라도 떠올리게 되면 어쩔 수 없이 13년 전 우리가 피렌체 산로렌초 성당에서 나누었던 대화를 생각하게 됩니다. 기억하십니까?

그때 우리는 희망에 부풀어 미래를 낙관했고 두 교회의 평화와 대통합을 꿈꾸며 무적으로 보이던 이슬람세력의 공격에 치밀하게 대응할 수 있다고 생각했지요. 그런데 이런 일이 벌어졌습니다. 그 어떤 말로도 교황의 실책을 다 설명하지 못할 겁니다. 그리고 이제 모두들 우리가 그 일에 직접적인 책임은 없지만 공범자라고 비난할 겁니다.

정치와 정신적 힘의 중심이 몰락하면서 내 동족도 멸망했고 그와 더

불어 유일하게, 야만인과 우리의 차이를 만들어내는 책과 언어가 사라질 것이라는 생각을 하면 마음이 무거워집니다. 그리고 제 마음이 얼마나 동요하는지, 얼마나 많은 씁쓸한 생각이 제 머릿속에 맴도는지 제대로 표현할 수 없습니다.

어쨌든 최대한 인내하며 더욱 하느님께 가까워지고 되도록 빨리 이 땅을 떠나 하늘로, 천상의 합창이 울려 퍼지는 곳으로 피하는 게 좋을 겁니다.

그러니 친구, 이렇게 어리석은 넋두리를 늘어놓는 나를 용서해주시구려. 시간의 수레바퀴가 이미 거꾸로 돌아가거나 역사 흐름이 바뀔 테니 이런 넋두리도 아무 소용이 없겠지요. 이런 일이 벌어졌을 때, 역사는 이미 기억이라는 위대한 책에 넘겨져 전쟁으로 산산이 부서진 성의 부식된 돌처럼 금방 가루가 될 테니까요. 그래도 나는 당신 편지를 읽으며 다정한 말에서 위안을 얻고 싶습니다. 지금 나약해진 내 마음으로는 어디서도 그런 위안을 찾기 힘드니까요.

다시 한번 당신의 너그러운 관심에 감사드리며 이만 펜을 놓겠습니다.

감사의 마음과 나의 인사가 당신에게 전해지기를.

요하네스 베사리온

코시모가 양피지에서 눈을 들었다. 눈물이 얼굴을 적셨고 방금 읽은 글에 떨어져 얼룩을 만들어냈다. 편지에는 친구의 비탄만이 아니라 몇 년 전 그들이 의견을 공유하며 현실화하고자 했으나 실패로 돌아간 계획 이야기가 담겨 있었다. 지금은 그러한 실패가 확연하고 돌이킬 수 없어 보이지만 사실 그 사이에는 애석하게도 그의 바람을 무색하게 만드는 분열과 의견 충돌로 허비했던 시간 공백이 있었다.

그는 서재 소파에 앉아 있었다. 창백한 햇살이 살짝 열어놓은 두꺼운 커튼 사이로 스며들어왔다. 커튼은 뜨겁게 타오르는 9월의 태양으로부터 별장의 넓은 유리창을 보호해주었다. 그날 아침은 예상과 달리 서늘하고 상쾌한 바람도 불어왔다. 유리창을 통과한 가벼운 바람에 이따금 큰 책상 위에 쌓인 종이들이 펄럭이기도 했다. 코시모는 하루 대부분을 즐겨 그 책상 앞에 앉아 있었다.

여러 해 동안 정치를 하고 은행을 경영하고 이제 휴식할 시간이 약간 주어져서 그가 좋아하는 독서와 철학적 사색으로 시간을 보냈다. 미켈로초가 재건축한 카레지 별장에 돌아왔고 이곳에서 인생에서 가장 편안한 시간을 보냈다.

그 로쿠스 아메누스*는 그에게는 그늘진 기억과 같았다. 바로 그 별장에서 사랑하는 동생을 잃었고 서서히 정치계를 떠나 사랑하는 가족에게 전넘하기로 결정했던, 다소 쓸쓸하고 의기소침하던 시간을 보냈기 때문이다. 그렇지만 그 장소는 무엇보다 휴식과 평온의 근원지이기도 해서 코시모와 같은 나이의 남자에게 꼭 필요한 곳이기도 했다. 그 무렵 코시모는 둘째 아들 조반니에게 메디치 은행 경영을 완전히 맡겼고 정치적 책임과 임무에서 거의 자유로워졌다.

---

* locus amenus, '위안을 주는 이상적인 장소'라는 뜻의 라틴어.

게다가 이제 그의 인생도 끝나가고 있었다. 최대 적이었던 리날도 델리 알비치와 필리포 마리아 비스콘티도 이미 오래전 세상을 떠났다. 비범한 동맹자 프란체스코 스포르차는 마침내 밀라노 공국을 정복해서 동맹을 공고히 했다. 이 동맹이 피렌체와 베네치아를 멀어지게 만들기는 했지만 그로써 피렌체가 강력한, 어쩌면 더욱 놀라운 통합의 주인공 역할을 하게 되었는지도 몰랐다.

교황 에우게니우스 4세도 선종했다. 교황과 밀접한 관계를 맺고 있던 코시모에게는 큰 충격이었다. 새 교황 니콜라오 5세는 집안 대대로 알비치가, 스트로치가와 가까워서 코시모와 목표를 공유할 생각을 전혀 하지 않았다. 코시모는 비잔티움의 바실레우스, 콘스탄티누스 요안니스 11세 팔레올로고스가 오스만투르크와 싸울 때 교황의 지지가 미온적이어서 콘스탄티노플 함락에 교황의 책임이 있다고 생각했다.

그래서 콘스탄티노플이 함락되었을 때 유감을 표하던 교황의 말이 특히 귀에 거슬렸고 실제로 거의 관여하지 않은 것과 다름없는데도 마치 그런 듯이 말할 때는 그 목소리가 귀청을 찢을 듯이 날카롭게 들리기도 했다. 그런 생각을 하자 요하네스 베사리온의 말이 더욱 비극적으로 들렸다. 물론 콘스탄티누스 11세는 1439년 피렌체에서 열린 공의회에서 교회 통합을 공식화하지 않았는데 그것이 문제가 되었다. 그렇지만 공식화하지 않았다고 해서 콘스탄티노플 함락 이후 전 서방세계가 위험에 처해 있는데 새 교황의 무관심이 정당화된단 말인가?

코시모로서는 알 수 없는 일이었다. 하지만 수많은 전투와 위험, 추방과 분쟁을 경험하고 난 뒤여서 이 무렵 그가 간절히 원하던 평화를 가족과 함께 누릴 수 있는 순간이 찾아왔는지도 모를 일이었다.

그는 커튼을 들추고 벌써 노란색과 오렌지색으로 물든 아름다운 가을 정원을 바라보았다. 동생이 너무나 사랑하던 정원이었다. 그 계절은 그가 이뤄놓은 것과는 비교도 안 되는 풍성한 결실을 맺었다. 조언을 해주고 손자들과 놀아주는 좋은 노인, 적어도 그는 그런 노인이 되고 싶었다. 그가 알다시피 그의 세계는 영원히 사라지지 않는 한 끝없이 변했기 때문이다.

그 순간 다른 무엇보다 중요한 건 가족에 대한 사랑과 평화와 번영이었다. 아직도 콘테시나가 곁에 있다는 기쁨 역시. 이제 메디치가 미래를 책임질 자식들이 주는 각기 다른 흐뭇함도 있었다.

코시모는 조반니에게는 만족했지만 사실 피에로 때문에 걱정이었다. 피에로는 그처럼 통풍을 앓았고 정치에 별 소질이 없어서 그쪽으로 큰 만족을 주지 못했다. 도시에서 메디치파의 위치는 매우 견고했지만 그런 확고함이 피에로의 사업들로 정확하게 이어지지는 않았다.

코시모는 다시 미묘하게 다른 색깔들로 물든 정원으로 다시 눈을 돌렸다.

생각에 잠겨 있는 그의 귀에 서재 앞 복도에 울려 퍼지는 낭랑한 목소리가 들렸다. 이름을 부르기도 전에 반쯤 열린 서재 문 사이로 조그만 밤색 머리가 불쑥 나타났다.

"할아버지, 할아버지." 아이가 소리치며 전염성이 있는 환한 미소를 지었다. 영리해 보이는 두 눈은 영원히 빛날 것처럼 반짝여 생기가 넘쳤다. "드디어 찾았다! 어디 숨어 계셨어요?" 꼬마 로렌초가 갑자기 주의를 집중해서 할아버지를 뚫어지게 보며 수사관처럼 물었다. 할아버지가 조금만 대답을 머뭇거려도 그 이유를 금방 알아낼 것 같은 눈빛이었다.

코시모가 웃었다. 여러 가지 아쉬운 점이 있지만 그래도 피에로에게 감사하는 이유는 바로 이 로렌초 때문이었다. 피에로에게서 이렇게 사랑스럽고 활기찬 손자를 보게 되었으니까. 로렌초의 눈동자에는 영민함과 놀라운 창의력이 넘쳤다.

"할아버지는 계속 여기 있었는데 로렌초. 할아버지가 어디 갔다고 생각한 거냐?" 코시모가 자상하게 대답했다.

"거짓말이 아니라고 맹세해주세요!" 꼬마가 재촉했다. 손자가 아무리 버릇없이 굴어도 다 용서해주는 할아버지가 짐짓 뉘우치는 체하며 고개를 끄덕였다. "맹세하마. 그런데 정원에 나가고 싶으면 할아버지하고 가자."

"좋아요!" 당장 과수들 사이로 뛰어다니고 싶어서 장난꾸러기 꼬마가 소리쳤다. "정원에 가요! 정원이요!" 신이 나서 반복했다.

"그런데 정말 나가고 싶으면 할아버지 옷하고 다리를 잠깐 놔줘야 해. 할아버지는 이제 늙었어. 약속할래? 할아버지 귀찮게 하지 않는다고?"

"약속해요." 꼬마 로렌초가 똑바로 서서 진지하게 말했다.

"좋다, 그럼. 잠깐만 기다리렴. 할아버지가 따라갈게."

"그럼 제가 먼저 가요?" 꼬마가 거의 군인 같은 자세를 취하며 물었다.

"먼저 가거라, 로렌초. 계단 아래서 기다리렴."

"만세!" 로렌초가 한껏 신이 나서 다시 소리쳤다.

그러더니 다른 말없이 총알처럼 서재 밖으로 달려 나갔다. 들어올 때처럼 전속력으로 달려 나가는 손자를 보자 코시모는 웃음을 참을 수 없었다.

'빨리.' 그가 속으로 말했다. '움직이자, 할아범. 아니 코시모 데 메디치, 안 그러면 손자가 실망할 거야.'

손자를 실망시키는 부끄러운 일은 절대 해서는 안 된다고 생각했다.

부록

MEDICI

작가의 말

《권력의 가문 메디치》삼부작과 같은 역사소설을 쓰기 위해서는, 시인 자코모 레오파르디Giacomo Leopardi의 말처럼 미친 듯한 그리고 필사적인 연구가 필요하다는 건 모두가 잘 아는 사실이다. 세부 사항과 장면 하나하나, 풍습과 습관들이 진짜 소설로 옮기기 훨씬 전에 먼저 읽히고 연구되고 재구성되어야 하기 때문이다.

메디치 가문의 공적을 이야기하려면 시간적인 차원에서는 거의 300년이라는 기간, 즉 15세기 초부터 18세기까지를 이야기해야 한다는 사실을 기억해야 한다. 이런 사실을 상기시키는 게 뭔가를 가르치기 위해서는 아니다. 다만 이 시기는 메디치 가문이 피렌체시를 지배했던 시대를 고려했을 때일 뿐이며 그렇지 않을 경우 연대기적 시간은 훨씬 더 길어지게 된다.

그 때문에 불가피하게 선택을 해야만 했다. 그래서 1권은 코시모 일 베키오에 바쳤고 2권은 로렌초 데 메디치에게, 3권은 프랑스의 왕비인 카테리나 데 메디치에게 바쳤다. 그와 같이 구분을 하면서

각 권에 맞는 서사방식을 사용하는 게 적절하다고 생각했다. 그것이 시간적인 관점에서 연속성을 잃지 않은 채 광범위한 시대를 다 담을 수 있는 유일한 해결책이었다.

나는 니콜로 마키아벨리의 《피렌체사》와 프란체스코 귀치아르디니의 《이탈리아사》를 여러 차례 주의 깊게 읽으면서 이 작업의 뼈대를 세우기로 했다. 언어와 분위기 측면에서 볼 때, 다른 무엇보다 시대정신을 뛰어나게 포착할 수 있는 연대기에 의존해야 한다는 생각으로 이러한 선택이 이루어졌다. 이렇게 접근을 시작하며 초기에 몇 번의 피렌체 '순례'에 나섰다. 그렇게 해서 내 개인적인 생각을 광장과 돔, 대성당과 팔라초에 대한 이미지들과 나란히 둘 수 있었다. 장소가 바로 역사이기 때문이다.

그러면 돔에 대해 말해보자. 첫 번째 장에서 이미 필리포 브루넬레스키가 산타마리아 델 피오레 대성당의 웅장하고 거대한 돔을 만드는 작업이 소개되므로 돔에 대한 깊이 있는 연구가 필요했다. 나는 여러 논문들을 참고했는데 에우제니오 바티스티[1]와 로스 킹[2]의 논문은 여기서 꼭 언급을 하고 싶다.

앙기아리 전투는 피렌체에서 급부상하는 메디치 가문의 이야기를 다룬 제1권과 관련된 아주 중요한 사건이다. 여기서 고백을 하자면 나는 전투 장면을 다소 자유롭게 표현했는데 그런 부분을 찾아내는 것은 독자들의 몫이 될 것이다. 하지만 아마 쉽게 찾을 수 있을 것이고 어쩌면 이게 내가 이 이야기에 허용했던 단 하나의 유일한 예외였는지 모른다. 어쨌든 소설가는 창작을 해야만 하고 개연성과 창의적인 것을 혼합해야 하는데 이러한 혼합은 역사소설에 고유한 성질을 불어넣으며 완전히 특별한 반응을 만들어낸다.

어쨌든 앙기아리 전투의 전술과 각각의 전투 장면들은 자료를 충실히 이용해서 세심하게 재구성했다. 여러 논문들 중 특히 마시모 프레돈차니의 논문의 도움을 많이 받았다.[3]

또 다른 중요한 문제는 용병부대, 그리고 르네상스 군주들과 용병대장들의 관계에 대한 연구였다. 에르만노 올미에 따르면 르네상스 시대에 직업 군인은 특히 인기가 있었고 부대를 자유자재로 바꿀 용기가 있고 열린 자세로 행동한 사람들의 경우는 수입이 좋았다고 한다. 이에 관해서는 기멜 아다르의 책[4]을 읽으며 기본적인 사실들을 알게 되었다.

이밖에도 역사적으로 유명한 펜싱 교본, 특히 자코모 그라시[5]와 프란체스코 디 산드로 달토니[6]의 책이 없었다면 결투와 전투장면을 만족스럽게 표현할 수 없었으리라는 점을 꼭 밝히고 싶다. 다만 전통적인 펜싱에 현대적인 분위기를 가미하지 않을 수 없었기 때문에 교본에서와 같은 용어를 항상 사용할 수는 없었다. 여러분들이 너그럽게 용서해주길 바란다.

음식과 식사 시간에 관한 것도 가독성과 충실한 이해에 도움이 되도록 '성형' 작업을 하고 싶었는데… 큰 오류가 없었기를 바란다.

1 *Filippo Brunelleschi*, New York, 1981.

2 *Brunellesch's Dome. The story of the Great Cathedral in Florence*, New York, 2000.

3 *Anghiari 29 giugno 1440. La battaglia, l'iconografia, le compagnie di ventura, l'araldica*, San Marino, 2010.

4 *Storie di mercenari e di capitani di ventura, Ginevra*, 1972.

5 *Ragione di adoprar sicuramente l'Arme sì da offesa, come da difesa; con un Trattato dell'inganno, et con un modo di esercitarsi da se stesso, per acquistare forsa, giudizio, et prestezza*, Venezia, 1570.

6 *Monomachia: Trattato dell'arte di scherma, a cura di Alessandro Battistini, Marco Rubboli, Iacopo Venni*, San Marino, 2007.

감사의 말

이 소설은 삼부작 중 첫 번째 소설이다. 어떤 의미에서는 가장 중요한 역사를 다룬다고 할 수 있다. 적어도 내게는 그렇다. 르네상스시대에 제일 영향력 있던 가문, 메디치가의 일대기를 다루기 때문이다. 솔직히 고백하자면 소설가로서 이와 같은 도전이 쉽지는 않았다. 그러나 이런 계획을, 그리고 그런 계획과 유사한 어떤 일이 일어나고, 내 머릿속에 저항할 수 없는 마법이 튀어나올 때마다 그것을 실현시킬 수 있게 해준 완벽한 출판사가 있었다.

나는 오래 전에 뉴턴 콤프턴 출판사에서 이 삼부작을 출판하고 싶었다. 어린 시절 나는 이탈리아 문학의 거장이며 '산도칸Sandokan' 과 '코르사로 네로Corsaro Nero' 같은 인물들을 창조해 낸 작가, 에밀리오 살가리Emilio Salgari의 소설들을 읽으며 자랐다. 내가 읽은 흥미진진한 모험전집은 뉴턴 라가치Newton Ragazzi에서 출간된 것이었다. 아버지께서 하얀색 표지에 빨간 색으로 테두리를 두른 그 멋진 책들을 사다주셨고 나는 쉬지 않고 책을 읽었다.

그래서 그로부터 삼십 년이 지난 뒤 이탈리아 출판계를 대표하는 비토리오 아반치니Vittorio Avanzini를 만나고 뉴턴 콤프턴에서 책을 출간하는 작가가 될 수 있다는 사실을 알게 되는 순간 나는 꿈을 꾸는 것만 같은 기분이었다. 비토리오 아반치니는 이 소설과 그 뒤에 쓰게 될 소설의 초고에 큰 관심을 보였고 이탈리아 르네상스에 대한 해박한 지식을 가지고 있으며 메디치 가문을 진심으로 존경하는 사람으로서 조언과 힌트와 여러 아이디어들을 아낌없이 주었다. 비토리오 아반치니에게 깊이 감사한다.

또 용기와 지식과 에너지가 넘치는 라파엘로 아반치니Raffaello Avanzini에게도 무한한 감사를 표한다. 라파엘로는 메디치 가문과 르네상스를 주제로 한 소설이 꼭 필요하다고 직감하고 확신했다. 그가 내 작업에 보여준 신뢰는 소중한 선물이었다. 그의 격려는 아무리 게으른 작가에게도 자극이 되었을 것이다. 그와의 토론으로 나의 지식이 풍부해졌다. 이 책과 이 책의 출간에 보여준 확신과 모든 것을 새로운 기회로 해석하는 그의 태도는 경이롭기만 하다. 그러므로 이 놀라운 모험을 지휘해준 나의 대장님, 감사합니다.

이 소설에 꼭 언급해야 할 작가가 있다. 알렉상드르 뒤마Alexandre Dumas와 하인리히 폰 클라이스트Heinrich von Kleist이다. 그들의 작품에 대해 내가 무슨 말을 하든 장황해질 뿐이다. 내가 해 줄 수 있는 최고의 조언은 그 작품들을 읽으라는 것이다.

나는 이 삼부작을 내 아내 실비아에게 바친다. 내 인생에서 상상도 할 수 없을 정도의 행복을 안겨 주었고 내가 만난 가장 아름다운 사람, 가장 아름다운 여인이기 때문이다.

권력의 가문 메디치 1
피렌체의 새로운 통치자

마테오 스트루쿨 지음
이현경 옮김

초판 1쇄 2020년 04월 24일 발행
초판 2쇄 2020년 05월 20일 발행

ISBN 979-11-5706-195-2 (04880)
　　　979-11-5706-194-5 (04880) 세트

만든사람들

편집	유온누리
디자인	곽은선
마케팅	김성현 김규리
홍보	고광일 최재희
인쇄	한영문화사

펴낸이	김현종
펴낸곳	(주)메디치미디어
경영지원	전선정 김유라
등록일	2008년 8월 20일
	제300-2008-76호
주소	서울시 종로구 사직로 9길 22 2층
전화	02-735-3308
팩스	02-735-3309
이메일	medici@medicimedia.co.kr
페이스북	facebook.com/medicimedia
인스타그램	@medicimedia
홈페이지	www.medicimedia.co.kr

이 도서의 국립중앙도서관 출판예정도서목록(CIP)은
서지정보유통지원시스템 홈페이지(http://seoji.nl.go.kr)와
국가자료종합목록시스템(http://www.nl.go.kr/kolisnet)에서
이용하실 수 있습니다. (CIP제어번호: CIP2020013932)